MIRA®

Der Preis dieses Bandes versteht sich einschließlich der gesetzlichen Mehrwertsteuer.

Umwelthinweis:
Dieses Buch wurde auf chlor- und säurefreiem Papier gedruckt.

Jina Bacarr

Das Aktmodell

Erotischer Roman

Aus dem Amerikanischen von
Christine Janson

MIRA®

MIRA® TASCHENBUCH
Band 35051
1. Auflage: November 2012

MIRA® TASCHENBÜCHER
erscheinen in der Harlequin Enterprises GmbH,
Valentinskamp 24, 20354 Hamburg
Geschäftsführer: Thomas Beckmann

Titel der nordamerikanischen Originalausgabe:
Naughty Paris

erschienen bei: Harlequin Spice, Toronto

Published by arrangement with
HARLEQUIN ENTERPRISES II B.V., Amsterdam

Konzeption/Reihengestaltung: fredebold&partner gmbh, Köln
Umschlaggestaltung: pecher und soiron, Köln
Redaktion: Bettina Lahrs
Titelabbildung: Getty Images, München
Satz: Buch-Werkstatt GmbH, Bad Aibling; GGP Media GmbH, Pößneck
Druck und Bindearbeiten: CPI – Ebner & Spiegel, Ulm
Printed in Germany
Dieses Buch wurde auf FSC®-zertifiziertem Papier gedruckt.
ISBN 978-3-86278-803-3

www.mira-taschenbuch.de

Werden Sie Fan von MIRA Taschenbuch auf Facebook!

PROLOG

Ich liebte den Film *Moulin Rouge,* denn ich war fasziniert vom Paris der Jahrhundertwende, der Belle Époque.

Dabei stellte ich mir vor, so schlank und bezaubernd auszusehen wie Nicole Kidman, mich in einen attraktiven Kerl zu verlieben und beim Orgasmus in den höchsten Tönen zu singen. Ich dachte daran, wenn ich mir zum Lunch mal wieder Kräuter-Quiche mit fettarmem Käse bestellte und bei meinem Latte auf die Schlagsahne verzichtete.

Ich dachte daran, wenn ich in meinem Job langweiligen alten Männern mit lüsternem Blick und schwacher Libido Gewerbegrundstücke zeigen musste. Ich dachte daran, als ich vor dem Traualtar versetzt wurde und allein zu meinen Flitterwochen in Paris aufbrach – *ohne* Ehemann.

Irgendwann dachte ich nicht mehr daran, denn es passierte einfach. Und das mir! Autumn Maguire.

Alles begann mit

Désir (Begehren)

Ich bin keine Frau – ich bin eine Welt.
Wenn ich meine Hüllen fallen lasse,
wirst du auf meinem Körper
eine ganze Reihe von Geheimnissen entdecken.

Gustave Flaubert
(1821 – 1880)

1. KAPITEL

Paris heute – ein Künstleratelier im Quartier du Marais

Das Modell

„Ich soll mein T-Shirt ausziehen?"

„Ja, Mademoiselle."

„Auch meine Yoga-Hose?"

Er nickt. „Ja, Mademoiselle."

„Einen kleinen französischen Augenblick mal", protestiere ich und starre dabei auf den alten Maler, dem eine filterlose Gauloise aus dem Mundwinkel hängt, als wäre sie ein Teil von ihm. Er zieht daran, ohne dabei die Augen von meinem nassen T-Shirt zu nehmen, das an mir klebt wie ein Post-it.

„Ich habe mich hierher geflüchtet, weil es draußen in Strömen regnet, und nicht weil ich mich zu einem Kurs für Strip Aerobics anmelden wollte."

Meine Stimme klingt heiser und kommt von ganz hinten aus dem Kehlkopf. Meine Güte, bin das ich? Das müssen die Nerven sein!

Ich hatte den gleichen Frosch im Hals und musste ein Pfefferminzbonbon lutschen, nachdem David – mein Ex-Verlobter – mir eröffnet hatte, dass ich lausige Blowjobs gebe und er deshalb unsere Hochzeit platzen lässt. Der Idiot.

Als ob das Durchfallen beim Fortgeschrittenentest für orale Befriedigung einer der zehn Top-Gründe dafür wäre, mich zur Therapie zu schicken und mir den Ärger meiner Mutter wegen der bereits bezahlten und nicht zu stornierenden Hochzeitsreise nach Paris auf den Hals zu schicken.

Aber jetzt bin ich hier und spaziere am rechten Ufer der Seine im Regen entlang. Ich fühle mich wie Jean Valjean in quietschnassen Nike-Turnschuhen. Sitzengelassen und unglücklich!

Und wundere mich, wie ich mich von diesem goldzüngigen David – der genau wusste, wie er meinen Startknopf mit ebendieser Zunge drücken konnte – nur dazu habe überreden lassen können, alles mit meiner Kreditkarte zu bezahlen.

Seit dem College habe ich mich halb zu Tode geschuftet, um die Karriereleiter nach oben zu klettern, und dabei habe ich meinen Traum einer eigenen Kunstgalerie erst mal auf Eis gelegt. Jetzt stehe ich nicht nur ohne einen Ehemann da, sondern muss meine mühsam zur Seite gelegten Ersparnisse dafür benutzen, die Kleider und farblich passenden Stilettos von Jimmy Irgendwem für meine zwölf Brautjungfern zu bezahlen. Ganz zu schweigen von den zweihundert Pfund erstklassiger Steaks.

Nachdem ich meine endlos überzogene Kreditkarte zerschnitten hatte, schüttete ich die letzte Flasche Champagner in mich rein und warf mein traumhaftes weißes *Vera Wang*-Satinkleid in die nächste Mülltonne. Am nächsten Morgen machte ich mich dann auf in das Geburtsland von *Godiva*-Schokolade, um den bitteren Nachgeschmack in meinem Mund etwas zu versüßen.

Und damit meine ich nicht, auf den Knien vor einem Typen zu hocken und an einem nach Himbeere schmeckenden Kondom zu lutschen. Ich denke eher an ein dramatisches, wundervolles, herzrasendes, vor Energie knisterndes Abenteuer. Ich will mich lebendig fühlen, begehrt.

Wem versuche ich hier eigentlich etwas vorzumachen? Ich möchte eine umwerfend schöne Sexgöttin sein!

Jugend und ein perfekter Körper sind nicht alles, wissen Sie.

Ha! Aber David denkt das. Aus diesem Grund liege ich jetzt auch nicht kuschelig an seinen Körper geschmiegt zwischen den seidigen Laken eines Pariser Hotels, sondern schleiche durch die Straßen wie eine Ratte durch das unterirdische Kanalisationssystem.

Du bist nicht jung, Mädchen, und du bist schon gar nicht schlank. Deshalb hast du David auch an diese Aphrodite verloren. Dünn wie ein Zahnstocher, noch nicht alt genug, um Alkohol zu trinken, aber dafür blond. Und auch noch deine Assistentin. Wie konntest du nur so dumm sein?

Dumm? Ich war völlig bescheuert, geisteskrank, eine komplette Idiotin, dass ich zugelassen habe, mir David von diesem Miststück wegnehmen zu lassen. Ich bin ganz klassisch verarscht worden.

Zisch! Wie zur Bestätigung schießt in diesem Augenblick ein Blitz durch die hohen, doppelt verglasten Fenster und trifft mich mitten ins Auge. Das Zimmer wird für einen Moment lang gespenstisch hell beleuchtet.

Ich blinzle einmal. Dann noch mal. Die Horrorfilm-Atmosphäre gruselt mich und bereitet mir eine Gänsehaut. Schlimmer kann es nicht mehr werden. Sturmwolken verdecken die Nachmittagssonne. Der strömende Regen trommelt gegen die Fenster. Donner kracht wie ein zu lauter Gettoblaster. Das alte Gebäude wird in seinen Grundfesten erschüttert. Ich zucke zusammen. Will ich *wirklich* wieder nach draußen in dieses Unwetter? Aus diesem Grund protestiere ich nicht, als der Alte mich auf eine Plattform scheucht, die im hinteren Teil des Studios steht.

„Beeilen Sie sich, Mademoiselle, wir verlieren sonst das Licht.“

Ein penetranter Tabakgeruch steigt mir in die Nase. Wer ist dieser Kerl überhaupt? Auf alle Fälle ist er kein malender Adonis, der eine Frau dazu verführt, vor ihm die Hüllen fallen zu lassen. Im Gegenteil! Er ist zu klein geraten, hat bereits eine Glatze und trägt einen Bauch vor sich her. Und er raucht wie ein Schlot.

„Schauen Sie sich diese Hände genau an, Monsieur. Ich kann Karate.“ Natürlich übertreibe ich maßlos, aber bei den biederen Geschäftstypen, mit denen ich jeden Tag zu tun habe, funktioniert das. Die denken ja auch, dass sportliche Betätigung etwas ist, was man einhändig zu Hause erledigt.

Übrigens, haben Sie bemerkt, wie beeindruckt der alte Maler war, als ich *Ka-ra-té* sagte, mit der Betonung auf dem *té?* Ich gebe zwar keine besonders guten Blowjobs, aber ansonsten habe ich keine Probleme mit dem Französischen. In der Schule hatte ich in diesem Fach sogar eine Eins. Ich kenne genügend Schimpfwörter, um den unfreundlichsten Taxifahrer fertigzumachen, von *salaud,* was so viel heißt wie *Blödmann,* bis *quel casse-couilles, was für ein Arschloch.*

„Ich glaube, hier liegt ein Missverständnis vor, Monsieur“, rede ich weiter, wo ich nun endlich für einen kurzen Augenblick seine Aufmerksamkeit habe. „Ich würde nicht so aufgeweicht aussehen wie überkochte Pasta, wenn ich einen Schirm hätte, was aber leider nicht der Fall ist. Niemand aus der Sendung O. C. *California* besitzt so was. Das würde unserem Image schaden, ganz zu schweigen von den Einschaltquoten.“

Er zieht nun eine Grimasse. Bescheuert von mir. Als ob

er meine Popkultur-Rhetorik verstehen könnte, mit der ich versuche zu erklären, wieso er mich nicht nackt sehen kann und warum ich lieber Selbstbräuner auftrage, anstatt mich am Strand in die Sonne zu legen. Ich erzähle ihm nicht, dass Cellulite und ich enge Verbündete sind, und ich verschweige außerdem, dass mein Magen sich gerade komisch anfühlt. Das kommt sicherlich von den fettigen Pommes, die ich auf dem Flohmarkt in mich hineingestopft habe.

„Dann sind Sie kein Modell, Mademoiselle?“ Er unterstreicht seine Frage mit einer Geste, als ob er im Supermarkt Melonen betastet, um zu prüfen, ob sie reif genug sind.

„Nein.“ Entschieden schüttle ich den Kopf.

„Schade.“ Er hustet und drückt seine Zigarette auf einer leeren Untertasse aus. Dann mustert er mich von Kopf bis Fuß. Seine Augen wandern kritisch über meine rote *Angels*-Baseballkappe, mein weißes *DKNY*-T-Shirt, meine fliederfarbene Yoga-Hose mit den weißen Streifen an der Seite und meine bequemen Laufschuhe. „Ich würde Sie trotzdem gerne zeichnen.“

Ich neige den Kopf etwas zur Seite und denke nach. Was hält mich eigentlich zurück? Hier in Unterwäsche Modell zu stehen ist schließlich auch nicht so viel anders, als auf einer Poolparty im Bikini herumzustolzieren, oder? Warum sollte ich es nicht einfach riskieren?

Ich nicke. „Okay. Dann habe ich gleich ein witziges Souvenir.“

Er lächelt und lässt dann die Bombe platzen. Direkt in meinem Schoß. „Bon. Sehr gut. Sie müssen nackt für mich Modell stehen.“

„Sind Sie sich sicher, dass Madonna auch so angefangen hat?“, frage ich sarkastisch, wobei ich vor Nervosität so stark an dem Bund meines Slips ziehe, dass er gegen meinen nackten Bauch zurückschnellt.

Autsch!

Meine nassen Kleider habe ich bereits ausgezogen, sie hängen über dem großen schwarzen Wandschirm in der Ecke. Ebenso wie meine Tasche mit meinem Geld und Ausweis.

„Mademoiselle?"

„Die Sängerin, verstehen Sie? ‚Like a Virgin'?" Ich lasse meine Hüften kreisen wie eine Popdiva. Aber irgendwie hat das wohl nicht den gleichen Effekt wie bei ihr.

Der alte Künstler zuckt nur mit den Schultern. „Es ist mir egal, ob Sie noch Jungfrau sind …"

Ich bin es nicht mehr, aber ich lächle trotzdem.

„… ich möchte Sie gerne zeichnen, Mademoiselle, und nicht mit Ihnen ins Bett gehen."

Das war's dann. Aus meinem Ego ist vollends die Luft raus. Schon mal ein benutztes Kondom gesehen?

Also gut! Ich winde mich aus meinem pinkfarbenen Schlüpfer und lasse ihn nach unten auf die Plattform gleiten. Geschafft! Ich bin nackt. Jetzt gibt es kein Zurück mehr, auch wenn ich meine Bikinizone nicht rasiert habe.

Es lebe mein nacktes Selbst!

Ich beobachte den alten Künstler, wie er sein Zeichenbrett mit einem feuchten Tuch abwischt. Was mache ich jetzt?, scheint sein Gesicht zu sagen.

Er hustet, wischt sich den Schweiß von der Stirn und zeigt auf meine Füße. Stimmt was nicht mit mir? Ich schaue nach unten. Oh! Ich stecke bis zu den Knöcheln in pinkfarbenem Nylon. Ich verlagere das Gewicht von einem Fuß auf den anderen. Die hölzerne Plattform knarrt. Ziemlich laut sogar. Ich sollte mich wohl besser beeilen. Okay, okay. Lässig kicke ich meinen Slip von der Plattform. Jetzt bin ich nur noch mit Schweiß bedeckt und ansonsten splitterfasernackt. Ich grinse.

Der alte Maler nickt, greift zu seiner Zeichenkohle und wartet offensichtlich darauf, dass ich eine verführerische Pose einnehme. Ich halte eine Hand vor mein Schambein. Das sieht bestimmt ziemlich blöd aus. Ich muss mich entspannen. Mutig sein. Ein kühler Schauer überläuft mich und führt dazu, dass meine Brustwarzen sich aufrichten. Jetzt weiß ich, wie sich Männer fühlen, wenn sie mitten in einem wichtigen Meeting einen Ständer bekommen. Allerdings können die das dann hinter der wöchentlichen Marktstatistik verbergen. Aber ich? Ich fühle mich so nackt wie ein fettarmer Burger ohne Brötchen.

Ich weiß, Sie sitzen wahrscheinlich grad in Ihrer bequemen Jogginghose auf dem Sofa, kneifen in Ihre Oberschenkel und schütteln den Kopf bei der Vorstellung, dass sich eine Frau in den Dreißigern vor irgendjemand anderem nackt auszieht als vor ihrem Frauenarzt.

Tragen Sie es mit Fassung. Es ist kein schöner Anblick.

Ich bin alles andere als schlank, und deshalb ist es noch skandalöser.

Es soll endlich mal was Aufregendes passieren in meinem Leben, selbst wenn es mich meinen neuen *La Perla*-Slip kosten sollte. Im Immobiliengeschäft passiert niemals etwas Spannendes, auch wenn ich die Hoffnung noch nicht völlig aufgegeben habe, irgendwann mal Donald Trump zu begegnen, wenn er sich gerade mal wieder zwischen einem Bankrott und seiner nächsten Frau befindet.

Leider habe ich nicht mehr allzu viel Zeit, mich als Model-Praktikantin zu bewähren. Ich bin vierunddreißig, und mein

Bauch ist inzwischen nicht mehr süß und klein, seit David sich mit meinem Herz aus dem Staub gemacht und dabei meine Disziplin gleich mitgenommen hat.

Die Idee, hier nackt Modell zu stehen, erregt mich. Es ist der unwiderstehliche Drang, etwas Verbotenes zu tun, ohne dabei gleich meine Karriere aufs Spiel zu setzen. Es ist eine neue Seite meiner Persönlichkeit, die ich mich bisher nie getraut habe zu erforschen. Bis jetzt war mein Leben einfach schrecklich langweilig und konservativ in jeder Beziehung. Obwohl mich die Forderung des Malers zunächst mal schockiert hat, finde ich sie auch äußerst reizvoll. Außerdem würde ich David gerne beweisen, dass ich immer noch ziemlich scharf aussehe!

Ich knirsche mit den Zähnen. Allein schon der Gedanke an David lässt mich zusammenzucken. Wenn ich daran denke, wie er mich benutzt hat, um an diesen großen Immobiliendeal in Wyoming ranzukommen ... Schon damals hätte ich mich eigentlich von ihm trennen müssen.

Aber leider konnte er mich mühelos um den Finger wickeln mit seiner „Ich tu das doch nur für uns"-Masche. Ich habe alle meine Bedenken in den Wind geschlagen und protestierte auch nicht, als er mein Höschen nach unten zog und mich mit seinen Lippen dort schneller überzeugte, als Worte es je gekonnt hätten.

Sogar meine Mutter warnte mich vor David und meinte, er sei auf der Suche nach scharfen Kurven mit einem dicken Konto. Ich habe natürlich nicht auf sie gehört. Dabei sollte sie es wissen, wo sie sich doch gerade von ihrem dritten Ehemann scheiden ließ.

Ich war nicht in der Stimmung für gut gemeinte Ratschläge,

und deshalb schaltete ich mein Handy einfach aus. Meine Mutter kann mich nämlich mit ihren SMS in den Wahnsinn treiben. Verstehen Sie mich nicht falsch. Ich liebe meine Mutter, auch wenn sie Heiratsurkunden sammelt wie andere Frauen Rabattcoupons.

Nur zu Ihrer Information: Ich ließ meine Mutter glücklich und zufrieden auf der schicken Rue-Honoré zurück, wo sie sich eigenhändig um den Abbau der französischen Staatsschulden kümmern wird, während ich durch das Quartier du Marais schlenderte.

Ich war auf der Suche nach einem Poster oder einem Gemälde für meine eigene kleine Sammlung unentdeckter oder, um ganz ehrlich zu sein, billiger Talente, als ein Sommergewitter über die Stadt hereinbrach. Ein erfrischend kühler Wind kam von Westen auf und fegte über die mit blauen Schindeln gedeckten Dächer und durch die engen Gassen. Dicke Regentropfen zerplatzten wie mit Wasser gefüllte Luftballons auf dem Asphalt. In Sekundenschnelle war ich komplett durchnässt. Kein schöner Anblick. Ich suchte Unterschlupf in einem Künstleratelier, an dessen Tür ein verblichenes Schild verkündete: *Das Haus Morand.* „Das Wachsfigurenkabinett" wäre wahrscheinlich ein passenderer Name gewesen.

Wenn ich mich so umschaue hier, sieht das Haus eher wie die Kulisse zu einem Horrorfilm aus. Staubflusen in jeder Ecke, vergilbte Zeitungen auf den Stühlen und ein Bücherregal mit Kunstbüchern neben einem hohen, mit Elfenbein verzierten Wandschirm. Eine elektrische Herdplatte mit schmutzigen roten Töpfen steht auf einem chinesischen Tischchen, daneben Behälter mit Pinseln. Es riecht nach Terpentin.

Der alte Maler räuspert sich.

„Sind Sie so weit, Mademoiselle?"

Ich nicke.

Nässe rinnt an meinen Oberschenkeln hinunter und macht mich ganz nervös, vor allem wenn ich sehe, wie er seelenruhig raucht und vor sich hin summend auf mich wartet. Jetzt kann ich nicht mehr zurück. Ich atme tief aus. Das war's dann. Mein Schicksal gehört der Leinwand. Ich fühle mich heiß, klebrig und verschwitzt. Und stelle mich in Positur.

Wer hätte gedacht, dass es so schwierig ist, zwanzig Minuten auf einer Stelle zu stehen? Vor allem da ich mich darauf konzentrieren muss, meine pulsierende Schamgegend zu ignorieren. Also gut, ich spreche hier von meiner Muschi. Jetzt muss ich es verschämt zugeben: Es macht mich tierisch an, so ganz nackt hier Modell zu stehen. Nein, der alte Maler baggert mich nicht an. Dazu ist er zu professionell.

Ich bin es, die sexuell frustriert ist, und nicht mal ein steifer Hals – oh, was würde ich für einen steifen Penis geben – oder Rückenschmerzen können mich davon abhalten, mir vorzustellen, wie mein Körper sich rhythmisch bewegt, während mein Geliebter an meiner Klitoris leckt, dann meine Lippen öffnet, um mit seiner Zunge tief in mich einzudringen, bevor er sich wieder meiner Perle widmet und das Spiel von Neuem beginnt. So lange bis ich es nicht mehr aushalte und sich meine Energie wellenförmig entlädt. Immer und immer wieder …

Mmm… träum weiter.

Hinter dem Wandschirm lege ich eine kleine Pause ein, um meine steifen Muskeln ein wenig zu massieren und den Schweiß zwischen meinen Beinen abzutrocknen. Es ist doch Schweiß, oder? Ich lächle und rieche an meinem Finger. Vielleicht auch nicht. Ich seufze tief auf und greife nach einem vergammelten und mit Farbe beschmierten Kittel, der an einem

Kleiderhaken hängt. Er sieht aus, als ob er hier schon seit der Französischen Revolution hängt. Aber zumindest ist er trocken. Meine eigenen Kleider sind leider immer noch nass.

Tropf, tropf! Auf Zehenspitzen spaziere ich durch Wasserpfützen, die sich auf dem Holzboden gebildet haben. Ist hier ein Loch in der Decke? Ich schaue nach oben. Im Gegensatz zum restlichen Studio fällt hier Licht ein. Über meinem Kopf prasselt der Regen auf ein quadratisches Dachfenster. Ich zittere. Irgendwie unheimlich hier. Was der alte Maler wohl hinter dem schwarzen Vorhang versteckt hält? Vielleicht Dorian Gray in *Jockey*-Unterwäsche? Ich bin gerade dabei, den Vorhang neugierig zur Seite zu schieben, als mir ein besonderes Objekt auffällt. Es ist ungefähr zwanzig Zentimeter hoch, aus Bronze gearbeitet und sieht ziemlich grimmig aus: eine Statue, die eine mit Federn besetzte Krone auf dem Kopf trägt und einen Dreschflegel in der Hand hält. Aber besonders auffällig ist die Erektion, die er vor sich herträgt. Habe ich eben von Erektion gesprochen? So wie bei einem Penis? Einem Schwanz? Oh ja, genau das habe ich getan!

Das ist viel besser als irgendein Souvenir aus dem Hotel. Ich bin neugierig und umfasse den Penis der Statue mit meiner Hand. Keine Ahnung, wieso ich das mache, aber ich kann nicht anders. Ich lächle. Es ist eine ganze Weile her, dass ich solch ein hartes Glied in der Hand gehalten habe.

Ich schaue über den Wandschirm und frage den alten Maler nach dieser Statue.

„Sie halten ‚La Gaule', die Erektion des ägyptischen Gottes Min, in der Hand." Er schüttelt dabei sein Zigarettenpäckchen. Es ist leer.

„Er sollte Werbung für Viagra machen", sage ich und versuche meine Unsicherheit zu überspielen. Die Statue sieht irgendwie süß aus, zumindest wenn man auf Ägypter mit stachligen Haaren steht.

„Min ist ein Fruchtbarkeitsgott, Mademoiselle. Sein Symbol ist der Blitz."

In diesem Augenblick flammt ein Blitz auf. Wie passend!

Der alte Maler lässt sich davon nicht beirren und spricht ohne Unterbrechung weiter. Als ob er diese Geschichte schon hundertmal erzählt hat.

„Er hat die Gabe, Ihnen Jugend und Sexualität zu schenken …", er macht eine kleine Pause und senkt dann die Stimme, „… wenn Sie bereit sind, den Preis dafür zu zahlen."

„Welchen Preis, Monsieur?"

„Sie müssen Ihre Seele verkaufen, Mademoiselle."

Ich hebe eine Augenbraue. „Meine Seele verkaufen?"

„Ja. Dann werden Sie jung und schön sein …"

„Ach kommen Sie …" Der spinnt doch, oder?

„… aber Sie dürfen sich niemals mehr verlieben."

Nach dieser Geschichte mit David ist das sowieso nicht sehr wahrscheinlich. Aber neugierig bin ich trotzdem. „Was passiert, wenn ich mich doch verliebe?"

„Dann werden Sie sich wieder in ihr altes Selbst zurückverwandeln."

Mit anderen Worten, ich werde wieder zu einer übergewichtigen Frau mittleren Alters. Nachdenklich lasse ich meine Finger über den, ähm, harten Penis der Statue gleiten. Nach Aussage des Malers steht sie zum Verkauf. Das bringt mich in Versuchung. Kein Kampf der Eitelkeiten mehr? Ein flacher Bauch? Freche Brüste? Was für eine faszinierende Idee das ist, das mit der sexuellen schwarzen Magie. Vögeln bis zum Umfallen …

Aber ist es das wirklich wert, sich der möglichen Peinlichkeit einer Flughafenkontrolle zu stellen? Ich schüttle meinen Kopf. Ich erinnere mich leider noch zu gut an das von anzüglichem Grinsen begleitete Abtasten, als meine Ex-Assistentin – ja, sie und David sind jetzt ein Paar – mir letzten Monat vor meinem Flug nach San Francisco einen Vibrator in Form eines Lippenstifts ins Handgepäck geschmuggelt hatte. So etwas muss ich nicht unbedingt noch einmal erleben.

Lächelnd sage ich dem alten Künstler, dass ich es mir noch mal überlegen werde. Der Alte zuckt mit den Schultern und verschwindet, um nach einem neuen Päckchen Zigaretten zu suchen. Ich schaue mich um, ob sonst noch etwas Ungewöhnliches hier herumliegt. Aber da ist nichts. Ein paar zersprungene Vasen, alte Bücher, eine Tiffanylampe und ein angekohlter roter Topf, der einen seltsamen Geruch verströmt. Nicht unangenehm, nur seltsam. Ich atme tief ein. Koriander, Wein … und ist das Ingwer, was ich da rieche?

Innerhalb weniger Sekunden legt sich ein Schleier über mein Gehirn, als ob die Weingeister sich in meinem Kopf versammelt hätten und ihn als Fass zum Rebenstampfen benutzten. Kommt das von der Flasche *Pinot Noir*, mit der ich die Pommes heruntergespült habe? Oder von dem seltsamen Geruch aus dem Topf? Die Mischung aus Frittierfett und Alkohol scheint mir nicht zu bekommen, und mir wird schwindelig. Meine Knie geben nach, und ich bewege mich wie in Zeitlupe. Ich versuche mich zu konzentrieren, aber alles verschwimmt vor meinen Augen. Was passiert, falls ich ohnmächtig werde? Oder in ein Koma falle? Ohne einen Prinzen, der mich mit einem französischen Kuss wieder aufweckt? Auf keinen Fall werde ich das zulassen! Ich gehe in die Knie, aber ich widerstehe der Versuchung, mich dem Sandmännchen in meinem Kopf hinzugeben und einzuschlafen. Stattdessen greife ich nach dem schwarzen Tuch und versuche wieder ins Gleichgewicht zu kommen als …

Wusch!

Meine Hände schweben in der Luft, als der Samtvorhang über mich fällt und ich fast darunter ersticke. Ich schnappe nach Luft und versuche mich von dem riesigen Fledermausumhang zu befreien, der mich vom Kopf bis zu den Zehenspitzen einhüllt. Lautes Atmen, heiser, panisch, dringt an mein Ohr, die Nackenhaare stehen mir zu Berge. Ich halte den Atem an und lausche. Wer ist das?

Ich atme aus. Verdammt noch mal, das bin ich selbst. Ich höre mich an wie ein Pornostar, der einen Orgasmus vortäuscht. Ich kann mich jetzt entspannen. Ich bin also nicht mit furchterregenden Geistern eingesperrt, die mich mit nächtlichem Stöhnen unterhalten wollen. Aber ich kann meinen Kopf nicht aus diesem Samtumhang befreien. Jedes Mal wenn ich in eine Richtung ziehe, zieht der Umhang in die andere, das macht mich ganz verrückt. Ich muss endlich diese Übelkeit loswerden. Ich konzentriere mich darauf, ganz tief ein- und auszuatmen. Eins, zwei, drei … ich schwöre, dass ich niemals mehr Pommes Frites in Rotwein eintunken werde. Was habe ich mir eigentlich dabei gedacht?

Und dann … höre ich neben meinem lauten Atmen plötzlich noch ein anderes Geräusch. Lachen. Lachen? Ist der alte Maler wieder zurückgekehrt? Wahrscheinlich erstickt er gerade an seiner Zigarette *sans filtre* und amüsiert sich dabei köstlich. Na warte, ich gebe ihm was zu lachen, wenn ich endlich dieses Chaos aus Samt entwirrt habe und …

Ooohhh … halt. Das ist er nicht! Das Lachen ist tief und sexy und so nah an meinem Ohr, dass es mir Schauer die Wirbelsäule hoch- und runterlaufen lässt. Irgendetwas Unheimliches passiert hier. Schweißperlen bilden sich zwischen meinen Brüsten, winden sich über meinen Brustkorb und rinnen an meinen Schenkeln herunter. Verzweifelt versuche ich mich von dem Tuch zu befreien. Ich ziehe den Atem scharf durch die Nase ein. Die Rückseite meines Nackens ist feucht. Schließlich schaffe ich es, das schwere Material von meinem Gesicht zu ziehen … und dann sehe ich ihn.

Sein Blick durchbohrt mich. Seine dunkelblauen Augen faszinieren mich.

Ein lebensgroßes Gemälde von einem erwachsenen, über einsachtzig großen Mann.

Ich grinse und entspanne mein Gesicht. Jetzt weiß ich endlich, was unter diesem Tuch versteckt war. Ein wahrer Augenschmaus. Die Arme vor der Brust verschränkt, die Beine weit gegrätscht, in hautengen Hosen, unter denen sich sein beeindruckender Schwanz abzeichnet. Und er …

Lacht?

Ich bekomme Gänsehaut auf meinen Armen. Je mehr ich darüber nachdenke, was ich gehört habe, desto sicherer bin ich, dass ich es mir nur eingebildet habe. Dieses Lachen hat eine so tief in meiner Seele schlummernde, sexuelle Begierde geweckt, dass ich zwischen Einbildung und Realität nicht mehr unterscheiden kann. Schau ihn dir an! Er ist bloß gemalt. Berühre ihn. Nein, nicht dort … hier! An seiner Hand. Die ist ganz kalt. Siehst du? Es ist kein Mensch, und jetzt sieh zu, dass du aus diesem Gruselkabinett rauskommst. Oh, hätte ich fast vergessen. Geht ja nicht. Ich bin ja nackt.

Na und? Er kann dich doch eh nicht sehen.

Ich lächle. Stimmt!

Also spricht ja auch nichts dagegen, mit ihm ein wenig zu flirten und Spaß zu haben.

Mit den Augen auf das Bild gerichtet, fahre ich mit meinen Fingerspitzen die Kurven meiner Brüste nach. Spielerisch umfasse ich sie mit meinen Händen. Ich reize meine braunen Nippel, bis sie sich stolz nach vorne recken. Langsam werde ich mutiger, befeuchte meine Lippen mit der Zunge und lasse meine Finger langsam über meinen Bauch und dann weiter nach unten zwischen meine Beine gleiten. Ich wiege meinen Körper anmutig, stilvoll. *Das* ist wahre Kunst.

Kunst? Also wirklich ... als lebenslange *Cosmopolitan*-Leserin weiß ich, dass es sich hierbei um eindeutige Signale für Sex handelt. Von wegen Kunst ... Ich bin ziemlich nass und spüre ein wohliges Ziehen in der Leistengegend, als ich den alten Maler hereinschlurfen höre.

Er ist zurück.

Ich höre ihn ein Streichholz anreißen. Er zündet sich eine weitere Gauloise an. Eine Rauchschwade schlängelt sich über den Wandschirm. Den Adonis auf dem Bild scheint das nicht zu stören. Er lächelt weiterhin. Und ich? Bekomme einen Hustenanfall.

Ohne den Blick von dem sexy Pin-up zu nehmen, rufe ich mit betont beiläufiger Stimme: „Ich habe ein Bild gefunden, das mir gefällt."

„Mademoiselle?"

„Ich meine den attraktiven Kerl in den engen schwarzen Hosen, der sich unter dem schwarzen Vorhang versteckt hatte." Ich fahre mit der Zunge über meine Unterlippe. Oh, là, là ...

„Ah ... Sie haben Paul Borquet gefunden."

„Wer ist er?"

„Zu seiner Zeit galt er als Genie, Mademoiselle. Das Bild ist ein Selbstporträt, das er in seinem Studio in Montmartre angefertigt hat."

„Ich habe noch nie von ihm gehört."

„Nach seinem merkwürdigen Verschwinden im Jahr 1889 hat die Kunstszene ihn allmählich vergessen. Schon vor Jahren habe ich ihn mit dem Tuch verdeckt."

„Verdeckt? Aber wieso denn das?", frage ich neugierig. Ich lehne meine Hüfte gegen den verlorenen Künstler. Unsere Schenkel berühren sich. Von ihm geht ein Charisma aus, das Raum und Zeit zu überwinden scheint. Oder bin ich einfach nur geil?

„Die Modelle verschwenden viel zu viel Zeit, ihn anzusehen …", lacht der alte Maler. „… und sich selbst zu erregen."

Sogar in diesem schlechten Licht kann ich den Grund dafür erkennen. Der Mann sieht dunkel, gefährlich aus. Eine Aura von roher Leidenschaft umgibt ihn, und ich fantasiere von Cafés in finsteren Seitengassen, hochprozentigem Alkohol und schweißtreibenden Nächten voll hemmungsloser Lust. Ein erotischer Held.

Meine Augen wandern zu der Ausbuchtung zwischen seinen Beinen, und was ich sehe, bestätigt meine Befürchtung. Ohne Zweifel wird sein Ego seiner Männlichkeit in nichts nachstehen. Er ist sehr attraktiv, mit gemeißelten Gesichtszügen, die aber trotzdem nicht völlig symmetrisch sind, was ihm ein leicht arrogantes Aussehen verleiht. Mit gegrätschten Beinen steht er selbstbewusst da, das lange Haar fällt lockig über seinen offenen Kragen und bildet einen interessanten Kontrast zu seinen Brustmuskeln, die sich unter dem weißen Rüschenhemd abzeichnen.

Allein sein Anblick lässt das Blut in meinen erogenen Zonen schneller fließen. Der Kerl macht mich einfach verrückt. Ich rufe mir in Erinnerung, dass es nur ein Gemälde ist. Dann schleicht sich ein Gedanke in meinen Kopf. Wie es wohl wäre, mit ihm Liebe zu machen?

Wieso eigentlich nicht?

Nachdem David mir einen Korb gegeben hat, wird es ja wohl erlaubt sein, sich zu holen, was man braucht, selbst wenn es von einem zweidimensionalen Muskelpaket in engen Hosen ist.

In einer provozierenden Geste wickle ich den Samtstoff um meinen Körper, lasse ihn meinen Rücken hinuntergleiten und wackle aufreizend mit meinem Po. Ich überlege, wie es sich wohl anfühlt, mit meinen Fingern über seine Brust zu streichen, seine heiße Haut zu berühren, um ihn dann an dem fliederfarbenen Schal, den er sich um den Hals geschlungen hat, näher an mich heranzuziehen. So nah, dass ich seinen moschusartigen Geruch einatmen kann, bevor ich meine Wange an den Stoff seines nachtschwarzen Mantels drücke.

Hemmungen steigen in mir auf und verfliegen gleich wieder, so als ob mir jemand mit einem langen, tiefen Kuss den Atem raubt. Mit einem Zungenkuss. Meine Gedanken werden von dem Begehren beherrscht, von ihm geküsst zu werden.

Ein Schauer überkommt mich. Schweiß rinnt meinen Nacken herunter. Was mache ich hier eigentlich? Liebe mit einem Mann, der vor über hundert Jahren gestorben ist? Jetzt schnappe ich wirklich über. Ich sollte hinauslaufen in den Regen und mir ordentlich den Kopf durchspülen lassen.

Blitze tanzen über den kunstvoll verzierten Wandschirm und bringen die elfenbeinfarbene Oberfläche zum Leuchten. Ich zucke zusammen und drehe dem Bild den Rücken zu. Ich werde ihn nicht ansehen. Ganz bestimmt nicht. Der Donner grollt in meinen Ohren, als ob Paul Borquet meine Aufmerksamkeit auf sich lenken wollte.

„War er ein Impressionist?“, frage ich neugierig.

„Paul Borquet war einer der Besten, Mademoiselle“, sagte der alte Maler. „Monet, Renoir, Toulouse-Lautrec, sie alle bewunderten die Arbeit dieses jungen Künstlers. *Und* seinen Mut!“

Aus dem Augenwinkel versuche ich doch wieder einen Blick auf Paul Borquet zu erhaschen. Ich weiß, ich sollte es lassen, aber ich kann nicht anders.

„Mut?“, frage ich. Zugegeben, er war ein richtiges Alphatier. Interessant. Sehr interessant und genau das, was ich *nicht* brauche. Noch so ein Muskelpaket, der Steroide isst wie andere Menschen Gummibärchen.

„Er starb in den Flammen, Mademoiselle, als er versuchte, seine Geliebte zu retten.“

Das hört sich zwar ziemlich heldenhaft an, aber mein Bedarf an Machos ist gedeckt. Also wieso kann ich trotzdem nicht aufhören, ihn anzustarren? Das kann ich Ihnen genau sagen. Hier wurde nicht mit Licht und Schatten gearbeitet, um irgendwelche Makel zu verdecken. Ich kenne mich mit Kunst aus. Dieses Bild hat Energie. Es vibriert. Er verstand etwas von Farben und ihrer Wirkung in unterschiedlichem Licht. Lebendig schimmernd nimmt er die Fläche zwischen den Rahmenleisten ein. Wie ein Schnappschuss, unmittelbar und spontan, als ob er hier leibhaftig vor mir stehen würde.

„Paul Borquet“, murmle ich und sauge dabei an meinem Daumen. Ob er im Bett so gut ist wie mit dem Pinsel? Ein sexueller Hunger überfällt mich und lässt mich ganz tief in mich hineinspüren.

Während ich meine Lippen befeuchte, überlege ich, wie er wohl nackt aussieht. Mit meinen erhitzten Handflächen reibe ich über meine Oberschenkel, stelle mir vor, wie die taufeuchte, glänzende Flüssigkeit aus seinem Penis tropft. Ich koste diesen Moment genüsslich aus. Die breiten Pinselstriche, mit denen der Künstler sich gemalt hat, deuten auf eine verrückte Aggressivität in seinem Charakter hin, die mich erregt, mich schaudern lässt und gleichzeitig scharfmacht. Sehr scharf.

Unverwandt betrachte ich das Gemälde, wiege meine Hüften, träume davon, dass der Pinsel dieses verschollenen Impressionisten über meinen Bauch gleitet, zwischen meine Schenkel, um mich dann dort mit seinen weichen Borsten zu kitzeln. Mit seinen Fingern streicht er sanft über meinen ganzen Körper, hält hier inne und da, nimmt sich alle Zeit der Welt. Dann leckt er mich mit seiner Zunge und dringt mit seinem Finger sanft in mich ein. Rein und raus. Rein und raus.

Ich schwanke, schüttle mich, stöhne und kann meine Gier kaum noch unter Kontrolle halten. Der intensive Geruch von Ölfarbe vermischt sich mit dem süßen Duft meiner Lust, und ich bewege mich im Rhythmus einer Musik, die nur ich in meinem Kopf höre. Ich könnte schwören, dass Paul Borquet mir zublinzelt. Ich trete einen Schritt zurück, dann noch einen. Seine Augen scheinen mich zu verfolgen. Ein heftiges Verlangen steigt in mir auf und möchte befriedigt werden.

Ich beuge mich vor, berühre meine Brüste, spiele mit meinen Brustwarzen, wiege meine Schultern vor und zurück. Ich beginne mit meiner Muschi zu spielen und fordere den Mann auf dem Porträt heraus, mich zu küssen. Ich tue so, als ob ich mich über den verschollenen Künstler knie und meine Beine um seinen Hals schlinge. Seine langen Haare kitzeln die Innenseite meiner Schenkel, als ich meinen sanften Hügel auf seinen Mund presse und mich an seinen Lippen reibe. Es kribbelt und vibriert zwischen meinen Beinen.

Schmelzende, schweißnasse Hitze schlängelt sich nach unten zu meiner Möse. Ein leichtes, aber trotzdem brennendes Gefühl durchströmt mich, als er den sensiblen Punkt meiner Klitoris mit seiner Zunge kitzelt. Ich ziehe meine Muskeln zusammen. Meine Muschi ist eng und heiß, obwohl ich noch nicht gekommen bin. Ich will, dass er mich fickt. Ich will seinen Schwanz umklammern, als ob er ganz tief in mir wäre. Ich will ihn da für immer spüren! Mein Mund ist trocken. Ich lecke meine rosa glänzenden Lippen, stöhne laut auf.

Kann ich die Grenze überschreiten? Kann ich in meiner Fantasie zu einem Orgasmus kommen?

Ich lächle. Niemand sieht mich hinter dem Wandschirm. Niemand außer Paul Borquet mit seinen breiten Schultern, seinem ausgeprägten Bizeps, seiner schlanken Taille und seinen harten, muskulösen Oberschenkeln. Und seinem knackigen Hinterteil!

Mein Herzschlag dröhnt in meinen Ohren. Ich werfe all meine Hemmungen über Bord, schnappe mir die Statue des ägyptischen Gottes Min und halte sie zwischen meine nackten Brüste. Seine harte Erektion vergräbt sich in meinem Dekolleté, während ich wild meinem Höhepunkt entgegensteuere. Warmer süßer Saft fließt aus mir heraus, und melodische Wellen der Lust summen durch meinen Körper. Ein nahtlos ineinander übergehender Geräuschteppich aus Brummen, Schnurren, Seufzen und Stöhnen schwebt durch die Luft. Einige Laute hören sich an wie heftiges Atmen, andere sind lauter, und wieder andere erinnern an ekstatischen Lustschmerz.

All diese Geräusche intensivieren meinen Orgasmus, lassen ihn länger anhalten, als ich es bisher je erlebt habe. Ich habe meine Augen nicht geschlossen, sondern starre immer noch auf Paul Borquet. Ich wünsche mir, ich würde seine Arme um mich spüren, seine Küsse auf meiner heißen Haut, seinen Körper fest an meinen gepresst.

„Du würdest mir nicht entkommen, wenn ich jung und schön wäre“, flüstere ich auf Französisch und verlagere mein Gewicht auf das andere Bein. Die hölzerne Plattform gibt ein wenig nach und knarrt unter meinen feuchten nackten Füßen. Über meinem Kopf zucken die Blitze, stechen in meine Augen wie eine Tausend-Watt-Glühbirne. „Ich würde dafür sorgen, dass du dich in mich verliebst ...“

Ich schreie laut auf, als ein elektrischer Schlag die Bronzestatue trifft, die ich zwischen meinen Brüsten halte. Ein heißer Stromstoß schießt in mein Hirn, die Haare an meinen Armen stehen zu Berge, und meine Augäpfel scheinen sich nach außen zu wölben.

Am Rande meines Bewusstseins höre ich den alten Maler rufen, dass er Hilfe holen geht, aber ich kann nicht antworten, mich nicht konzentrieren. Die Muskeln in meinem Körper spannen sich an, und ich fühle, wie ich nach oben gehoben und durch Zeit und Raum gezogen werde, als wenn mich jemand durch die Luft schleudert. Ein seltsames Kältegefühl breitet sich in mir aus, als ob ich in einen Wirbel geraten bin. Elektrische Blitze zischen über meine Haut, in meinen Körper hinein und wieder heraus, schneller als ich mit den Wimpern zucken kann.

Was passiert hier mit mir?

Das ist nicht meine gewohnte Welt. Ich mag es ruhig und geordnet. Nicht wild und verrückt. Auf mir tanzen die elektrischen Blitze eine Choreografie von Licht und Schatten und folgen den Linien meines Schweißes. Ich bin atemlos und mehr als nur ein wenig verwirrt. Ich fühle mich regelrecht verhext, und mein Ausflug nach Paris wird immer mehr zu einer *Rocky Horror Picture Show* mit französischen Untertiteln. *Das kann doch wohl nicht wahr sein!*

Ein lauter Donnerschlag knallt in meinen Ohren und dann … gehen die Lichter aus.

Dunkelheit. Die feuchte Luft verströmt einen starken moschusartigen Geruch. Männlich.

Er kommt näher … immer näher … Ja, jetzt höre ich dieses erotische Lachen wieder, und jemand bläst heiße Luft in mein Ohr. Ich zittere. Ich drehe meine Finger um die Statue, bis sie zu brennen anfangen. Meine Brustwarzen versteifen sich, als ob jemand sie sanft gekniffen hätte. Ich werde schon wieder erregt und seufze tief auf. Jemand drückt meine Brüste zusammen, saugt an ihnen und stöhnt. Wer? Wo steckt er? Ich kann weder meine Augen öffnen noch schlucken, sprechen, meine Beine oder Hände bewegen, ihn berühren noch sonst irgendetwas tun.

Alles was ich zustande bringe, ist ein verzweifeltes Schnappen nach Luft. Ich liege einfach nur da …

Wo?

WO BIN ICH EIGENTLICH?

2. KAPITEL

Paris 1889

Der Künstler

Ich kann nicht malen, ich kann mich nicht bewegen. Alors, ich kann kaum glauben, was ich gesehen habe. Ich könnte schwören, dass eben ein seltsamer Blitzstrahl die Nacht erhellte und mir eine rothaarige Schönheit zeigte. Vollkommen nackt flirtete sie mit mir, provozierte sie mich, neckte mich mit den verführerischen Gesten ihrer zarten Schultern.

Ich starre immer noch in die hauchzarte Dunkelheit, die eine Ecke meines Zimmers verhüllt. Ein Schauer durchfährt meinen Körper, schießt über die eine Seite meines Gesichts nach oben, windet sich dann über meine Wirbelsäule nach unten und vermischt sich mit dem langsamen und brennenden Pulsieren in meinen Lenden. Bereit zu explodieren. Nein, ich muss verrückt sein. Oder im Delirium. Was da gerade passiert ist, macht mich ganz benommen. Wie ein Blitzstrahl, der durch meinen Körper schießt.

Langsam atmete er aus, blinzelte und versuchte die merkwürdigen Kopfschmerzen zu ignorieren, die wahrscheinlich auf zu viel Absinth zurückzuführen waren. Zumindest redete er sich das ein. Endlich hatte er die Kontrolle über sich wiedergefunden. Notdürftig.

Mit der Spitze seines Spazierstocks schlug er einen eigenartigen Takt gegen sein Bein. Ein seltsamer Rhythmus seiner

Seele, den nur er empfinden konnte. Er umfasste den Stock fester und versuchte sich zu sammeln.

Wie konnte so etwas möglich sein? Weder eine Kerze noch eine Lampe beleuchteten die Ecke seines Zimmers, in der er die Rothaarige gesehen hatte. Auch kein Mondlicht schien durch das offene Fenster. Er hatte niemanden gehört, der durch die schwere Holztür gekommen war. Das einzige Geräusch in seinem Ohr war ein sanftes Flüstern.

„Ich würde dafür sorgen, dass du dich in mich verliebst", säuselte sie verführerisch. Sie kicherte ein wenig und versuchte erst gar nicht, ihr lustvolles Stöhnen hinter gespielter Unschuld zu verbergen.

Dann fiel sie zu Boden, jegliches Leben schien aus ihr zu entweichen. So wie das abendliche Sonnenlicht sich über den Heugarben auf dem Kornfeld verflüchtigt und nur noch tiefe Schatten zurücklässt.

Kalt. Einsam. Er stöhnte.

Heute Nacht, bei der Arbeit in seinem Studio, hatte er das untrügliche Gefühl, beobachtet zu werden. Als ob ihn jemand lüstern betrachtete. Ihn auszog. Er grinste. Das musste die Rothaarige gewesen sein. Ein vertrautes Kribbeln setzte ein, ließ ihn sich vor Erregung winden. Als ob Tausende von karminroten Lippen, feuchten Lippen, *ihren* Lippen, ihn küssten und den langen Schaft seines Penis leckten. Hoch und runter, ihn mit der Zunge umkreisend.

Ungeduldig presste sein harter Ständer gegen seine engen Hosen. Er war aufgeregt, erregt von dieser rothaarigen Frau. Er fühlte, wie sein Penis weiter gegen den Stoff drängte, geschwollen vor ungestilltem Verlangen.

Aber erst einmal musste er herausfinden, ob die Frau nicht nur in seiner Einbildung existierte.

Mit leichter Angst im Herzen näherte Paul Borquet sich der dunklen Ecke in seinem Zimmer. Angst davor, dass die Rothaarige nur eine Illusion sein könnte. Denn was sollte sie sonst sein? Das Flüstern an seinem Ohr war aus weiter Entfernung an ihn herangedrungen, sich langsam auflösend wie das lange Seufzen eines jungen Mädchens nach ihrem ersten Höhepunkt.

Er atmete tief ein.

Das wunderschöne Mädchen lag auf dem Boden, bewegungslos. Sie war aus Fleisch und Blut.

Und sie war nackt. Der blasse Schimmer ihrer Haut entzückte ihn, ihr Gesicht verzauberte ihn, ihre Brüste wurden von ihrem Arm nach vorn gedrückt, und eine Hand lag so zwischen ihren Schenkeln, als ob sie ihn dazu auffordern wollte, ihre süße Frucht zu verwöhnen. Die Perfektion ihrer schmalen Hüften und ihrer langen Beine entzückten sein künstlerisches Auge. Er konnte sich an ihr nicht sattsehen.

Seltsam, als ob sich eine unsichtbare Hand auf ihn gelegt hätte, konnte er sich auf nichts anderes konzentrieren als auf diese Rothaarige. Nicht auf das Modell, das oben in dem kleinen Studio auf ihn wartete, nicht auf sein unvollendetes Bild, nicht einmal auf sein Verlangen nach mehr Absinth. Er war nach unten gerannt, um seinen Durst mit diesem grünen Likör zu stillen, als diese sonderbaren Lichtblitze ihn in dieses Zimmer zogen.

Dann hatte er sie erblickt.

Nichts anderes war mehr von Bedeutung.

Er atmete tief ein, und der Hauch ihres erotischen Parfums umfing ihn für einen sinnlichen Moment so real, dass seine Hand zu zittern begann, als er den Puls an ihrem Hals fühlte. Seine dunklen blauen Augen weiteten sich. Ja, das

Blut pochte noch in ihren Adern, allerdings war ihre Haut so heiß, als ob eine züngelnde Flamme über ihren Körper tanzte, ohne ihn zu verbrennen. Er konnte sich nicht zurückhalten, ihr Gesicht zu berühren, ihre Lippen, ihre Brüste. Das Verlangen, ihre aufgerichteten Brustwarzen zwischen seinen flinken Fingern zu drehen, erhitzte seine Lenden. Er sehnte sich danach, sie zu lecken und an ihnen zu knabbern. Er stöhnte und wünschte sich, seinen Kopf in ihrem porzellanweißen Fleisch zu vergraben und ihren weiblichen Duft einzuatmen. Süß und stechend. Erotisch.

Er musste sie malen. Unbedingt.

Er schloss seine Augen in ekstatischer Folter. Der Wunsch, diese schöne Rothaarige zu berühren, hatte ihn aus seiner depressiven Stimmung gezogen. Davor hatte er melancholisch in seinem Studio gesessen, in sich versunken und still, den Kopf auf die Brust gesunken, die Haare wild ins Gesicht hängend, sich mit Absinth betrinkend. Jede Nacht saß er so da und verfluchte die Kunstszene, weil sie sein Genie nicht erkannte.

Am späten Nachmittag hatte er sich aus seinem Rausch aufgerafft und war in den Louvre gegangen, um die Werke von Delacroix, Poussin und den holländischen Meistern des siebzehnten Jahrhunderts zu studieren. Das war immer eine willkommene Entspannung, wenn die Kopfschmerzen und Albträume sein Hirn marterten und er seinen Pinsel nicht mehr länger ruhig halten konnte.

Anschließend war er in sein enges Studio im Quartier Marais zurückgekehrt, im Haus der Comtesse, seiner einstigen Geliebten. Er hatte seine Farben vorbereitet, aber nichts geschah. Überhaupt nichts. Sein kreativer Drang war wie tot. Er konnte nicht mehr in die hintersten Ecken seines Geistes vordringen und die unendliche Weite seiner Vorstellungskraft entdecken. Dieses mystische Gefühl, das es ihm ermöglichte, seine Gefühle auf die Leinwand zu bringen. Aber er würde nicht aufgeben. Er konnte nicht.

Er sog den Atem ein, eine plötzliche Sehnsucht nach dem Geruch von Farbe und dem Geräusch flinker Pinselstriche, die in sein Ohr flüsterten, überfiel ihn. Mit gespenstischer Klarheit formte sich in seinem Geist das wunderschöne Bild der Rothaarigen, und er sah die kräftigen Farben bereits vor sich auf der Leinwand.

Rot. Blau. Gelb. Anstößige Farben, leidenschaftliche Farben. Lebendige Farben, die den Moment einfingen.

Sein Herz schlug schneller, ein zarter Schleier legte sich über seinen logischen Verstand, der Schleier des Wahnsinns. Er begleitete ihn oft in seiner Kunst. Einerseits kämpfte er darum, genug Bilder zu verkaufen, damit er sich neue Farben leisten konnte. Andererseits versuchte er doch vor allem ein Gefühl, einen Gedanken oder ein Bedürfnis auf der Leinwand auszudrücken.

Konnte nicht Hoffnung durch einen Stern am Himmel ausgedrückt werden? Der Hunger einer Seele nach Liebe durch einen leuchtenden Sonnenuntergang? Die Schönheit aller Frauen durch die strahlenden Augen einer einzigen Frau?

Er war sich sicher, diese eine Frau in der Rothaarigen gefunden zu haben.

Wie war sie zu ihm gekommen? Sie war hier in seinem Zimmer, dieses verführerische Geschöpf der Nacht. Und da es so war, musste sie eine Anhängerin des Okkulten sein, geschult in schwarzer Magie. Er berauschte sich an der Idee, mit ihr die passende Partnerin für seine Erkundungen der verschiedenen mystischen und sexuellen Spielarten gefunden zu haben. Daran, dass sie ihn begleiten könnte auf seinen Ausflügen in die hedonistische, exzessive Unterwelt von Paris, wo Frauen nackt tanzten und die dekadenten Männer kokett herausforderten.

Er nannte es seinen *Cirque Erotique*, seinen erotischen Zirkus, wo auf ausschweifenden Feiern in Privathäusern junge *Mesdemoiselles* ohne Höschen auf Fahrrädern von Zimmer zu Zimmer fuhren und so den Herren einen vorzüglichen Blick auf ihre bloß gelegten Hinterbacken gönnten. Oder andere sich als Liebessklavinnen anboten und starke Drogen konsumierten, um die eigene Lust zu steigern, während sie den Bitten ihres Herrn nachkamen. Und wieder andere sich für wollüstige Dreier zur Verfügung stellten und dabei stets darauf achteten, dass die Herren den doppelten Spaß hatten.

Er liebte diese Welt, liebte es, den Frauen zuzusehen, wie sie liebten und erregten, verführten und verführt wurden. Eine Welt, in der die Magie in jedem Kuss zu finden war und in der jeder Kuss magisch war. Eine Welt, die ihn fesselte und überwältigte.

Die Welt der Schwarzen Künste.

Das Mädchen stöhnte. Sie bewegte sich. „Oohh…“

Einen Arm hatte sie über die Brust gelegt und presste damit ihre üppigen Rundungen zusammen. Ihm stockte der Atem. Der Anblick ihres weißen Fleisches entzückte sein Auge, aber sein Verstand riet ihm, sie zuzudecken. Ansonsten würde sie sich vielleicht noch erkälten.

Er war mit der Garderobe der Hausherrin nur zu gut bekannt, und so brauchte er nicht lange, um einen Kapuzenumhang aus rotem Samt für die schöne Unbekannte zu finden.

Er bedeckte den nackten Körper des Mädchens mit dem Mantel, dann hob er sie auf und schwelgte in dem Gefühl ihres federleichten Körpers in seinen Armen. Ihre Hand entspannte sich, und der Gegenstand, den sie darin gehalten hatte, fiel auf den Teppich.

Seine Kehle zog sich zusammen. Nein, das konnte nicht sein. Doch es war seine eigene Statue des ägyptischen Gottes Min. Hatte sich das Mädchen heimlich ins Haus geschlichen, um sie zu stehlen? Welche anderen Schätze hatte sie gesucht? Juwelen? Goldstücke? Seidengewänder? War sie in Wirklichkeit nichts weiter als eine Diebin und nicht die Göttin, für die er sie gehalten hatte?

Er sollte sie auf die Straße werfen und vergessen. Diese Frauen waren sinnliche Geschöpfe, die für ihre Dienste Küsse und verbotenen Sex versprachen. Nackte junge Frauen in den Fängen der Leidenschaft, küssend, lutschend, den Mann mit seidenen Tüchern fesselnd, Augenbinden und Penisringe einsetzend, um seine Erektion so lange zu halten, bis er jedes Mädchen befriedigt und sie in orgiastischem Glück hatte aufschreien lassen.

War sie so eine?

Er betrachtete ihr liebliches Gesicht, die Fülle und Schönheit ihrer Brüste, die elegante Kurve ihres sich hebenden und senkenden Brustkorbs. Ihre helle Haut zeichnete sich so weiß und rein gegen den leuchtend roten Umhang ab. Er würde verrückt werden, wenn er sie nicht malen konnte, und deshalb würde er sie behalten. Aber er würde vorsichtig mit seinen Gefühlen sein. Sehr vorsichtig.

Er bettete sie auf ein roséfarbenes Sofa und legte ein rotes Seidenkissen unter ihren Kopf. Er berührte ihre Wangen, die gerade Linie ihrer Nase, die vollen Lippen und ihre Brüste. Er ließ seine Finger über die zarten Konturen ihres flachen Bauches und die Innenseiten ihrer Schenkel wandern, bevor sie sich in den gelockten roten Haaren verloren, die ihre Scham bedeckten.

Sein Traum lag in seinen Armen, seine bezaubernde Mademoiselle. Doch eine Sache konnte er sich nach wie vor nicht erklären. Wieso hatte sie die Statue des Min gestohlen? Aus welchem Grund? Wusste sie von ihren geheimnisvollen Kräften? Ja?

Er schon.

Sein Interesse für das Okkulte war geweckt worden, als die Besitzerin des roten Samtumhangs, die wunderschöne und reiche Comtesse, ihm die kleine Statue geschenkt hatte. Nicht nur als Bezahlung für das Porträt, das er von ihr gemalt hatte, sondern vor allem für sein Engagement in ihrem Boudoir. *La Comtesse* behauptete, dass die Statue in der Pyramide eines mächtigen, für seine sexuellen Heldentaten berühmten Pharaos gefunden worden war. Die Statue hatte magische sinnliche Kräfte, in die sie ihn nur zu gern einweihen wollte, wie ihre einladende Pose auf dem Bett deutlich machte. Er hielt ihr Gesicht zwischen seinen Händen, senkte dann seinen Mund auf ihre Lippen herab, um sie tief zu küssen, bis sie endlich ihre Beine um seine Hüften schlang und ihre Knöchel hinter seinem Rücken kreuzte. Er ließ sich in sie hineingleiten, um dann mit seinem Schwanz in einem Rhythmus, der langsam begann und immer schneller wurde, in sie hineinzustoßen, bis sie von so vielen Orgasmen geschüttelt wurde, dass sie das Bewusstsein verlor.

Die Comtesse zu vögeln war nicht das einzige lustvolle Spiel, dessen er sich erfreute. Von Zeit zu Zeit fanden in den großen Herrenhäusern des Quartier Marais ausschweifende Orgien statt, und er nahm nur zu gern daran teil, lediglich in einen roten Umhang gekleidet, der seinen nackten, muskulösen Körper bedeckte. Sein Gesicht versteckte er hinter einer Fuchsmaske, aber trotzdem meinten viele junge Frauen ihn genau an dem zu erkennen, was er nicht verbergen konnte.

Seinem Schwanz.

Lang, hart und perfekt geformt.

Sein bevorzugter Trick auf solchen ausschweifenden Festen bestand darin, seinen Spazierstock zu verstecken und die eifrigen jungen Damen einzuladen, unter den Schwingen seines Umhangs danach zu suchen. Sie ließen ihre Finger, ihre Lippen, sogar ihre *melons,* die prallen Brüste, über jede Stelle seines Körpers gleiten, bis sein Penis sie gefunden hatte und ihre *conasses,* ihre Mösen, mit lustvoller Magie füllte.

„*Hélas, tu es bien monté*", flüsterten die Frauen und gaben ihm damit zu verstehen, dass er gut bestückt war. Er begab sich mitten in den Pulk nackter Frauen, presste sich an sie, pumpte, stieß mit seinem Schwert zu, hart und aufs Höchste erregt. Sein attraktives Gesicht hielt er verborgen, beobachtete durch die Löcher der Maske die willigen Frauen, die nur darauf warteten, von ihm befriedigt zu werden.

Aber nicht heute Nacht. Heute war er vor Leidenschaft für seine Kunst entbrannt. Langsam breitete sich Hitze in seinem Körper aus, und er hatte eine Vision von dem, was jetzt zu tun war. Heute musste er malen.

Sie. Die Rothaarige.

Aber zunächst mal musste er die Blondine loswerden, die immer noch in seinem Studio auf ihn wartete.

„Gefalle ich Euch denn gar nicht, Monsieur?", fragte eine feminine Stimme. Sie betonte das Wort „gefallen" und zog dabei eine süße Schnute. Aber das konnte ihn heute nicht beeindrucken.

„Tut mir leid, aber ich habe meine Meinung geändert, Lillie.“ Er knöpfte seine dunkelblaue farbbekleckste Jacke zu und zog den pflaumenfarbenen Schal enger um seinen Hals. Der Schal war sein Markenzeichen, und er passte gut darauf auf.

Er zwang sich, das Modell anzusehen, ein hübsches Mädchen von Madame Chapets *Maison Tolerée,* einem bekannten Bordell.

Lillie de Pontier war das hübscheste der Mädchen aus diesem Haus in der Rue des Moulins. Er hatte sie unter den drei Frauen ausgewählt, die sich auf einem Himmelbett miteinander vergnügten, sich streichelten, liebkosten, küssten und sich gegenseitig die Brüste leckten.

Es hatte ihr gefallen, von ihm ausgewählt zu werden, denn sie hatte sich an ihn gedrängt, blies ihm warme Luft ins Ohr und rieb ihr knackiges Hinterteil an seinen Lenden. Aber jetzt hatte er genug von ihr. Er war nervös. Aufgekratzt. Die Rothaarige würde bald aufwachen. Er musste Lillie über die Hintertreppe nach draußen bringen, damit die beiden Frauen sich nicht begegneten. Er war nervös, denn er hatte nicht viel Zeit.

„Ich werde Euch kostenlos zeigen, Monsieur, wofür ganz Paris viel Geld bezahlen würde.“ Lillie löste ihren schwarzen Strapshalter, und die rosafarbenen Strümpfe rutschten wie zwei sich windende Schlangen an ihren cremefarbenen Schenkeln herunter.

„Zieh deine Strümpfe wieder hoch, Lillie.“

Das Mädchen ignorierte ihn und beugte sich zu ihm herüber. Er bemerkte die Schweißperlen zwischen ihren nackten

Brüsten. Einen Moment lang konnte er seine Augen nicht von ihr abwenden. Sie trug nur ein Korsett aus pfauenblauem Satin, das sich eng um ihre schmalen Hüften legte und ihre unverhüllten Brüste nach oben drückte. Ihr beachtlicher Busen dehnte sich in alle Richtungen, und das gefiel ihm. Ihre milchig weißen Brüste erregten ihn und versprachen lustvolle Momente. Eine etwas verknitterte pinkfarbene Schleife um ihren Hals vervollständigte den Effekt.

Er streckte den Arm aus, um die Schleife zu öffnen …

Doch dann hielt er abrupt inne, die Hand noch ausgestreckt. Er hörte Geräusche, die von unten kamen. War das ein Stöhnen? Von der Rothaarigen?

„Eure private Vorführung wird gleich beginnen, Monsieur", schnurrte Lillie mit heiserer Stimme. Ihre langen weißen Finger zogen einen der Strümpfe weiter nach unten. Sie wackelte verspielt mit ihren Zehen, bevor sie langsam ihre Beine spreizte und ihm einen kurzen Blick auf ihr Schamhaar freigab. Ein goldgelbes Dreieck zwischen perfekten Schenkeln.

Sa chatte. Ihre Möse. Gepflegt und aufreizend. Das hatte er nicht erwartet. Sie neigte den Kopf leicht zur Seite, und ihre Augen schienen ihn zu fragen: Nun, was hältst du davon?

„Du bringst mich in Versuchung, Lillie, aber ich …"

Hörte er da nicht jemanden umhergehen? Schubladen öffnen und sie wieder laut zuschieben?

„Ich bin die Beste aus Madame Chapets Haus." Lillie saugte an der Fingerspitze ihres Zeigefingers und berührte dann die Innenseite ihrer Schenkel. Ihre Finger glitten wie beiläufig hoch und runter, immer näher an ihre zarte Muschi heran.

„Ich kann den Hengst so lange reiten, wie es dem Gentleman beliebt."

Sie schlug in die Luft wie mit einer unsichtbaren Reitgerte, und für einen Moment geriet Paul Borquet in Versuchung.

Sogar sehr.

Die aufgestaute Leidenschaft in seinen Lenden schrie geradezu nach Erlösung. Er stellte sich vor, wie er auf einem Stuhl saß und Lillie über sein Knie legte, mit seinem Spazierstock die Rundungen ihrer wohlgeformten Waden und Schenkel entlangglitt. Dann würde er leicht auf ihren nackten Hintern schlagen, bevor er sie umdrehte und nahm, ihren Mund weit geöffnet, seine Zunge ihre Lippen leckend, überall würde er sie berühren, ihre Brüste, ihre Taille, ihre Schenkel. Jede Stelle ihres Körpers.

Aber er ignorierte das Verlangen in ihren Augen, das ihm ganz genau verriet, was sie sich wünschte. *Baiser.* Liebe mich. Heute Nacht.

Er schüttelte den Kopf. Nein, das konnte er nicht, obwohl sie wunderschön war. Das chinesische Reispuder ließ ihre engelsblasse Haut sanft schimmern, ihre delikat geschwungenen Augenbrauen waren von dunkler Farbe betont. Tiefblauer Lidschatten war über ihren Lidern verteilt und verstärkte das Leuchten ihrer Augen. Er konnte genau erkennen, wo sie mit dem Fell eines Hasenfußes pinkfarbenes Rouge auf ihren Wangen, auf ihren Ohrläppchen und über das Kinn verteilt hatte. Ein Hauch von künstlichem Gold bestäubte ihr Haar. Ein wenig übertrieben, aber effektvoll.

La belle fille, diese schöne Frau, war in der Kunst der Illusion bestens bewandert. Und das war leider auch genau der Grund, wieso sie niemals zu seinem perfekten Modell werden würde, wieso er sie niemals auf seiner Leinwand zum Leben erwecken konnte. Weil alles an ihr Illusion war.

Mais non, es war eine andere Frau, die ihn begeisterte, die provozierender war, ausgefallener und sexuell erregender.

„Ich brauche dich heute Nacht nicht mehr, Lillie", sagte er und verabschiedete sie. Aber er hätte es besser wissen müssen. Jemand mit Lillies Fähigkeiten gab nicht so schnell auf.

„Schaut mir zu, Monsieur", flüsterte sie. Dabei spielte sie mit ihrem Schamhaar und tauchte einen Finger in ihre Muschel. „Schaut mir zu, wie ich auf meinem Musikinstrument eine Melodie spiele, die Euch gefallen wird."

Es erstaunte ihn nicht, dass sie dabei sehr überzeugend zu stöhnen begann. Ohne Zweifel hatte sie viel Erfahrung damit. Aber er hatte jetzt einfach keine Zeit für Liebe. Es war ein sinnloses Gefühl, dass ihm nur die Energien aussaugte, die er zum Malen brauchte. Die Kunst war seine Mätresse. Niemals würde er eine Frau so sehr lieben wie seine Kunst. Niemals.

Er strich mit den Fingern über den Elfenbeingriff seines Gehstocks, der in der Form eines Liebespaares geschnitzt war. Sein eigener Penis war ebenso hart wie der des Mannes, der sich über die Frau beugte und in sie eindrang.

Auch Lillie musste seinen Ständer wahrgenommen haben, denn sie stöhnte noch lauter. Sie wiederholte einige Male, was für einen starken und muskulösen Körper er habe und welche Freude es ihr bereiten würde, ihr Gesicht zwischen seinen Schenkeln zu vergraben und ihn zu verwöhnen.

Er versuchte ihr offensichtliches Werben zu ignorieren. Irgendwie musste er sie jetzt loswerden. Aber wie? Seine schwitzenden Hände glitten an seinem Stock hoch und runter. Wieso war er so getrieben von seiner Leidenschaft, diese rothaarige Frau zu malen?

Er kannte die Antwort. Sie war die Verführerin, die ihm von den Göttern geschickt worden war, das perfekte Modell für sein Meisterwerk. Durch sie würde er seiner Kunst einen unverwechselbaren Stempel aufdrücken und den innersten Gefühlen seiner Seele Ausdruck verleihen. Er hätte nie gedacht, dass so eine Frau in dieser Welt existierte.

Aber noch ein anderes Verlangen trieb ihn an. Primitiv. Lüstern.

Er hatte keine Zeit mehr zu verlieren.

„Zieh deine Kleider an, Lillie", befahl er dem Mädchen. „Ich kann heute nicht mehr malen." Ihre Bluse lag in tausend kleine Falten zerknittert auf dem Boden, und ein roséfarbener Strumpf lag nachlässig obendrauf, ebenso wie ihr violettes Taftkleid, ihr Petticoat, die violetten Schnürstiefel und ein winziger Hut mit einem langen Schleier.

„Pardon, Monsieur?", fragte sie.

„Du gehst jetzt."

„Aber wir haben doch noch gar nicht gespielt ..."

„Ich habe keine Zeit für Spiele. Ich habe eine andere Verabredung."

„Um fünf Uhr morgens?"

„Tu was ich sage, oder Madame Chapet wird von deiner Ungehörigkeit erfahren."

„Diese alte Hure? Die interessiert sich nur für Geld, und an mir verdient sie eine ganze Menge." Lillie stieg wütend in ihren Petticoat und zog ihre Schuhe an, allerdings ohne sie zu schließen.

Unten wurde eine Tür zugeschlagen.

Sie lachte. „Wie ich höre, konnte Eure Verabredung nicht warten, Monsieur."

Er geriet in Panik. „Nein! Sie darf nicht verschwinden. Auf keinen Fall!“

Paul ergriff seinen Stock und sein schwarzes Cape und schwang es sich um die Schultern, als wäre er ein Wesen der Dunkelheit, das sich auf der Wolke eines Traums in die Lüfte erhob.

Schnell sprang er die Treppen hinunter, öffnete die Tür und rannte nach draußen. Er verschmolz mit der Menge der Bettler, die zu dieser Stunde durch die Boulevards des Quartier Marais streiften, Kreaturen mit einem Korb auf dem Rücken, aber keinem Namen auf ihrer Seele. Kein Windhauch bewegte die klare, trockene Luft.

Wo konnte das Mädchen bloß sein?

Er hielt eine Lumpensammlerin an und fragte sie, ob sie eine junge Frau gesehen hätte, die in einem roten Samtcape aus seinem Haus gerannt war. Die Alte streckte ihre Hand aus, und nachdem er ihr einen Geldschein gegeben hatte, zeigte sie in Richtung Rue Saint-Merri.

Freude durchfuhr ihn und öffnete ihm die Augen für die Wahrheit. Sie war also keine Illusion. Sie war irgendwo hier draußen. Aber wo?

Den Griff um seinen Gehstock verstärkend, rannte er mit flatterndem Cape durch die Nacht. Er wusste, dass er keine andere Chance hatte, als sie zu finden.

Egal was er dafür tun musste.

3. KAPITEL

Oh Gott, was zum Teufel ist passiert?

Zzz-zap, zzz-zing, bumm!

Wie ein Donnerschlag ist die Energie durch mich hindurchgefahren und hat mir den wildesten Orgasmus aller Zeiten verschafft. Im Zentrum meiner Vagina hat es angefangen, tief in mir drin. Zischend wie ein heißer Feuerball, pulsierend, anschwellend, bis es mich vollständig ausfüllte. Dann schien meine Klitoris in Flammen zu stehen, und leuchtende Feuerwerkskörper explodierten vor meinen Augen.

Silber, rot und blau. Heiß, sexy, geil.

Es war eine außergewöhnliche, seelenschmelzende Erfahrung: Mein ganzer Körper zuckte mit jedem Schlag, meine Beine zuckten, als ich durch Zeit und Raum flog. Elektrische Schauer regneten auf mich herab, versengten meine Haut, ließen mich laut aufschreien. Mein lang gezogenes Stöhnen muss geklungen haben wie Weinen. Lange, rhythmische Schauer liefen über meinen Körper, erregten mich und kündigten meinen Höhepunkt an. Dann begann meine Muschi sich rhythmisch zusammenzuziehen, krampfte sich, um …

Moment mal. Wie konnte all das passieren ohne einen Penis, der mich ausfüllte? Der tief in mich eintauchte und mich völlig in Besitz nahm? Die Muskeln meiner Vagina versuchten ihn immer tiefer in mich hineinzuziehen.

Aber nein. Das habe ich mir alles nur eingebildet.

Oder doch nicht?

Paul Borquet.

Ich könnte schwören, dass ich durch die Schlitze meiner fast geschlossenen Augen gesehen habe, wie er sich über mich beugte. Sein männlicher Geruch heizte meinen Appetit auf Sex erneut an, und die Arroganz, mit der er sich nahm, was ihm gefiel, versetzte mich in einen frustrierten Zustand höchsten Aufruhrs. Ich fühlte seine Hände auf meinen Brüsten, sein Daumen rieb über meine steifen Knospen, während seine andere Hand über meine Taille nach unten strich und sich durch mein Schamhaar wühlte.

Oh, das war köstlich.

Er. Stöhnend, keuchend. Sein Körper steif, heiß, glänzend vor Schweiß.

Ich. Prickelnd. Strahlend. Zitternd und darauf brennend, dass er endlich die zarte Wölbung zwischen meinen Beinen berührte, meine Lippen zur Seite schob und einen Finger in mich einführte …

Doch dann war er plötzlich verschwunden.

Wohin?

Und wo zum Teufel bin ich?

Ich glaube, es ist an der Zeit, dass ich das herausfinde.

Mit schwingenden Armen mache ich mich auf den Weg. So ganz ohne Höschen reiben meine Schenkel aneinander. Mit brennenden Füßen laufe ich die Rue Saint-Merri entlang und schaue überall gleichzeitig hin.

Ich sehe ein paar elektrische Lichter, die die schmalen Gassen notdürftig beleuchten. Ansonsten sind es vor allem die Gaslaternen der größeren Häuser, die ein gelbes Licht über das Kopfsteinpflaster werfen und überall dunkle Schatten entstehen lassen. Ein außergewöhnlicher Hauch, kaum ein Nebel, bedeckt alles wie ein zarter Schleier.

An der Ecke steht ein Mann, der in einem großen Kessel rührt. Er nimmt seinen Fellhut ab und stellt den Kragen seines Mantels hoch, während er die heißen Maronen in seiner Pfanne wendet. Der Geruch von Nüssen weht über die Straße und verführt mich zum Anhalten, und fast stelle ich all die Fragen, die mir auf der Zunge liegen. Aber ich halte mich zurück. Ich will erst mehr sehen.

Ich werde nicht enttäuscht und sehe Pferdekarren, Leiterwagen, eine Kutsche und sogar ein einsames Fahrrad zu dieser frühen Stunde. Der Verkehr scheint hier keinen besonderen Regeln zu gehorchen. Ich höre das Klappern von Pferdehufen, und eigentlich sollte man meinen, ich hätte jetzt endlich kapiert, was passiert ist, oder? Aber bei mir fällt der Groschen immer noch nicht. Es ist alles zu verwirrend.

Ich gehe weiter und hülle mich enger in das rote Samtcape, um mich vor dem Morgenfrost zu schützen. Innen ist es mit glattem Seidensatin gefüttert, so samtig weich wie nackte Haut. Ich kuschle mich hinein und fühlte mich sündhaft elegant. Woher kommt es eigentlich?

Als ich nach dem besten Orgasmus meines Lebens wieder zu mir gekommen bin, hüllte der Umhang mich von Kopf bis Fuß ein. Aber meine eigenen Kleider? Mein Geldgürtel, mein Pass – alles war verschwunden. Eine Frau braucht mehr als roten Samt, um ihren Weg nach Hause zu finden. Oder zu ihrem Hotel. Denn da will ich jetzt hin. Und ich werde zur Polizei gehen, um herauszufinden, was der alte Künstler mit meinen Sachen gemacht hat.

Das Nachbeben des Orgasmus hält mich immer noch in seinen Fängen, ich fühle mich zittrig und schwach, als ob ich der Star in einer *Ménage à trois* gewesen wäre, doch ich weiß noch genau, was danach passiert ist.

Das Studio lag ganz im Dunklen, und außer einer elektrischen Lampe mit einem durchsichtigen, zylinderförmigen Schirm gab es kein Licht. Eine *elektrische* Lampe? Nachdem ich den pinkfarbenen Chiffonschal bemerkte, den jemand darübergehängt hatte, um ein angenehmeres Licht zu schaffen, zweifelte ich daran. Spätestens jetzt hätte ich eigentlich wirklich darauf kommen müssen. Aber ich schob den Gedanken beiseite. Ich war viel zu fasziniert von der Garderobe mit den Kostümen, die ich fand: Petticoats, Strümpfe, Strapshalter, Schnürstiefel. Leider keine Unterwäsche. Aber in meiner momentanen Situation konnte ich nicht wählerisch sein. Ich zwängte mich in einen weißen Petticoat aus weißer und pinkfarbener Spitze. Darüber zog ich ein apricotfarbenes Kleid, so dünn, dass es fast transparent wirkte.

Wie ein Teenager begann ich zu kichern, als ich zum ersten Mal bemerkte, dass meine Brüste nach oben zeigten und nicht nach unten hingen wie sonst. Meine harten Nippel zeichneten sich unter der Seide ab, als ob ich gerade mal neunzehn wäre.

Ist das nicht auch der Sinn und Zweck teurer Wäsche? Dass man sich darin sinnlich und schlank fühlt?

Oder war es etwas anderes? Hatte meine Verwandlung vielleicht mit schwarzer Magie zu tun?

Als ich einen silbernen Gürtel umschnallte, merkte ich, dass sich auch meine Hüften schlanker anfühlten. Dann schlüpfte ich noch in ein Paar perlgrauer Schnürstiefel mit spitzem Absatz und hüllte mich in einen wunderschönen Samtumhang.

Da es keine Spiegel gab, konnte ich nicht sehen, wie ich aussah. Aber alles schien perfekt zu passen. So als ob ich einige Pfunde verloren hätte.

Sehr merkwürdig.

Ich wollte fest daran glauben, dass der Zauber der Statue

gewirkt hatte. Aber irgendwie konnte ich das einfach nicht. Noch nicht.

Meine Wadenmuskeln krampfen, und ich fühle mich ganz steif, als ich so über den Boulevard laufe, darauf hoffend, dass ich endlich in die Rue Saint-Honoré komme. Der verblichene Mond am Himmel ignoriert mich, genauso wie die dunklen Wolken, die versuchen, ihn zu verdecken. Zum Glück keine Sturmwolken, kein Donner und hoffentlich auch keine Blitze oder Regenpfützen. Aber für einen Sommermorgen ist es ziemlich kalt.

Eine kühle Brise spielt mit den Samtzipfeln, die um meine Beine wehen. So als ob sie wüssten, dass ich kein Höschen trage und mich entblößen wollten. Ich achte nicht drauf. Ich muss unbedingt ein paar Antworten finden. Und zwar schnell.

Wieso sah das Studio vorhin so anders aus? Wo war der alte Künstler? Wie lange war ich bewusstlos?

Und was war mit Paul Borquet? Der konnte nicht echt gewesen sein. Ich hatte mir das Ganze wahrscheinlich nur eingebildet.

Ich atme tief aus und sehe meinen Atem in der Kälte wie Rauch vor mir. Trotzdem schwitze ich und höre mein eigenes Schnaufen wie ein überlautes Echo. Mein langes Cape schleift auf der Straße, und ich trage flache Schnürstiefel mit abgeflachter Spitze. Ich will es nicht wahrhaben, was mir da eben durch den Kopf geht. Nichts was ich hier sehe, fühlt sich real an. Das kann doch nicht sein. Wahrscheinlich liege ich in Paris im Krankenhaus, Schläuche kommen aus meiner Nase, meinem Mund und aus allen anderen Löchern. Meine Mutter springt um mich herum, während sie mit einem hübschen französischen Doktor flirtet, der ihr versichert, dass ich bald wieder aufwachen werde. Nur eine Beule, als sie während eines Gewitters ausrutschte, wird er ihr sagen.

Natürlich würde meine Mutter nachfragen. Sie sagen, sie wäre nackt gewesen? Und hatte ihre Hand fest um die Erektion einer ägyptischen Statue geschlossen? Meine Tochter?

Ja, Mutter. Deine Tochter, die den erotischsten Traum aller Zeiten hat und daraus auch auf keinen Fall so schnell aufwachen will. Also schauen wir mal, was als Nächstes passiert.

Ich schaue mir das Straßenpflaster an. Ein leiser Seufzer entflieht meinen Lippen und zieht ein Gefühl der Frustration hinter sich her, als ob mein Atem einen Moment an einer Feder hängen bleibt. Überall sehe ich Baustellen. So als ob Paris sich einem Facelifting unterzieht.

Meine Faszination kann ich nicht so genau beschreiben, aber ich fühle sie am ganzen Körper, bis tief unten in mein Geschlecht. Es kommt mir so vor, als ob *ich* die Stadt Paris sei und mein Körper, mein Geist und auch mein Sexleben gerade einer Rundumerneuerung unterzogen würden. Mein Körper fühlt sich jünger und straffer an. Meine Kurven sind gefährlich. Ich bin eine Sexbombe, Baby.

Dieses sinnliche Gefühl nimmt von mir Besitz und lässt mich nicht mehr los. Ich atme es ein. Behalte es in mir. Macht fühlt sich irre an. Sexuelle Macht ist noch unbeschreiblicher.

So, Jungs, macht euch auf alles gefasst, jetzt komme ich!

Ich überquere die Straße, und überwältigender Blumenduft steigt mir in die Nase und verführt mich. Morgendlicher Tau liegt noch auf der Plane des Blumenstandes. Untendrunter sehe ich eine alte Frau, die einen abgetragenen schwarzen Schal um den Hals geschlungen hat und liebevoll ihre Rosen, Lilien und Veilchen zu Sträußen bindet. Die Alte zieht den

Schal ein wenig nach hinten und lächelt mich an. So sehr bin ich darin versunken, sie anzusehen, dass ich den Mann nicht bemerke, der von hinten auf mich zukommt …

„Pardon, Mademoiselle“, lallt der junge Dandy und rempelt mich an. Er trägt einen schwarzen Zylinder und einen Frack. Offensichtlich ist er ziemlich verwirrt, entweder über meinen Auftritt oder über die Umgebung hier.

Ich rümpfe die Nase, denn ein starker Alkoholgeruch zieht durch die Luft. Wahrscheinlich üben die sanft geschwungenen Kurven einer Weinflasche eine stärkere Faszination auf ihn aus als die Reize einer Frau. Der junge Mann torkelt über den Boulevard, mit sich selbst sprechend, als aus dem Nichts heraus eine Lumpengestalt mit einem Weidenkorb auf dem Rücken hinter ihm auftaucht. Ich drehe meinen Kopf und schnüffle. Wonach riecht es hier plötzlich? Sehr übel, als ob sich jemand seit Wochen nicht gewaschen hat.

Mit Erstaunen beobachte ich die vermummte Gestalt. In einer Hand trägt sie eine Laterne und in der anderen einen scharf gebogenen Haken, mit dem sie aus der Manteltasche des Dandys einige Wertgegenstände entwendet und in den Korb wirft.

„Passt auf, Monsieur!“, schreie ich und versuche den jungen Mann zu warnen. Aber er ist zu betrunken und torkelt besoffen weiter, ohne sich nach mir umzusehen.

„Schert Euch um Eure eigenen Angelegenheiten, Mademoiselle.“

War das eine Frau? Die Stimme ist zwar rau, aber sie hört sich definitiv feminin an.

„Das geht mich schon etwas an“, rufe ich zurück. „Ihr

seid eine Diebin, Madame, oder noch Schlimmeres." Nichts hiervon ist real, sage ich mir wieder und wieder und trete einen Schritt näher. Diese seltsame Kreatur fasziniert mich.

„Ihr seid ein ziemlich freches Luder, Mademoiselle!"

Überrascht von meinem Mut hält sie inne und verlagert das Gewicht unter dem schweren Korb. Sie könnte um die vierzig sein, aber durch ihre gebückte Haltung wirkt sie viel älter. Die grauen Lumpen, die sie trägt und aus denen an manchen Stellen ein wenig Seide hervorblitzt, lassen den Eindruck einer von Armut gezeichneten Frau entstehen, und fast könnte man Mitleid haben. Aber trotzdem steckt auch etwas Berechnendes in ihr. Was mir am meisten an ihr auffällt, sind ihre schicken schwarzen Lederstiefel. Sie sieht, dass ich sie anstarre, und grinst.

„Die gefallen Euch?"

„Wo habt Ihr die denn gestohlen?", frage ich frech.

„Gestern noch gehörten sie einer schicken Frau aus der Rue Saint-Honoré." Sie zieht ihren Rock mit besagtem Haken nach oben und zeigt sie mir. „Jetzt zieren sie die schwieligen Füße der alten Mathilde, *ma fille.*"

Hatte sie mich eben eine Hure genannt?

„Ihr seid vielleicht eine Diebin", erwidere ich, „aber ich bin deshalb noch lange keine Hure."

„*Eh bien?* Wirklich? Was könntet Ihr sonst sein, mit Eurem feuerroten Haar, Mademoiselle?"

Ich zucke zusammen, als sie meine Haare berühren will, aber ich entziehe mich nicht. Irgendetwas an ihr fasziniert mich, als ob sie in diesem Melodrama eine Schlüsselfunktion hat.

„Ich habe diese Haarfarbe nur einmal zuvor gesehen, und zwar bei der Mätresse eines Gentleman. Sie war in ausgefallene Seidenkostüme gekleidet, mit Federn geschmückt und duftete nach getrockneten Nelken und Rosen."

Ich rümpfe die Nase. „Fragt mich nicht, nach was Ihr riecht ..."

Bevor ich sie aufhalten kann, rempelt sie mich an, reißt mein langes, fließendes Cape auf und zieht es mir dabei fast aus. Meine nackten Brüste schauen ein wenig unter dem Satinkleid hervor, die braunen Nippel sind aufgerichtet, und meine Haut hat die Farbe eines Pfirsichs.

Die Frau bekommt ganz große Augen. „Bei Gott, niemals zuvor habe ich irgendjemanden hier auf den Straßen von Paris in Unterwäsche herumlaufen sehen."

Ich ziehe das Cape fester um mich. „Jemand hat meine Kleider gestohlen." Mehr will ich ihr nicht sagen.

Die alte Mathilde hält sich an ihrem hölzernen Rosenkranz fest. „Ich weiß, Mademoiselle. Ich habe Euch beobachtet."

„Mich? Wieso?"

Wann ist die denn in meinen sinnlich-erotischen Traum eingestiegen? Der Korb mit dem Diebesgut der Nacht lastet schwer auf dem Rücken der Alten, und gebeugt steht sie vor mir.

„Ich habe Euch durch die Straßen verfolgt heute Nacht. Von der Rue Saint-Merri über den Boulevard de Sébastopol und die Rue Berger bis hierher." Sie kichert leise vor sich hin. „Der Geruch von Sex hängt über Euch, Mademoiselle."

Ich rolle mit den Augen und befeuchte meine Lippen. „Ihr habt ja keinen blassen Schimmer."

Ihr Gesicht ist zu einer grinsenden Grimasse verzerrt. „Kann der Künstler mit seinem Pinsel wirklich so gut umgehen, wie erzählt wird?"

In der Morgendämmerung erkenne ich, dass sie es genießt, mit meinen Gefühlen zu spielen.

„Künstler? Wen meint Ihr?"

„Paul Borquet."

Ich schüttle sie an den Schultern, obwohl ihr Gestank mich fast umhaut. Wie in Essig eingelegte tote Ratten.

„Was wisst Ihr über Paul Borquet?" Mein Puls rast. „Los, raus damit!"

„Ihr müsst eine heiße Möse haben, Mademoiselle. Ganz feucht, saftig und eng. Genau richtig für einen Mann, um seinen harten Ständer in sie einzuführen und sich in ihr zu entladen." Dabei leckt sie sich mit ihrer feuchten Zunge über die Lippen. Dann streckt sie sie mir entgegen. Das wirkt allerdings eher komisch als sexuell erregend. Aber ihr Kommentar lässt mich nicht los.

„Jetzt habe ich aber genug von vulgären Anspielungen", schreie ich sie an. „Was wisst Ihr über Paul Borquet?"

„Er sucht nach Euch, Mademoiselle", zischt sie. „Und wenn er Euch findet, gebt gut acht! Sein sexueller Appetit speist sich aus okkulten Quellen." Sie bekreuzigt sich. „Er ist ein Meister der schwarzen Magie."

Ich bekomme eine Gänsehaut und ziehe den Mantel fester um mich. Schwarze Magie? Dann hatte der alte Künstler also doch recht mit den Kräften der ägyptischen Statue. Das würde bedeuten … dass das alles hier kein Traum ist.

„Er kann jede Frau zu seiner Sklavin machen." Die Lumpensammlerin starrt mich erwartungsvoll an.

„Jede Frau?"

Selbst eine Frau aus einem anderen Jahrhundert?

„Ja, Mademoiselle. Selbst eine Frau, so jung und schön, wie Ihr es seid."

Jung und schön? Feuerrote Haare? Schmale Taille?

Bevor ich Zeit habe, mir darüber Gedanken zu machen, ob ich etwa meine Seele an den Teufel verkauft habe, um wieder jung und sexy zu sein, verliere ich die Balance, als die merkwürdige Kreatur meinen Arm nach hinten reißt und in meine Brüste kneift.

Jetzt reicht es mir aber! Ich versuche mein Gleichgewicht wiederzuerlangen und gebe ihr eine Ohrfeige. Einen Moment lang droht sie umzufallen, erholt sich dann aber erstaunlich rasch. Mit einem ekelhaften Grunzen wirft sie mich auf die Erde. Ich falle ziemlich hart und schlage so heftig auf, dass ich das Aufeinanderknallen meiner Zähne bis ins Hirn spüre. Bevor ich reagieren kann, ist sie bereits aufgesprungen, hat ihren Korb gepackt und das Weite gesucht. So schnell, dass ich ihr unmöglich folgen kann. Sie trägt Lederstiefel, die ihr passen. Dieses Glück habe ich leider nicht. Die Dame, deren Schuhe ich trage, hatte anscheinend nur vier Zehen.

Ich rufe der Alten noch hinterher, dass sie anhalten soll. Aber sie schaut nur zurück und lacht mich aus.

„So leicht kommt Ihr mir nicht davon!“ Ich nehme die Verfolgung auf, aber die Alte zieht unbekümmert durch die Boulevards, als ob es ihr vollkommen egal wäre, ob ich sie einhole oder nicht. Sie kennt die Straßen besser als ich, aber ich darf sie nicht aus den Augen verlieren. Sie ist meine einzige Verbindung zu Paul Borquet.

Ich beschleunige meinen Schritt und gehe bis an meine körperlichen Grenzen. Rote Flecken tanzen vor meinen Augen und sagen mir, dass ich kurz vor dem Zusammenbruch stehe, aber ähnlich wie guter Sex hat Wut eine ungeheure Kraft und gibt einem enorme Ausdauer. Ich schnappe noch nicht einmal nach Luft.

Da ist sie wieder. Ungefähr zehn Meter vor mir.

Meine langen Beine laufen wie von selbst, die Arme fliegen durch die Luft, mein rotes Samtkleid weht um meine nackten Beine wie die Flagge eines Schlachtschiffs. Ich bin weiß Gott kein Marathonläufer, aber wenn ich verzweifelt bin, dann schaffe ich alles.

Die Alte entschwindet in eine kleine Straße, die so eng ist, dass noch nicht mal ein Kinderwagen da hindurchpassen würde.

Der Adrenalinstoß treibt mich durch die Gassen. Wohin ist sie gegangen? Ist sie in einem Haus verschwunden? Nein, das kann nicht sein. Hier sieht alles ziemlich verschlossen aus. Wohin dann? Irgendwie erinnern mich diese Straßenszenen an einen alten *Film noir.* Einfache Reihenhäuser mit mehreren Etagen, zerbrochene Fenster und unebene Pflastersteine.

Die kühle Morgenluft streift meinen nackten Hals, und ich zittere. Feine Schweißperlen rinnen über meine Wangen und verharren auf meiner Unterlippe. Das Salz vermischt sich mit den Überresten meines pinkfarbenen Lipgloss. Ich lecke die Schweißtropfen weg und rümpfe meine Nase. Die Diebin ist leider verschwunden, und nur ihr ekliger Geruch liegt noch in der Luft.

Ich rase durch die Straßen und halte nach ihr Ausschau. Ich bin nicht paranoid genug, um mir vorstellen zu können, dass mir hier eine Falle gestellt wird. Ich schaue in einen Torweg und dann in den nächsten, immer bemüht, ihr auf den Fersen zu bleiben. Ich könnte schwören, dass sie mich aus ihrem Schlupfwinkel beobachtet und sich wahrscheinlich schieflacht über mich. Die wartet wahrscheinlich nur darauf, dass ich aufgebe.

Da kann sie lange warten.

Hast du mich verstanden, du altes Lumpenpack?

Da die Gasse ziemlich gewunden und eng ist, mit alten gotischen Steinverzierungen auf beiden Seiten, und da sie der einzige Fluchtweg zu sein scheint, den mein Auge erblickt, vertraue ich meinem weiblichen Instinkt. Ohne besondere Vorsicht biege in eine Seitengasse ein. Sie ist verlassen und totenstill. Ich wandere die Gasse hinauf und hinunter, mit jedem Schritt wage ich mich tiefer in die Dunkelheit. Jede Entschuldigung ist mir recht, um nicht ins Hotel zurückkehren zu müssen und mich meiner Mutter zu stellen. Und der französischen Polizei. Und damit diese aufregende Achterbahnfahrt zu beenden. Ich will das gute Gefühl, dass meinen Körper nach dem fantastischen Traumfick durchströmt, noch weiter genießen.

Es bringt mir einfach zu viel Spaß.

Ich schaue mich um und versuche irgendeine Spur der alten Lumpensammlerin zu finden. Ich verlangsame meine Schritte. Mir wird klar, dass ich sie verloren habe. Ausgerechnet jetzt, wo so viel Adrenalin durch meinen Körper pumpt, dass ich den ganzen Tag weiterlaufen könnte. Doch ich gebe nicht auf, nicht einmal als ein kalter Wind durch meinen Samtumhang bläst und wie ein scharfes Messer durch meinen Körper fährt. Meine Zähne klappern. Feuchtigkeit kriecht unter meine Kleider, prickelt eisig auf meiner Haut. Die Gasse führt mich zum Hintereingang eines verrotteten Gebäudes.

Ein neugieriger Impuls lässt mich über die Schwelle in die kühle Weite einer riesigen Fabrikhalle treten. Ich verrenke mir fast den Hals, als ich nach oben schaue. Was für ein gigantischer

Anblick. Die Halle ist so groß wie ein Flugzeughangar und verliert sich scheinbar in der Unendlichkeit. Dieses gigantische, regenschirmförmige Gebäude mit den gusseisernen Gittern vor den Fenstern sieht alt aus, sehr alt. Und es scheint sich kilometerweit auszudehnen. Ich zähle mindestens zehn Pavillons mit gusseisernen Geländern und Oberlichtern, dazu einige Keller zum Lagern von Vorräten.

Aufgeregtes Stimmengewirr holt mich aus meinen Gedanken, und ich drehe mich um. Händler entladen ihre Karren und stapeln die Waren meterhoch zwischen alten rostigen Waagen und überall, wo sie nur Platz finden können.

Gleichzeitig eilen Männer mit Handkarren an mir vorbei, Käufer und Lieferanten, die ihre Waren an den Ständen abliefern oder ihre Produkte an die draußen vorbeischlendernden Frühaufsteher verkaufen wollen.

Wie spät ist es eigentlich? Fünf Uhr, sechs Uhr?

Messerschleifer, Hundewäscher und sogar ein kleiner Esel, der einen Karren mit Rattanstühlen zieht, überholen mich. Fleischverkäufer, Händler für Kaffee, Suppe und Milch, Obst- und Austernhändler überrennen sich fast, um den bestmöglichen Verkaufsstand zu ergattern.

Neugierig atme ich die intensiven Gerüche ein, die mich umgeben. Der Duft von frischer Minze vermischt sich mit dem von Thymian und Tomaten. Es ist fast zu überwältigend für meine Nase. Sinnliche Düfte, primitive Geräusche und lüsterne Blicke umgeben mich. Zwischen den Ständen rennen Ratten herum und naschen von den Gemüseabfällen. Prostituierte lugen aus dunklen Korridoren, und Akkordeonspieler verlieren sich in einer schwermütigen Melodie. Berge von erbsengrünem Kohl, Orangen und Kürbis türmen sich vor mir auf. Überall stehen Lattenkisten mit roten, reifen Tomaten.

Eine seltsam aussehende Gänsehaut breitet sich nun über meine Arme aus. Wie kleine Nadelspitzen. Wo zum Teufel bin ich?

Der Knall einer Peitsche reißt mich aus meinen Betrachtungen. Alarmiert drehe ich mich um. Dann sehe ich einen mindestens einhundertzwanzig Kilo schweren Mann mit langen dunklen Locken und einem schwarzen Bart, wie er mit der Peitsche jemanden antreibt, der seine arme Frau zu sein scheint. Sie ist wie ein Pony vor eine Karre gespannt und muss einen Berg von Gemüse ziehen. Ihr angestrengter Atem unterstreicht die Qual jeden ihrer Schritte.

„Beeilt Euch, Hure!“, treibt der Mann die Frau an und dreht sich dann knurrend zu mir um. „Aus dem Weg, dummes Weib.“ Er drängt mich fluchend zur Seite.

„Seht Euch lieber vor, wen Ihr so übel beschimpft. *Patapouf!*“

„Hure!“, schreit er mich an.

Zisch! Die Peitsche knallt nun direkt neben mir gegen einen hölzernen Pfosten. Entsetzt, mit klopfendem Herzen, bin ich unfähig, mich zu bewegen. Der Peitschenschlag war so hart, dass sich Holzsplitter lösen und mir ins Gesicht fliegen. Blut rinnt über meine Wangen und in meinen Mund, aber ich schmecke es nicht einmal. Ich drehe mich um und sehe den furchterregenden dicken Mann mit der Peitsche auf mich zukommen.

„*Arrête,* Diebin!“, schreit er mich an. „Oder ich schlage Euch mit meiner Peitsche die Haut von den Knochen.“

„Ich bin keine Diebin!“, rufe ich laut.

Der hat Nerven. Nur weil ich ihn ein wenig beschimpft und ihn ein Stück Scheiße genannt habe, muss der mich doch nicht gleich Diebin schimpfen. Das Blut gerinnt mir in den

Adern, als ich sehe, wie er seinen Arm hebt und die Peitsche wie einen Drachenschwanz durch die Luft sausen lässt. Ich schlucke. Diesmal wird er sein Ziel nicht verfehlen.

Ich werfe mich auf den Boden, halte mir die Arme über den Kopf und schaukle mit dem Oberkörper vor und zurück, ignoriere die Holzsplitter und das Sägemehl, das sich in meinem Umhang festsetzt. Ich zittere, und meine Zähne klappern. Die Hände über dem Kopf verschränkt, versuche ich zu verstehen, was hier gerade mit mir passiert. Da es schwieriger ist, ein bewegliches Ziel zu verfolgen, rolle ich mich von dem Mann fort in eine dunkle Ecke und komme wieder auf die Füße.

Ich dränge mich durch die Menschenmenge, renne in Holzkarren, stoße fast einen Gemüsestapel um und laufe trotzdem immer weiter. Ich muss hier raus. Aber wie? Der Eingang der Markthalle ist mit Warenstapeln blockiert, die größer sind als ich selbst. Ich schaue in die andere Richtung. Die ist auch versperrt. Ich renne immer schneller, fühle ein unbekanntes Hochgefühl sich in meinem Kopf ausbreiten. Haare kitzeln mich im Gesicht, die meiner Kapuze entkommen sind, und ich renne und renne, bis ich …

„Nicht so schnell, meine junge Diebin."

„Hört auf, mich so zu nennen." Ich drehe mich um meine eigene Achse, als starke Hände mich umfassen und so fest halten, dass ich kaum atmen kann. Ich höre, wie ein langer Mantel auf dem Boden schleift, bevor der schwere Wollstoff gegen meine nackte Wade schlägt und mich kratzt. Mit einem Arm umfasst der Mann meine Taille von hinten und hebt mich auf, als wäre ich leicht wie eine Puppe.

Er trägt mich zu einem dunklen Hauseingang in der Nähe eines Restaurants mit dem pittoresken Namen *Le Chien Qui*

Fume, was so viel heißt wie *Der rauchende Hund.*

Ich schnuppere in der Luft. Der Atem des Mannes riecht nach Alkohol und Lakritz.

Ich winde mich in seinen Armen, drehe mich hierhin und dorthin, presse meine Hüften gegen seine Lenden, aber ich kann keinen Blick auf sein Gesicht werfen.

„Lasst mich los!", schreie ich empört.

„Auf keinen Fall. Jetzt, da ich Euch gefunden habe, Mademoiselle, werde ich Euch auf keinen Fall mehr entkommen lassen."

Mein Fänger beginnt zu lachen, ein tiefer, herzlicher Bariton, und seine erotische Stimme geht mir durch und durch. Die Erregung beginnt in meinem Hirn, schießt von da nach unten und lässt meine Mitte pulsieren.

Irgendwie kommt mir die Stimme bekannt vor. Mein Herz schlägt so schnell, dass ich kaum Atem holen kann. Seine starken Hände, die mich umfassen, wirken sich anregend auf meine Libido aus, auch wenn ich es nicht zugeben mag. Dieser fantastische Traum geht etwas zu weit. Erst werde ich von einer Lumpensammlerin belästigt, als Diebin beschimpft, gejagt und angegriffen. Und jetzt macht mich sogar eine Stimme an, von der ich noch nicht mal weiß, ob sie wirklich existiert.

Angst schnürt mir die Kehle zu, als er mich umdreht und ich ihn endlich ansehen kann. Ich schnappe nach Luft. Ich kann nicht glauben, was ich sehe, auch wenn dieser Mann direkt vor mir steht und mich mit dunklen Augen anschaut. Mit lebendigen Augen. Einem amüsierten Lächeln. Einem schnell schlagenden Puls genau an der Stelle, wo sich seine langen dunklen Haare in Locken auf den Kragen seines Umhangs legen.

Gott steh mir bei.

Er ist es.

Paul Borquet.

Kein Wunder, dass ich so erregt bin.

„Ich wollte Euch noch einmal genauer ansehen, Ihr kleiner Teufelsbraten." Er greift in meinen Umhang, zieht mein Unterkleid zur Seite und hält meine Brust in seiner Hand. Ich winde mich, doch der feste Griff sagt mir, dass jeglicher Widerstand zwecklos ist.

„Fühlt sich perfekt an." Seine Hand gleitet unter meinen Petticoat, und seine Finger steicheln meine Schenkel auf und ab. Sein Atem geht schwer und kommt tief aus der Kehle, wie bei einem Tier auf Beutefang.

„Schlank und fest. Ihr seid genau richtig."

Richtig? Für was? Hält er mich für ein Turnierpferd? Weiß er denn nicht, dass das hier alles nur in meiner Fantasie geschieht?

„Wenn Ihr mich noch einmal anfasst, Monsieur, packe ich mir Eure Eier und …" Ich nuschle den Rest des Satzes, aber ich denke, dass die Bedeutung auch so klar wird.

„Verdammt noch mal, Mademoiselle, Ihr solltet mir eigentlich dankbar sein, dass ich Euch vor Monsieur Renard gerettet habe."

„Vor wem?"

„Der Bestie von Les Halles."

„Ihr seid die Bestie, Monsieur, mich so zu behandeln." Ich winde mich in seinem Griff, drehe den Kopf erst zur einen und dann zur andere Seite.

„Ich bin nicht käuflich. Ich verlange, dass Ihr mich sofort loslasst."

Ich trete ihm gegen das Schienbein, und er flucht.

„Ich werde Euch eine Lektion erteilen, *ma belle.*"

Er legt mich über sein Knie, wandert mit seiner Hand unter meinen Umhang, bis er meinen Po findet, und beginnt meine Haut sanft zu streicheln. Ich stöhne, mein Atem geht unregelmäßig, und meine Sinneseindrücke überschlagen sich. Ich schreie auf, als er auf meine Hinterbacken schlägt. Einmal, zweimal. Es brennt, aber es ist ein lustvolles Brennen, das die Nervenenden in meinem Beckenboden stimuliert. Mit zwei Fingern massiert er die hochsensible Gegend zwischen meiner Muschi und meiner Rosette. Ich höre, wie er den Atem anhält, als seine Finger mein bebendes Fleisch erfühlen, ertasten, kneten.

Mit geschlossenen Augen gebe ich mich ganz dem warmen Gefühl hin, als seine Fingerspitzen mich sanft, aber zielgerichtet erkunden. Er scheint genau zu wissen, wie er mich erregen kann. Ich fühle, wie mir das Blut ins Gesicht schießt. Das fühlt sich so gut an, und ich will mehr, immer mehr. Aber ich würde lieber sterben, als das zuzugeben.

„*Zut alors,* wenn Monsieur Renard Euch findet, Mademoiselle, dann wird Euer hübscher Arsch auf das Rad gespannt werden."

„Das Rad?", frage ich und konzentriere mich dabei weiterhin auf die lustvollen Gefühle zwischen meinen Beinen. Sehr lustvoll. „Was meint Ihr damit?"

Paul Borquet gibt mir wieder einen leichten Schlag auf meinen nackten Hintern. Ich stöhne.

„Wenn Ihr tut, was ich Euch sage, dann kann ich Euch vor solch unangenehmen Foltermethoden retten."

„Ach ja? Und was wäre das?"

„*Alors,* Mademoiselle, Ich will, dass Ihr ..."

Seine Hand schließt sich über meiner Pflaume, und seine

Finger drängen zwischen meine Lippen. Oohh … Sein Daumen findet meine Klit und reibt sie, nicht zu hart, aber intensiv genug, um ein warmes, sinnliches Gefühl in mir zu erwecken. Ich stöhne vor Lust. Dabei flüstert er mir die schmutzigsten, sündigsten und saftigsten sexuellen Fantasien ins Ohr, die ich jemals gehört habe.

4. KAPITEL

Seine Finger waren ganz feucht von ihren salzigen Schweißperlen und ihrem süßen Saft. Paul roch daran und genoss den Duft ihrer Jugend, der seinen Geist benebelte. Dieses Entzücken erfüllte ihn mit neuer Leidenschaft, Lebenskraft und Inspiration für seine Kunst.

Ich muss unbedingt mit ihr allein sein. Von ihrer Pflaume kosten, nass und klebrig von ihrem Nektar, will ihr Honigtöpfchen direkt über meinem Gesicht spüren.

Als Erstes musste er die Rothaarige dazu verführen, ihm in sein Studio in Montmartre zu folgen. Niemandem würde er von ihr erzählen, nicht einmal den anderen Künstlern, mit denen er ab und zu im *L'Atelier Gromain* malte. Wer weiß, wie sie reagieren würden, wenn ihre außergewöhnliche Schönheit sie verzaubern würde.

Er ließ seinen Blick über ihren Körper wandern, begann an den seidigen roten Haaren und endete schließlich bei den Spitzen ihrer Schnürschuhe.

Sie war nicht mit einer normalen Sterblichen zu vergleichen. Groß und erhaben hielt sie ihren Kopf wie eine Göttin, aus weißem Carrara-Marmor gehauen. Sie war die zu Fleisch gewordene Perfektion in einer unvollkommenen Welt. Sie würde Männer in den Wahnsinn treiben.

Nur in seinen Händen würde sie sicher sein, dachte er, als er seine Finger erneut in sie eintauchte und ihren empfindlichsten Punkt dabei geschickt berührte.

Das Mädchen wand sich in seinen Armen, und ihr sinnlicher Duft bestätigte ihm, dass sie real war und nicht nur eine durch zu viel Absinth-Genuss hervorgerufene Halluzination. Runde feste Brüste erwiderten den Druck seiner neugierigen Finger, vorwitzig reckten sich ihre erregten Nippel hart gegen seine Handfläche. Er war erstaunt, dass sie nicht in ein Fischgräten-Korsett eingeschnürt war. Dennoch war ihr Körper gertenschlank, ihre natürliche Taille so schmal, dass er sie mit beiden Händen umfassen konnte. Beinah verzweifelt wollte er sie verführen, überall berühren, sie am ganzen Körper küssen.

Niemals hätte er gedacht, dass er sie in Les Halles finden würde, dem quirligsten Markt von Paris. Er war um den Markt geschlendert, hatte den unangenehmen Geruch von Seeschnecken am Fischstand eingeatmet, während er nach ihr Ausschau hielt. Dann wollte er in einem kleinen Restaurant einen leichten Imbiss zu sich nehmen, um seinen Kater auszukurieren. Er hatte die Hoffnung bereits aufgegeben, sie zu finden, als er für eine Sekunde ihr rotes Samtcape aufblitzen sah. Ihr nachzurennen machte ihn auf einen Schlag wieder nüchtern.

Jetzt konnte er sie auf keinen Fall wieder gehen lassen. Vermutlich hatte sie noch keine der Dinge je probiert, die er ihr beibringen würde. Er stellte sich vor, wie silberne Ringe an ihren harten, aufgerichteten Nippeln hingen. Ihre von erdbeerfarbenen Locken umrahmte Möse, glitzernd mit dem Tau ihres Saftes und nur darauf wartend, von ihm geleckt zu werden. Sie stöhnte und seufzte so lustvoll, als ob sie nur mithilfe seines Fingers Sex in seiner reinsten Form für sich entdeckte. Mit jedem Stoß ihres Beckens gegen seine Hand steigerte sich seine Erregung.

Was sollte er denn machen, wenn sie nicht für ihn Modell stehen wollte?

„Ist Mademoiselle mit meinem Vorschlag einverstanden, sie vor der Demütigung, aufs Rad geschnallt zu werden, zu retten?“

Er schaute nach oben zu der hohen Decke, an der das horizontale Rad an dem flachen Dach des Henkerturms angebracht war. Wie oft hatte er mitansehen müssen, wie Diebe und betrügerische Händler in dieses mittelalterliche Folterinstrument gespannt wurden, sodass nur noch Kopf und Hände zu sehen waren. Jede Viertelstunde drehte der Henker das Rad fester.

Das Mädchen folgte seinem Blick nach oben und begann zu zittern.

„Meint Ihr das im Ernst?“

„Gerüchte verbreiten sich hier in Les Halles schneller als eine unachtsame Bemerkung über geheime Affären, Mademoiselle. Kommt mit mir.“

„Und wenn ich bei Eurem lasziven Spiel nicht mitmache, Monsieur?“

„In Les Halles wimmelt es nur so von Gendarmen, Mademoiselle, die ganz wild darauf sind, Diebe zu jagen.“

Sie grinste. Oder war das ein spöttisches Lächeln auf ihren süßen pinkfarbenen Lippen?

„Aber ich habe doch *Euch*, Monsieur, um mich zu beschützen. Was bin ich nur für ein Glückspilz.“

„Ich glaube, Euch würde das Grinsen vergehen, Mademoiselle, wenn man Euren schönen, nackten Körper auf das Rad streckt, die Beine weit gespreizt, sodass man in das Innerste Eurer Lippen hineinsehen kann, die Brüste nach oben zeigend, dem Willen des Henkers ausgeliefert, der nicht nur an Euren Nippeln saugen, sondern Euch mit seiner hässlichen Zunge überall lecken könnte, wo es ihm beliebt.“

Er hatte einen schalen Geschmack im Mund. Das Rad war ein zu grausames Folterinstrument für ein Mädchen, dessen einziges Verbrechen darin bestand, etwas zu naiv zu sein. Er erinnerte sich daran, wie viele Jahre er Leid und Angst hatte ertragen müssen, weil er nie genau wusste, wann sein Vater wieder zuschlagen würde und wie lange es diesmal dauerte.

Seine Gedanken kehrten zurück in seine Kindheit nach Giverny, zu seinem Geburtshaus mit den schweren Spitzenvorhängen, die das Sonnenlicht aussperrten und ihn hinaustrieben in die Natur, um zu malen. Er sah die Felder mit Klatschmohn, Azaleen und Pfingstrosen vor sich, die ihn beinah anzuflehen schienen, seinen Pinsel zur Hand zu nehmen. Stunden verbrachte er damit, zu malen, wohl wissend, dass ihn zu Hause die grausame Hand seines Stiefvaters erwartete, der ihm diesen „Maler-Unsinn" ein für alle Mal austreiben wollte. Manchmal hatte er überhaupt nicht malen können. Durch die jahrelangen Züchtigungen seines Stiefvaters verlor er seinen Blick für die Kunst, und ein tiefer Schmerz umfing seine Künstlerseele, der noch lange anhielt, nachdem der physische Schmerz der Schläge längst verklungen war.

Das Mädchen wusste nichts von seiner Pein. Unschuldig blinzelte sie ihn an und berührte mit ihren Fingern ihre Wangen. Wie weich und zart ihre Haut war.

„Ihr seid zwar ein Perverser, Monsieur, allerdings ein sehr attraktiver ..."

Seine Finger gruben sich in das weiche Fleisch ihres Hinterteils und kniffen sie, bis sie lustvoll aufschrie.

„Ich verspreche Euch, Mademoiselle, dass ich Euch nicht verletzen werde. Ich will nur Euren Genuss."

Ein aufreizendes Lachen entfuhr der Rothaarigen. Aber anders als die Mädchen aus den Bordellen senkte sie dabei nicht die Lider und drehte auch nicht ihr Gesicht dem Licht der durch das Fenster scheinenden Morgensonne zu, um ihre Wangenknochen vorteilhaft zu betonen. Dieses Mädchen war außergewöhnlich, und das reizte ihn umso mehr.

„Wenn Ihr wüsstet, wie viel Freude Ihr mir bereits gemacht habt", sagte sie plötzlich.

„*Zut alors,* Mademoiselle, Eure direkte Art erstaunt mich."

Sie lachte und warf ihren Kopf nach hinten. Ihre Stimme war tief und rauchig. Sein Glied spannte sich vor Verlangen und drückte gegen seine Hose.

„Aber wenn Ihr mich übers Ohr hauen wollt, dann seid Ihr bei mir an der falschen Adresse. Ich kann nämlich Karate."

Ka-ra-té? Was war das? Ein Teufelsfluch?

„*Pardon,* Mademoiselle?" Paul blinzelte irritiert, Frustration verlangsamte die Bewegung seiner Finger an ihrer Fotze. Er zog seine Finger aus ihr heraus, was sie allerdings nicht daran hinderte, ihre schmalen Hüften weiterhin gegen seinen Schenkel zu pressen. Er unterdrückte ein Stöhnen. Normalerweise ließ er sein körperliches Verlangen nicht die Oberhand über seinen Verstand gewinnen. Er war in einer Gesellschaft aufgewachsen, in der Anstand und Manieren wichtiger waren als Emotionen. Dieser kleine Flächenbrand hingegen, stellte er amüsiert fest, besaß gar keine Manieren.

„Kein Mann hat es jemals gewagt, mich so schamlos zu umwerben, wie Ihr das getan habt, Monsieur. Mich zu fragen, ob ich … Das ist so unverschämt erotisch, so sinnlich. Mir stockt der Atem." Sie zog sich von ihm zurück, aber er hielt sie fest.

„Gibt es Euch wirklich? Oder seid Ihr nur ein Traum?"

Sie kniff in seine Oberarme. „Mmm, das fühlt sich ziemlich echt an und knackig."

„Knackig, Mademoiselle?"

„Muskulös, sexy, athletisch."

Ihre Worte klangen ein wenig ungewohnt in seinen Ohren. Ein spezieller Dialekt vielleicht? Sie sprach mit einem leichten Akzent und benutzte Worte, die er nicht verstand. Seltsam.

„Ich werde Euch die Kleider vom Leib reißen, Mademoiselle und Euch mindestens noch zwei Mal lieben, bevor der Hahn am Morgen kräht."

Sie lachte. „Ich mag diese kitschigen Redewendungen."

Er ignorierte diese Bemerkung und fuhr fort: „Ich werde Euch dazu bringen, um *mon mandrin* zu betteln, Mademoiselle."

„Mandrin?", fragte sie und versuchte ihn zu verstehen. „Schwanz, Penis?"

Er zog sie näher zu sich heran. „Ihr fasziniert mich mit Eurer Wortwahl, Mademoiselle. Pariser Damen benutzen nur wenige Worte, um ihr Anliegen auszudrücken. Sie sprechen mehr mit der anmutigen Eleganz ihres Körpers, um einem Mann zu zeigen, was sie wollen."

„Ich weiß, was ich will, Monsieur Borquet."

Er hielt den Atem an. „Ihr kennt meinen Namen, Mademoiselle?"

Sie lächelte. „Ich habe Eure Bilder gesehen, Monsieur. Sehr beeindruckend." Ihre Augen wanderten nach unten. Sie legte ihre Hand provokativ auf seinen Schritt und drückte ein wenig zu. „So wie der Rest von Euch."

Er biss die Zähne zusammen und ignorierte die Geste und ihren Sarkasmus. Seine Hände hörten nicht auf, über die schlanken Formen seiner Gefangenen zu streichen. „Anscheinend können Mademoiselle es nicht abwarten, meinen harten Stab in sich zu fühlen."

„Ich habe Euch gewarnt, Monsieur", sagte sie und brachte ihr Knie an seine Leisten, aber seine Hände waren schneller. Er war nicht nur mit dem Pinsel sehr bewandert, sondern hatte auch die Hände eines Boxers, stark und groß. Er packte ihren Arm und drehte sie zu sich herum, sein Gesicht war ihrem so nah, dass sie seinen Atem auf ihren Wangen fühlen konnte.

„Ich kann nicht mehr warten, Mademoiselle. Ich will Euch schmecken."

Er beugte sich über sie und küsste ihren Mund. Küsste sie hart. Geschickt teilte er ihre Lippen und tauchte mit seiner Zunge tief in ihren Mund. Sie stöhnte, und er fühlte, wie ein Schauer über ihren Körper lief. Es erregte ihn, dass diese halb nackte Frau sich wehrte wie eine Wildkatze. Er ahnte ihre feurige Leidenschaft, die die Nacht zum Glühen bringen konnte. Wie süßer roséfarbener Champagner.

Schließlich begann ihr Körper sich zu entspannen, und ihr Ärger verflüchtigte sich.

„Das ist doch sowieso alles nicht real. Warum kämpfe ich eigentlich dagegen an?"

„*C'est si bon,* Mademoiselle. Sehr gut, denn ich würde Euch sowieso nicht gehen lassen."

„Werdet nur nicht unverschämt, Monsieur. Ich habe Eurem verrückten Vorschlag nämlich noch nicht zugestimmt." Wieder legte sie eine Hand auf seinen Schritt, doch diesmal drückte sie etwas fester zu. „Noch nicht."

„Wer ist diese dreckige kleine Schlampe in Euren Armen?", fragte Lillie und funkelte den Maler böse an.

Paul drehte sich ruckartig um, aber er ließ die Rothaarige nicht los.

„Wie habt Ihr mich gefunden, Lillie?“

„Das war nicht besonders schwer. Jeder in Les Halles redet davon, wie Ihr sie Monsieur Renard weggeschnappt habt.“

Er konnte sehen, wie die blonde Prostituierte versuchte, das verärgerte Zucken um ihre Mundwinkel zu unterdrücken. Aus ihrem Gesichtsausdruck schloss er, dass sie ihm auf seiner Suche nach der Rothaarigen von einem kleinen Bistro zum nächsten gefolgt war.

„Ich habe Euch bereits entlassen, Lillie. Geht endlich Eurer Wege!“

„Nicht bevor ich mir diese Schlampe genauer angesehen habe.“

Bevor Paul jedoch dazwischentreten konnte, hatte Lillie der Rothaarigen die Kapuze vom Kopf gezogen, und als sie das wunderschöne Gesicht des Mädchens sah, gab sie ihr eine Ohrfeige.

„Luder.“

„Behalt deine Hände bei dir, Schwester!“, schrie die Rothaarige und schlug Lillie hart ins Gesicht. Reflexartig hielt die blonde Frau sich die brennende Wange, die bereits rot anzulaufen begann.

„*Quel cockatrice*“, rief Lillie und spuckte vor der anderen Frau aus.

„Wie hat sie mich genannt?“, fragte die Rothaarige.

Paul bemühte sich, seine Belustigung nicht zu zeigen. „Eine alte ausgeleierte Hure.“

„Ich werde ihr die Haare an ihren dunklen Ansätzen einzeln herausziehen“, drohte die Rothaarige, und Paul überlegte, ob er das zulassen sollte. Es wäre sicherlich ein erregender Anblick, zu sehen, wie sich die beiden Frauen gegenseitig die Kleider vom Leib rissen, sich an den Haaren zogen, mit wogenden Brüsten einander an den Nippeln zerrten und sich der Geruch ihrer Wut zu einem animalischen, erotischen Parfum vermischen würde. Aber Frauen wie Lillie waren unberechenbar, und sie neigten dazu, ihre Opfer mit einem Messer anzugreifen. Das war für sie so normal wie sich die Augenbrauen zu zupfen. Kein sehr schöner Anblick.

„Nicht so schnell, *ma belle*“, beschwichtigte Paul und versuchte die beiden Frauen getrennt zu halten. „Mademoiselle de Pontier ist keine Frau, die man unterschätzen sollte. Sie ist eine *calège,* eine erstklassige Liebesdienerin aus einem der besten Bordelle von Paris.“

Die Rothaarige schien nicht sonderlich davon beeindruckt zu sein. Sie begann zu lachen und befeuchtete ihre Lippen, bevor sie antwortete.

„Dort, wo ich herkomme, bezeichnet man Frauen, die ihren Körper verkaufen, mit einem Wort aus vier Buchstaben, ganz egal wie viel sie kosten.“

Sie starrte auf die Blonde, und Paul wurde es unbehaglich. Die Luft war zum Schneiden dick. Er warf Lillie einen Blick zu, der ihr bedeutete, dass sie sich ruhig verhalten solle. Aber sie kümmerte sich nicht darum.

„*Alors,* Mademoiselle“, schoss sie mit in die Hüften gestemmten Händen zurück. „Eine Frau, wie Ihr es seid, würde sowieso niemals in einem Haus in der Rue de Moulins akzeptiert werden.“

„Ach ja?“, forderte die Rothaarige sie heraus. „Und was für Frauen sind das?“

„Bei Madame Chapet habe ich gehört, wie einige Gentlemen sich zu diesem Thema geäußert haben. Sie sagten, Frauen wie Ihr seid wie eine billige Soße; wenn man erst mal weiß, aus was sie gemacht ist, will man ihre Pussy gar nicht mehr verkosten."

Die Rothaarige baute sich vor Lillie auf und murmelte drohend: „Ist das so? Tja, ich werde die Luft aus deinem aufgeblasenen Ego rauslassen wie aus einem Windbeutel."

„*Cochon*, kleines Miststück!", schrie Lillie kampflustig. „Ihr seid nichts weiter als eine *marcheuse*, eine Herumtreiberin, die durch die Boulevards streift, vor den Geschäften stehen bleibt und mit ihrer Möse spielt, um einen Mann dazu zu bewegen, ihr zu folgen."

„Ich? Was ich bisher gesehen habe, *Mademoiselle*, bist du selber nicht schlecht darin, Einladungen mit deinen Hüften auszusprechen", erwiderte die Rothaarige schnippisch. Paul sah, dass sie kein bisschen von ihrer Courage verloren hatte.

„*Zut alors*, Ihr habt keine Ahnung davon, wie man einem Mann Vergnügen bereitet, Mademoiselle", sprach Lillie verachtungsvoll. Dabei wiegte sie sich lasziv hin und her, betonte ihre katzenhafte Eleganz, und man konnte ihre Krallen unter dem Umhang erahnen. „Ich bin das beliebteste Mädchen im Haus in der Rue des Moulins."

„Das mir völlig egal, wo du lebst und wer für dich für dein Stöhnen bezahlt, wenn du flach auf dem Rücken liegst mit einem Schwanz zwischen den Beinen", ereiferte sich die Rothaarige. „Ich will einfach nur meine Ruhe."

Sie wirkte auf einmal ziemlich mitgenommen, und Paul hatte nur noch den Wunsch, sie in seine Arme zu schließen und sie zu halten. Aber wenn er diesem Impuls nachgäbe, würde er Lillie verärgern, und das würde die Situation nur verschlimmern.

„Genug mit Eurer dummen Eifersucht, Lillie. Geht jetzt!"

Es war Paul, der jetzt ein Machtwort sprach. Der Ausdruck in ihren Augen zeigte ihm, dass sie verstanden hatte, wie ernst er es meinte. Obwohl sich die kühle Morgenluft mit dem in der Luft liegenden Nachtfrost vermischte, begann Paul zu schwitzen. Er drehte sich zu der Rothaarigen um. Sie lächelte ihm zu. War es Überraschung und dann Dankbarkeit, was er darin entdeckte, als er zurücklächelte?

Er hatte keine Zeit, das herauszufinden. Lillie forderte ihre Rechte ein und bestand darauf, dass Paul sie für ihre Dienste mit ein paar zusätzlichen Francs entlohnte, was er auch tat. Anschließend beschimpfte sie ihn, dass er sie heute Nacht nicht den Hengst hatte reiten lassen.

Auch für die Rothaarige fand Lillie die passenden Abschiedsworte: „Es ist noch nicht vorbei zwischen uns, Mademoiselle. Ich vergesse niemals ein Gesicht."

„Ich hingegen finde dein Gesicht nicht besonders unvergesslich", konterte die Rothaarige.

Paul bemerkte, dass Lillie sich kaum noch beherrschen konnte, aber sie wusste, wann sie sich zurückziehen musste. Besonders nachdem er ihr die Extraentlohnung ins Bustier gesteckt hatte. Sie schürzte ihre karminroten Lippen und zischte die Rothaarige an, die aber nicht einmal zuckte. Dann war Lillie verschwunden, und nur ihr Geruch hing noch eine Weile in der Luft. Er war unaufdringlich, aber doch stark genug, dass Paul ihn nicht vergessen konnte.

„Merci, Monsieur, vielen Dank", sagte das Mädchen, und ihr Gesicht rötete sich. „Ich habe mich von meinem Ärger überrollen lassen, als dieses Frauenzimmer anfing, mich zu beleidigen. Aber ich konnte nicht anders. Ich habe das Gefühl, die Hauptdarstellerin in einem schlechten französischen Horrorfilm zu sein."

„In einem Film, Mademoiselle?“

„Ja, in einem Film. Einem billigen Streifen.“ Sie zuckte die Schultern. „Wahrscheinlich sind Filme noch nicht erfunden.“

Sie gab ihm keine weitere Erklärung, und er fragte auch nicht nach. Eine aggressive Stimmung lang in der Luft. Es roch nach mehr Ärger, das spürte er instinktiv.

„Dort drüben ist die Diebin!“

Paul sah den dicken und hässlichen Monsieur Renard, wie er sich einen Weg durch eine Gruppe von Händlern bahnte, die sich um ihn geschart hatten. Seine fleischigen Finger zeigten in Richtung der Rothaarigen.

„Ich werde diese hübsche Diebin fangen, Monsieur“, sagte ein anderer Mann. „Anschließend werde ich sie nackt ausziehen und ihren wunderschönen Körper öffentlich zur Schau stellen.“

Paul schaute sich um, wer das gesagt hatte. Die Drohung kam von einem merkwürdig aussehenden jungen Gentleman, der sehr teuer gekleidet und offensichtlich betrunken war. Er sprach Französisch mit einem starken englischen Akzent. An seinem Arm hing eine hübsche junge Frau, deren entblößte Schultern sich an seinem weißen Hemd rieben. Der junge Engländer wischte sich mit der Hand über den Mund und fasste sich dann zwischen die Beine. Dabei ließ er die Rothaarige keine Sekunde aus den Augen.

Paul umfasste den Griff seines Spazierstocks fester. Konnten diese Idioten nicht sehen, dass das Mädchen zu ihm gehörte? Er hielt sie noch fester an der Hand und versuchte sie unter seinem Umhang vor den neugierigen Blicken zu verbergen. Ihre Hand fühlte sich warm an, aber ihr Puls schlug sehr schnell. Es war seine Aufgabe, sie zu beschützen und sie an einen Ort zu bringen, an dem sie sicher war und von dem nur er allein wusste.

„Lasst mich los, Monsieur, bevor mein Traum sich in einen Albtraum verwandelt“, bettelte die Rothaarige und sah ihn dabei mit ihren wunderschönen grünen Augen an. Paul betrachtete ihr Gesicht. Er war fasziniert von der perfekten Linie ihrer Lippen, mit denen sie die Laute ihres merkwürdigen Akzents formte.

„Solange Ihr mit mir zusammen seid, Mademoiselle, kann Euch niemand etwas anhaben. Das verspreche ich Euch. Schnell, folgt mir.“

Paul ignorierte das Zetern von Renard und das Klagen, Fluchen und schlechte Französisch des Engländers. Zielgerichtet eilte er durch die mit Marktständen gefüllte Halle. Das Mädchen hatte er in seinen Umhang gewickelt, und sie passte sich seinem Tempo an. Aus dem Augenwinkel beobachtete er sie.

Ihre Blicke begegneten sich, und sein Herz begann zu rasen. Sie verzauberte ihn wie die grüne *enchantresse,* die grüne Absinth-Fee, die durch seine Adern rauschte und ihn aus seinen dunklen Depressionen riss.

Er atmete langsam aus, als sein Blick über die erblühenden Kurven des Mädchens glitt. Eine Welle kreativer Inspiration überkam ihn und weckte eine tiefe Sehnsucht. Es drängte ihn, die Seele dieser Frau auf seine Leinwand zu bannen. Ihre strahlend weiße Haut, die ihn verzauberte, ihr sinnlicher Schmollmund. Das verhaltene Verlangen in ihren Augen. Ihr Gesicht, eine verlockende Blässe.

Seine Finger tänzelten spielerisch über ihren anmutigen Hals und verfingen sich dann in den roten Locken, die ihre Stirn umrahmten.

„*Arrête,* Monsieur, halt!“, rief der Engländer, der ihnen dicht auf den Fersen war. Wo war er so plötzlich hergekommen?

„Ignoriert ihn, Mademoiselle.“

„Das müsst Ihr mir nicht zweimal sagen, Monsieur“, antwortete sie. „Nichts wie weg.“

„Ihr sollt stehen bleiben, habe ich Euch gesagt“, rief der Engländer erneut. „Ihr beschützt eine Kriminelle. In England würde man Euch dafür hängen!“

Paul drehte sich um und musste zu seinem Entsetzen feststellen, dass der Engländer – trotz seines angeheiterten Zustands – ziemlich schnell war und sich anscheinend an diesem Zwischenfall erfreute. Noch beunruhigender war für ihn die Tatsache, dass er Renard nirgends entdecken konnte.

Paul traute ihm nicht über den Weg. Obwohl das Gerücht ging, dass sein Penis so schlapp war wie die welken Spargel in seinem Gemüsekarren, so hatte er doch den Ruf in Les Halles, junge Mädchen zu verführen und sie dann zu vergewaltigen. Angeblich öffnete er die jungfräulichen Lippen mit dem Stiel seiner Lederpeitsche. Wahrscheinlich lauerte er irgendwo im Hintergrund und wartete nur auf seine Chance, sich die Rothaarige zu greifen.

Dieser Engländer mit seinen wilden Anschuldigungen hingegen war eine unmittelbare Bedrohung. *Alors,* er musste seine Pläne ändern.

Paul drehte sich um und schlang seinen Mantel um das Mädchen. Es gelang ihm jedoch nicht, sie vollkommen gegen Blicke abzuschirmen, bevor der Ausländer ihnen zwischen den Fleischständen den Weg abschnitt. Ein verschlagenes Grinsen auf dem Gesicht, schmatzte er lüstern und griff nach der nackten Brust des Mädchens, die zwischen den Falten des Umhangs hervorschaute.

Paul war kurz davor, sein scharfes Messer zum Einsatz zu bringen, das er im Knauf seines Stocks versteckt hielt. Er wollte den Fremden endlich dazu bringen, sich um seine eigenen Angelegenheiten zu kümmern. Seine Kehle wurde trocken bei der Vorstellung, dass ihre reine und zarte Haut von den Händen dieses Engländers beschmutzt werden könnte. Dieses Milchgesicht war sicherlich schon lange nicht mehr von einer Frau zwischen den Schenkeln gestreichelt worden. Das letzte Mal vermutlich als Baby, als er noch an den Brüsten seiner Amme gesaugt hatte.

„Rennt, so schnell Ihr könnt, zum *Black Beau*, Mademoiselle“, flüsterte Paul der Rothaarigen zu und deutete in die Richtung eines kleinen Bistros ganz in der Nähe.

„Monsieur?“, fragte sie.

„Tut, was ich Euch sage, oder der Engländer wird für genügend Aufruhr sorgen, um Euren süßen Hintern kopfüber aufs Rad zu spannen.“ Er öffnete seinen Umhang und schaffte Platz für sie, damit sie davonlaufen konnte. „Rennt!“

Die Rothaarige rannte so nah an ihm vorbei, dass seine Fingerspitzen ihre nackte Haut berührten, und sofort schoss ihm das Blut in die Lenden. Sie musste ihm gehören.

„Haltet die Diebin, Monsieur“, rief der Engländer.

„Diebin? Welche Diebin?“, murmelte Paul und warf dabei seinen Stock anmutig in der Luft. Sein Umhang wirbelte um ihn herum. „Ich sehe keine Diebin.“

„Ihr wisst, wen ich meine, Monsieur.“ Er zeigte in die Richtung, in die das Mädchen verschwunden war. Sie bahnte sich einen Weg durch die Menschenmassen und rannte zu dem kleinen Bistro.

„Sie wird allerdings nicht weit kommen.“ Der Engländer

versuchte an Paul vorbeizukommen.

„*Quel bâtard*“, murmelte Paul vor sich hin. Was für schlechte Manieren. Der Engländer hatte eine Lektion verdient. Schneller als ein Pinselstrich warf der Maler seinen Elfenbeinstock vor die Füße des Engländers und brachte ihn zum Stolpern. Der Engländer schrie auf, bevor er mit einem lauten Knall auf den Boden fiel und dabei Arme und Beine in die Luft streckte.

Paul lächelte und wischte den Stock an einem Ende seines schwarzen Umhangs ab. Die schmutzigen Finger des Engländers würden das Mädchen niemals berühren, schwor er sich und versteckte den Stock wieder unter seinem Cape.

„Ihr habt mich zum Stolpern gebracht!“ Der Engländer war außer sich und versuchte trotz seines angetrunkenen Zustands wieder auf die Beine zu kommen. „Das sollte ich Euch heimzahlen. Leider habe ich für heute Nacht meine Bodyguards bereits nach Hause geschickt, und ich will mir nicht die Hände an so jemandem wie Euch schmutzig machen.“

„So jemandem wie mir, Monsieur?“ Paul konnte nicht an sich halten und musste kichern. Der Mann sah aus wie ein Wackelpudding, den man auf einen Teller umgestürzt hatte. „Ich bin nichts weiter als ein armer Künstler.“

„Ich glaube Euch kein Wort, Monsieur“, beharrte der Engländer. „Ihr seid ein Magier. Was habt Ihr in der Hand gehalten?“

„Nichts, Monsieur ...“ Der Maler tat beleidigt. Dieser Eindruck wurde noch verstärkt durch einen Muskel am Hals, der nervös zu zucken begann, und seine Augen weiteten sich gefährlich. Mit einem Lächeln öffnete er sein Cape, und sein gewaltiger Brustkorb zeichnete sich unter dem dünnen weißen Hemd ab. „... außer dem hier!“

Mit einer ausladenden Geste holte er ein verblichenes Taschentuch hervor und wedelte damit vor der Nase des Engländers herum. Dieser wich zurück und verlor fast das Gleichgewicht. Der schwere Geruch von Patschuli und Minze aus Indien stieg ihm in die Nase und erinnerte ihn an lange Nächte mit ausschweifenden Vergnügungen.

Paul verbeugte sich nun leicht. „Stets zu Euren Diensten, Monsieur."

Angewidert schüttelte der Engländer seinen Kopf. „Ihr könnt mich mit Eurer Magie nicht in die Irre führen. Ich weiß, dass Ihr dem Mädchen zur Flucht verholfen habt."

„Da täuscht Ihr Euch, Monsieur."

„Ihr habt den Duke of Malmont beleidigt, Monsieur. Wenn wir uns das nächste Mal begegnen, wird das nicht unter solch ungünstigen Umständen vor diesen Tagelöhnern sein. Das nächste Mal werde ich Euch töten. Das schwöre ich", drohte der Engländer. Dabei bemühte er sich um Haltung und klopfte den Staub von den Ärmeln seines Mantels. Er stolzierte davon. Sein britischer Stolz war verletzt worden vor all diesen Trägern, Marktschreiern, Kommissionären und Einkäufern, die ihre Waren auf Handkarren hinter sich herzogen.

Paul klopfte mit seinem Stock einen unregelmäßigen Rhythmus auf den mit Sägespänen bedeckten Boden der Halle. Er war den Engländer endlich losgeworden, und seine Drohung bedeutete ihm wenig. Aber das Mädchen war immer noch nicht in Sicherheit vor Monsieur Renard, der sicherlich nach ihr suchte. Er musste sie unbedingt von hier fortbringen. Diese Göttin, die wahrscheinlich noch keine neunzehn Jahre zählte. Sie war noch nicht einmal eine Frau.

Woher kam sie?

Er tummelte sich oft hinter den Kulissen der Kabaretts und Theater und traf dort Frauen, die Opfer der wollüstigen Ausschweifungen der Oberklasse geworden waren, und er schmeichelte ihrem weiblichen Ego mit Komplimenten und Geld. Diese Frauen hatten sich damit abgefunden, ein Leben wie lebende Tote zu führen und sich auf seidenen Laken den sexuellen Perversionen und der Gier hinzugeben. Das eine begünstigte das andere. Er gab ihnen lediglich eine Möglichkeit, auszubrechen, genoss ihre Fantasien und befriedigte sie für eine Nacht.

Er konnte sich nicht vorstellen, wie die Rothaarige ohne seine Hilfe diesem Schicksal entgehen sollte. Anfangs würde sie auf der Straße um jeden Sou betteln, um sich Brot zu kaufen, aber bald schon würde der Tag kommen, an dem ihr sehnsüchtiges Flehen ihr nichts anderes mehr einbringen würde als das Angebot, ihr das abzukaufen, was sie nur einmal anzubieten hatte: ihre Jungfräulichkeit.

Er fragte sich, welche Hoffnung ihr noch bleiben würde, wenn sie auf dem Rücken lag, den Kopf weggedreht von dem Fremden, der tief in sie stieß, während die Muskeln ihrer Vagina ihn hungrig empfingen und sie damit betrogen. Hoffnungen, die mit jedem Stoß starben, mit jedem schwitzigen Stöhnen, jedem gedankenlosen Streicheln.

Paul wusste, dass darauf unausweichlich der Abgrund der Perversionen folgte. Mit schwitzenden Händen rieb er den Knauf seines Stocks. Er musste sie vor diesem Abgrund retten.

5. KAPITEL

Ich versuchte vor der Bestie davonzurennen, die sie Monsieur Renard nannten. Noch nie hatte ich so große Angst wie in diesem Augenblick, als er mich ansprang wie ein wildes Tier. Ich schwöre, dass er sein dunkles, fleischiges Geschlecht hervorholte und mir damit zuwinkte. Mir wurde fast schlecht von dem stechenden Geruch seines Schweißes. Ekelhaft. Wegen ihm habe ich Paul Borquet verloren.

Was für eine Idiotin ich bin.

Also gut, der Künstler ist sexy, attraktiv, und er hat einen Ständer, der seinem Ruf alle Ehre macht, wenn er wirklich so groß ist, wie er sich durch die Hose anfühlte. Als er auf meinen Po schlug, schrie ich vor Überraschung, aber auch vor Lust auf. Ich werde niemals mehr über diese SM-Kontaktanzeigen kichern. Irgendetwas an so einem kleinen Klaps auf den Po stimuliert die Libido einer Frau wie ein auf höchster Stufe laufender Vibrator.

Aber wenn Sie denken, dass ich Ihnen verrate, was er mir ins Ohr geflüstert hat, während er an meiner Muschi spielte, dann liegen Sie falsch. Darüber kann ich jetzt nicht nachdenken. Ich muss meinen Hintern schleunigst in Bewegung setzen und abhauen, bevor mich dieser Monsieur Renard erwischt und mit mir seine private Peepshow veranstaltet. Wieso bekomme ich eigentlich immer diese korpulenten Lüstlinge ab? Wieso bekomme ich nicht den Disney-Traum mit lustigen Zwergen und kleinen süßen Elefanten?

Du hast doch den Traumprinzen ergattert, Mädchen. Was willst du noch mehr?

Richtig! Ich kann das Lächeln auf meinen Lippen nicht unterdrücken. Was für tolle Hände dieser Künstler hatte. Sie streichelten und rieben meine Klit im perfekten Rhythmus. Ich stelle mir vor, wie er die Innenseiten meiner Schenkel leckt, bis ich nicht mehr stehen kann. Dann kollabiere ich in seine Arme, und er fängt mich auf. Bevor ich das französische Idiom für „Nimm mich" gefunden habe, kniet er vor mir und bringt mich mit seinem Mund zum Höhepunkt, *un, deux, trois.*

Ja, ich bin bereit, zu glauben, dass ich auf einer Zeitreise in die Vergangenheit bin, wenn mir das hilft, weiterzuträumen und Paul Borquet wiederzufinden.

Aber als Erstes muss ich fliehen.

Ich bin ein wenig erstaunt, wie winzig das *Black Beau*-Bistro ist. Es hat noch nicht einmal Tische. Und auch keine Gäste. Es gibt hier nur eine Bar und in der Ecke einige gestapelte Stühle. Dicker Dampf quillt aus den auf dem Herd stehenden Töpfen. Ich weiche aus, um mich vor den zischenden Dämpfen in Sicherheit zu bringen, bevor sie meine Haut verbrennen. Dann höre ich draußen das wütende Stampfen von Lederstiefeln … sehr nah. Ich trete einen Schritt zurück, noch einen und stehe nun flach gegen die Wand des Bistros gedrückt.

Das ist doch verrückt. Hier verstecke ich mich in einem verlassenen Restaurant gegenüber einer Markthalle, die es eigentlich nicht mehr gibt. Die dunklen Holzstühle, die verbeulten Töpfe … das alles sind Zeichen einer Vergangenheit, in der ich nicht existiere.

Zumindest bis jetzt nicht.

Mein Herz rast, und aufgeregte Röte überzieht meinen ganzen Körper.

„Wo ist das Mädchen mit den roten Haaren?", höre ich einen Mann schreien. Seine Peitsche knallt durch die stille

Morgenluft. Ich luge durch das winzige Loch in der Tür. Es ist Monsieur Renard.

„Sie ist ins *Black Beau* gegangen“, antwortet jemand.

Ich schaue mich um. Wo könnte ich mich verstecken? Leider gibt es keine Hintertür und niemanden, der sich um die kochenden Töpfe auf dem Ofen kümmert. So viel zum Thema Kundenservice. Wenn ich nur wüsste, was ich als Nächstes tun soll. Aber ich habe keine Ahnung. Meine Trickkiste gibt für heute nichts mehr her. Eine Welle der Angst überschwemmt mich, als ich nach einem Besenstiel greife, um mich verteidigen zu können. Zumindest werde ich bis zum Ende kämpfen. Ich werde es diesem Verbrecher nicht erlauben, mich zu fangen, meine Brüste anzufassen, seine gelben Zähne um meine Nippel zu schließen und hart zuzubeißen.

Ich mache mich für den Kampf bereit, indem ich den großen Topf mit meinem Besenstiel so lange attackiere, bis der Kessel zu wackeln beginnt und die kochende Suppe auf den Boden spritzt. Noch einmal schlage ich mit lautem Gebrüll zu, und diesmal kracht der Topf auf den abgewetzten Holzboden.

„Achtung! Passt auf!“, schreit jemand von draußen, als die heiße Brühe aus dem kleinen Bistro fließt.

Schützend halte ich die Hände vor mein Gesicht, damit mich der heiße Dampf nicht verbrennt. Ich schaue durch meine Finger, um zu sehen, was passiert. Von draußen höre ich die wütende Menge, unter anderem den schwarzbärtigen Mann und einen anderen. Sie schreien und beschimpfen sich. Eine Melodie von Gezeter und Anschuldigungen.

„Das ist alles Eure Schuld, Monsieur!“

„Von wegen ... Ihr habt angefangen.“

Ich muss endlich fort von hier. Ich atme tief ein, senke meinen Kopf und wickle die Enden meines roten Umhangs um mich. Plötzlich höre ich …

„Hierher, Mademoiselle", flüstert eine männliche Stimme. „Beeilung!"

Wer? Was? Ich traue meinen Augen nicht, als ich die Falltür im Boden sehe, die sich langsam wie eine Auster öffnet. Eine Hand winkt mir, zu kommen.

Was habe ich denn schon zu verlieren?

Ohne zu zögern renne ich zu der Falltür und schaue in das Loch. Eine tiefe, samtene Dunkelheit erwartet mich. Ich weiß, dass es keine gute Idee ist, in ein dunkles Loch zu springen, das mich ins Niemandsland bringen kann. Das hätte ich mir allerdings überlegen sollen, als ich anfing, mir dieses ganze verrückte Abenteuer auszudenken. Da ich das versäumt habe, habe ich keine andere Wahl. Entweder ich springe, oder ich werde von dem wütenden Mob in Stücke gerissen. Mein Körper versteift sich bei der Vorstellung, dass mehr als ein gieriger Kerl in mich eindringen könnte.

„Springt doch endlich, Mademoiselle", drängt die gleiche Stimme aus der Tiefe des Kellers. „Springt!"

Ich höre das Klirren von zerbrochenem Glas, als eine Kugel die hängende Öllampe trifft. Jemand schießt auf mich! Ich hole noch einmal tief Luft, springe … und lande unverletzt auf etwas, das sich wie ein großes Weinfass anfühlt. Ich kann fast nichts sehen. Vorsichtig meinen Weg in der Finsternis suchend, lasse ich meine Beine über den Rand baumeln. Nur ein kleiner Lichtschein winkt mich weiter in die Dunkelheit. Bevor meine Augen sich an das dämmrige Licht gewöhnen können, umweht mich eine kühle Brise, und ich halte den Atem an. Ich rieche starken Alkohol.

„Schließt die Falltür, Mademoiselle, bevor uns jemand hier unten findet und wir gemeinsam zur Hölle fahren“, befiehlt die männliche Stimme. Er nuschelt etwas ungeduldig, aber ich kann ihn dennoch verstehen.

Ich werfe die Kellertür zu und verschließe sie mit einem Hebel von innen. Dann konzentriere ich mich auf die verhüllte Gestalt in dem Umhang, die eine Kerze in der einen Hand hält und in der anderen einen Stock.

Paul Borquet.

Ich grinse. Nie zuvor war ich so glücklich.

„Ich habe Euch schon mein Leben zu verdanken, Monsieur.“ Unsere Blicke treffen sich, und ich beginne zu verstehen, wieso meine Hormone bei ihm immer verrückt spielen. Vom ersten Augenblick an war ich sowohl von seinem Charme als auch seinem Schwanz wie magisch angezogen.

„*Mais non,* Mademoiselle, eigentlich müsste ich Euch danken. Eure Schönheit inspiriert mich, erfüllt mich mit Leidenschaft zu malen.“

Wir sehen uns an, und in diesem atemlosen Augenblick erkenne ich, dass er mehr ist als ein mysteriöser Superheld in einem schwarzen Umhang und hautengen Hosen. Wir sind Künstler und Modell. Gemeinsam sind wir ein Kunstwerk, das noch genau definiert werden muss und das jenseits von Zeit und Verstand liegt.

Ich lehne mich an ihn, und er streichelt meinen Hals. Seine Finger lösen die Verschnürung meines Umhangs, dann hält er inne. Ich fühle seinen Genuss und noch etwas anderes.

Angst. Wir sind noch nicht außer Gefahr.

Während ich an meiner Lippe nage, frage ich: „Wie habt Ihr mich gefunden?“

„Keine Zeit für weitere Fragen, Mademoiselle“, antwortet der Künstler. Das Licht zaubert einen Heiligenschein um seinen Kopf, als er seine Hand nach mir ausstreckt.

„Nehmt meine Hand. Wir müssen uns beeilen. Es wird nicht lange dauern, bis diese Bestie Renard den Boden aufreißt, um nach Euch zu suchen."

Seine starken und muskulösen Hände greifen nach meinen, und das zitternde Kerzenlicht zeigt mir den Weg, den wir zu gehen haben. Er rafft seinen Umhang und geleitet mich durch einen gewundenen Tunnel, der gerade hoch genug ist, um auf allen vieren hindurchzukriechen. Den Mantel fest um mich gewickelt, folge ich ihm. Sand rieselt von der Decke auf meinen Kopf und meine Nasenspitze. Ich orientiere mich an seinem knackigen Hintern. Bei David habe ich auch viel Zeit auf meinen Knien verbracht, aber der Anblick war nicht halb so gut wie dieser jetzt.

Ohne eine Warnung flackert die Kerze und geht aus. Ich gerate in Panik, aber anstelle von vollkommener Dunkelheit werde ich in der Ferne von einem Sonnenstrahl begrüßt. Ich schaue nach oben. Der Weg aus dem Tunnel führt durch einen alten trockengelegten Brunnenschacht, in dessen Wände verrostete Eisenringe und schmale Stufen eingelassen sind.

„Ich habe diesen Geheimweg viele Male benutzt, wenn meine Lust auf die Muschi einer Frau von meiner Gier nach Alkohol überrollt wurde", erzählte der Künstler amüsiert. „Jede scharfe Kante dieser Steine ist wie ein alter Freund für mich." Er klatscht in die Hände und beugt sich nach vorn, um mir nach oben zu helfen.

„Nach Euch", drängt er mich.

Ich hebe meine Augenbrauen. „Damit Ihr mir dann einen Finger in meinen Allerwertesten stecken könnt?"

„Ihr seid sehr scharfsinnig, Mademoiselle."

„Nicht so scharf wie das Ende Eures Gehstocks." Mein Blick wandert nach unten. Er lässt seinen Stock über meine Hinterbacken gleiten. Lustvoll. Provokativ. Mit Sicherheit findet er das visuell äußerst reizvoll. Ich lecke über meine Lippen.

Er lacht. „*Allez,* geht!", ruft er mir zu und besteht darauf, dass ich zuerst nach oben klettere, ob es mir nun gefällt oder nicht.

Zu meiner Freude ist es leichter, als ich gedacht habe. Ich greife nach den Ringen, die an der Wand befestigt sind. Mein schweres Atmen vermischt sich mit dem des Mannes hinter mir, das Geräusch unserer Füße, die über die Brunnenwand kratzen, ruft ein Echo in dem leeren Wasserloch hervor.

„Ich liebe diesen Geruch von Freiheit", sagt Paul und holt tief Luft, als wir endlich oben angekommen sind und über den Brunnenrand springen. Er dreht sich zu mir um und betrachtet mich lüstern, was mich aber ganz und gar nicht stört. „Aber lange nicht so sehr wie den Geruch einer Frau."

„Schaut nicht mich an. Ich glaube kaum, dass ich besonders gut rieche, nachdem ich durch diesen alten Tunnel gekrochen bin", sage ich und klopfe den Staub von meinem Umhang.

„Überlasst das mir, Mademoiselle."

Er kommt mir mit seinem frisch rasierten Gesicht so nahe, dass ich den Alkohol in seinem Atem riechen kann. Das macht mich fast schwindlig. Seine Lippen streifen meine Wangen, als er meinen Umhang zur Seite schiebt, meine Schultern küsst und dann mit zarten Küssen nach oben über meinen Hals wandert. Kleine Freudenschauer durchströmen mich. Ich muss meine Nerven beruhigen, die rasenden Gedanken in meinem Kopf bremsen, ein paar Antworten auf Fragen finden.

Gott steh mir bei, wenn er mir noch näher kommt.

„Wohin bringt Ihr mich?“, frage ich. Irgendetwas muss ich jetzt sagen. Seine Aufmerksamkeit wandert nach unten. Er liebkost meine Brüste, nimmt sich die Zeit, meine Brustwarzen in solch köstlichen Kreisen zu reiben, dass ich kaum noch Luft bekomme.

„Dahin, wo Ihr sicher seid, Mademoiselle.“

Sicher? Wenn seine Hände so etwas mit mir anstellen?

„In Euer Studio nach Montmartre?“, frage ich ihn.

„Wie kommt Ihr darauf, dass ich ein Studio auf dem Hügel von Paris habe, Mademoiselle?“ Er wirft mir einen Blick zu, der weder freundlich noch feindlich ist. Eher nachdenklich.

Hör nicht auf, an meinen Nippeln zu drehen! Am liebsten würde ich das laut rausschreien. Aber da ich ein Feigling bin, lasse ich es. Stattdessen sage ich mit unsicherer Stimme: „Das hat mir jemand erzählt.“

„Wer?“

Seine Hand gleitet über meine Taille. Er macht sich an den Metallklammern meines Petticoats zu schaffen. Mist! Dieses lächerliche Outfit!

„Ein alter Künstler hat es mir gesagt. Und er hat mir sogar Euer Selbstbildnis gezeigt.“ Von der Statue des ägyptischen Gottes Min und der Prophezeiung erzähle ich nichts. Wieso soll ich ihm seine Fantasie verderben?

„Wo habt Ihr diesen Künstler getroffen, Mademoiselle?“

Er tastet immer noch herum. Hat er inzwischen das Interesse an meiner Pflaume verloren? Oder ist er mehr an der Geschichte von seinem Selbstporträt interessiert?

„In einer Kunstgalerie im Quartier Marais“, sage ich. Allerdings verschweige ich ihm, wann ich das Bild gesehen habe.

„Im Haus Morand."

Paul schüttelt den Kopf. Jetzt berührt er mich noch nicht einmal mehr.

Oh, er ist frustriert.

„So eine Galerie kenne ich im Marais nicht."

Ich runzle die Stirn. Meine Brüste fühlen sich ohne seine Berührung kalt an. Ist diese ganze Sache doch nur ein Traum?

Okay, versuchen wir es noch einmal. Ich sollte an sein Ego appellieren, auch besser bekannt als sein Schwanz.

„Ich *habe* so ein Bild gesehen", insistiere ich. „Lebensgroß, in jeder Beziehung." Ich kann nicht widerstehen, meinen Blick nach unten wandern zu lassen, auf die Ausbuchtung zwischen seinen Beinen. Eine Bewegung, die von meinem attraktiven Künstler nicht unbemerkt bleibt.

Er nähert sich mir und flüstert in mein Ohr: „Ach, Ihr meint das Selbstporträt, das ich La Comtesse du Chalons gegeben habe. Oh, da irrt Ihr Euch, denn die Comtesse nahm das Bild mit nach London."

„Ich irre mich nicht, Monsieur Borquet", spiele ich das Spiel mit und genieße es. Offensichtlich hatte das Porträt, das ich in dem modernen Künstlerstudio gesehen habe, im Laufe der Jahre seinen Besitzer gewechselt. „Aber die Realität gefällt mir dennoch besser."

„Wie bitte?" Paul schien etwas verwirrt zu sein.

„Amerikanischer Humor."

„Ach so, Ihr seid eine Amerikanerin, Mademoiselle?"

Ich nicke. „Autumn Maguire aus …"

Mehr erzähle ich ihm nicht. Jedenfalls nicht jetzt.

Paul zieht seine Augenbrauen hoch. Dann lacht er. „Es ist mir gleichgültig, woher Ihr kommt, Mademoiselle. Ihr seid nicht wie die englischen Mädchen, die ihre Röcke beim Tanzen heben. Billig und vulgär, mit einem Grinsen auf den Lippen und fetten Armen und Beinen." Er lehnt sich zu mir rüber. „Ihr habt den Körper einer Göttin, wie geschaffen zum Liebesspiel."

Mit seinem Stock hebt er meinen Petticoat an und reibt dann mit ihm über die Innenseite meiner Schenkel. Na endlich! Mein Körper beginnt zu kribbeln, warm und glücklich und sehr erregt. Ich ziehe mich nicht zurück. Ich versuche tief durchzuatmen, aber mein Atem kommt stoßweise und wird immer wilder.

Reiß dich zusammen, Kind. Du weißt noch nicht einmal, wo du bist.

Ich lasse meinen Blick über den alten Innenhof wandern. Ich kann mit dieser absurden Situation erst umgehen, wenn ich den Mut finde, mir einzugestehen, dass ich in der Zeit zurückgereist bin. Und das sollte ich schnellstens tun, bevor meine Angst sich zur Panik entwickelt, die ich dann nicht mehr unter Kontrolle habe.

Sieh den Tatsachen ins Auge. Das hier ist das alte Paris.

Schmutzverkrustete Türme und Erker, zerbrochene Pflastersteine. Eine mittelalterliche Atmosphäre hängt in der Luft wie eine alte, an den Ecken ausgefranste Tapete. Eine verblichene Schönheit, die um einen zweiten Blick bettelt. Ich sehe einige heruntergekommene Häuser, die sich um einen Berg zerbrochener Pflastersteine und Lumpen aneinanderschmiegen.

Plötzlich beginnen sich die Lumpen zu bewegen, verhärmte Gesichter kommen unter den schmutzigen Lagen von Kleidern zum Vorschein. Mir wird fast schlecht von dem

Geruch ungewaschener und kranker Körper. Es kommt mir vor, als ob der Vorhang sich öffnet zum letzten Bühnenakt, wo die Scheintoten versuchen, wieder lebendig zu werden.

Dies ist das alte Paris.

Aber all diese Fragen, wo ich bin, wer ich bin und wieso ich hier bin, werden von einer Sekunde auf die andere völlig unwichtig. Paul zieht mich in seine Arme und tut das, was ich mir schon die ganze Zeit gewünscht habe: Er küsst mich. Leidenschaftlich. Innig. Wie ein Mann, der weiß, dass man den Genuss möglichst lange hinauszögern sollte. Ein Mann, der weiß, was er will. Es fühlt sich anders an als jeder Kuss, den ich zuvor erlebt habe. Sein Mund streicht sanft über meinen, und seine Zunge erforscht die Innenseite meiner Lippen. Verdammt, ich kann mich nicht bewegen.

Er hält meine Arme hinter meinem Rücken. Meine Brüste pressen sich gegen seine Brust. Mein ganzer Körper ist angespannt. Ich bekomme kaum noch Luft, aber leider aus den falschen Gründen.

Ich versuche mich zu befreien, aber er zieht mich noch näher zu sich heran.

„Habt keine Angst, *ma belle.*" Der attraktive Künstler lacht, breitet seine Arme weit aus, öffnet seinen schwarzen Umhang wie Engelsflügel. „Mit Paul Borquet als Eurem Beschützer wird Euch kein Leid geschehen."

„Und wer beschützt mich vor *Euch?*" Ich schaue in seine dunkelblauen Augen. Sie verbergen ein Geheimnis, das ich bis jetzt nicht entschlüsselt habe.

„Wenn die Zeit gekommen ist, dass Ihr Euren Teil des Vertrages erfüllt", wieder berührt er mich lasziv und sinnlich, „dann werde ich Euch zu solchen Höhen erregen, dass Ihr keinen Schmerz mehr empfindet."

„Wieso sollte ich Schmerz empfinden?" Ich muss ihn das fragen. Ein Klaps auf den Po, okay. Aber wir wollen es nicht übertreiben.

„Sogar für ein junges Mädchen ist Eure Schatztruhe sehr heiß und eng."

Jung? Kann der nicht sehen, dass ich eine reife Frau bin und kein unschuldiges Schulmädchen? Obwohl ich zugeben muss, dass ich eine Frau bin, die lächerlicherweise dabei ist, sich in einen jüngeren Mann zu verlieben. Sehr viel jünger. Er kann nicht älter sein als höchstens Mitte zwanzig. Bis jetzt habe ich noch nicht darüber nachgedacht, dazu war meine bisherige Fantasiereise viel zu aufregend und vernebelte meinen klaren Verstand.

Aber ich muss gestehen, dass ich mich in der Tat anders fühle. Ich lege meine Hände um meine Taille, und sie fühlt sich schmaler an. Mein Bauch wirkt flacher. Mist! Ich wünschte, ich hätte jetzt einen Spiegel, um zu sehen, ob der ägyptische Gott Min mich verzaubert hat.

Paul hat keine Ahnung, was mir durch den Kopf geht und glaubt, dass ich ihn necken will. „Mademoiselle fühlt sich anscheinend ziemlich erregt, *n'est-ce pas?*" Er legt seine Hände auf meine, drückt meine Taille, streicht mit seiner Hand über meinen Bauch, tiefer ... immer tiefer ... weiter nach unten. Zählt er, wie viele Lagen von Rüschen meines Petticoats ihn von meiner Muschi trennen? Ich tue es auf jeden Fall. Okay, ich halte mich zurück, bevor meine Leidenschaft noch mit mir durchgeht. Wer weiß, wer uns beobachtet? Ich müsste nur meine Beine ein wenig spreizen, und er würde seinen Kopf zwischen meine Schenkel bewegen. Und wir wissen, was dann passiert. Kitzeln und Prickeln.

Ich schüttle meinen Kopf. „Nicht wenn uns jeder beobachtet, Monsieur", beharre ich und schaue mich dabei um. „Wo sind wir?"

„Hier sind die Häuser der *truands,* der Bettler, der Lahmen und Blinden. Sie sind meine Freunde."

Wie auf Kommando kommt ein kleines zerlumptes Kind auf Paul zu und flüstert ihm etwas ins Ohr. Oder ist es doch ein Erwachsener? Paul drückt dem Bettler eine Münze in die Hand, dann zieht er mich am Arm und drängt mich in eine kleine Gasse. „*Vite,* schnell", ruft er. „Wir müssen uns beeilen."

„Wieso?", frage ich erstaunt. „Was ist los?"

„Es geht das Gerücht, dass Monsieur Renard nach einem Mädchen mit roten Haaren sucht, das einen roten Umhang trägt. Sie werden hier unter den Bettlern nach Euch suchen. *Vien,* kommt …"

„Wohin gehen wir?", frage ich, nicht zum ersten Mal, wie mir scheint. Ich ignoriere die leise Stimme in meinem Kopf, die mir sagt, dass ich wahrscheinlich meine Seele verkauft habe, wenn ich tatsächlich jung und schön geworden bin. Die mir erzählt, was ich nicht glauben will. Ich fühle nur den Kuss des Künstlers, der immer noch auf meinen Lippen brennt.

Ich habe keine andere Wahl, als ihm zu folgen, mich in die Torbögen zu drücken und nah an ihm dranzubleiben, als er die gewundene Rue des Halles zur Seine hinunterläuft. Um uns herum gehen die Leute ihren Geschäften nach, kaufen auf dem Markt ein, sitzen in Cafés, gehen in Geschäfte und Büros, oder sie reinigen die Straßen. Ich kann nicht mehr unterscheiden zwischen Realität und Traum, und eine seltsame Angst macht sich in meinem Magen breit. Eine Angst, die von Minute zu Minute größer wird.

Nach einigen Häuserblocks verlangsamt Paul nun seinen Schritt, und wir spazieren an der Seine entlang, in der Nähe der Pont Neuf. Ich stehe am Ufer unter den Bäumen, die den Sandbänken des Flusses Schatten spenden, und bin verwirrt. In meiner modernen Zeit ist der Fluss voller Plastikbecher, und Enten schwimmen neben gebrauchten Kondomen. Jetzt fließt die Seine gemächlich durch die Stadt, Frachtboote transportieren Getreide den Fluss hinauf und Ladungen mit Wein hinunter. Leuchtend angemalte Kähne, die *Bateaux Lavoir* der Waschfrauen, und Fährschiffe verstopfen den Kanal. Menschen eilen geschäftig umher, und jeder scheint mit seinen alltäglichen Verpflichtungen beschäftigt zu sein.

Eisige Kälte durchdringt mein Cape, meinen Petticoat, meine Haut bis auf die Knochen. Ich zittere und schlinge die Arme um meinen Körper. „Sagt mir, Monsieur: Welches Jahr haben wir?"

„*Alors,* Mademoiselle, es ist das Jahr 1889."

1889!

Ich beginne zu lachen, ersticke aber beinah daran und flüchte mich in sinnloses Gebrabbel. *Ich lebe und bin im Paris des Jahres 1889, und der Künstler von dem Bild ist ebenfalls lebendig und steht hier neben mir.* Sinnlose Worte, auf die sich Paul Borquet keinen Reim machen kann. Verwirrt holt er seinen Flachmann aus der Jackentasche, und der beißende Geruch von Alkohol steigt mir in die Nase und macht mich schwindlig. Der Künstler reicht die Flasche mit dem starken Getränk an mich weiter, und das intensive Bukett treibt mir Tränen in die Augen. Er reibt den Flaschenkopf mit seinen Händen, als ob er den Geruch vertreiben wollte, dann riecht er selbst daran. Es scheint es zu mögen.

„Trinkt, Mademoiselle."

„Wieso nicht?“, erwidere ich. Vielleicht hilft es, das Hämmern in meinem Kopf zu vertreiben, damit ich in Ruhe über diese vertrackte Situation nachdenken kann.

Ich hole tief Luft und greife dann nach der Flasche, die Paul mir entgegenhält, nehme einen schnellen Schluck von diesem bitteren, nach Lakritz schmeckenden Getränk und hoffe, dass es meine Knochen wärmt und meinen Kopf klärt. Ich muss meine Rolle in dieser Pariser Seifenoper spielen, auch wenn ich mich frage, wann ich daraus wieder erwachen werde. Ich blinzle mehrere Male und schlucke. Ich fühle mich benommen, merkwürdig an … Ich will, dass Paul mich wieder hält … in seinen Armen … und mit meinem Kitzler spielt.

Oh, mir ist auf einmal schwindlig. Meine Beine fühlen sich an wie Gummi. Ein Kribbeln wandert über meine Arme, läuft wie rinnendes Wasser hinunter bis in meine Fingerspitzen. Ich atme schneller, und trotzdem überwältigt mich auf einmal eine tiefe Müdigkeit, als ob alle Körperfunktionen jetzt nach unten gefahren werden, überwältigt von allem, was ich erlebt habe, seitdem dieser magische Stromstoß mich in eine andere Zeit versetzt hat. Ich höre zwar Pauls Stimme, die zu mir spricht, aber ich kann sein Gesicht nicht mehr klar erkennen. Unscharfe Konturen … er sieht so verschwommen aus. Aber so unwahrscheinlich attraktiv.

„Was war das für ein Zeug?“, frage ich neugierig und lecke dabei über meine Lippen. Pfefferminz, Lakritz … und etwas anderes, was ich nicht benennen kann.

„Absinth.“

Absinth. Ein starker Likör mit Anisgeschmack, der in meiner Zeit aufgrund seiner drogenähnlichen Inhaltsstoffe verboten ist. Ziemlich starkes Zeug. Es soll abhängig machen und zu rauschhaften Wahnvorstellungen führen. Toulouse-Lautrec, Baudelaire, Degas … sie alle waren Absinth-Trinker, genauso wie Oscar Wilde. Hat dieser englische Schriftsteller nicht gesagt, dass Absinth dich die Dinge so sehen lässt, wie du sie gerne hättest, und nicht so, wie sie in Wirklichkeit sind?

Ich blinzle. Erst einmal und dann noch einmal. Es nutzt aber nichts. Alles um mich herum scheint in Bewegung geraten zu sein. Mir wird schwindlig, und das Hämmern in meinem Kopf wird immer stärker. Ich glaube, ich werde ohnmächtig und kann nichts dagegen tun. Ich bin auch Paul Borquet hilflos ausgeliefert, dessen Finger inzwischen den Weg zwischen meine Schenkel gefunden haben und sich tief in mich hineinbohren. Eine Welle der Lust überkommt mich völlig unerwartet. Doch gleichzeitig kann ich mich nicht auf das Gefühl konzentrieren, das seine gleitenden Finger mir bereiten. Was ist denn mit mir los? Wache ich gerade wieder auf? Ist mein Traum schon vorbei?

NEIN, ICH WILL NICHT AUFWACHEN! NICHT WENN ES GERADE SO GUT WIRD. VERDAMMT, OH MEIN GOTT!

6. KAPITEL

Paul Borquet öffnete das Fenster und beugte sich über das Fenstersims im zweiten Stock. Sein Blick fiel auf den Innenhof, in dem das Moos zwischen den Steinen wucherte und die Pflanzen zum Schutz gegen die winterliche Kälte noch mit Stroh abgedeckt waren. Er atmete tief ein und verfluchte das graue Wetter. *Merde,* er brauchte mehr Licht. Nur ein schwacher Lichtstrahl stahl sich durch das geöffnete Fenster und bahnte sich über seine Schulter einen Weg ins Atelier.

Seine Verärgerung nur mühsam unter Kontrolle haltend, schob er den schweren Diwan, auf dem das bewusstlose Mädchen lag, näher zum Fenster. Bewegungslos lag sie lang ausgestreckt über der Couch. Ihr Gesicht war ganz blass, die Lider geschlossen. Er konnte seine Augen nicht von ihrem Anblick losreißen, von ihren herrlichen roten Haaren, die ihren Kopf wie schillernde Seide umflossen, ihren vollen rosafarbenen Lippen, den festen Brüsten. Ihre Haut war so zart, makellos wie weiße Wolken an einem Frühlingsmorgen. Er konnte kaum glauben, dass sie tatsächlich bei ihm war.

Als sie von der betäubenden Wirkung des Absinths in Ohnmacht gefallen war, hatte er sofort reagiert, sie auf seine Arme genommen und mit einer Mietdroschke in sein Studio gebracht. In der Sicherheit seiner vier Wände angekommen, drückte er sich an sie, streichelte ihren schlafenden Körper, schob das rote Cape zur Seite und ließ seine Hände über die zarte Haut ihrer Schulter gleiten, bis er schließlich eine ihrer straffen Brüste in seiner Hand hielt. Seine suchenden Finger fanden ihre Nippel, die sich unter dem sanften Druck seines Daumens steil aufrichteten.

Mit einer Mischung aus Lust und Zuneigung betrachtete er sie und schöpfte durch ihren Anblick neue Kraft. Er hielt sie im Moment nur mithilfe der grünen Absinth-Fee in seiner Nähe, doch er konnte es auf keinen Fall riskieren, dass sie ihm entkam. In ihm lauerte die Angst, dass sie ihm verloren gehen könnte, sich in einen dunklen Schatten verflüchtigte, einen Abgrund schwarzer Magie, der seine schlimmsten Albträume heimsuchte.

Jetzt näherte er sich ihr mit seinem Stock in der Hand, den er herumwirbelte, als ob er ein Bild in die schwere Luft zwischen ihnen malen wollte. Aus dem Knauf zog er das scharfe Messer, die Klinge blitzte im Schein der Kerze auf. Er schnitt die seidenen Kordeln des Kissenbezugs ab und band die Handgelenke der Rothaarigen an dem reich verzierten Seitenteil des Diwans fest.

Als Nächstes hob er mit der Spitze seines Gehstocks das tiefblaue Seidentuch an, mit dem er ihre nackten Brüste bedeckt hatte. Ihr Busen hob und senkte sich so langsam, dass sich eine zwischen ihren Brüsten platzierte Feder nicht einmal bewegen würde. Er bemerkte ihren schwachen Puls und auch die Schweißperlen, die sich zwischen ihren Schenkeln gebildet hatten. Diese Reinheit musste er unbedingt auf seiner Leinwand festhalten, diese grazile, durchgehende Linie von ihren weißen Schultern über ihre Hüften bis zu ihren Knöcheln.

„Ich kann meine Leidenschaft nicht länger verbergen, Mademoiselle“, flüsterte er, und seine Bewunderung verstärkte den hypnotischen Klang seiner Stimme, auch wenn er wusste, dass sie ihn immer noch nicht hören konnte. Die Wirkung des Absinths war ungefähr zu vergleichen mit dem todesähnlichen Schlaf nach ekstatischem Sex.

Er bereitete eine neue weiße Leinwand vor und zeichnete mit schnellen Strichen die groben Umrisse ihres Körpers. Im Geiste konnte er bereits sehen, wie ihre feuerroten Haare den Stoff des Diwans wie ein helles Feuer versengten, sah das zarte Rosé ihres Fleisches in dicken, eigensinnigen Pinselstrichen, sah ihre Haut so strahlend schimmern wie einen Wintermond.

Er befeuchtete seine Lippen und leckte die Borsten seines Dachshaarpinsels, bis sie eine perfekte Spitze ergaben. Dann tauchte er ihn in die grüne und rotorange Farbmischung der Ölfarbe und füllte damit die Zwischenräume seiner skizzierten Figur. Er blinzelte einige Male, um klar sehen zu können. Er balancierte am Rande der Erschöpfung, da er seit zwei Tagen nicht mehr geschlafen hatte. Oder waren es sogar drei? Er wusste es nicht.

Staunend beobachtete er, wie die Farbe teilweise von der Leinwand aufgesogen wurde und dem Bild eine seltsame Lebendigkeit verlieh. Fast hätte man meinen können, dass die Figur auf dem Bild bald erwachen würde. Beinah spürte er ihren Atem auf seinem Gesicht, als er sie malte. Er brauchte mehr Absinth, um sein Werk fortzusetzen. Aus seiner Tasche holte er den Flachmann und nahm einen tiefen Schluck. Der Geschmack des Wermuts setzte sich auf seiner Zunge fest und vertrieb den Hunger. Er stärkte sich an seinem kreativen Rausch, der ihn dazu zwang, alles zu vergessen außer seinem Drang, diese wunderschöne Frau zu malen.

Er tunkte den Pinsel wieder in das feine Elfenbein, die verschiedenen Blau- und Grüntöne auf seiner Palette miteinander in Beziehung setzend. Den starken Geruch von Terpentin, der sich im Studio festgesetzt hatte, nahm er schon lange nicht mehr wahr. Ein anderer Geruch setzte sich in seiner Nase fest. Der Geruch dieser Frau. Es war ein scharfer sexueller Duft, zusammengesetzt aus ihrem Parfum und ihren süßen Körperausdünstungen. Tief sog er den Geruch ein und ließ sich von ihm überwältigen.

Er malte Stunden ohne Unterbrechung. Nichts interessierte ihn außer den leuchtenden und fröhlichen Farben, die auf seiner Leinwand lebendig wurden. Das Rosa eines Sonnenuntergangs, die gelbe Farbe von Butterblumen und das Blau eines Feenvogels. Sein Pinsel flatterte impulsiv, aber zielsicher über die Leinwand. Die Farben flossen harmonisch zusammen und vibrierten vor Energie.

Er beobachtete, wie das Mädchen im Schlaf die Arme strecken wollte, um die Spannung in ihren Schultern zu lösen. Als sie den Widerstand ihrer seidenen Fesseln spürte, schürzte sie unwillig die Lippen, ohne jedoch aufzuwachen.

Sie hatte sich Autumn Maguire genannt. Ihre Augen waren geschlossen, und ihre langen Wimpern lagen wie rußige Flecken auf ihren Wangen. Sich seiner Anwesenheit nicht bewusst, wand sich ihr Körper wie eine faule Raupe im Blumenparadies, zog an ihren Fesseln, spreizte die Beine, gab den Blick auf die lockigen roten Haare um ihre Muschi herum frei und erregte ihn. Ein dünner Schweißfilm überzog ihren nackten Körper wie das Funkeln eines Diamanten, ihr Mund war leicht geöffnet, und mit der Zunge fuhr sie sich unbewusst lasziv über die Lippen.

Er atmete tief ein. Genau das fehlte seinem Bild: Er musste diesen ganz besonderen erotischen Ausdruck ihres Gesichts einfangen. Er legte seine Skizze zur Seite und entschied, ihren Körper als Leinwand zu benutzen. Mit einem weichen trockenen Pinsel begann er ihre Brüste mit den feinen Schweißperlen zu bemalen, die sich auf ihrem Brustkorb gebildet hatten. Dann fuhr er mit dem Pinsel über ihren Rippenbogen, den flachen Bauch bis hinunter zu ihrem Spieldöschen. Sie atmete tief ein und spreizte die Beine ein Stückchen weiter. Ein glückliches, zufriedenes Lächeln legte sich über ihr Gesicht. Sie wirkte gelöst, sorglos, als Paul fortfuhr, die kleinen Schweißtropfen auf ihren nackten Brüsten zu verteilen.

Als sie vollständig erregt war, tauchte er mit seinen Fingern in sie ein und stimulierte sie so lange, bis er ihr Zünglein hart pulsieren fühlte. Noch tiefer drückte er seinen Finger in sie hinein und erkundete ihre nasse Höhle mit sanften Stößen. Auch wenn ihre Stimme kaum mehr als ein Flüstern war, klang sie in der Hitze des Augenblicks heiser und rau.

„Oh … ooohhh …“, stöhnte sie, ihr Gesicht in ekstatischer Qual verzerrt. Sie presste ihre Augen noch fester zusammen, als sich eine süße Wärme in ihr ausbreitete. Hatte sie ejakuliert? Nein, das konnte nicht sein. Er war noch nicht fertig.

Er legte seine Hand zwischen ihre Schenkel. Nässe durchtränkte das Laken. Tropfen, nicht annähernd genug. Erschöpft legte er seinen Kopf in seine Hände, aber sein Körper konnte nicht entspannen. Seine Pupillen waren immer noch geweitet, und sein Atem ging schwer. Die Muskeln in seinem Hals zuckten, und seine Leidenschaft riss ihn in einen Strudel der Vorfreude. Sein Bild war noch nicht fertig, obwohl er sich gottgleich fühlte, kraftvoll, angetrieben von einem Furcht einflößenden, aber unwiderstehlichen Schöpferdrang. Er musste ihre Säfte einfangen. Aber wie?

Die Rothaarige wand sich im Schlaf. *Bon.* Er fuhr mit der Hand über ihre Brüste und wurde mit einem sanften Schauer belohnt, der sich unter seinen Fingerspitzen ausbreitete. Ja, so würde es gehen. Er würde ihr Vergnügen bereiten, bis all ihre Nervenenden im Einklang mit seinen Berührungen waren.

Er beugte sich über sie und presste einen Kuss auf ihre pfirsichweichen Lippen, drang mit seiner Zunge in sie ein, ließ sie dann über die harte Knospe ihrer Klitoris gleiten. Sie antwortete mit einem tiefen Stöhnen und rollenden Hüften. Ja, er würde ihre Säfte zum Fließen bringen, bis ihr ganzer Körper vor Sehnsucht nach seinem Schwanz pulsierte. Und dann würde er sie nehmen. Und noch einmal. Jede Stunde. Bis sein Meisterwerk vollendet war.

Ich erwache in einer Realität, die mir die Absurdität meiner Situation bewusst macht, sie in meinen Kopf, in meinen Körper drängt. Mit anderen Worten, ich habe einen Kater. Trockener Mund, schmerzende Augen und fürchterliche Kopfschmerzen. Langsam wird mir bewusst, wie hart die Couch ist, auf der ich liege, wie abgestanden die Luft, und der schlechte Geschmack in meinem Mund stört mich. Ein unbeschreiblicher Hunger lässt meinen Magen knurren, als hätte ich bereits seit Tagen nichts gegessen. Wenn das jetzt wirklich das Jahr 1889 ist, dann ist es eine ganze Weile her, seitdem ich die Pommes frites auf dem Flohmarkt gegessen habe.

Nicht so schnell.

Es zieht hier. Ich schaue hinunter auf … meinen Bauchnabel? Okay, meiner wölbte sich auch nach innen, aber wem gehören der flache Bauch und der Schopf roter Schamhaare, die ich da sehe?

Ach, du meine Güte, ich bin ja nackt.

Nackt?

Ich bin gleichzeitig geschockt und erregt. Es ist schon das zweite Mal, dass ich einen Künstler treffe und am Ende nackt bin. Was ist passiert? Das Letzte, woran ich mich erinnern kann, ist, dass ich auf der Pont Neuf stand, auf die Seine schaute und einen Schluck aus einem Flachmann nahm. Absinth.

Vage erinnere ich mich daran, und dann bin ich anscheinend in einen tiefen Schlaf versunken. Allerdings kann ich mich auch daran erinnern, dass Paul Borquet mich in eine Kutsche getragen hat und mich auf der ganzen holprigen Fahrt fest in seinen Armen hielt. Ich hatte mich in seine Armbeuge gekuschelt, mein Gesicht lag an seiner Brust und ich konnte seinen Herzschlag hören. Dumpf erinnere ich mich ebenfalls daran, dass seine Hände meinen Körper erkundeten … und meine Nippel sich verhärteten. Mmmmm.

Eine willkommene Fata Morgana in der romantischen Ödnis meines Lebens.

Ich sehe mich in seinem kleinen Studio in Montmartre um … ich gehe mal davon aus, dass ich da bin. Dann hole ich tief Luft und lehne mich zurück, zufrieden damit, an die Decke zu schauen, bis mein Traumprinz wiederkommt.

Spiegel. Überall, wohin ich schaue. Aus meiner liegenden Position sehe ich über mir ein nacktes Mädchen auf dem Diwan liegen, wie ein Digitalfoto auf einem riesigen

Computerbildschirm.

Ich schaue mir das Bild genauer an. Ach *die!* Das *Playboy*-Titelmädchen schaut mich aus dem Spiegel heraus an. Ein wundervoller Körper. Zart, schmale Taille, volle Brüste, schlanke Hüften und sexy Schultern. Wer ist dieses Bunny mit dem Körper, für den es sich zu sterben lohnt?

Sollte das etwa ich sein?

Ich schließe die Augen und bin fest davon überzeugt, dass dieses Mädchen verschwunden ist, sobald ich sie wieder öffne. Falls nicht und falls das wirklich *ich* sein sollte … nun ja, es ist ja schließlich mein Traum, oder?

Vorsichtig öffne ich erst ein Auge, dann das andere und strecke meine Zunge raus. Das Mädchen im Spiegel an der Decke macht es ganz genauso. Ich halte die Luft an. Ich bin es wirklich. Interessant.

Ich kann es immer noch nicht glauben, also drehe ich den Kopf mal hierhin, mal dorthin, und aus dem Augenwinkel erhasche ich verführerische Blicke auf meinen nackten Körper im Spiegel, was mir kleine Seufzer entlockt. Bewunderung wechselt sich ab mit Ungläubigkeit. Starr blicke ich nun an die Glasdecke, begeistert von meiner lebendigen Fantasie und dankbar für diesen freien und ungebundenen Geist, der meinen Verstand und meinen Körper in Besitz genommen hat.

Danke, Min, du ungezogener Junge.

Das Mädchen im Spiegel zieht die Knie an und überkreuzt die Knöchel. Ich habe mich noch nie in dieser Position gesehen. Interessant. So genau kann ich meine Muschi zwar nicht erkennen, aber ich kann mir jetzt ganz gut vorstellen, was Männer an diesem Blickwinkel so faszinierend finden, wenn sie abtauchen, um eine kleine Kostprobe zu nehmen.

Ein Schauer überläuft mich nun. Hoffentlich genießt Paul Borquet diesen Anblick genauso wie ich.

Ich hebe meine Körper etwas an, um zu sehen, ob ich noch Gefühle in den Armen und Beinen habe. Ein Kribbeln durchläuft meine Gliedmaßen, aber etwas Schweres hält mich zurück, als würde nasser Sand durch meine Adern laufen. Was stimmt hier nicht? Ich kann mich nicht aufsetzen, irgendetwas zieht an meinen Handgelenken. Sie fühlen sich ganz taub an. Ich ziehe erneut. Was hält mich zurück? Ich lehne meinen Kopf in den Nacken und lasse mich mit einem lauten Seufzer rücklings auf den Diwan fallen. Mein Gott, ich bin mit seidenen Kordeln an dem Sofa festgebunden. Dieser Traum schlägt irgendwie die falsche Richtung ein. Ich bewege mich auf gefährlichem Terrain. Bin völlig hilflos. Paul Borquet kann mit mir anstellen, was er will, und ich kann ihn nicht daran hindern. Er könnte ein Halsband um meinen Nacken schlingen, meine Hände mit Handschellen fesseln oder mir eine Ledermaske über den Kopf stülpen, die kein Licht und kaum ein Geräusch durchlässt. Das Einzige, was mir bliebe, wären meine Sinneseindrücke.

Was sollte ihn daran hindern, mich an seinen Bettpfosten oder an Ringen in der Decke festzubinden? Als Nächstes höre ich dann vielleicht noch das Zischen der Peitsche, die durch die Luft schneidet, um dann auf meiner Schulter oder meinem nackten Hintern zu landen. Oder ein Schlag mit seinem Stock. Schmerz würde durch meinen Körper wallen, wenn sich feine, blutige Striemen auf meiner Haut abzeichnen.

Nein danke. Ich glaube, mir reicht es jetzt.

Oder vielleicht doch noch nicht?

Vielleicht will er mich auch nur total anmachen? Bondage

als erotisches Spiel – und nur dann – hat mich schon immer fasziniert. Natürlich geht das nur mit dem passenden Mann, der weiß, was er tut. Ich muss gestehen, dass ich das schon immer mal ausprobieren wollte.

Falls Paul Borquet eine willige Schülerin für seine nächtlichen Spiele sucht, wäre ich eventuell interessiert. Nach allem, was ich in den letzten Stunden erlebt habe, schreckt mich nicht mehr allzu viel. Aber trotzdem habe ich fast das Gefühl, es geht hier um mehr. Etwas Mystisches liegt in der Luft, lässt Bilder von dunklen Straßen, verwitterten Totenschädeln und schwarzer Magie durch meinen Kopf schwirren. Warum nicht? Seide fixiert meine Handgelenke. Seide umschmeichelt meinen Hintern. Warme Luft streicht über meinen Körper. Ich fühle mich nicht bedroht. Bondage mag meine dunkle Seite ansprechen, aber bitte ohne kalte Zellen oder Kerker für diese Möchtegernsklavin. Ich will meinen sexuellen Appetit stilvoll stillen.

Lass uns anfangen.

Eine Woge der Lust breitet sich in meinem Bauchraum aus und wandert dann nach unten zwischen meine Beine. Ich stelle mir gerade wieder seine Zunge vor, wie sie über meine Klitoris leckt, und er währenddessen mit meinen Brüsten spielt. Welch ein sinnlicher Genuss. Und mir bleibt nichts anderes übrig, als hier bewegungslos zu liegen und all das über mich ergehen zu lassen.

Armes Kind.

Auf Sie-wissen-schon-wen wartend, vertreibe ich mir die Zeit damit, die hohe Decke zu betrachten, von der herab eine Kerze in einem Glaszylinder an einem Seil langsam über meinem Kopf hin und her schwingt. Immer näher kommt sie, mich mit ihrer blaugelben Flamme verspottend. Unruhig reibe ich mein nacktes Hinterteil auf dem Diwan hin und her, beinahe weißglühend vor Vorfreude. Die Samen der Erregung, die ich in meinem Kopf gepflanzt habe, blühen zu Leidenschaft auf und rufen nach Erlösung.

Warte. Ich bin nicht die erste Frau, die der Maler mit in sein Atelier gebracht hat. In der Nähe des Diwans liegt ein Berg von Frauenkleidung, ich erkenne Zipfel von roter und gelber Seide, einen schwarzen Seidenstrumpf, einen Petticoat aus weißer Spitze und ein braun kariertes Taftkleid. Hartnäckige Eifersucht setzt sich in mir fest. Liegt mir schwer im Magen. Ein neuer Gedanke stört meine Fantasie empfindlich. Was ist, wenn dieser Paul mich feucht und gefügig machen will, allerdings nicht mit seinen Lippen, sondern durch den Kuss einer Frau? Wie werde ich reagieren, wenn er eine Frau wie die Blonde vom Markt mitbringt, die sich mit gegrätschten Beinen über mich setzt und ihre Möse auf mein Gesicht senkt? Was würde ich dann tun? Was, wenn ihre Zunge meine Auster öffnet und mühelos über meine geschwollene Perle gleitet? Wird mein Körper mich dann betrügen und sich im Rhythmus ihrer saugenden Lippen bewegen?

Die Antworten auf diese Fragen kenne ich nicht, habe noch nie darüber nachgedacht. In meiner Welt habe ich die Erfahrung, von einer Frau berührt zu werden, noch nicht gemacht. Aber das hier ist nicht meine Welt. Das hier ist das Paris im Jahr 1889.

Mach dich auf was gefasst, Kind!

Wie ein Straßenkater auf der Suche nach dem Geruch einer rolligen Katze schnuppere ich in der Luft. Es riecht nach starkem Alkohol und – ich wage es kaum zu sagen – nach

Sex! Durchdringend. Wie Pollen. Frische Pollen. Monsieur Borquet scheint ein beschäftigter Mann zu sein.

„Ah, *ma belle* ist erwacht, um meine Seele mit ihren wunderschönen Augen zu quälen. Bezaubernde grüne Augen, *n'est-ce pas?*“

Ich hebe meinen Kopf, aber das Licht ist zu schwach. Ich kann nicht sehen, wer spricht, aber ich kann ihn hören. Das tiefe, kehlige Lachen, triefend vor Sex, die Worte leicht undeutlich durch den Alkohol. Ich drehe den Kopf, kneife die Augen zusammen, um besser sehen zu können, aber ich weiß auch so, wer es ist.

Paul Borquet.

Obwohl er ziemlich aufgekratzt ist von dem vielen Alkohol und etwas wackelig auf den Beinen von zu wenig Schlaf, ist Paul doch eine stattliche Erscheinung, wie er so vor mir steht mit seinen langen schwarzen Locken, die ihm bis auf die Schultern fallen, und dem bis zur Taille offenen Hemd voller Farbkleckse. Ich beobachte, wie er den Stoffgürtel um seine Hose wieder fest zuschnürt. Anscheinend kommt er gerade aus dem Bad. Einen Augenblick lang wünsche ich mir, er würde die Schnur nicht mehr ganz so fest ziehen.

Der hungrige Ausdruck in seinen Augen bringt mich an den Rand des Wahnsinns. Ich zittere. Widerstrebend schließe ich meine Beine, als eine seltsame Neugierde ein wohliges Kribbeln in mir erzeugt. In seinem Gesicht spiegelt sich animalisches Verlangen, seine blauen Augen sind halb geschlossen, und in seiner Hose richtet sich ein enormer Ständer auf. Hat er vor, mich jetzt zu vögeln? Welchen Grund sollte es sonst geben, dass er mich hier an den Diwan gefesselt hat? In meiner alten Welt würde man sagen, der

Typ steht auf SM.

„Wieso habt Ihr mich hierher gebracht?", frage ich und versuche möglichst unbeteiligt zu klingen. Auf keinen Fall will ich den Anschein erwecken, dass ich es kaum erwarten kann, mich seinen Spielen hinzugeben.

„Ich will Euch malen, *ma chérie*", sagt er lachend und nimmt dann einen Schluck aus seiner Flasche. Einen ziemlich langen Zug, der teilweise über sein Hemd spritzt.

Er will mich malen? Was für ein Unsinn ist das denn? Ich könnte schreien. Ich bin scharf, aufs Äußerste erregt und bereit für ein bisschen Spaß. Und er will mich nur malen? Ganz schön unverschämt von ihm!

Er dreht mir den Rücken zu, genehmigt sich noch einen Schluck aus der Flasche und beginnt mit seinen Vorbereitungen. Er stellt sich vor die Staffelei, drückt Farbe aus der Tube und vermischt sie auf braunem Papier.

Herausfordernd drücke ich meine Brust raus, und das scheint ihn ein wenig zu erstaunen. Allerdings sagt er nichts. Wann bindet er mich endlich los? Am liebsten würde ich ihm einen Tritt geben. Meine Tagträume haben mich so feucht gemacht, dass es schon ausreichen würde, meinen Hintern auf dem seidigen Laken zu reiben, um von einem Höhepunkt zum nächsten zu fliegen.

Die seidenen Schnüre um meine Handgelenke sind zwar nicht allzu fest geschnürt, aber nur ein Magier hätte die Fähigkeit, sich aus diesen kunstvollen Verknotungen zu befreien. Ich ziehe ein wenig daran, um ihm zu zeigen, dass ich damit überhaupt nicht einverstanden bin. Ungeduldig schaut mein Künstler hoch und wirft mir einen warnenden Blick zu, der besagt: Wenn du dich noch einmal bewegst, dann wirst du mir das büßen.

Meine Güte!

Er will mich malen *und* – jetzt kommt der leicht perverse Part – den Saft meiner Muschi benutzen, um ihn mit seinen Farben zu mischen. Ich grinse. Ist das denn überhaupt möglich?

Ich lächle und bin nicht nur amüsiert, sondern auch erregt. Er sieht so, so … wie soll ich sagen … so nach Sexgott des neunzehnten Jahrhunderts aus, wie er da mit seinem bis zur Taille geöffneten Hemd mitten im Chaos seines Ateliers steht, zwischen den Leinwänden, abgeschabten Pinseln und der verschmierten hölzernen Farbpalette. Es ist diese Mischung aus Terpentin, Sex und dem intensiven Geruch der Farben, der mich ganz benommen macht. Zumindest rede ich mir das ein. Es hat sicher nichts damit zu tun, dass er einen Steifen hat, der sich von innen durch den Stoff seiner engen Samthose drückt.

„Wieso habt Ihr mich angebunden?“, frage ich und ziehe effektvoll ein wenig an meinen seidenen Fesseln.

„Ich hatte Angst, Ihr würdet mir davonlaufen, Mademoiselle, bevor mein Meisterwerk vollendet ist.“

Sein Meisterwerk?

Mein Herz beginnt zu rasen, und ich spüre den Puls in meinen Ohren. Meint er ein Bild von mir? Wenn solch ein Gemälde existieren würde, dann hätte ich es sicherlich schon gesehen.

Oder würde Paul Borquet verschwinden, bevor sein Meisterwerk vollendet ist?

Dieser neue Gedanke vereinfacht meine Situation auch nicht. Dennoch bin ich von dieser Zwickmühle eher fasziniert als verängstigt. Das hier hätte ich niemals erwartet. Der alte Künstler sagte, dass Paul Borquet im Jahre 1889 verschwand. Also irgendwann in diesem Jahr. Ich atme tief ein. Kann ich vielleicht das Rätsel um den verlorenen Impressionisten lösen?

Lass ihn reden, und finde heraus, was ihn bewegt.

„Wieso wollt Ihr gerade mich für Euer Meisterwerk haben, Monsieur?“ Ich kann ihn nicht Paul nennen. Zumindest jetzt noch nicht.

„Euer Haar, Mademoiselle. Es hat die Farbe von Klatschmohnfeldern. Hier oben“, er deutet auf meinen Kopf, „und hier unten.“ Dabei zeigt er mit seinem Pinsel auf meine bloß liegenden Schamhaare.

Wieso bekomme ich schon wieder Gänsehaut? Weil ich mit ihm schlafen will?

Mist! Ich kann nicht mehr klar denken. Ich habe auch überhaupt keine Lust dazu. Mir ist leicht schwindlig. Mein Magen dreht sich um die eigene Achse.

Endlich kommt er auf mich zu, legt den Pinsel zur Seite und beginnt langsam die seidenen Fesseln zu lösen. Meine Beine scheinen aus Gummi zu bestehen, und der leichte Schwindel verstärkt sich.

„Wieso bindet Ihr mich los?“, frage ich und hoffe, dass das Spiel noch nicht beendet ist.

„Ihr werdet nicht davonlaufen, Mademoiselle.“ Das ist eine Feststellung und keine Frage.

„Wie könnte ich auch? Ich besitze keine Kleider.“

„Wenn es nach mir ginge, würdet Ihr niemals mehr Kleider tragen.“

Ich fahre mit der Zunge über meine Lippen und erwidere dann verführerisch: „Habt Ihr nicht auch etwas zu viel an?“

Paul hebt eine Augenbraue. „*Zut alors,* Mademoiselle, Ihr

stachelt die Leidenschaft eines Mannes so an, dass er sich nicht mehr aufs Malen konzentrieren kann."

„Warum dann also weitermalen?", frage ich frech.

„Habt Ihr etwas anderes im Sinn, Mademoiselle?"

„Kommt näher, und ich zeige es Euch."

In meine tauben Arme kommt langsam wieder etwas Gefühl, als Paul mich an sich zieht und mich so fest hält, dass wir beide für einen Augenblick keine Luft mehr bekommen. Dann küsst er mich. Seine Lippen sind heiß und fordernd, sein Schwanz hart und pochend, als er sich gegen meine Oberschenkel drückt.

Er löst die Kordel, die seine Hose zusammenhält.

Lang lebe der König …

… und möge sein Same ewig regieren.

Ich atme so heftig wie eine läufige Katze. Scher dich zum Teufel, Nicole Kidman. Du hast alle Kerle in dem Film *Moulin Rouge* um den Finger gewickelt, aber ich habe Paul Borquet. So cool, wie ich mich fühle, verliere ich mich schon wieder in meinen eigenen Fantasien.

Ich bin in Paris und lebe jetzt in einer wilden und zügellosen Zeit.

Mein Körper hat sich in ein bezauberndes Mädchen verwandelt.

Die Gier nach Abenteuer und Gefahr lässt mich in Pauls Arme gleiten. Ich liebe seinen starken Körper, ich mag es, wie sein Schaft sich hart an mir reibt, seinen keuchenden Atem, den berauschenden Geruch seines Schweißes, der sich mit meinem vermischt.

Sie wissen, wie es jetzt weitergeht, nicht wahr? Haben Sie Lust, mich auf diesem Höhenflug zu begleiten? Dann legen Sie am besten jetzt den Sicherheitsgurt an. Es wird ein holpriger Flug. Und wenn ich holprig sage, dann meine ich das auch.

Denn nach dem sehnsüchtigen Verlangen kommt

Leidenschaft

Sie wusste nicht, ob sie es bereute,
dass sie sich von ihm hatte lieben lassen,
oder ob sie ihn nicht
noch viel öfter lieben wollte.

Gustave Flaubert
(1821 – 1880)

7. KAPITEL

Oh Gott, ich will ihn!

Ich beobachte, wie Paul den Stoffgürtel an seinen Samthosen öffnet und sie dann auf den Boden gleiten lässt. Die Sehnsucht in meinem Unterleib wird von seinem Anblick zu einem weißen, glühenden Feuer angefacht. Die sehnigen Muskeln an seinen Armen treten hervor, als er seine Hände nach mir ausstreckt und mich an sich heranzieht. Er riecht männlich, sexy, und sein Haar ist so weich, dass ich nicht widerstehen kann, meine Finger durch die seidigen Strähnen gleiten zu lassen.

„Küss mich noch einmal, Paul."

Nach so einem leidenschaftlichen Kuss ist es ja wohl an der Zeit, dass wir uns beim Vornamen nennen. Meinen Sie nicht auch?

„Damit ich meine Seele verliere?", flüstert er mit kehliger Stimme. „Du hast bereits mein Herz gestohlen."

Verführerisch nage ich an meiner Unterlippe. „Sind meine Küsse den Preis nicht wert?"

„*Alors,* deine Küsse inspirieren mich zu meiner Arbeit, zu meinen Bildern", antwortet er und knabbert an meinem Ohrläppchen.

„Dann will ich dich gleich noch ein wenig mehr inspirieren." Ich senke meinen Blick und verführe ihn, indem ich mich mit gespreizten Beinen auf den Diwan knie, eine Hand in die Hüfte gestemmt, mit der anderen beiläufig an mir herumspielend.

„Ah, meine Liebe, du bist für einen armen Künstler wie mich einfach eine zu große Versuchung", stößt er atemlos hervor, schüttelt seinen Kopf und wischt sich den Schweiß von der Stirn. „Ich kann mich einfach nicht mehr zurückhalten. Und wenn ich dabei das Einzige verliere, ohne das ich nicht leben kann."

„Und was wäre das?"

„Das bist du, meine Muse."

„Ich?"

„*Mais oui*, natürlich. Ich wusste schon immer, dass meine Kunst wie Sex ist, so magisch, erfrischend, dass ich eines Tages fähig sein werde, genau dieses Gefühl auf die Leinwand zu bannen. Als ich dich sah, wusste ich, dass du die Inspiration bist, nach der ich schon in ganz Paris gesucht habe, von den Tanzsälen über die Bordelle bis zu den Salons. Ich *muss* mein Gemälde von dir fertigstellen. Jetzt. Bevor du wieder verschwindest und ich ohne dich in dieser Welt zurückgelassen werde."

Ich runzle die Stirn. „Du redest ja so, als erwartest du, dass ich wieder verschwinde."

„Das ist nur ein Gefühl … aber es beunruhigt mich."

Paul seufzt und drückt mich noch fester an sich, als ob er mich damit zum Bleiben überreden will. Mit einer ungekannten Furchtlosigkeit strecke ich meine Hand aus, fordere ihn heraus, sich mir zu entziehen, als meine Finger seine starke Schulter berühren. Der weiche Stoff seines weißen Hemdes weckt ein sinnliches Gefühl in meinen Fingerspitzen, und ich kann nicht aufhören, seine starken Arme zu streicheln. Zustimmend sehe ich ihm zu, wie er sein Hemd über den Kopf zieht und seinen Oberkörper entblößt. Er ist wundervoll gebaut. Muskulöse Brust, schmale Taille. Mit rasendem Puls hole ich tief Luft. Seine breiten Schultern und klar definierten Bauchmuskeln spielen mit meinen Sinnen, fordern mich heraus, meinen Blick tiefer wandern zu lassen. Die in mir flackernde Hitze lässt mich beinah die Regel des Gottes Min vergessen: Ficken ist erlaubt. Verlieben nicht.

Um uns herum ist alles still, und ich lausche unserem Atem, der zu einer Einheit geworden ist. Er will mich genauso wie ich ihn. Aber aus irgendeinem Grund hält er sich zurück. Warum? Als wenn er Gedanken lesen könnte, flüstert er mir ins Ohr, was er wirklich von mir möchte. Dabei streicht er mit der einen Hand liebevoll über mein Haar, und mit der anderen liebkost er meine Brüste. Ich kichere wie ein junges Mädchen. Er möchte meine Lebenssäfte in seinem Bild einfangen. Das ist so eine ungezogene Idee, aber andererseits sind wir hier in Paris.

Von mir aus.

Ich überwinde mich, zu sprechen. „Und wie möchtest du meinen Honig einsammeln?"

Wortlos steckt er zwei Finger in meinen Pfirsich und bewegt sie vor und zurück, als hätte er alle Zeit der Welt.

„Ganz einfach. Du bist ziemlich feucht, *ma belle.*" Er greift nach einem kleinen Tontöpfchen, das neben der Farbpalette steht. Es ist leer. Allerdings nicht mehr lange, wenn er mich weiterhin auf diese Weise berührt.

„Ich bin nicht erstaunt darüber, dass deine Säfte so kräftig fließen", sagt er. „*Tu es une hirondelle,* du bist eine ... wie sagt man auf Englisch? Eine Rosenknospe."

Rosenknospe? Dieses Wort bringt mich zum Lächeln, aber es hält mich nicht ab. Kein bisschen. Ich weiß, was ich will.

„Ich bin eine Frau, Paul", flüstere ich ihm zu, verstört, dass er nur an meinen jugendlichen Säften interessiert ist. „Ich bin eine Frau, die von dir geliebt werden möchte."

„Du bist eine Göttin, und ich verehre dich". Seine Stimme

klingt rau und heiser.

„Dann schlaf mit mir, Paul." Auf keinen Fall lasse ich mir diesen starken und potenten jungen Mann entkommen. Auch wenn er im Moment offensichtlich die größere Kontrolle über das hat, was hier passiert, fühle ich mich verpflichtet, ihn zu verführen. Weil ich mir selbst beweisen will, dass ich noch begehrenswert bin? Weil ich ihm ein paar erotische Finessen zeigen möchte? Zum Beispiel, wie er meinen G-Punkt finden kann? Nicht dass ich wüsste, wo er sich befindet. David hat ihn nie entdeckt, aber ich habe ein Buch darüber gelesen. Wie eine Frau durch Stimulation dieses Punktes mit dem Finger mehrere Teelöffel Flüssigkeit ejakulieren kann.

Hör einfach nicht auf, mich zu streicheln, Paul, und du wirst genügend Nektar für ein ganzes Bild bekommen.

Sanft berührt er meine Wangen mit seinen Lippen, bevor er den heftig klopfenden Puls an der Seite meines Halses küsst und seine Arme so fest um mich schlingt, dass meine Brüste gegen seinen Oberkörper gedrückt werden. Ich halte ihn nicht auf. Mein Körper gehorcht dem sehnsüchtigen Verlangen, das ich seit dem Augenblick gespürt habe, als ich ihm in Les Halles in die Arme rannte.

Ich widerstehe dem Bedürfnis, mich an ihm festzuhalten, ihm meine sündigen Wünsche ins Ohr zu flüstern und mich dann meinen Instinkten zu überlassen, um mich dem Wirbel von erotischen Seufzern und wilder Leidenschaft hinzugeben.

Doch schließlich ergebe ich mich ihm, erschöpft von meinem inneren Kampf, ihm zu widerstehen. Ich schließe meine Augen, und die zarte Berührung verdeutlicht mir, was ich die ganze Zeit versucht habe zu verleugnen. Ich hätte nur meinen Blickwinkel ändern müssen, meinem Herzen erlauben, mir das zu sagen, was mein Verstand nicht akzeptieren will.

Ich bin dabei, mich in Paul Borquet zu verlieben. Einen Mann, der in meiner Welt nicht existiert. Aber ich in seiner.

Reiß dich zusammen, Kind! Wenn du dich in ihn verliebst, wird dein knackiger Körper bald wieder fett werden. Denk auch an die kleinen Falten um deine Augen, die du an deinem letzten Geburtstag entdeckt hast.

Ja, schon gut! Ich kenne die Regeln, und ich werde vorsichtig sein.

Ich höre ihn atmen, fühle, wie sein warmer Atem über meine Haut streicht. Ich neige ihm meinen Kopf entgegen, und das ist scheinbar das Zeichen, auf das er gewartet hat. Unsere Lippen berühren sich, und sein Kuss brennt sich tief in meine Seele ein. Seine Zunge entzündet ein flammendes Feuer in mir, das mich erregt und all meine Widerstände schmelzen lässt.

Ich erwidere seinen Kuss mit einer Heftigkeit, die mein Verlangen nach ihm offenbart. Dann lehne ich mich zurück, als er mein Haar streichelt, mit seinen Fingern über meinen nackten Rücken gleitet und mir Schauer der Erregung durch den Körper jagt.

Sanft hebt er mein Kinn und streift mit seinen Lippen zart über mein Ohr, lässt dann seine Zunge mit flinken Schlägen hinein- und wieder hinausgleiten. Ich atme tief ein. Ich stehe in Flammen, mein Atem kommt in tiefen, lüsternen Zügen.

Ich stöhne, als er sagt: „Ich will dich, Autumn."

„Oh ja, Paul, ja."

Ich winde mich in köstlichen Qualen, als er meine weiche Haut streichelt und meine harten Knospen mit seiner Zunge reizt. In diesem Augenblick ist es mir völlig gleichgültig, wo ich bin oder wie es in Zukunft mit uns weitergehen soll. Dieser Moment ist alles, was zählt. Das Licht der späten Nachmittagssonne entschwindet und hinterlässt einen zart orangefarbenen Schimmer im Atelier, der auch unsere nackten Körper überzieht. Mit wild pochendem Herzen ergebe ich mich ihm, möchte daran glauben, dass alles, was ich heute gesehen, berührt und gefühlt habe, real ist, und habe doch Angst davor, dass es nicht so ist.

Ich lege mich auf den Diwan, als er sich über mich beugt und zart an meinen Brustwarzen saugt. *Des fraises* nennt er sie.

Ich kichere. „Heißt das nicht Erdbeeren?" Ah, was für eine wundervoll verrückte Sprache Französisch doch ist.

In der Spiegeldecke über mir beobachte ich meinen dunkelhaarigen Künstler, wie er langsam über meine Brüste streift, kleine Küsse darauf verteilt und schließlich meine Nippel – entschuldigen Sie, Erdbeeren – so oft beißt, dass ich aufhöre zu zählen.

„*Te plaît?* Gefällt dir das?", flüstert er, ohne in seinen Bewegungen innezuhalten oder auch nur Atem zu holen, als er seine Erkundung meines Körpers fortsetzt. Über meinen Brustkorb wandert er immer weiter nach unten, bis ich spüre, wie seine Lippen den seidigen Flecken roter Haare küssen, die das umschließen, was er meine *minou* nennt … was wohl *Muschi* heißt.

„Oh Paul, ich habe noch nie solch ein Vergnügen, solche Gefühle erlebt." Ich kann mich gerade noch zurückhalten, ihm zu sagen, dass er der beste Liebhaber ist, den ich je hatte. Ich glaube, das würde aus dem Mund einer unschuldigen Neunzehnjährigen merkwürdig klingen. Was er wohl sagen würde, wenn er wüsste, dass ich in Wirklichkeit eine reife Frau mit Erfahrung bin? Würde er das verstehen?

Deshalb sage ich lieber nichts. Manchmal ist es besser, gewisse Dinge für sich zu behalten. Stattdessen aale ich mich in seinen Freudenseufzern, als er die Entdeckungstour über meinen Körper fortsetzt, und beobachte unsere nackten Körper im Spiegel, wie sie sich im Einklang der Leidenschaft aneinander reiben. Ich schreie laut auf, als sein Finger den kleinen geschwollenen Punkt tief in mir findet, hart und zum Bersten gefüllt mit der Sehnsucht nach Erlösung. Mit rollenden Hüften antworte ich auf seine Berührung, presse mein Becken in sinnlichem Rhythmus gegen seine Finger. Währenddessen schaue ich Paul an, attraktiv, nackt und dennoch auf meine Bedürfnisse bedacht, wie seine andere Hand meine Hüften massiert, meinen straffen Bauch und schließlich hinuntergleitet zu meiner Perle, um mich mit kräftigen Strichen zum Erbeben zu bringen. Ich spreize meine Beine weiter, damit er die glitzernde Feuchtigkeit meines Saftes sehen kann, der sich in den empfindsamen Falten meiner Möse sammelt und ihn herauszufordern scheint.

Lächelnd beobachte ich, wie er mir ein Kissen in den Rücken schiebt, damit ich es bequemer habe. Seine Galanterie amüsiert mich, und ich liebe sie. Dann legt er sich so nahe neben mich, dass unsere Körper miteinander zu verschmelzen scheinen. Ein Kribbeln überläuft mich, und ich glaube, es wird von seinem langen, harten Schwanz verursacht, der sich an mich presst. Noch bevor ich seine Schönheit und Größe gebührend bewundern kann, öffnet er damit bereits meine unter dem roten Schamhaar versteckten Lippen und lässt seinen Kolben in mich hineingleiten. Ich schaue nach unten. Oh, das ist nur die Spitze seines Penis, die in mir steckt, aber das Gefühl ist schon so überwältigend, dass ich kaum mehr davon ertragen könnte.

„So habe ich mich noch nie gefühlt, Paul“, flüstere ich ihm zu und schaue dabei in seine tiefblauen Augen. Meine Bemerkung schmeichelt ihm offensichtlich.

„Ich will, dass du die gleiche Ekstase erfährst wie ich, wenn ich dich ansehe, *ma chérie*“, verspricht er mir, und für einige Sekunden betrachte ich mich im Spiegel und sehe den ekstatischen Ausdruck auf dem Gesicht eines jungen Mädchens an der Schwelle zu nie gekannten Sinnesfreuden.

Der Anblick meines eigenen nackten Körpers mit der in ihm steckenden Eichel erregt mich. Ich seufze, als Paul mich fester anfasst und seinen Schwanz tiefer in mich hineingleiten lässt. Erst ein klein wenig, dann mehr und tiefer, immer tiefer, bis er mich vollständig ausfüllt. Seine Stöße werden bohrender, rein und raus, rein und raus, und ich kann nichts tun außer zu stöhnen, mein Gesicht tiefrot vor Verlangen.

Er fickt mich weiter, sein Atem ist schnell, sein Körper schweißgebadet. Die Intensität der Gefühle, die wir miteinander teilen, ist überwältigend; unser Verlangen nacheinander steigt mit jedem Stoß seines Penis. Ich bin nur noch Sekunden davon entfernt, die langen, rhythmischen Schauder zu fühlen, und frage mich, was wohl im Moment meines Orgasmus passieren wird.

Werde ich wieder in meiner eigenen Zeit aufwachen, auf dem kalten Boden des Künstlerateliers im Quartier Marais, mein Körper noch heiß und feucht von der Intensität meines eigenen Traums? Oder werde ich neben Paul Borquet aufwachen?

Auf keinen Fall werde ich diesmal beim Höhepunkt die Augen schließen und mich von meinen Emotionen mitreißen lassen. Ich werde alles genau im Spiegel beobachten, meinen Körper sehen, wie er sich in Leidenschaft windet, Paul anschauen, wie dieser wundervolle sexy Maler sein Verlangen in mich hineinstößt und alles von sich gibt, um nicht nur seine, sondern auch meine Bedürfnisse zu erfüllen.

Die pumpende Bewegung seiner Hüften wird schneller, dringlicher, und bevor ich Atem holen kann, kommt der wundervolle Moment, sendet unglaubliche Gefühle pulsierend durch meinen Körper. Ich versuche die Augen geöffnet zu halten, aber ich kann es nicht. Ich blinzle, als eine Welle des Vergnügens nach der anderen über mich hinwegspült, versuche erfolglos, meine Augen offen zu halten, um das Zittern meines Körpers zu sehen, als Paul seinen pochenden Schwanz tief in mich hineinstößt und mich zu einem ungeahnten Höhepunkt treibt, um ihn dann … herauszuziehen?

Was?

Ich spanne die Muskeln meiner Vagina so fest wie möglich an, aber er ist fort, und ich kann nicht aufhören. *Oh!* Ich stöhne und schnappe nach Luft, bewege meine Hüften auf und nieder, schreie mit jedem Zucken meiner Möse vor Vergnügen auf. Mit vor Lust weit geöffnetem Mund rufe ich meine Gefühle heraus und werfe meinen Kopf hemmungslos nach hinten. *Ohhhhhhh* … und dann ist es vorbei.

Ich bin völlig bewegungsunfähig, bis tief in mein Innerstes befriedigt. Bevor ich wieder Luft holen kann, strömt es aus mir heraus. Ein frischer und leichter Geruch betäubt mich. Geschickt fängt Paul meine Flüssigkeiten in dem Tontöpfchen auf, und ohne kostbare Zeit zu verschwenden, legt er meine Hand um sein riesiges Gemächt. Instinktiv reibe ich ihn, bis er wieder zum Bersten erigiert ist – was nicht länger als ein paar Sekunden dauert – dann öffne ich meine Beine und dirigiere ihn dazwischen.

„Nimm mich“, dränge ich ihn. Mit einem Stoß seiner Hüften dringt er in mich ein. Der heftige Schauer, mit dem ich von meiner Begierde erlöst werde, erregt Paul so sehr, dass auch er bald seinen Höhepunkt erreicht. Pochend drängt sich sein Glied in meinen zitternden Körper, um seinen Samen in mich zu ergießen. Der Druck seiner Leidenschaft überschwemmt mich mit Wellen des Glücks, und ich wünsche mir, dass dieses erhabene Gefühl niemals vergehen möge. Ihn in mir zu spüren bringt mich an den Rand der Ekstase, reißt alle Sorgen und Gedanken an ein anderes Jahrhundert mit sich fort und spült mich an einen weit entfernten Ort, an dem ich noch nie war.

Einen Moment später winde ich mich unter ihm, bohre ihm meine Fingernägel in den Rücken, als ich den Höhepunkt meiner Leidenschaft erreiche. Paul stößt mich noch fester, schickt mich in einen derart explosiven Orgasmus, dass ich nicht aufhören kann zu stöhnen und heiser zu keuchen.

Wem will ich hier etwas vormachen? Zum ersten Mal in meinem Leben erlebe ich einen multiplen Orgasmus beim Sex. Manchmal hatte ich schon gedacht, dazu gar nicht fähig zu sein. Schlagartig wird es mir bewusst: Noch nie habe ich einen Mann wie Paul Borquet getroffen, der so auf mich reagiert, auf meine Wünsche, und der sich dem Liebesspiel so hingeben kann, dass alles andere um ihn herum bedeutungslos wird. Ein Mann, dessen Leidenschaft der meinen in nichts nachsteht … aber einen Augenblick mal! Wir haben vergessen zu verhüten. Ich nehme zwar die Pille, aber wer weiß, ob die auf so einer Zeitreise wirkt. Außerdem gibt es ja auch noch Geschlechtskrankheiten. Ist in dieser Fantasie eine Safer-Sex-Garantie enthalten? Das will ich mal schwer hoffen. Ich will hier noch nicht weg. Paris 1889 ist wahnsinnig aufregend, mit meinem Traumprinz an meiner Seite, erregendem Sex und mehr Abenteuer, als eine Frau es sich jemals vorstellen kann.

Mein Talisman wirkt tatsächlich!

Sonnenlicht wird von der Spiegeldecke reflektiert, perlt auf unsere nackten Körper und bricht sich in glitzernden Funken auf unseren Armen, unseren Beinen. Ich betrachte Pauls knackigen Hintern, seine breiten Schultern und seinen seidenweichen, entspannten Penis. Die Morgensonne schimmert auf jeder Kurve seines nackten Körpers, und bei diesem Anblick durchtränkt mich die erlebte Leidenschaft aufs Neue. Entspannt atme ich tief durch. Ich kann es immer noch nicht glauben. Paul Borquet liegt neben mir, seinen Arm schützend um meine Taille gelegt.

Ich bin immer noch hier.

Gähnend strecke ich mich, wackle dann mit meinen Hüften, als ich in den Spiegel schaue, um sicherzustellen, dass dieser beinahe perfekte weibliche Körper tatsächlich meiner ist. Licht und Schatten spielen auf den Wänden, brechen sich sanft an der Decke und lassen unsere nackten Abbilder im Spiegel verschwimmen wie Wellen auf einem See. Der Sonnenschein wärmt meine blanken Brüste, meinen Bauch, meine Beine.

Ich bin bereit für einen weiteren Orgasmus.

Wie es aussieht, muss ich darauf aber noch ein bisschen warten. Paul ist in einen tiefen Schlaf gesunken, sein schweißnasses Haar klebt an seiner Stirn. Sehe ich da ein Lächeln um seine Mundwinkel? Tatsächlich. Der Anblick wärmt mein Herz und bringt auch mich zum Lächeln.

Es ist keine Lust, die ich für diesen jungen Mann empfinde, sondern etwas anderes, vor dem ich Angst habe, es zuzugeben. Denn ich könnte es nicht ertragen, ihn zu verlieren, und so sage ich es nicht, denke es nicht, fühle es nicht.

Wie das Fragment eines vergessenen Traums dreht sich dieser verrückte Gedanke in meinem Kopf, erfüllt mich mit Verwirrung und Wärme, aber immer wenn ich versuche ihn festzuhalten, schaltet sich meine praktische Seite ein, und ich bekomme ihn nicht mehr zu fassen.

Während ich dieses flüchtige romantische Gefühl beiseiteschiebe, nimmt mein rationales Warum-bist-du-eigentlich-hier-Ich Pauls Arm von meiner Taille, damit mein schlafender Tiger nicht geweckt wird. Ich stehe auf und kämpfe kurz gegen den Schwindel an, der mich überfällt, bevor ich mich nach etwas umschaue, was ich über meinen neuen, dünnen Körper werfen könnte.

Noch nicht, drängt mein romantisches Selbst. *Genieße es doch noch ein wenig.*

Ich komme mir ein bisschen albern, beinah lächerlich, aber auch unglaublich weiblich vor, als ich nackt durch das Studio streife, kichernd und die Situation durch und durch genießend. So freizügig habe ich mich seit Jahren nicht gefühlt, so frei wie ein … eine Bohemien. Ja, das ist das richtige Wort. Nachdem Immobiliendeals und Firmenmeetings mein Leben übernommen haben, hat mein Traum vom Künstlerleben eine ähnliche Bruchlandung hingelegt wie meine Jungfräulichkeit in den Sommerferien.

Aber nun ist der Traum wieder da. Paul inspiriert mich mit seinen künstlerischen Visionen und seinem sinnlichen Verlangen nach mir. Wie zwei sexuell aufgeladene Tiere umarmen wir die Erfahrung, uns gegenseitig zu entdecken.

Und ich kann es nun kaum erwarten, das Bild von mir zu sehen.

Auf Zehenspitzen schleiche ich zur Staffelei – wieso, weiß ich eigentlich auch nicht so genau, denn nur ein eiskalter Polarwind könnte Paul jetzt aufwecken – und betrachte das Werk des Impressionisten. Etwas verwirrt, glaube ich kaum, was ich sehe. Doch, es sieht schon aus wie ich. Rote Haare umfließen meine nackten Schultern, sanft wie Blütenblätter, die sich der Sonne entgegenrecken. Aber das Gesicht auf dem Bild ist rein. Unschuldig. Die Augen, der Mund. Die Neigung meines Kopfes, meine Hände, die Linie meines Körpers.

Die Zartheit seiner Pinselstriche erstaunt mich, seine Fähigkeit, mein Wesen ganz spontan in diesem Bild einzufangen. In diesem Augenblick begreife ich, dass ich ganz vergessen habe, was Impressionismus eigentlich ursprünglich bedeutete. Es war eine sehr reine Art, die Welt zu sehen, die Natur, die Menschen, die Emotionen. Es hatte etwas sehr tief Berührendes.

In dem Rummel um die Impressionisten in meiner Zeit habe ich die wahre Bedeutung des Wortes verloren. Noch nie habe ich so schöne Linien gesehen, eine solche Intensität von Farben und Schattierungen. Aber das bin nicht ich. Es ist die spirituelle Schöpfung der Vision eines jungen Mädchens an der Schwelle zur Weiblichkeit, über die er, der Künstler, sie hinübertragen wird.

Ich hebe das Tontöpfchen hoch, das neben der Farbpalette steht. Es ist leer. Während ich geschlafen habe, hat er meine Säfte mit seinen Farben vermischt. Ein seltsamer Gedanke, dass mein Honig in groben Strichen über die Leinwand fließt, anstatt aus meiner Blume zu strömen.

Rastlos laufe ich auf und ab, denke nach. Auch wenn ich die Tatsache akzeptiere, dass ich jederzeit wieder in meine eigene Zeit zurückversetzt werden könnte, sehnt ein anderer, romantischer Teil von mir sich danach, dass er mich als die Frau sieht, die ich bin. Ich muss ein Teil seiner Welt werden, um hier zu überleben und Paul dazu zu bringen, sich in *mich,* die *Frau,* zu verlieben. Nicht in den Körper. Verdammt, das schaffe ich auch. Allerdings wage ich nicht, daran zu denken, was passieren würde, wenn er mich so sehen könnte, wie ich wirklich bin. Vierunddreißig, fast fünfunddreißig, mit einem kleinen Bauch und ersten Fältchen.

Als nun weißglühende Hitze durch meine Lenden schießt, schiebe ich meinen sexuellen Hunger beiseite und widme mich stattdessen dem Berg von abgelegten Kleidern in einer Ecke des Studios.

Der dunkle Moment geht vorbei, und meine Sinne klären sich wieder – soweit man in diesem erotischen Fantasieland von *klar* reden kann. Ich schiebe leere grüne Flaschen zu Seite, die einen mir inzwischen wohlbekannten Geruch verströmen. „Absinth“, flüstere ich.

Anscheinend trinken Künstler mehr, als dass sie essen, denn etwas Essbares finde ich im Atelier nicht. Schlanke Linie hin oder her, ich habe jetzt Hunger. Großen Hunger! Sobald ich erst einmal passende Kleider gefunden habe, werde ich doch sicherlich hier in der Nähe eine *Boulangerie* oder *Patisserie* auftreiben können.

Von ganz oben auf dem Kleiderstapel nehme ich meinen weißen Petticoat mit den aufgestickten rosa Schleifchen, dazu gelbe Höschen, ein braun kariertes Taftkleid mit *sehr* tiefem Ausschnitt und schmaler Taille, schwarze Seidenstrümpfe und zwei Strumpfhalter. Außerdem entdecke ich noch bequeme beigefarbene Ballerinas, die mir viel besser gefallen als diese spitzen geknöpften Schnürschuhe, einen kleinen weißen Hut mit schwarzer Schleife und ein rotes Seidenkorsett mit schwarzer Schnürung.

Wo ist eigentlich mein rotes Samtcape?

Ich suche überall im Atelier danach, aber leider vergeblich. Stattdessen entdecke ich ein Bild nach dem anderen von Frauen in verschiedenen Stadien der Entkleidung, Kohlezeichnungen von Aktdarstellungen und braunes Packpapier mit verkrusteten Farbresten. Ich rieche daran, um herauszufinden, ob die Farben auch mit ihren … na, Sie wissen schon, vermischt sind.

Dann schreibe ich Paul noch schnell eine kurze Notiz mit frischer roter Farbe: *Paul, ich bin kurz weg und versuche etwas zu essen zu finden. Ta chérie, Autumn.*

Die Nachricht lege ich auf seine Staffelei und bemerke dabei in einer Ecke des Zimmers etwas Rotes auf dem Boden. Es ist mein Umhang, und als ich danach greife, fällt die kleine Bronzestatue des Gottes Min heraus. Ich freue mich so sehr über diese Entdeckung, dass ich den ägyptischen Gott völlig überwältigt zwischen meine nackten Brüste presse wie einen alten Freund. Wie ist er nur hierhergekommen?

Na egal! Alles, was der alte Künstler mir über die sexuellen Kräfte dieser Statue erzählt hat, entspricht der Wahrheit. Ich habe mich ihrer Magie anvertraut, und nun bin ich jung, schön und unglaublich geil noch dazu. Aber ich habe schreckliche Angst davor, was passiert, wenn dieser verrückte Trip vorbei ist.

Ich habe meine Seele verkauft, um Paul Borquet zu finden.

Ich bete zu Gott, dass ich das nie bereuen werde.

8. KAPITEL

Das Kleid stinkt. Der Schweiß der früheren Besitzerin steigt mir in die Nase, und es fällt mir schwer, ihn zu ignorieren. Die Risse in Kleid und Petticoat erschweren mir das Gehen ganz erheblich, als ich meinen Überrock lupfe und die Rue Cortot überquere, um zur Rue de Mont zu gelangen. Ich gehe durch eine stille Seitengasse, über einen verlassenen Platz, von dem mehrere gleich aussehende Sackgassen abgehen, und versuche dabei dem Gras auszuweichen, das auf dem Bürgersteig wächst. Dann steige ich eine kleine Treppe hinab, deren Stufen in bronzefarbenem Morgenlicht baden.

Ich kratze mich. Wem auch immer das Kleid vorher gehört hat, sie hat es anscheinend nie gewaschen. Es riecht nach Schweiß und Sex. Die Verarbeitung ist so schlecht, dass ein Ärmel bereits abgerissen ist, als ich es über den Kopf ziehen wollte. Das Schlimmste ist aber, dass die oberen Knöpfe sich nicht schließen lassen und meine Brüste halb enthüllen. Nicht dass ich mich beschweren will, denn seit meiner Verwandlung habe ich auch ohne Wonderbra ein beeindruckendes Dekolleté. Aber ich denke, dass ich vielleicht doch den roten Umhang hätte mitnehmen sollen, auch wenn es so ein schöner, sonniger Tag ist.

Das Korsett konnte ich vergessen. Mit den seidenen Verschnürungen hinten und vorn habe ich mich vergeblich abgemüht. Aber ich wollte auch Paul nicht wecken, um ihn zu bitten, mir zu helfen. Denn er hätte es mir sicher lieber wieder ausgezogen, als es zuzuschnüren.

Paul. Meine Muschi pulsiert allein bei dem Gedanken an ihn. So jung und potent. Und erfahren. Er weiß, wie er meine Nippel streicheln und dann leicht kneifen muss, nicht zu hart, aber fest genug, um einen Schauer von Schmerz und Lust durch meinen Körper zu schicken. Ich vermisse ihn schon jetzt, und dabei sind wir erst eine Stunde oder so getrennt. Ich halte an und schaue mich um. Wo bin ich eigentlich? Ich erkenne die Place du Tertre, einen kleinen Platz, auf dem sich in meinem Zeitalter die Touristen versammeln, um die einfachen Behausungen von van Gogh und Renoir zu bestaunen. Gänsehaut läuft mir über die nackten Arme. Wer hätte schon gedacht, dass ich einmal in direkter Nachbarschaft zu diesen unsterblichen Künstlern leben würde?

Mein Magen knurrt. Brot kommt vor Kunst.

Vorhin hatte ich eine Bäckerei mit blau gedecktem Dach gefunden, die auf Blechgestellen frische Baguetten anbot, mindestens einen Meter lang. Mit einem Laib Brot unter dem Arm kaufte ich noch etwas Käse in einer *Charcuterie,* die leckere Hors d'œuvres im Fenster ausgestellt hatten.

Mein Frühstück habe ich übrigens den herumliegenden Münzen zu verdanken, die überall im Atelier auf dem Boden verstreut lagen, einem Atelier ohne warmes Wasser oder Toilette. Zum Glück war der kleine Innenhof leer, als ich mich vorhin über ein kleines Loch setzte, um meine Notdurft neben einigen vertrockneten Gräsern zu verrichten.

Ich wandere immer noch die Straßen von Montmartre entlang, zurück zur Rue Caulaincourt, Hausnummer 28. Einige alte Männer spielen im Park Boule, eine Art Bowling, auf dem Rasen. Der süße Duft der Rosen weht von den Blumenhändlern herüber, und Straßenhändler bieten laut rufend ihre Waren an. *Chiffons à vendre, Lumpen zu verkaufen.* An einem Süßwarengeschäft bleibe ich stehen, und beim Anblick der herrlichen Schokolade läuft mir das Wasser im Mund zusammen. Fast lasse ich vor Schreck das Brot fallen, als ich mich am Schaufenster des nächsten Ladens einem Pferdekopf Auge in Auge gegenübersehe. *Pferdefleisch zu verkaufen* steht daneben. Ich halte den Atem an und wage erst wieder Luft zu holen, als ich den schrecklichen Geruch hinter mir gelassen habe.

Ich reibe Arme und Beine, die klebrig geworden sind von der feuchten Hitze, und befeuchte meine Lippen. Mein Mund ist ganz trocken. Was würde ich jetzt nicht für eine Tasse Kaffee geben. Selbst ein *café ordinaire,* dieses billige Gebräu aus Wasser und Zichorie, das so typisch ist für Paris, wäre mir jetzt recht. Ich schaue geradeaus, und trotz meines schweren Petticoats laufe ich ein wenig schneller die Straße entlang, die in eine kleine Gasse mündet, die wiederum auf eine andere kleine Straße führt. Die Luft ist so trocken, dass meine Kehle sich ganz rau anfühlt. Ich habe mich verlaufen. Mist!

Ich gehe weiter, das Brot und den Käse fest in der Hand. Ich *muss* Pauls Studio finden. Es liegt in einem fünfstöckigen Haus, die Hausnummer ist gut sichtbar über dem Torbogen aufgemalt, die langen Fenster mit den roten Rahmen sehen leicht ramponiert aus, und die knarrende blaue Tür hängt schief in den Angeln. In die Wand eingeritzt sind die Namen Gaugin, Mucha, van Gogh … und Paul Borquet.

Die zerbrochenen Pflastersteine knirschen unter meinen Füßen und erinnern mich daran, wie ich vorhin die Namen der einzelnen Maler mit dem Finger nachgezogen habe, langsam, so als ob ich die Seiten eines Geschichtsbuches umschlüge.

Die Hand, in der ich den eingewickelten Käse halte, beginnt zu zittern, und eiskalte Schauer durchfahren meine Knochen. Erst jetzt wird mir so richtig bewusst, was ich hier eigentlich gefunden habe. Ich lebe in der Zeit dieser großartigen Maler. Ich habe die Schwelle zu der anderen Seite überschritten. Gibt es für mich noch ein Zurück?

Will ich das überhaupt?

Ich hole tief Luft, ein Schweißtropfen rinnt meine Nase herunter und tropft auf meine Oberlippe. Wo ist die Rue Caulaincourt? Ich strenge mich an, ob ich die Windmühlen hören kann, in denen das Mehl gemahlen wird, aber durch die Luft schwebt nur die melancholische Melodie eines Leierkastenmannes. Wahrscheinlich gibt es schon lange keine Windmühlen mehr in einer Stadt, die sich auf das zwanzigste Jahrhundert vorbereitet. Das einzig mir bekannte Gebäude dieser Gegend – der strahlend weiße Turm der Basilika von Sacré Cœur – ist noch nicht ganz fertiggestellt.

Ich schürze meine Röcke und besteige den steilen Hügel. Die Musik des Leierkastens verschwindet im Hintergrund, dafür höre ich das Klappern von Pferdehufen und ab und zu das Knallen einer Peitsche. Klopp, klopp. Ich hebe meine Füße zu diesem Rhythmus und versuche durchzuhalten. Klopp, klopp.

Ich biege in die Rue Lamarck ein. Ganz egal wie erschöpft ich auch bin, ich muss unbedingt meinen Weg zurück zu Paul Borquet finden. Wieso bin ich eigentlich so versessen darauf, bei ihm zu bleiben? Weil er weiß, wie er mich heißmachen kann?

Ich werde es nie vergessen: mein Rücken gegen die Wand gelehnt, seine Hände, die meinen Po ein wenig von der abblätternden Farbe der Wand wegzogen. Er ganz eng an mich gepresst, sodass sich unsere Oberschenkel berührten. Ich fasste nach unten, nahm sein pulsierendes, hartes Rohr und führte es in mich ein. Er bewegte die Hüften, stieß so tief in mich hinein, dass ich kaum noch atmen konnte. Seine Hände packten meinen Arsch, seine Brust presste sich an meine Brüste, und er bewegte sich in mir, schnell und wild. Als ich zum Höhepunkt kam, mit zitternden Knien und völlig erschöpft, zog er ihn raus und hielt das kleine Tontöpfchen unter mich, um mehr von meinem Saft aufzufangen.

Das Bild von mir ist immer noch nicht fertig. Sie wissen, was das bedeutet. Oh mein Gott!

Den Schweiß, der sich auf meinem Hals bildet, ignoriere ich und steige weiter in der brütenden Hitze den Hügel hinauf. Ein unheimliches Gefühl überkommt mich. Irgendetwas riecht hier faul. Jemand gießt Schmutzwasser aus dem Fenster einer alten Fabrik auf die derben Pflastersteine, und ich halte mir die Nase mit dem Ärmel meines Kleides zu. Die Gegend hier hat sich verändert. Die Häuser sind verkommener und scheinen sich aneinanderzuschmiegen, um sich gegenseitig vor dem Verfall zu schützen.

Ein Schauer läuft mir den Rücken herunter, als ich einige Männer vor einem der Häuser stehen sehe. Sie machen derbe Bemerkungen und starren in das Fenster im ersten Stock. Auf einem zerbrochenen Dachziegel, der an einem alten Gebäude angebracht ist, steht *Rue Caulaincourt.* Mein Herz beginnt zu rasen, und meine Stimmung steigt. Anscheinend habe ich meinen Weg zurück zu der langen und kurvigen Straße gefunden. Jetzt muss ich nur noch die Versammlung vor dem Fenster da vorn ignorieren und die Straße hinuntergehen.

Müsste ich. Tue ich aber nicht.

Neugierde ist eine Eigenschaft, die mich schon öfter auf Abwege geführt hat, was in der Geschäftswelt durchaus nicht schlecht ist, wenn man die Karriereleiter hinaufklettern will.

Zudem beschränkt sich die Gefährlichkeit beim Ausspionieren der Konkurrenz darauf, sich in den Waschräumen zu verstecken und zu lauschen. Seine Nase allerdings im Montmartre des Jahres 1889 in Dinge zu stecken, die einen nichts angehen, kann äußerst ungesund, wenn nicht sogar tödlich sein.

Wenn ich doch nur nicht so unglaublich neugierig wäre!

Immer offen für ein kleines Abenteuer, laufe ich direkt auf die Männer zu. Mein Herz schlägt schneller, als ich in dem Fenster eine Frau sehe, die vor einem schlaffen Blümchenvorhang steht. In der Hand hält sie eine flackernde Öllampe, und mit obszönen Gesten lädt sie die Männer zu sich ins Zimmer ein.

Sie trägt ein bedrucktes Kleid in der Farbe von gefleckten Bananen, und ihr langes blondes Haar hängt in dichten Locken bis zur Taille. Jung ist sie nicht mehr, aber ich kann immer noch die einstige Schönheit erkennen, die verzweifelt versucht, in ihrem ovalen Gesicht zu überleben. Rosarote Wangen. Knallrote Lippen. Blaue Augen, die weder tot noch lebendig sind.

Unsere Blicke treffen sich, und Verständnis blitzt in der blauen Tiefe ihrer Augen auf. Ein Augenblick der Traurigkeit überkommt mich. Mein Mund beginnt zu zittern, und fragend schaue ich sie an. Sie bemerkt meinen Blick, und eine winzige Träne rollt über ihre Wangen. Sie scheint mich warnen zu wollen. Von einer Sekunde auf die andere verändert sich ihr Gesichtsausdruck, als ein fetter und schwitzender Arbeiter auf das Fenster zugeht, seinen Mund auf die Scheibe drückt und ihr einen Kuss mitten auf das mit brauner Farbe betonte Dekolleté gibt. Die Frau lacht nervös und fordert ihn dann auf, in das Haus zu kommen. Auch die anderen Männer gehen jetzt auf dieses Spiel ein und verschmieren die Fensterscheibe mit ihren Mündern und fettigen Abdrücken ihrer Hände. Dabei machen sie obszöne Bemerkungen darüber, dass sie *sa chatte,* ihre Möse, sehen und sie mal so richtig reiten wollen.

„Hier kommt noch eine fürs Fenster, *Messieurs*", ruft plötzlich ein Mann und hält meinen Arm fest. Er schlägt meinen kleinen Hut weg und zwingt mich dazu, Brot und Käse aufs Pflaster fallen zu lassen.

„Lasst mich sofort los!", schreie ich laut. Aber der Mann lacht nur und zerrt mich zu der Gruppe der gaffenden Männer. Ich bohre meine Absätze in die Pflastersteine, aber der Mann hält mich fest im Griff, sodass ich nicht entfliehen kann.

Was passiert gerade mit mir? Wieso konnte ich mich nicht einfach um meine eigenen Angelegenheiten kümmern und in die Rue Caulaincourt einbiegen? Dann wäre ich jetzt bereits bei Paul. Wie soll ich denn jetzt aus diesem Neunzehntes-Jahrhundert-Peepshow-Wahnsinn wieder herauskommen?

„Hört auf, Euch zu wehren, *mon petit chou*", insistiert mein Fänger.

Ich versuche ihm direkt in die Augen zu schauen und all meinen Mut zusammenzunehmen, den ich nicht habe. „Ihr täuscht Euch, Monsieur. Ich bin keine Prostituierte."

„Ich mache keine Fehler, *ma belle.* Aber ich habe meine Meinung darüber geändert, Euch mit jemandem zu teilen." Der Mann gräbt seine knochigen Finger in meinen Arm und zieht mich von der Menge weg. „Ihr seid zu hübsch für dieses Fenster."

„Von was redet Ihr denn?" Ich kann es nicht fassen, was ich eben gehört habe.

„Das werdet Ihr noch früh genug sehen, Mademoiselle.“ Er presst seinen Körper an mich und bohrt seine Finger in meine Schultern. „Ich habe die Mösen aller in diesem Distrikt registrierten Prostituierten verkostet. Jetzt seid Ihr dran.“

Verständnislos schüttle ich meinen Kopf. „Registriert? Distrikt? Wovon redet Ihr?“

Sein Atem riecht nach dem bitteren Geruch von starkem Alkohol. Absinth. Trinkt denn hier niemand etwas anderes?

„*Alors,* Mademoiselle, Ihr müsst neu sein auf der Straße. Lasst den *vieux* Jacquot den Ersten sein …“

„Nehmt Eure Hände von mir.“ Ich schubse ihn weg, aber er ist stärker, packt meine langen Haare und zieht mich zu einem frei stehenden Metall-Alkoven.

„Hört auf, Euch zu wehren, Mademoiselle. Ich muss mal pissen.“

Ich blinzle. Hier auf der Straße? Wobei, wieso nicht? Immerhin habe ich mich vorhin auch im Garten erleichtert.

Bevor ich protestieren kann, stößt er mich in ein rundes Pissoir, dessen grüne Wände die Benutzer vor neugierigen Blicken schützen, wenn sie ihre Notdurft verrichten.

„Bleibt, wo Ihr seid, Mademoiselle.“ Der Mann drückt mich gegen die runde Wand, und in meinem Kopf dreht sich alles. Der Gestank des getrockneten Urins ist überwältigend. Nur die kalte Wand in meinem Rücken verhindert, dass ich in Ohnmacht falle.

„Dieser Ort und Ihr“, zische ich ihn an, „machen mich ganz krank.“

„*Alors,* es wird Euch gleich bessergehen, wenn ich erst mal mein Gehänge tief in Eure Fotze schiebe und Euch zum Zucken bringe“, kichert er. „Aber zuerst muss ich mich um Mamselles besten Freund kümmern.“

Der Mann hält mich mit einem Arm fest, und mit der anderen Hand fummelt er erfolglos an seinen Hosenknöpfen herum. Fluchend lässt er mich los. Ich reibe die Stelle meines Arms, an der seine Finger sich in mein Fleisch vergraben haben, und plane, davonzurennen. Allerdings ist es hier ziemlich dunkel.

Wo ist denn der Ausgang? Ich kann mich nicht mehr genau daran erinnern, wo die Kunden gestanden haben.

Wenigstens kann ich von Glück sagen, dass diese öffentliche Toilette leer ist. Ich wollte, ich könnte mich ganz klein machen und auf allen vieren davonkriechen. Als ich noch darüber nachdenke, merke ich, wie Feuchtigkeit am Saum meines Rockes hochkriecht. Und es ist bestimmt kein Wasser, was hier um meine Füße schwappt.

Mein Herzschlag dröhnt in meinen Ohren und übertönt beinahe das plätschernde Geräusch des pinkelnden Mannes. *Große Klappe und nichts dahinter.* Der wird nicht lange brauchen, bis er fertig ist.

Langsam schlängle ich mich an der Metallwand entlang in Richtung der schmalen Passage, die sich zur Straße öffnet, erfühle den Weg mit meinen Fingerspitzen. Nur noch wenige Zentimeter bis zur Freiheit, meine Schuhe schlurfen durch nasse, stinkende Pfützen, als …

„Nicht so schnell, Mademoiselle." Der Mann greift wieder nach mir und schubst mich aus dem Pissoir. Mit meinen Fäusten schlage ich gegen seine Brust, als er mich gegen einen Holzzaun drückt und dort festhält.

„Lass mich los, Arschloch!"

„Ihr könnt Old Jimmy nicht entkommen."

„Lass mich in Ruhe!", schreie ich laut und versuche, ihm mein Knie in den Schritt zu rammen. Er hält mein Bein fest und lacht mir ins Gesicht.

„*Ah bien,* hört nicht auf zu kämpfen. Ich mag es, wenn meine Huren wild sind." Er drückt meine Handgelenke fest zusammen und verbiegt sie mir nach hinten. Vor Schmerz schreie ich laut auf. Doch er lacht nur. Speichel rinnt über sein Kinn, als er mich hart auf die Lippen küsst und versucht, mir seine Zunge in den Mund zu schieben.

Ich schreie und winde mich, der Geruch nach verdorbenem Essen bereitet mir Übelkeit, als er hastig meinen Mund erforscht. Sein rauer, verfilzter Bart schabt an meinen Wangen. Ich schnappe nach Luft, als er mein Mieder aufreißt und mit seinen Fingern über meine Nippel reibt, an meinen Brüsten leckt und sie dann in seinen Mund nimmt und daran saugt.

„*Que tu est belle,* wie schön Ihr seid. Ich würde fünf Francs für Euch zahlen."

„Sie ist keine fünf Francs wert, Monsieur", ruft plötzlich eine kreischende weibliche Stimme.

Der Mann dreht sich um und wittert Gefahr. Dann lächelt er. „*Alors,* der alte Jimmy hat Glück heute. Gleich zwei Mademoiselles, die scharf auf seinen Schwanz sind." Seine Augen treten fast aus den Höhlen, und ich schwöre, dass er beim Anblick der anderen Frau vor Erregung zu zittern beginnt.

Sie ist blond, schön und kommt mir nur zu bekannt vor. Es ist die Blonde von Les Halles. Mit in die Hüften gestemmten Händen sieht die junge Frau, die sich Lillie nennt, aus wie eine Figur aus einem *Film noir.* Ihr runder Busen wogt bei jedem Atemzug, und unter dem engen schwarzen Jerseystoff zeichnen sich ihre aufgerichteten Brustwarzen ab. Eine rosafarbene Nelke welkt auf ihrer Schulter, und ihr langer Rock – schwarz mit roten Streifen – endet über ihren hohen schwarzen Schuhen. Ihre Augen sind groß und stehen weit auseinander, und auch ihre langen weichen Wimpern können den Ärger darin nicht verbergen.

„So schnell sehen wir uns wieder, Mademoiselle“, sagt sie.

„Ich kenne Euch nicht“, lüge ich sie an. Mit ihr will ich nichts zu tun haben, aber sie gibt nicht auf.

„Hat Monsieur Borquet Euch auf die Straße geworfen, noch ganz feucht von seinem Erguss zwischen Euren Arschbacken?“, fragt sie hämisch. „*Bon.* Ich werde sein Bett nur zu gern an Eurer Statt wärmen.“

„Nicht mit Eurem kalten Herzen.“

„Ach ja? Ich weiß, wie man einen Mann befriedigt, ihn dazu bringt, lüstern auf alle viere zu fallen, wenn ich meine Hand lecke und sie dann um seinen Schwanz schließe, um ihn so lange zu bearbeiten, bis er vor Wonne stöhnt. Und dann lutsche ich ihn, bis er in meinem Mund kommt …“, erzählt die Blonde und schürzt ihre Lippen, als ob sie die Sahne vom Penis eines Mannes schleckt.

„Hier ist ein williger Kunde für Euch.“ Ich zeige auf Old Jimmy, der uns beide hungrig anstiert. „Der gehört Euch.“ Die Frau ist hochgefährlich, das spüre ich. Aber ich darf und werde mir meine Angst auf keinen Fall anmerken lassen.

„Streitet Euch nicht, meine Damen, es ist doch genug Old Jimmy für beide da“, unterbricht uns der Trunkenbold mit einem spöttischen Lachen. Er ist ganz albern vor lauter Vorfreude.

Lillie lächelt. „Geht mir aus dem Weg, *couailleur,* Frauenheld.“

„*Hélas,* Mademoiselle, ich kann Euch Geld geben. Viel Geld …“, prahlt der Betrunkene und zieht ein Bündel Geldscheine aus der Hosentasche. „Und das habe ich auch noch für Euch.“ Dabei holt er seinen kleinen, aber harten Penis hervor.

„Und ich habe das hier für Euch“, schleudert Lillie ihm entgegen und zieht aus ihrem Ärmel ein Klappmesser hervor, das ich bisher nur aus alten Filmen kenne. Old Jimmy kennt sich scheinbar auch damit aus, denn er verschwindet auf der Stelle, mit geöffneter Hose und seinem Penis in der Hand. Er schaut nicht einmal zurück.

Eigentlich müsste ich jetzt erleichtert sein, aber ich ahne bereits das nächste Problem. Und das ist um einiges größer als ein besoffener alter Mann.

Langsam kommt Lillie auf mich zu. Von Nahem sieht sie eher aus wie eine Karikatur als eine Frau.

„Wie wäre es, wenn Ihr das Messer wieder einstecken würdet, Mademoiselle?“, frage ich ohne mit der Wimper zu zucken, allerdings lange nicht mehr so zuversichtlich wie eben.

„Habt Ihr Angst, Mademoiselle?“, fragt Lillie spöttisch und hebt dabei ihre rechte Augenbraue. „Das ist nicht nötig. Ich will mir nur zurückholen, was sowieso schon mir gehört.“

„Was Euch gehört, Mademoiselle?“ Was für ein Spiel soll das jetzt sein?

„Der Künstler, Mademoiselle. Bevor Ihr aufgetaucht seid, hat Paul Borquet *mich* dafür bezahlt, sein Modell zu sein.“

Ich lache. „Ihr seid eifersüchtig.“

Lillies Augen funkeln böse. Fest im Griff ihrer irrationalen Gefühle, kommt sie auf mich zu.

„Ihr habt mich in Les Halles zum Gespött gemacht, Mademoiselle“, stellt sie mit kalter Stimme fest. Um uns herum hat sich inzwischen eine Gruppe von Männern versammelt, und die scheinen sich köstlich zu amüsieren. „Damit werdet

Ihr nicht noch einmal durchkommen."

„Bin ich aber doch bereits, Mademoiselle", entgegne ich, um Zeit zu schinden und zu überlegen, was ich als Nächstes tun soll. Das Gefühl, Zuschauer zu haben, gefällt mir nicht, vor allem wenn es sich um Männer handelt, die nur darauf warten, dass zwei Frauen wie die Straßenkatzen aufeinander losgehen. Aber offensichtlich will Lillie ihnen eine ordentliche Show liefern.

„Ich warne Euch, Mademoiselle", zischt Lillie.

„Jetzt reicht es mir aber mit Euren Spielchen. Ich gehe jetzt und schlage vor …" Im Umdrehen halte ich inne. Das pfeifende Geräusch von durch die Luft fliegendem Metall zischt an meinem Ohr vorbei und schneidet mich mitten im Satz ab. Salziger Schweiß tropft mir auf die Oberlippe, als ich die zitternde Stahlklinge in dem hölzernen Zaun stecken sehe. Nur Zentimeter von meinem Gesicht entfernt. Ich möchte nicht wissen, was Lillie als Zugabe geplant hat.

„So leicht bin ich nicht einzuschüchtern, Mademoiselle", sprudelt es aus mir heraus. Ich versuche mir meine Angst nicht anmerken zu lassen in einer Situation, die nun langsam nichts mehr mit einem harmlosen Abenteuer gemein hat. „Das ist eine meiner schlechten Angewohnheiten", füge ich noch hinzu.

„Ich habe auch eine schlechte Angewohnheit, Mademoiselle …"

Mit Schrecken schaue ich zu, wie Lillie ein zweites Messer aus ihrem Ärmel hervorholt, die Klinge ableckt und auf mich zielt. „Ich hasse es, mein Ziel zu verfehlen."

9. KAPITEL

Paul lag nackt auf dem seidenen Damast-Diwan in seinem kleinen Atelier. Sein Schlaf war tiefer als ein normaler Tiefschlaf, tiefer als von Alkohol hervorgerufene Bewusstlosigkeit. Ein dünner Schweißfilm überzog seinen Körper und glänzte im einfallenden Sonnenlicht. Sein Herz schlug ruhig. Er träumte von ihr. Der Rothaarigen. Wie sie sich vollständig seinen Wünschen hingab und in ihren eigenen Entdeckungen schwelgte.

Wie betörend sie ihre Hüften kreisen ließ, wenn er sie an ihrer intimsten Stelle küsste. *Sa huître,* ihre Auster. Ihren Körper zitternd an seinen gepresst, strebten sie gemeinsam zu einem explosiven Höhepunkt, und sein Samen hörte gar nicht mehr auf, aus seinem zum Bersten gefüllten Glied zu strömen. Ihr lustvolles, sinnliches Stöhnen ließ sogar den sexerfahrenen Künstler vor Wonne erzittern, als er ihre Säfte in dem Tontöpfchen auffing.

Er hatte schon viele Liebesaffären gehabt, aber nichts war vergleichbar mit dem Erlebnis der letzten Nacht. Sie hatte ihn völlig ausgelaugt, aber gleichzeitig auch mit neuer Kraft erfüllt. Sie gab von sich im Überfluss, und gleichzeitig nahm sie sich alles, als sie ihn wie eine Liebesgöttin mit ihrem wunderschönen Körper verführte, während sie seine erotischen Fingerfertigkeiten genoss.

Gleich nach dem Aufwachen schöpfte er aus dem Gedanken an sie jene frische Energie, die er brauchte, um das Bild von ihr fertigzustellen. In seinen Träumen reiste er von einem sexuellen Höhepunkt zum nächsten, und er fragte sich, ob er jemals wieder auf der Erde landen würde … und ob er das überhaupt wollte. Laut gähnend streckte er sich, und der leichte Schmerz in seinem Knie erinnerte ihn an ihre lustvollen Schreie, als er seine Männlichkeit in sie hineingestoßen, sie geritten hatte, sie immer und immer wieder auf seinen harten Schwanz gezogen und seine Hüften an ihren samtenen Hinterbacken gerieben hatte. Das musste er unbedingt noch einmal erleben.

Mit seiner Hand ergriff er seine Erektion. Erwartungsvoll drehte er sich um und streckte die Hand nach ihr aus. Aber er fand nur verknitterte Seide auf ihrer Seite. Er fühlte nach ihr. Aber er konnte sie nicht finden.

Sie war verschwunden.

Plötzlich war er hellwach. Er fühlte sich dem Wahnsinn nah, konnte nicht glauben, dass sie nicht da war, sich in Rauch aufgelöst hatte wie ein brennendes Streichholz. Sein Traum rann ihm wie Sand durch die Finger.

Nein, nein, nein. Er weigerte sich zu glauben, dass sie ihn verlassen hatte. Das konnten die Götter ihm doch nicht antun. Beide Hände an die Schläfen gedrückt, als ob er damit den Schmerz verschwinden lassen könnte, sprang Paul vom Diwan auf. Mit wackeligen Beinen, sowohl vom ausdauernden Liebesspiel als auch vom zu reichlichen Absinth-Genuss, hielt er sich an dem kleinen Tischchen fest, um nicht umzufallen. Er hatte Angst vor der Dunkelheit, die sich langsam über ihn senkte und seine künstlerischen Visionen in eine Welt ohne Farbe, ohne Ton, ohne Licht hinabzuziehen drohte. Eine Welt ohne sie, in der er nicht mehr sein wollte. Sie zu lieben, sie zu küssen, sie zu malen war seine *raison d'être.*

Seine Seele.

Sein Geist.

Seine Unsterblichkeit.

Obwohl sein Traum sich schon bald von seiner Seele löste und er das Hämmern von neuen Kopfschmerzen in seinem Schädel nahen fühlte, suchte er jeden Zentimeter seines Ateliers nach ihr ab, nach einem Hinweis darauf, dass sie wirklich da gewesen war. Was war mit dem roten Cape? Nein, das gehörte ja der Comtesse. Was blieb sonst noch? Er musste unbedingt einen Beweis finden, dass sie nicht nur in seiner Vorstellung existierte.

Dann sah er es. Sein Bild von ihr.

Mais oui. Es war noch da. Halb fertig lehnte es gegen seine Staffelei, die Farbe noch ganz feucht, ihre Säfte vermischt mit Öl.

Sein Meisterwerk. Frisch. Wunderschön. Bezaubernd.

Aber wo steckte Autumn? Wo konnte sie sein?

Während sein rationaler Verstand sich noch mit seinem künstlerischen Wahn stritt, redete er sich ein, dass die Rothaarige keine Illusion war. Sie hatte in seinen Armen gelegen, aber jetzt war sie verschwunden. Als Strafe dafür, dass er seine sexuellen Bedürfnisse über seine artistischen Visionen gestellt hatte. Seine Angst verwandelte sich in Ärger und der Ärger in Wut.

Jetzt, da die Aufgebrachtheit in seinem Hirn tobte, stieg Paul in seine ganz persönliche Hölle hinab. Erst stöhnte er leise, dann wurden seine verzweifelten Schreie immer lauter. Seit Jahren hatte er nach so einer Frau gesucht. In Nächten, in denen das Mondlicht seine Geliebte war, ihr Bauch rund und glühend, ihn lockend, war er über die Treppen aufs Dach gestiegen. Dort, in seinem Hafen, wo er seine Magie webte, wo kalte Raserei seine Leidenschaft zum Erschaffen ausbrechen ließ, flog seine kreative Seele auf den Schwingen des Absinths, seiner grünen Zauberin, in schwindelerregende Ekstase. Während ein Paar grüner Augen sich ihm die ganze Zeit entzogen. *Ihre* grünen Augen.

Das Miauen einer Katze holte ihn aus seinen Gedanken. Irgendwie war das Tier ins Zimmer gekommen. *Alors,* die große blaue Türe stand offen. Sein Puls raste. Sie könnte nach draußen gegangen sein, auf das Dach. Ja, genau!

Er hob die dünne gelbe Kreatur auf und wiegte sie in seinen Armen. Zu spät stellte er fest, dass die Pfoten der Katze seiner Vermieterin nass mit roter Farbe waren. Er schaute nach unten und sah, dass die Katze ihre Notdurft auf einem Stück braunem Packpapier verrichtet hatte, das mit Farbe verschmiert war. Er konnte sich nicht erinnern, ein farbverschmiertes Stück Papier auf dem Boden hinterlassen zu haben, und so zerknüllte er es achtlos und warf es in die Ecke.

Ohne einen Gedanken daran zu verschwenden, eine Hose anzuziehen, setzte er die Katze auf den Boden und eilte nach draußen. Zwei Stufen auf einmal nehmend, hetzte er die Treppe zum Dach hinauf, sein nackter, muskulöser Körper glänzte von Schweiß.

„Sie ist gegangen, Monsier Borquet“, sagte eine weibliche Stimme, dann hörte er einen lauten Seufzer.

Paul drehte sich nach der Frau um. Es war die Hausmeisterin. Sie war in diesem unbestimmbaren Alter, in dem die sinkenden Brüste das Verblassen der Jugend ankündigten. Ein ausgewaschenes blaues Hauskleid und die graue Kappe, unter der sie ihr Haar versteckte, konterkarierten die Eitelkeit, die aus ihren kaminrot geschminkten Lippen sprach. Mit der Zunge befeuchtete sie ihre Lippen und starrte sehnsuchtsvoll auf seinen nackten Körper, besonders von seinem erigierten Penis konnte sie ihre Augen nicht abwenden.

„Wohin ist sie gegangen, Madame?“, drängte er sie. „Ich muss das wissen.“

Die Frau dachte einen Augenblick nach und leckte sich dann erneut über ihre Lippen, bevor sie sagte: „Ich werde es Euch verraten, Monsieur, wenn Ihr mich *votre outil* berühren lasst, Euer Werkzeug.“

Ihre Worte verwirrten ihn. „Bitte erspart uns beiden die Peinlichkeit, Madame. *S'il vous plaît,* sagt mir, wo sie ist.“

Die ältere Frau seufzte tief, und mit einem Blick, der besagte, dass sie diesen Anblick so schnell nicht wieder vergessen würde, erzählte sie ihm, was er wissen wollte.

Ich bin mir ziemlich sicher, dass Lillie auch das erste Mal ihr Ziel nicht verfehlt hat. Sie grinst selbstbewusst und entblößt dabei eine Reihe weißer Zähne. Ihre Worte sollen mich mit etwas einschüchtern, das tiefer als eine Klinge einschneidet.

Angst.

Ich weiche allerdings nicht zurück, als ein grauer Schatten sich über das Weiße in ihren Augen legt. Sie blickt in die Runde, aber die Männer halten einen respektvollen Abstand zu uns. Einige neugierige Anwohner beobachten uns hinter halb geschlossenen Fensterläden. Offensichtlich will sich niemand mit Lillie anlegen. Ein willkommenes Spektakel für alle, die Zeit haben, zuzusehen.

Lillie streichelt ihr Messer so liebevoll, als ob sie mit ihren Fingerspitzen geheimnisvolle Beschwörungsformeln hineinreibt. „Wenn ich mit Eurem Gesicht fertig bin, Mademoiselle, dann werdet Ihr keinem Mann mehr gefallen, besonders nicht Paul Borquet.“

„Es ist nicht mein Gesicht, das er so besonders anziehend findet“, schieße ich schlagfertig zurück.

Lillie wirft ihren Kopf zurück und beginnt zu lachen. Ein kehliges Lachen, das ihre runden Brüste zum Hüpfen bringt.

„*C'est vrai?* Stimmt das? Und wer seid Ihr, Mademoiselle? *Un gens du pavé,* ein Straßenkind, auf dem Umhang eines Polizisten unter einer Straßenlaterne geboren?"

„Ich bin nicht diejenige, die man Straßendirne nennt, Mademoiselle", antworte ich.

Das Mädchen fährt mit ihren wüsten Beschimpfungen fort und genießt offensichtlich die Aufmerksamkeit der Männer, die anerkennend pfeifen. „Nein, Ihr seid die *gigolette,* die Straßendirne, die nichts ahnenden Männern in dunklen Gassen auflauert und sie mit einem verführerischen Lächeln und der Verlockung des sündigen Fleisches in einen Hinterhalt lockt."

„Lasst mich endlich in Ruhe. Ich habe genug von Eurem Spiel!" Mutige Worte, aber in Wahrheit habe ich Angst, schreckliche Angst.

Lillies Augen verengen sich zu kleinen Schlitzen, und ihre Wimpern stäuben schwarzgraues Puder auf ihre roten Wangen. „Ihr seid jung, Mademoiselle. Aber bald werdet Ihr alt und verbraucht aussehen. Werdet die Falten um Eure Augen und Euren Mund versuchen mit Puder zu überdecken, wenn Ihr in der Gosse liegt und Eure Beine für jeden dahergelaufenen Soldaten breitmacht, der Euch ein Stück Brot anbietet, um Euren Hunger zu stillen."

„Zumindest ist meine Haarfarbe echt", grinse ich frech und deute zwischen ihre Beine. „Oben und unten."

„Ihr habt mich jetzt zum letzten Mal verspottet, Mademoiselle", zischt Lillie mich an. „Ihr seid so hübsch ... so jung", fügt sie hinzu und spielt dabei mit dem Messer in ihrer

Hand. „*Tant pis.* Wirklich schade, dass ich das jetzt ändern muss."

„Das Einzige, was Ihr ändern werdet, ist Euer Benehmen mir gegenüber", schleudere ich ihr mit einer Stimme entgegen, die mir selbst fremd ist. Lillie sieht mich einen Moment ungläubig an, aber ich halte ihrem Blick stand. Schließlich schaut die Blonde auf ihr Messer, als ob sie sich versichern wollte, dass sie die Situation immer noch unter Kontrolle hat.

Ich versuche erst gar nicht, so zu tun, als ob es mich kaltließe, wie Lillie das Messer über ihre schwitzige Handfläche gleiten lässt, die Klinge so scharf, dass sie ihre Fingerspitze anritzt. Ein Tropfen Blut quillt aus ihrer Fingerkuppe. Ich zucke zusammen, als sie sich ihn mit ihrer Zunge auf eine Art ableckt, als würde sie bereits *mein* Blut schmecken.

Die Adern an meinen Schläfen pochen. Was zum Teufel geht hier vor? In meinen kühnsten Träumen hatte ich nicht vorgehabt, in diesem Jahrhundert zu sterben. Vielleicht an zu viel Sex, aber doch nicht so. Ich sehe die tödliche Vorfreude in ihren Augen, ihr Blick durchdringt mich, durchschneidet mein Fleisch bis auf die Knochen. So habe ich mir meine erotische Fantasie aber nicht vorgestellt. Ich versuche gleichmäßig zu atmen und zähle die Schläge meines Herzens, die laut in meinen Ohren dröhnen. Dann atme ich tief durch und sammle meine Kräfte.

Du kommst hier nur lebend raus, wenn du einen kühlen Kopf bewahrst, Mädchen.

Ach ja? Mir gehen aber langsam die Alternativen aus. Ich muss etwas tun, um mich zu verteidigen. Mein Karate-Scherz wird bei dieser Durchgeknallten wohl keinen großen Eindruck hinterlassen. Mit meiner linken Hand ziehe ich daher das Messer aus dem Zaun und wirble es durch die Luft.

„Es scheint, als ob wir jetzt ebenbürtige Gegner sind, Schlampe“, trumpfe ich auf.

Lillie weicht ein wenig zurück, allerdings nur für einen Moment. Dann hat sie sich wieder unter Kontrolle und beobachtet mich, während sie weiter mit dem Messer in ihrer Hand spielt.

„Ihr macht das Spiel nun umso interessanter für mich, *ma fille.*“ Das hämische Lächeln verzieht den Mund der Französin zu einer hässlichen roten Fratze. Ich könnte schwören, dass ich sogar Katzenhaare sehe, die in ihrem Nacken zu Berge stehen.

Das Messer drohend auf Lillie gerichtet, mache ich mich klein und tänzle hin und her, um ihre Konzentration zu stören. Diese verdammten Röcke sind dabei nicht besonders hilfreich, aber meine Gegnerin wird von ähnlicher Kleidung genauso behindert. Als ob das einen Unterschied machen würde … ich zweifle nicht daran, dass die Erfahrungen dieses Mädchens weiter darüber hinausgehen, als ordentliche Blowjobs zu geben. Ich muss der Wahrheit ins Auge blicken: Dieses hier wird ein Kampf auf Leben und Tod. Am liebsten würde ich davonlaufen, aber ein primitiver Wille, mich diesem Mädchen in dieser fremden Umgebung zu stellen, hat mich fest im Griff.

„Eeeyyy …“, schreit Lillie, springt auf mich zu, das Messer schneidet wie ein silberner Blitz durch die Luft. Für einen Moment erstarre ich, beobachte in Zeitlupe, wie Lillies Körper, eine elegante Arabeske beschreibend, durch die Luft zu schweben scheint.

Dann setzt mein Instinkt ein.

„Nein!“, schreie ich laut und weiche mit einer Schnelligkeit zur Seite aus, die mich selbst erstaunt. Leider bin ich nicht schnell genug.

Lillie trifft mich mit voller Wucht, rammt mir ihre linke Schulter in den Körper und wirft mich zu Boden.

„Mit Lillie de Pontier könnt Ihr Euch nicht messen, *ma belle fille*“, schreit die französische Dirne, als sie sich über mich kniet und mir das Messer aus der Hand schlägt. Ich höre, wie es auf den Gehweg fällt und dann in den Rinnstein schlittert. Eine kalte Dunkelheit drückt auf mein Gesicht, blendet selbst das Licht aus, das die Sonne hoch am Himmel herunterschickt, während Lillie mich immer noch auf den Boden drückt. Ich bin vollkommen hilflos, als sie mir mit ihren Händen in die Haare greift und so heftig daran zieht, dass die Luft aus meinen Lungen mit einem Schlag entweicht. Ich warte auf den schneidenden Schmerz des in meinen Brustkorb einfahrenden Messers. Doch er kommt nicht.

Ich nutze Lillies Zögern und ziehe mein Knie schnell hoch, direkt in die Mitte ihres Rückens. Lillie schreit vor Schmerz auf, verliert ihr Gleichgewicht und damit auch ihr Messer. Ich schubse sie von mir herunter auf den Boden.

„*Quelle catin!* Dreckige Hure!“, schreit Lillie und kommt wieder auf die Knie.

Wir starren einander an. Ich stöhne vor Schmerz. Jeder Muskel meines Körpers fühlt sich an wie ein überdehntes Gummiband. Ich sehe das Messer in meiner Nähe liegen. Wenn ich Glück habe, kann ich es als Erste greifen. Aber Lillie kommt mir zuvor, jeder verzerrte Muskel in ihrem Gesicht entspannt sich, und sie grinst mich schadenfroh an.

Ich hoffe darauf, dass noch ein Funken Mitgefühl in Lillie

steckt und sie dieses wahnsinnige Spiel beendet. Aber ihre Eifersucht frisst sie auf, und das Straßenleben hat sie hart werden lassen.

„Ihr werdet bald Hundefutter sein", droht sie und zielt mit dem Messer auf mein Herz.

„Nicht wenn es sich vermeiden lässt", rufe ich todesmutig und strecke schützend meine Hände aus. Ich bekomme ihr Handgelenk zu fassen und halte mir das Messer vom Leib. Ich schlucke hart, denn die Spitze der Schneide ist nur wenige Zentimeter von mir entfernt. Wir kämpfen wie besessen, und unsere Schreie ziehen weitere Schaulustige an.

„Gib es der Nutte!"

„*Alors,* stich ihr das Herz raus."

„Töte sie ... töte sie ...", singen sie immer wieder im Refrain.

Eine Welle der Müdigkeit überkommt mich, aber ich schlage mich wacker, selbst als ich höre, dass mein Kleid unter meinem Arm und am Rücken zerreißt. Schweiß strömt über mein Gesicht. Allzu lang werde ich nicht mehr durchhalten. Ich sehe den triumphierenden Ausdruck in Lillies Augen, als sie das Messer wieder in Richtung meines Herzens bringt. Aber ich weigere mich, meine Augen zu schließen und mich meinem Schicksal zu ergeben. Irgendwo tief in meinem Inneren finde ich die Stärke, durchzuhalten. Ich werde nicht aufgeben.

Aus dem Nichts heraus übertönt ein schrilles Pfeifen die mörderischen Zurufe der Menschenmasse.

Polizei. Ich erkenne die blaue Uniform eines Gendarmen, der Lillie das Messer aus der Hand windet und mich auf die Füße stellt. Ich entspanne mich, und Erleichterung durchströmt meinen Körper, als ich erschöpft in mich zusammensacke. Für einen Augenblick erlaube ich mir, die Augen zu schließen. Meine Lider sind so schwer wie der Vorhang am Ende eines schlechten Theaterstücks. Wie es aussieht, werde ich nun doch nicht sterben.

„Auf die Beine, Hure!"

„Wartet ..." Ich versuche mich gegen ein paar große Hände zur Wehr zu setzen, die mir unter die Arme greifen und mich wieder auf die Beine zwingen. „Ich bin keine Prostituierte!" Ein müdes Lächeln umspielt meine Mundwinkel, als ich mit meinen Händen die zerrissene Korsage vor meiner Brust zusammenraffe. Wer wird mir schon glauben? Ich sehe aus wie eine Prostituierte. Ich rieche sogar wie eine. Wie soll ich meine Unschuld beweisen?

Der Gendarm hält mich fest und dreht meinen Arm auf den Rücken. Ich zucke vor Schmerz zusammen, bleibe aber still. Ich werde doch hoffentlich noch die Chance bekommen, das alles zu erklären, oder?

Ich halte meinen Kopf hoch erhoben, als der Polizist mich durch den zornigen Mob stößt. Die Menge johlt und beschimpft die Uniformierten, die ihnen den Spaß verdorben haben.

Ich kann gerade noch einer faulen Tomate ausweichen, die jemand auf mich wirft, aber gegen die Männer, die mit schmierigen Händen nach mir greifen und mich mit obszönen Worten belästigen, bin ich machtlos. Mehr als einmal stoße ich meinen Ellbogen in ihre Rippen, aber das hält sie nicht davon ab, meine Brüste zu betasten oder mir auf den Hintern zu hauen.

Ich sehe, wie Lillie mit zwei Polizisten kämpft. Ich bin erstaunt, in ihrem Gesicht Furcht zu entdecken. Aber dann fällt ihr Blick auf mich, und ihre Angst verändert sich in Wut.

„Zwischen uns ist es noch nicht zu Ende", droht Lillie mir keuchend, als die Gendarmen sie zu dem wartenden Polizeiwagen ziehen. „Du bist schon so gut wie tot, *ma fille.*"

Lillie spuckt mir hasserfüllt ins Gesicht. Es ist eine demütigende Geste, die ich ihr nie vergessen werde.

Ich wische mir den Speichel vom Gesicht. Aber die Drohung bleibt bestehen.

„*Vien, ma fille,* seht zu, Hure, dass Ihr jetzt in den Wagen kommt."

Paul sah gerade noch, wie die Rothaarige von einem Polizisten zu dem *voltaire cellulaire,* dem vergitterten, kastenförmigen Polizeiwagen, geschleppt wurde. Schnell lief er nach vorn und bahnte sich einen Weg durch die gaffenden Männer. Fluchend schob er sie zur Seite, bis er das harte Ende eines Stabes in seinen Rippen spürte und ein Polizist ihn zurückhielt.

„Bleibt, wo Ihr seid, Monsieur!"

„Die Rothaarige ist meine Schwester", rief Paul.

Der Gendarm lachte nur. „Und die andere ist meine Mutter. Lasst Euch was Besseres einfallen."

Paul gab nicht so leicht auf und versuchte von der anderen Seite durch die Menge zu dringen, aber irgendetwas hielt ihn zurück. Er starrte nach vorn. Autumn musste die Intensität seines Blickes durch die Mauer ihrer Hoffnungslosigkeit gespürt haben. Sie schaute auf, und ihre Blicke trafen sich. Er hielt die Luft an. Grüne Augen, deren dunkler Schleier sich etwas lüftete, als sie ihn sah. Etwas zog ihn magisch zu ihr hin, und das hatte nichts zu tun mit der anschwellenden Hitze in seinen Leisten, dem drängenden Verlangen seines Luststabs, der gegen die Hose drückte. Nach dem Zusammentreffen mit der Hausmeisterin hatte er sich eines Besseren besonnen und sich erst einmal ordentlich gekleidet, bevor er sich wieder unter die Leute wagte.

Wie war diese magische Anziehung zu erklären? An Liebe glaubte er nicht. In seiner Welt verliebten sich die Männer nur in Frauen, die bereits anderen Männern gehörten. Das war sicherer. Keine Fesseln. Aber mit der Rothaarigen war alles anders. Ihren Körper hatte er bereits besessen, aber er wollte noch mehr. Doch das war ihm verboten.

„*Vite, vite.* Beeilt Euch“, drängte der Sergeant und ignorierte die zunehmenden Proteste der Menschenmenge. Er schob Autumn in den Wagen, ihre Haare leuchteten selbst in den tiefer werdenden Schatten um sie herum wie züngelnde Flammen. „Je früher Ihr nach St. Lazare kommt, *ma fille,* desto eher seid Ihr auch wieder auf der Straße und könnt die Beine breit machen.“

Paul sah, wie die Rothaarige den Sergeant anbettelte, aber durch den Lärm der schreienden Menge konnte er nicht hören, was sie zu ihm sagte. Der Polizist lachte, kniff sie in die Wange und griff ihr dann an den unverhüllten Busen, der schwer in seinen Händen lag.

An diesem Punkt verlor Paul fast die Kontrolle. Zusehen zu müssen, wie ein anderer Mann sie berührte, war schrecklich für ihn. Wütend ballte er seine Fäuste, bereit, jederzeit loszuschlagen. Doch er zögerte. Wenn er sich jetzt einmischte, konnte es für das Mädchen unter Umständen noch schlimmer werden. Aber sein Ärger ließ nicht nach. Was war das für eine Gesellschaft, in der junge Mädchen der Willkür von Ordnungshütern ausgesetzt waren.

Rufend, schreiend und brüllend versuchte der Polizist,

seine Aufgabe zu erfüllen und die geifernde Menge in Schach zu halten. Zwei schwitzende Pferde warteten mit hängenden Bäuchen geduldig darauf, dass der Gendarm die Tür des Wagens mit einem lauten Knall zufallen ließ. Dann sprang er auf den Kutschbock, ließ mit einer hämischen Verbeugung zur Menge die Peitsche knallen und machte sich mit seiner Fracht aufgesammelter Prostituierter auf den Weg zum *dépôt.*

Paul ignorierte das Chaos um ihn herum, das Lärmen und die aufgebrachten Rufe der Männer. Er hielt sich in der Mitte der Straße auf, sog die schwer parfümierte Luft von Paris ein und versuchte den verdorbenen Geruch der Stadt aus seinen Lungen zu bekommen. Wütend schlug er die Faust in seine andere Hand. Er wusste genau, was dem Mädchen als Nächstes bevorstand, und dieser Gedanke brachte sein Blut in Wallung. Es war kein Geheimnis, dass sie nach St. Lazare gebracht wurde, ein bekanntes Gefängnis für Straßendirnen und Mädchen unter dreizehn. Blumenmädchen, Näherinnen, Verkaufshilfen ... alle auf der Suche, sich im Schweiße ihres Körpers ein paar Sous dazuzuverdienen.

Um sie vor dem Gefängnis zu bewahren, gab Paul ihnen ab und zu ein wenig Geld und schickte sie anschließend ihrer Wege, ohne von der Süße ihrer jungen Muschis zu kosten. Aber es war vorauszusehen, dass der Tag kommen würde, an dem billiger Brandy und leidenschaftliche Küsse sie unvorsichtig machten und sie Futter für die Salatschüssel wurden. Das war der Spitzname für den Polizeiwagen.

Dann wurden sie ins Hauptquartier gebracht und als Prostituierte registriert. Somit wurde ihnen bereits in jungen Jahren die Freiheit entzogen. Für diese Mädchen war St. Lazare die Endstation.

Und nun ist sie *auf dem Weg dahin. Aber das werde ich nicht zulassen.*

Er wusste, dass er sie irgendwie retten musste, bevor sie verschluckt wurde wie ein kleiner Farbklecks auf der Leinwand eines weit größeren Gemäldes. Sie war anders als alle anderen. Ihre Art zu reden, ihre Manieren. Sie sprach Französisch mit einem selbst für eine Amerikanerin seltsam anmutenden Akzent, und sie benahm sich so … wie sollte er sagen? Sie war jung, sogar sehr jung. Aber trotzdem intelligent, und irgendwie wirkte sie in dieser Welt ein wenig fehl am Platz. Als ob sie in diese Stadt hineingesetzt worden wäre, ohne zu wissen, wo sie sich befand.

Er war sich sicher, dass sie vor irgendetwas davonrannte, aber es war ihm egal. Er würde alles tun, um sie wieder in seine Arme schließen zu können, sie zu küssen, sie zu berühren, ihren Petticoat hochzuschieben und sie zu betrachten. Er stellte sich vor, wie ihre Schamlippen sich einer Rosenknospe gleich öffneten und er das zarte, rosige Fleisch sanft mit seiner Zunge berührte …

Denk nach! Wenn er sie nur früher gefunden hätte, aber er war zu spät hinzugekommen, und als er sich endlich seinen Weg durch die drängelnden Männer gebahnt hatte, war sie schon außer Reichweite. Verdammter *flic,* beinahe hätte er sie wieder in seine Arme schließen können. Er hätte sie niemals gefunden, wenn er nicht zufällig einem alten Trunkenbold über den Weg gelaufen wäre, der mit einer schönen Rothaarigen angab, die gerade mit der blonden Lillie kämpfte. Obwohl sie den berechnenden Verstand einer Frau hatte und ihre Launen sich jeden Augenblick ändern konnten, fand er es doch erstaunlich, dass sich die Blondine auf einen Straßenkampf mit Autumn eingelassen hatte. Lillie war kokett und liebte die Aufmerksamkeit von Männern, die ihre Schönheit bewunderten. Doch ihr Körper war ihr immer heilig gewesen. Warum sollte sie sich also der Gefahr aussetzen, ihn durch Verletzungen verunstalten zu lassen? Doch wohl nur, weil sie so eifersüchtig auf die Rothaarige war, dass sie alles riskierte, um sie aus dem Weg zu räumen, damit sie wieder in sein Bett kriechen konnte.

Frauen! Er würde sie niemals verstehen lernen. *Jamais.* Niemals.

Angetrieben von dem Gedanken, dass Lillie keinen Augenblick gezögert hätte, ihr Messer zu benutzen, fragte er sich, welcher ihrer Bewunderer ihr wohl diese scharfe Waffe geschenkt hatte, mit der man sogar Haare schneiden konnte.

„Zu schade, dass die Vorstellung jetzt vorbei ist, eh, Monsieur?", sprach ein Mann ihn an. Dabei pfiff er durch die Zähne und machte eine obszöne Bewegung.

„Zu gerne hätte ich gesehen, wie sich diese Huren gegenseitig die Kleider vom Leib reißen."

„Ihr benehmt Euch ungehobelt, Monsieur", erwiderte Paul und knirschte dabei mit den Zähnen. Er musste sich ziemlich zusammenreißen, dem anderen nicht ins Gesicht zu schlagen. Seine Kiefermuskeln spannten sich an, und seine dunklen, blauen Augen wurden eiskalt.

„Monsieur?"

„Ich kenne die Rothaarige", erwiderte Paul.

Der Mann lachte. „Ich bin sicher, die Hälfte aller Männer von Paris kennt diese beiden Frauen, Monsieur", kicherte er. „Sie wissen, wie man den Samen eines Mannes am besten schluckt."

„Haltet Euren Mund, Monsieur. Oder ich werde dem etwas nachhelfen."

„*C'est vrai?* Ach wirklich? Wenn Ihr mich anfasst, dann werde ich die Polizisten zurückholen."

Paul wusste, dass der Mann bluffte. In diesem Teil von Montmartre hatte der Präfekt die Polizei angewiesen, sich aus allem herauszuhalten. Einzig die Prostitution sollte verfolgt werden. Außerdem hatte Paul auch keine Angst vor ihm. Wenn er nicht gerade hinter seiner Staffelei stand, vertrieb er sich die Zeit im *gymnase*, dem Boxverein, der hinter dem Bahnhof *Gare de L'Est* lag. Er hatte auch schon als professioneller Boxer gearbeitet, aber seine Malerei kam an erster Stelle, es sei denn, er brauchte dringend Geld. Dann trat er für die Hundertfrancswetten, die von den anspruchsvolleren Boxvereinen veranstaltet wurden, in den Ring. Er war für seine harten Linkshaken bekannt, und seine gefährliche Rechte hatte schon so manchen Kampf frühzeitig beendet. Zum Glück hatte er seine Hände im Kampf nie verletzt.

„Hört auf, mir zu drohen, Monsieur", warnte ihn Paul. „Ich habe keine Geduld für …"

Ohne Vorwarnung griff der Mann ihn von hinten an und sprang auf seinen muskulösen Rücken. Aber Paul befreite sich mit Leichtigkeit. Der Mann versuchte erneut, ihn anzugreifen, aber Paul war erfahren genug, um seine Schläge nicht vorher zu verraten. Seine Rechte bewegte sich leicht nach vorn, und ehe der Mann sich's versah, lag er im Graben. Die blutende Wunde über seinem Auge sorgte dafür, dass er fürs Erste genug hatte.

Völlig unbeeindruckt von dem Angriff und schweißgebadet nahm Paul seinen Weg wieder auf. Die Schritte trugen ihn überall- und nirgendwohin. Ein schmerzhafter Stich fuhr durch seinen Schädel, als ob sich eine geheime Tür geöffnet hätte und ihn zwang, sich mit dem Dämon dahinter auseinanderzusetzen. Bevor er wieder Luft holen konnte, um seine Gefühle zu beruhigen, schien die Zeit für einen Augenblick stehen zu bleiben. Er befand sich in einem tranceartigen Zustand, in dem Gegenwart, Vergangenheit und Zukunft miteinander verschmolzen.

Alte Erinnerungen aus seiner verlorenen Jugend kamen ihm wieder ins Gedächtnis. Es waren immer die gleichen Bilder: Er war in einem mit Gips verputzten Bauernhaus. Die moosgrünen Fensterläden waren geschlossen und hielten das Sonnenlicht und die zauberhaften Blumen fern. Nur die Kahlheit der grauen Wände umgab ihn.

Paul sah einen Mann mit schweren Stiefeln. Er trug eine Hose mit Knöpfen an den Beinen, dazu ein weißes Hemd, und beugte sich über ihn. Sein Strohhut war wütend auf den Boden geworfen worden, die Fäuste im Zorn geballt, bereit, jederzeit mit dem Bambusstock auf ihn einzuschlagen. Sein Stiefvater brüllte ihn an, versuchte seinen Willen zu brechen und schwankte dabei selbst am Rande der Hysterie.

„Streck deine Hände aus, Junge. *Maintenant.* Jetzt."

Paul weigerte sich. Wie in Trance stand der junge Mann im Hauptraum des Bauernhauses, und die Augen in die Ferne gerichtet, versuchte er nicht auf die verkohlten Überreste seiner Bilder zu schauen, die in der Feuerstelle lagen. Seine Venen brannten, und sein Körper krümmte sich vor Schmerzen.

Sein Stiefvater hatte alle Zeichnungen, Bilder und Skizzen zerstört, die er zu Papier gebracht hatte.

Der Mann hatte auf ihn gewartet, als er vom Teich zurückkehrte. Der Rauch aus dem Kamin winkte ihm von Weitem zu. Er wusste, dass sein Stiefvater ihn dazu bringen wollte, seine einzigartige Sicht der Dinge zu vergessen; dass er Bilder voller Harmonie und Schönheit malen konnte, die das Auge des Betrachters erfreuten. Linien und Farben wurden von ihm auf neue Weise kombiniert.

Er wollte fortlaufen nach Paris, obwohl er seine Mutter ungern allein ließ. Sie war eine stille Frau, zart und lieblich. Seinen leiblichen Vater hatte er nie kennengelernt. Er wusste nur, dass er Engländer war. Nach seiner Geburt nahm sein Vater ihn und seine Mutter nach England mit, aber seine snobistische Familie akzeptierte sie nicht und schickte sie nach Frankreich zurück. Dort war seine Mutter gezwungen, eine Vernunftehe ohne Liebe einzugehen, nur damit sie versorgt waren. Sie hatte damals nicht absehen können, in welche Gefahr sie den Jungen damit bringen würde und welcher Horror auf ihn wartete, als er sich zu einem jungen Mann mit beachtlichem Talent entwickelte. Ein Talent, das in seinem Stiefvater Neid und gleichzeitig Verärgerung hervorrief.

„Du sprichst wohl nicht mit mir, eh?", fragte sein Stiefvater. „Dann werde ich dir diesen Unsinn, dass du ein Künstler sein willst, halt aus dem Kopf schlagen."

Die Schläge kamen. Hart. Immer härter. Auf seine Schultern, sein Kinn, die Seite seines Kopfes, bis Blut über seinen Nacken floss und auf sein weißes Kosakenhemd tropfte. Ein Hieb auf seinen Hals riss sein Hemd auf und hinterließ eine Narbe, die er unter seinen langen Haaren versteckte.

Noch nicht einmal als sein Stiefvater verstarb, verblassten diese Erinnerungen. Dieser Mann war kaltherzig und böse gewesen. Paul vergoss keine Träne, weder damals noch heute. Er wusste noch nicht einmal, wo sein Stiefvater begraben lag. Aber sein innerer Genius sah auch weiterhin neue Bilder, neue Richtungen, die ihn quälten.

Als seine Mutter starb und ihre Seele gen Himmel zog, machte Paul sich nach Paris auf. Niemals blickte er mehr zurück. Er vergaß, wer er einmal gewesen war, ließ seine Vergangenheit hinter sich und trat in die Welt der Comtesse ein, in ein Reich der Schwarzen Künste, das ihm seine verlorene Jungend wiedergab. Hier fand er seine Lebenskraft wieder und entdeckte seine sexuelle Potenz.

Verdammt! Er wollte alles. Seine Kunst. Seine Jugend. Und Autumn. Aber er durfte sich niemals in sie verlieben, oder er würde alles verlieren.

In Gedanken reiste er zurück in die Landschaft der Normandie, wo das Licht sanft und die Luft süß war. Hier hatte er seine Leidenschaft zur Malerei wiedergefunden und sein Können bewiesen.

Paul lehnte sich gegen eine Steinwand, rieb seine schmerzenden Knöchel und beobachtete, wie die Dunkelheit ihren Schleier über die Stadt warf.

Die Intensität seines Rückblicks erstaunte ihn nicht. Aber der körperliche Schmerz, den er immer noch bei diesen Erinnerungen empfand, schockierte ihn und machte ihm Angst.

Er versuchte sich einzureden, dass diese gewaltsamen Ausbrüche verständliche Reaktionen eines Mannes waren, der immer am Rande des Wahns lebte, der sich mit schwarzer Magie beschäftigte und den Preis zahlte für diese Illusionen. Aber er wusste auch gleichzeitig, dass seine plötzlichen Visionen mehr waren als Aberglaube, sie waren eine dunkle Vorahnung. Ein kalter Schauer lief über seinen Rücken.

Der Kuss einer Frau könnte für ihn tödlich werden. Könnte ihn tief in seinem Innersten berühren. Die Comtesse hatte ihn davor gewarnt, dass sie ihm zwar alle erotischen

Raffinessen zeigen konnte, aber nicht den Weg der Liebe.

Jetzt verstand er zum ersten Mal, was sie meinte. Autumn. Die erste Verliebtheit war bereits einer heißen Leidenschaft gewichen. Das wilde Liebesspiel ihrer ersten Nacht hatte zwar ihren Körper in Ekstase versetzt, aber nicht ihr Herz erreicht. Er wollte ihre Liebe. Dieser Wunsch setzte sich tief in ihm fest, bis in seine Seele.

Fieberhaft überlegte Paul, wie er sie schnell aus St. Lazare retten könne. Die ganze Nacht verbrachte er damit, durch die Boulevards zu laufen, bis die Dämmerung ihren purpurnen Schleier über sein Gesicht warf und die Gaslampen der Straßen schwach zu flackern begannen. In den Häusern leuchteten erste Lichter auf.

Er konnte nicht malen. Konnte nicht schlafen. Heute Nacht würde er einen Plan schmieden, denn er wusste, wie schnell ein Mädchen in St. Lazare seine Würde verlieren und sich dem Bösen unterwerfen konnte. In Orgien wurde der lesbischen Dichterin Sappho gehuldigt, indem die Frauen sich gegenseitig leckten und an ihren Mösen saugten, während verschmähte Weiber sich ihre Mithäftlinge mit einem Messer gefügig machten.

Er hatte eine Idee, und er brütete über Stunden, bevor ihm klar wurde, dass sie seine einzige Chance war.

Wenn die Zeit gekommen war, würde Madame Chapet, die berüchtigte Herrin des Hauses an der Rue des Moulins, dem Gefängnis einen Besuch abstatten, um Lillie de Pontier freizukaufen. Er musste sie überzeugen, dass Autumn einen noch viel größeren Wert für ihren Kreis von *dégrafées,* unabhängigen Mädchen, besaß und dass sie ein Gewinn für ihr *Maison de Tolérance,* dem lizenzierten Bordell am *Palais Royal,* wäre.

Es war ein Risiko, die Hilfe von *La Madame* zu erbeten, die ihn konstant bedrängte, ihr eine Einladung zu einer schwarzen Messe zu besorgen. Aber es gab keinen anderen Weg aus St. Lazare. Wie lange würde Autumn dort unten in der Hölle von St. Lazare noch durchhalten? Paul stieß seinen angehaltenen Atem aus. Einen Tag? Eine Woche? Einen Monat? Keine lange Zeit, die einem dort aber wie eine Ewigkeit vorkäme.

10. KAPITEL

Merde. Madame Chapet machte Paul wahnsinnig. Sie flirtete mit ihm, füllte ihn mit Brandy ab und versuchte ihn gegen seinen Willen zu verführen. Und diese zwei Staubwedel in Schwarz und Weiß, die sich Hunde nannten. Louis und Pompie. Widerliche kleine Tiere mit kalten schwarzen Schnauzen und pinkfarbenen Zungen, die die Möse ihres Frauchens leckten, wenn man den Gerüchten glauben durfte.

Paul trank noch einen Brandy und ärgerte sich, dass er seinen Flakon nicht mit der grünen Fee aufgefüllt hatte, bevor er zu dem Haus in der Rue des Moulins gegangen war. Er war gekommen, Autumn zu befreien und nicht wegen dieses fleischigen Bergs mit blonden Locken, purpurnen Taftröcken und zwei Hunden auf dem Schoß. Die Madame versprach einem Mann viele Dinge, wenn er nur genügend Goldstücke und einen Ständer in seiner Hose hatte.

Paul hatte weder noch, trotz der halb nackten Schönheiten, die sich im Empfangsbereich des Bordells aufhielten und an Taubentörtchen, Pinienkernen und cremigen Mandelstückchen knabberten. Ein Mädchen versuchte seine Aufmerksamkeit zu erhaschen, indem sie die Sahne von ihren Fingern leckte, ihre Zunge rollte und damit über ihre mauvefarbenen Lippen strich. Ein sinnliches Versprechen.

Doch er hatte keinen Appetit auf Sex. Wie die meisten Franzosen, die sich in Bordellen herumtrieben, kannte er all die erotischen Spiele der Prostituierten. Wie sie ihre Hinterbacken an ihm rieben, die langen, schlanken Beine mit schwarzen Seidenstrümpfen bekleidet und mit Strapsen, die mit zitronengelben Rosen verziert waren. Nackte Brüste, an deren Nippeln goldene Ringe wippten. Die Mädchen würden seinen harten, in der engen Hose gefangenen Penis berühren und sich dann mit ihren langen Fingern einen Weg unter den Stoff bahnen, um die Größe und Form seiner Erektion zu fühlen. Das Leben sei schwierig, sagten sie. *L'amour* sei die Antwort, *n'est-ce pas?*

Für Paul war die Kunst viel schwieriger. Das Leben folgte einem natürlichen Rhythmus von der Zeugung bis zum Tod. Aber die Kunst verfolgte einen mit ihrer niemals enden wollenden Suche nach Perfektion, einer Suche, die ihn ständig antrieb. Immer weiter. Und weiter. Bis er es nicht mehr aushielt.

Wegen seiner Kunst hatte er die undenkbare Sünde begangen: Er hatte seine Seele verkauft. Nächte voller schwarzer Magie, unter dem Bann der Comtesse, die seinen harten Penis in ihren Händen rollte und den ägyptischen Gott Min anrief, er möge ihm ewige Jugend schenken und ihm die verlorenen Jahre zurückgeben, in denen er nicht zeichnen und malen durfte. Jahre, in denen er unter den Schlägen seines Stiefvaters verkümmerte.

Und jetzt musste er den Preis dafür zahlen.

Er musste das Mädchen aufgeben, das sein Herz gestohlen hatte.

Sie ist nicht wie diese Mädchen, für die Liebe nur ein Geschäft bedeutet. Ihre Gesichter sind gezeichnet von verlorenen Träumen und Verzweiflung. Leblose Augen. Grelle, rote Münder. Verschwendete Jugend. Aber nicht die Rothaarige.

Es liegt eine Verletzlichkeit in ihren Augen, die meine Seele berührt. Warme, flackernde Funken von Grün, die von einem Geheimnis zeugen, das sie tief in sich vergraben hat und das sie mit mir teilen möchte, aber nicht kann. Ich werde sie nicht enttäuschen.

Nach vielem Kopfzerbrechen über seine Entscheidung, alle seine Bilder zu verkaufen und jeden Boxkampf anzunehmen, der ihm angeboten wurde, nur um ihre Freiheit zurückzukaufen, hatte er *Le Café de la Paix* kurz vor der grünen Stunde verlassen – der kurzen Zeit zwischen fünf und sechs Uhr am Nachmittag, wenn er seinen Lieblingsaperitif, den Absinth, genoss und sich mit seinen Künstlerkollegen unterhielt –, um das Mädchen zu retten, das seine Seele besaß; seinen Willen gestohlen hatte; ihn vor Verlangen, zu malen, so verrückt machte, dass er sich frustriert auf kein anderes Modell mehr konzentrieren konnte. Auf kein anderes Gesicht bis auf ihres.

Er war außer sich vor Zorn gewesen, als er auf dem Polizeihauptquartier Nachforschungen angestellt und herausgefunden hatte, dass Autumn auf unbestimmte Zeit in dem Gefängnis St. Lazare eingesperrt bleiben sollte, bis über ihre Strafe entschieden war. Ein Schachzug des Magistrats, wie er wusste, um die Frauen von der Straße zu halten und die eigenen Taschen zu füllen, denn die Gemeindeverwaltung bezahlte die Polizei für jede Festnahme.

Paul klopfte mit seinem Spazierstock einen unregelmäßigen Rhythmus gegen seinen Schuh und mied den Blick der gerissenen Madame Chapet. Sie erhole sich gerade von einem leichten Ohnmachtsanfall und könne ihm nur ein paar Minuten ihrer kostbaren Zeit widmen, behauptete sie, und das auch nur um ihrer alten Freundschaft willen.

Paul runzelte die Stirn. Diese alte Füchsin stellte ihre Fallen sehr geschickt auf, wenn auch nicht sonderlich stilvoll. Aus den Augenwinkeln beobachtete er, wie sie ihre Hunde mit kleinen Bissen von Hühnchen und Cremetörtchen fütterte und sie dann in einer Art liebkoste, die auf die irdischen

Freuden im oberen Stockwerk hinwiesen.

„Wieso seid Ihr so daran interessiert, das Mädchen aus St. Lazare herauszuholen, Monsieur Borquet?“, fragte Madame Chapet.

„Ich möchte sie malen, Madame.“

„Malen? Ihr könnt mich nicht hinters Licht führen, Monsieur. Ihr seid in dieses Mädchen verliebt.“

„Aber nicht doch, Madame.“

Denn es stimmte nicht. Er betete sie an, aber er durfte sie nicht lieben.

„Ihr sagt, das Mädchen sei hübscher als alle anderen Frauen, die für mich arbeiten?“, fragte sie.

„*Mais oui.* Auf alle Fälle, Madame. Sie hat einen Körper, der alle anderen Kreaturen in den Schatten stellt. Sie ist eine Göttin, mit einer Haut so rein, dass es über Perfektion weit hinausgeht. Ihr Gesicht fesselt die Seele eines Mannes, wenn sie ihn mit ihren großen grünen Augen ansieht.“

Paul beobachtete, wie die Bodellbesitzerin erst den weißen Hund streichelte und dann den schwarzen. Sie umarmte die Hunde, vergrub sie in ihrem Schoß und überhäufte sie mit Küssen und anzüglichen Liebkosungen auf die hängenden Ohren, ihre kalten, hässlichen Nasen, ihre winzigen zitternden pinkfarbenen Bäuche. Es ekelte ihn an.

„Wenn das Mädchen wirklich so schön ist, Madame Chapet“, sagte eine männliche Stimme mit britischem Akzent hinter ihm, „dann musst Ihr *mir* erlauben, dass ich der unglücklichen Dame zu Hilfe eile.“

Paul drehte sich um und schaute den Gentleman im modischen Anzug finster an. Mit zwei Damen im Arm kam er langsam die Treppe hinunter. Etwas an ihm erweckte Pauls Neugierde.

„Ah, Lord Bingham, wie nett von Euch, dass Ihr uns Eure Hilfe anbietet", säuselte Madame Chapet mit rauchiger Stimme.

„Das ist doch das Mindeste, was ich für Euch tun kann, Madame, als Gegenleistung für solch einen schönen Nachmittag", erwiderte der Engländer in schlechtem Französisch. Dabei kniff er einem Mädchen in den Po, bis es kicherte.

„Diese junge Dame ist sehr geschickt darin, ihre Zunge in die Pflaume ihrer Gespielin zu stecken, während sie ihr niedliches Hinterteil emporreckt, damit ich sie von hinten nehmen kann. Wirklich außerordentlich nett."

„*C'est mon plaisir,* Lord Bingham. Eure Großzügigkeit erleichtert es mir, Euch dieses Mädchen für Eure Vergnügungen zur Verfügung zu stellen", flirtete Madame Chapet und steckte ihre fetten Finger in Sprudelwasser, das die Hunde mit ihren ekelhaften kleinen Zungen abschleckten.

Paul verzog angewidert sein Gesicht. Wo hatte er den Engländer schon einmal gesehen? Für ihn waren es alles Barbaren in Tweed, die mit rot eingebundenen Reiseführern unterm Arm durch die Straßen von Paris stapften und seine Sprache mit ihrem unsäglichen Akzent verunstalteten. Aber dieser hier kam ihm unheimlich bekannt vor.

„Dann veranlasst alles, um das Mädchen herzubringen", befahl der englische Lord. „Ich warte auf sie."

Paul fiel es wie Schuppen von den Augen. Les Halles. *Le bâtard anglais.* Der englische Bastard.

„Euer Warten wird jedoch vergeblich sein, Monsieur", sprach Paul, stand auf und schwang sich sein schwarzes Cape um die Schultern. „Das Mädchen gehört mir."

Der Engländer verengte die Augen. „Euch, Monsieur? So wie Ihr ausseht, bezweifle ich, dass Ihr sie Euch leisten könnt."

„Und bei Eurem Aussehen, Monsieur, bezweifle ich, dass sie sich von Euch berühren lässt.“

„Was für eine Frechheit! Wenn ich nicht in so einem angesehenen *maison privée* wäre, würde ich Euch herausfordern …“ Die Augen des Engländers leuchteten auf. „Mich laust der Affe, wenn das nicht der Verrückte aus Les Halles ist!“

„Stets zu Diensten, Monsieur“, sagte Paul und verbeugte sich mit einer schwungvollen Bewegung seines Capes, allerdings ohne den Engländer dabei aus den Augen zu lassen. „Ich nehme die Herausforderung gern an. Jederzeit!“

„Wieso sollten wir warten, Monsieur? Ich bin auch jetzt schon bereit, Euch von Ohr zu Ohr aufzuschlitzen.“

„Ich werde Euch zuvorkommen …“

Madame Chapet unterbrach die beiden. „*Zut alors,* ah, ich kann kaum atmen, Messieurs, mit all diesem Gerede über Kämpfen.“

Paul beobachtete mit Erstaunen, wie sie ihre Augen rollte, ihre Unterlippe zu zittern begann und sie weißer wurde als der Reispuder, den sie über ihr Gesicht gestäubt hatte. Sie konnte ihn nicht täuschen. *La Madame* wusste von seinen Fähigkeiten als Boxer und wollte nicht das Risiko eingehen, einen so reichen Kunden wie den englischen Lord zu verlieren. Die Gier dieser Frau überraschte ihn nicht. Er schaute sich in dem geschmackvoll eingerichteten Empfangszimmer um, auf die teuren Tischchen und mit Seide bezogenen Stühle. In mahagonibraunen Lederkästchen lagen dünne Papiertücher bereit, und die Wandteppiche und Stuhllehnen waren mit wertvollen Damaststickereien verziert. Sie war eine Frau mit einem kostspieligen Geschmack.

„Ich will Euch nicht aufregen, Madame Chapet“, sagte

Lord Bingham, ohne dabei seine Augen von Paul zu lassen. „Aber dieser Mann hat mich beleidigt."

„Monsieur Borquet wollte sowieso eben gehen, *n'est-ce pas?*", sagte *La Madame* und setzte ein falsches Lächeln auf.

„Borquet?" Der Engländer grinste breit, und das irritierte Paul mehr, als wenn er ihm einen Hieb versetzt hätte. „Der Maler?"

„Ja, ich bin Paul Borquet", sagte der Franzose, aber das ausdrückliche Vergnügen des Briten an der Aufdeckung seiner Identität gefiel ihm nicht. „Amüsiert Euch das?"

„Zwischen uns ändert das nichts. Ich hatte allerdings keine Ahnung, dass Ihr so … jung seid. Meine Informationen müssen falsch gewesen sein."

„Welche Informationen?", fragte Paul.

„Ich … äh … habe Eure Bilder in London gesehen", wich Lord Bingham aus. „Ich ahnte nicht, dass Ihr genauso ein Verrückter seid wie dieser van Gogh."

„Jetzt habe ich endgültig genug von Euch, Monsieur …" Paul hob seine Fäuste, bereit, auf den englischen Lord einzuschlagen.

„Hört sofort auf, Monsieur Borquet", rief Madame Chapet, kurz davor, in Ohnmacht zu fallen. „Verlasst auf der Stelle mein Etablissement."

Paul riss sich zusammen, auch wenn der Ärger immer noch in ihm brodelte. „Ich werde gehen, Madame Chapet, aber nur wenn Ihr versprecht, Mademoiselle Maguire zu helfen."

Madame seufzte tief. „Sobald es mir bessergeht, werde ich mich darum kümmern. Und jetzt verschwindet, Monsieur Borquet, bevor ich meine Meinung ändere."

Paul schlug die Tür hinter sich zu und sprang die Stufen hinunter. Die Madame war unmenschlich, ein Monster mit Locken.

Wie konnte sie nur dem Engländer eine Nacht mit der Rothaarigen versprechen?

Sobald er das Haus verlassen hatte, begann das Feilschen. Er konnte hören, wie der Engländer der Madame erklärte, dass er zwar auf Geschäftsreise für sein Familienunternehmen sei, aber trotzdem auch nach Vergnügungen suche. Madame Chapet war mehr als glücklich, ihm da behilflich sein zu können.

Irgendetwas an dem Fremden ließ ihn nicht in Ruhe und brachte ihn zum Schwitzen.

Ärgerlich und gleichzeitig frustriert schloss Paul die Augen und versuchte zu verstehen, wieso der Mann eine solche Wirkung auf ihn hatte. Die Adern auf seiner Stirn schwollen an und pulsierten. Seine Nackenmuskeln verspannten sich schmerzhaft, aber er fand keine Antwort. Noch nicht.

Er schüttelte das ungute Gefühl ab. Warf seine Wut in den Nachtwind. Er betete, dass der aufkommende Nebel seine Sorgen verschlingen und ihn von den Schmerzen befreien möge, die in seinem Kopf pulsierten, auf sein Gehirn drückten, es zusammenquetschten, sodass es in eine winzige Schatulle passte und er damit nicht mehr denken konnte.

Seinen schwarzen Fellhut zog er tief ins Gesicht, sodass er sein schweißnasses Haar eng an den Nacken drückte. Das Cape wehte hinter ihm her, als er schnellen Schrittes den Boulevard entlanglief, begierig darauf, die Lichter, das Klappern, die vertrauten Geräusche seiner Straße um sich zu fühlen, die sein aufgewühltes Gehirn beruhigen würden. Er musste Autumn unbedingt eine Nachricht zukommen lassen, dass Madame Chapet ihr helfen würde.

„Ich bin doch unschuldig", schwöre ich und strecke meine gefesselten Handgelenke nach vorn. Passiert das hier alles wirklich?

„Eine von den Ordnungshütern aufgegriffene Bürgerin muss ihre Unschuld *beweisen,* Mademoiselle", rezitiert der Magistrat mit müder Stimme, die Augen auf den Stapel Papiere vor sich gerichtet. Seine Haltung gibt klar und deutlich zu verstehen, dass er von meiner Unschuldsbeteuerung nicht überrascht ist.

„Ich bin keine Prostituierte", beharre ich. „Ihr müsst mir Glauben schenken. Ich bin … ich bin …"

Was soll ich sagen? Was kann ich sagen? Ich bin eine Frau aus dem einundzwanzigsten Jahrhundert mit einem leidenschaftlichen Verlangen nach einem verschollenen Impressionisten?

„Nach dem *Code d'instruction criminelle* des Jahres 1808", fährt der Magistrat trocken fort, als ob er mich nicht gehört hätte, „ist es die Aufgabe der Autoritäten, den Staat zu beschützen. Und der Staat sind die Menschen."

Er schaut zu mir auf. Erstaunt zuckt er mit den Wimpern und vergisst das, was er gerade im Sinn gehabt hat. Er streicht sich über den Bart und nickt dem Schreiber zu, der mit einer Feder alles notiert, was zwischen uns gesprochen wird. Dann wird er wieder geschäftlich. „Ihr könnt die Untersuchung fortsetzen, Sergeant Guerlain."

„Bien, Monsieur le Magistrat." Der Sergeant lächelt, leckt erwartungsvoll seine Unterlippe und streckt dabei seine Zunge zwischen den rissigen Lippen hervor. Ich sehe, wie der Speichel aus seinem Mund tropft, als er sich mir zuwendet. Ich hasse diesen Mann und kann mich nur zu gut daran erinnern, wie er über meine Wangen strich, um die Menge zu

provozieren. Und Paul. Irgendwie hatte der Künstler mich gefunden, aber es war zu spät.

Oh, wieso habe ich ihn nur verlassen? Welch kranke, verrückte Idee ließ mich glauben, dass ich in dieser Zeit allein überleben kann? Ich bin keine Dame des neunzehnten Jahrhunderts mit Korsett und Schnürstiefeln. Ich bin süchtig danach, Klingeltöne auf mein Handy herunterzuladen, ich fahre nur an Full-Service-Tankstellen, damit ich meine E-Mails checken kann, während der Tankwart seinen Job macht, und ich google alles, von den neuesten Grundstücksverkäufen bis zu den Sonderverkäufen bei *Bloomingdales.* Ich gehöre nicht hierher. Und ich habe schreckliche Angst.

Wer wird mich retten?

Ich bin verrückt zu glauben, dass irgendetwas anderes als meine eigene Cleverness mich hier herausholen könnte. Der Sergeant umkreist mich, um mich besser betrachten zu können. Ich trete einen Schritt zurück. Der Blick in seinen Augen gibt mir klar zu verstehen, wie sehr er seine Arbeit gerade genießt.

Als ich mich gegen das wappnen will, was unweigerlich kommen wird, beginnt der Raum sich zu drehen, und das Gesicht des Sergeants zeichnet sich verzerrt vor mir ab wie ein Clown in einem Spiegelkabinett. Schwere Augenlider zerschneiden seinen harten Blick in zwei Halbmonde. Die Augen eines Toten brennen sich in meine Seele. Der Effekt verursacht mir eine Gänsehaut.

Ich lasse es nicht zu, dass er mich berührt, schwöre ich lautlos und drehe mich weg.

„Ich bin amerikanische Staatsbürgerin, Monsieur." Mit meinen gefesselten Fäusten schlage ich auf den hölzernen Tisch. „Ich bestehe darauf, mit jemandem von der amerikanischen Botschaft zu sprechen."

Der Magistrat schüttelt den Kopf. „Eure Botschaft kann Euch nicht helfen, Mademoiselle. Die Gesetze sind ganz klar. Ihr wurdet verhaftet wegen Geschäftsanbahnung in einer Straße, in der Ihr nicht registriert seid, und wegen Handgreiflichkeiten mit einer bekannten Prostituierten. Da es Euch nicht gelang, Eure Unschuld zu beweisen …"

„Aber Ihr habt mir überhaupt keine faire Chance gegeben, Monsieur. Ich bestehe auf einem Anwalt."

„Wieso könnt Ihr Euer Schicksal nicht akzeptieren?" Seine Stimme klingt ungeduldig. Offensichtlich hat er keine Lust mehr, noch weiter mit mir zu diskutieren. „Ich habe versucht, geduldig mit Euch zu sein, Mademoiselle, und habe auch berücksichtigt, dass Frauen kleinere Gehirne haben und deshalb irrationaler und emotionaler reagieren."

Was hat er gesagt?

„Die Größe des Gehirns ist unabhängig vom Geschlecht, Monsieur."

„Haltet Eure Zunge im Zaum, Mademoiselle!", schreit der Magistrat und schlägt mit seiner Faust auf den Tisch. „Oder ich werde dafür sorgen, dass der Sergeant Euch knebelt."

Ich halte meinen Mund. Das hindert den Sergeant allerdings nicht daran, mit seinen schmutzigen Fingern über meine Lippen zu fahren und zu versuchen, meinen Mund zu öffnen. Mir bricht der kalte Schweiß aus. Wann wird dieser Albtraum endlich vorbei sein? Gedemütigt und erniedrigt, kann ich es immer noch nicht fassen, dass Frauen hier wie Schwerverbrecher behandelt werden, ohne die Möglichkeit, sich mit einem Anwalt an ihrer Seite ordentlich zu verteidigen. Ich bin in einem System gefangen, das bei Prostitution beide Augen zudrückt, solange man die Regeln befolgt. Aber ich habe diese Regeln gebrochen, und laut Gesetz muss ich nun den Preis dafür zahlen. Trotzdem werde ich nicht aufgeben, sondern weiterhin versuchen, meine Unschuld zu beweisen.

„Ihr habt keinen Beweis, um Eure Anklage zu untermauern, Monsieur."

„Es gibt Zeugen, Mademoiselle."

„Zeugen? Wo sind sie?"

Ohne auf meine Fragen einzugehen, fährt er brummend fort. „Als ihr Mädchen aufgegriffen wurdet, steckten Geldscheine in Euren Blusen, und Eure Beine waren so weit gespreizt, dass ein ganzes Regiment dort seinen Platz gefunden hätte. Und Ihr beteuert immer noch Eure Unschuld? Ich habe genug von diesem wirren Gerede." Der Magistrat nickt dem Sergeant zu und rückt seine Brille zurecht. „Fahrt fort!"

Zu meinem Entsetzen springt der Sergeant auf mich zu und greift in den Stoff über meinen Schultern, seine Finger schließen sich fest um den dünnen Taft. Das Gewebe schneidet mir ins Fleisch, und bevor ich Widerstand leisten kann, hat er mich auch schon gegen das Geländer geschubst. Durch den Aufprall auf das harte Holz verliere ich das Gleichgewicht. Ich versuche mich wieder zu sammeln, aber er ist schneller und erfahrener in diesem Spiel.

Ich schreie auf, als der Sergeant mein Kleid von oben bis zur Taille aufreißt, und die wenigen Knöpfe, die noch geschlossen waren, in alle Richtungen davonfliegen. Meine Brüste springen heraus, und ich fühle seinen hungrigen Blick über meinen entblößten Oberkörper wandern. Wie eine feine silberne Klinge kriecht die Angst meine Wirbelsäule hoch, als die kalten, schuppigen Finger des Mannes mein zerfetztes

Kleid zur Seite schieben und über meine Brüste streichen. Meine Nippel richten sich unter seiner Berührung sofort auf. Das widert mich an. *Wie kann mein Körper mich nur so betrügen?* Dass ich kein Korsett trage, scheint den Mann zu irritieren, aber es hält ihn nicht auf.

Er sucht den erotischen Kick, keine Waffe.

Wut ersetzt meine Angst. Wie viel länger kann ich mich zurückhalten, bevor ich ihm einen wohlverdienten Tritt dahin versetze, wo er es am meisten verdient hat?

„Ihr seid nicht wie die anderen", sagt der Sergeant. Ich zucke zusammen, als er meine Nippel kneift und sie zwischen seinem Daumen und Zeigefinger reibt. „Die anderen Mädchen haben fleckige Haut und sind voller Krankheiten. Eure Haut ist weich und makellos." Er streichelt meine nackte Schulter. Zufrieden, dass ich nichts in meinem Mieder verstecke, fängt er an, an meinem Rock herumzufummeln, schiebt seine Hand unter den Stoff meiner langen Unterhose. Mein Herz rast. Ich sacke gegen das Geländer, als er mit seiner abstoßenden Hand mein Bein entlangfährt und schließlich die nackte Haut an meinem Oberschenkel berührt. Ich muss ihn aufhalten. *Ich muss!*

„Eure dreckigen Hände machen mich krank", stoße ich hervor und trete ihm gegen das Schienbein. Das war zwar nicht genau die Stelle, die ich treffen wollte, aber besser als nichts.

Der Sergeant schlägt mich hart ins Gesicht. „Du dreckige Hure."

Ein stechender Schmerz fährt durch meinen Kiefer, und die Wucht des Schlages lässt meine Haare fliegen.

„Wenn ich mit Euch fertig bin, Mademoiselle, dann werdet Ihr nicht mehr gerade stehen können", lacht er und gräbt seine Finger tiefer in das Fleisch meiner nackten Brüste. „Ihr werdet dann für eine ganze Weile nur noch sehr langsam gehen können."

Er lässt seine Hände über meinen Körper gleiten, fummelt mit kalten Fingern unter meinen Röcken herum und zieht meine Hosen über die Hüften. Ich presse meine Beine so hart zusammen, dass meine Schenkel schmerzen. Als er gewaltsam versucht, meine Beine zu öffnen, merke ich, dass ich meine Zähne zusammengebissen habe. Ich versuche meinen Kiefer zu entspannen, doch es gelingt mir nicht. Diese Situation werde ich niemals vergessen.

„Ich verlange, dass Ihr dem Mann Einhalt gebietet." Mit dem Mut der Verzweiflung wende ich mich an den Magistrat. Auf keinen Fall werde ich zulassen, dass der Sergeant mich weiter mit seinen schmutzigen Händen berührt. „Das ist eine illegale Durchsuchung."

„Wie bitte?", fragt der Magistrat sichtlich verärgert.

Überleg dir was … los, denk nach. Du hast genügend historische Dokumentationen gesehen, um dir eine plausible Erklärung einfallen zu lassen.

„Nach dem … äh, dem Vertrag von Versailles", stelle ich selbstsicher fest, obwohl ich während des Redens einfach etwas erfinde, „darf eine Frau nur in Anwesenheit einer anderen Frau durchsucht werden."

Der Magistrat zieht die Augenbrauen hoch. Was für ein Unsinn ist das?, scheint er zu fragen. Ich halte mein Kinn trotzig nach oben gerichtet, aber innerlich zittere ich. Das berühmte Abkommen wird erst in dreißig Jahren geschlossen und hat außerdem nichts mit dem französischen Strafsystem zu tun. Wird er meiner Lüge Glauben schenken?

Der Magistrat legt seine Brille ab. Er ist angespannt, aber

bleibt trotzdem sachlich.

„Was ist das für ein Abkommen von Versailles? Eine weitere Sozialreform?“ Ohne meine Antwort abzuwarten, fährt er fort. „Ach, diese schrecklichen Reformer mischen sich ständig in die Angelegenheiten der Polizei, dringen auf den Schutz von inhaftieren Frauen. Nur wegen dieser engstirnigen Weltverbesserer mussten wir schon auf das Brandmarken der Frauen verzichten. Und dann mussten in den Frauengefängnissen auch noch weibliche Aufseherinnen eingestellt werden. Und nun erzählt Ihr mir, Mademoiselle, dass sie sich eine neue Reform ausgedacht haben, die eine körperliche Durchsuchung von Frauen verbietet, wenn keine andere Frau gegenwärtig ist? Als Nächstes werden sie wohlmöglich noch sagen, dass Frauen und Männer vor dem Gesetz gleich sind. Wann wird dieser Wahnwitz endlich aufhören?“

Er nimmt einen kräftigen Schluck Wein aus dem Glas, das neben ihm steht. „Ich frage Euch, Mademoiselle, wie sollte ich von diesen Reformen wissen? Ich bin nur ein armer Angestellter der Stadt, der seinen Posten behalten möchte.“ Er winkt den Polizisten von mir weg. „Das reicht jetzt, Sergeant.“

„Aber Monsieur le Magistrat, ich bin doch noch nicht fertig …“

„Es reicht, Sergeant“, befiehlt er.

Ich halte meine gefesselten Handgelenke vor die Brust. Sie fühlen sich taub an. „Dann kann ich also gehen?“

Der Magistrat schüttelt den Kopf. Er atmet heftiger. „Abkommen oder nicht, Mademoiselle, ich kann Euch nicht gehen lassen. Es ist offensichtlich, dass Ihr eine *femme galante* seid, eine äußerlich respektable Person, die sich in Theatern und Tanzsälen herumtreibt und Krankheiten verbreitet.“ Mit seiner Brille klopft er gegen seine Handfläche. „Es ist meine

Aufgabe als richterlicher Beamter, Frauen wie Euch von der Straße fernzuhalten."

Mir wird nur allzu deutlich, dass er so versucht, sich die Reformer vom Hals zu halten.

„Aber ich sage Euch die Wahrheit – ich bin keine Prostituierte!"

„*Alors,* Mademoiselle, viele unschuldige Frauen wurden mit noch geringeren Beweisen in das Gefängnis von St. Lazare eingeliefert, vor allem seit der Préfet de Police die örtliche Polizei anwies, mit nicht registrierten Prostituierten nicht mehr so nachgiebig zu sein." Er legt seine Brille zur Seite und wischt sich die Hände an einem Taschentuch ab. „Ich habe in dieser Angelegenheit leider keine andere Wahl. Ihr werdet als Prostituierte erfasst und ins Gefängnishospital geschickt, wo Ihr von einem Arzt untersucht werdet und dann so lange dort bleibt, bis Euer Fall entschieden ist."

Mit Schrecken sehe ich, dass er meine Akte unterschreibt, ohne sie vorher noch einmal gelesen zu haben.

„Keine Bewegung, Mademoiselle!"

Auf dem Dreifuß vor der Kamera sitzend, straffe ich meine Schultern, während der Fotograf eine neue Platte einlegt und die Blende einstellt.

Mein Verbrecherfoto. Ich brauche keinen Spiegel, um zu wissen, dass ich schrecklich aussehe. Wie ein gehäuteter Hase. Die letzten Reste von Schminke sind schon lange verschwunden, doch ein flammend roter Streifen von der Ohrfeige des Polizisten ziert meine eine Wange. Mein linkes Auge ist geschwollen, und ich schmecke getrocknetes Blut auf meiner Unterlippe. Mein glanzloses, schmutziges Haar ist zusammengebunden. Nur ein paar vereinzelte Strähnen hängen über meine Schulter.

Gedankenverloren balle ich eine Faust in meinem Schoß und beginne zu zittern. In dem Raum erwachen die Erinnerungen an die kalten, klammen Hände des Sergeants, wie er mich begrabschte und meine Brustwarzen kniff, als ich versuchte, mich aus seinem Griff zu befreien. Ein Kälteschauer läuft über meinen Rücken und macht mir bewusst, dass nur ein kleines Stückchen zerrissenen Tülls mich vor der völligen Nacktheit meines Oberkörpers bewahrt. Was würde ich nicht für eine Sicherheitsnadel geben, aber ich bezweifle, dass die schon erfunden sind. Stattdessen halte ich mein Mieder mit einem Faden zusammen, den ich durch die Knopflöcher gezogen habe.

„*Alors,* Mademoiselle, Ihr habt Euch bewegt“, beschwert sich der Fotograf und unterbricht meine Gedanken. „Jetzt müssen wir wieder von vorn anfangen.“ Mit einem tiefen Seufzer entfernt er die große Platte von der Kamera, wirft sie zur Seite und lädt erneut. „Bewegt Euch nicht!“, befiehlt er.

„Pardon, Monsieur, aber ich bin sehr müde.“

Mein Zeitgefühl habe ich schon vor Stunden verloren. Oder vor Tagen? Ich weiß es nicht. Seitdem ich hier auf der Wache bin, wurde ich von einem Raum in den nächsten geschoben, habe nur einen Schluck Wasser bekommen, und dieser schreckliche Sergeant hörte nie auf, Befehle zu brüllen.

Was wohl mit Lillie passiert ist? Zum Glück wurden wir getrennt und nach unserer Ankunft in unterschiedliche Gruppen gebracht.

Ich schaue auf die Gaslampen an den grauen Wänden. Das Licht flackert kaum, aber ein sanfter gelber Lichtschein kommt durch das geöffnete Fenster. Es muss früher Morgen sein, und ich wünschte, ich könnte mich hinlegen.

Wieso dauert das so lange mit dem Foto?

Der Fotograf ist unter dem schweren Tuch der Kamera verschwunden, und nur seine dünnen Beine schauen hervor. Ich muss die Luft anhalten, um ein Grinsen zu unterdrücken. Ich wage nicht daran zu denken, dass dieses ganze Abenteuer damit begann, dass ich mein Porträt von einem alten Künstler malen lassen wollte.

„Ihr seid zu angespannt, Mademoiselle", sagt der Fotograf genervt. „So kann ich kein schönes Foto machen." Er kommt unter dem Tuch hervor und studiert mich interessiert. Er wedelt mit den Armen in der Luft herum und bewegt den Kopf ruckartig von einer Seite zur anderen, als ob er sich mein Bild einprägen wollte.

„Wenn ich nur mehr Zeit hätte, Mademoiselle. Dann könnte ich wunderbare Aufnahmen für Postkarten von Euch machen. *Paris belles* werden sie genannt. Die Schönen von Paris." Er lächelt mich an und drückt auf den Auslöser.

Sein geheimnisvolles Lächeln macht mich nachdenklich. Wird mein Verbrecherfoto demnächst auf einer französischen Postkarte auf dem Schwarzmarkt zu finden sein?

„*Alors, femme de vie!* Beeilt Euch, Hure!"

Ich drehe mich um. Es ist der Sergeant. Einen Moment lang habe ich Angst. Grinsend stößt er mich mit einem Schlagstock in den Rücken und schiebt mich über den langen Flur. Draußen schlurfen bereits einige andere Frauen zu einem wartenden Polizeiwagen.

„Die Kutsche Eurer Hoheit wartet bereits", grinst er sarkastisch und stiert mich dabei so gierig an, dass ich seine kalten Hände fast wieder auf mir fühle. In seinen Augen spiegeln sich Hunger und Lust. Ich drehe mich um und beiße mir auf die Zunge, damit ich ihm nicht ins Gesicht schreie, was für eine widerliche Kreatur er ist. Wenn ich könnte, würde ich ihm einen gezielten Tritt in die Eier versetzen und dann so fest zudrücken, dass er zu schreien beginnt. Aber ich bleibe still.

Meine Knie zittern, als ich die drei Stufen des Wagens erklimme. Ich weiß, dass der Polizist nur darauf wartet, dass ich einen Fehler mache, damit er mein Mieder herunterreißen kann, um meine nackten Brüste zu sehen. Auf der obersten Stufe bleibe ich stehen, und ein seltsames Gefühl überkommt mich. Egal wie tapfer ich nach außen wirke, ich habe auf einmal schreckliche Angst!

Ich fürchte mich davor, dass es vielleicht keine Wiederkehr von diesem Ort mehr gibt.

„Nun geh schon, *ma petite fille*", sagt der Sergeant und stößt mich in den Wagen. Mit den Händen versuche ich die Balance zu halten, damit ich nicht falle. Mit gesenktem Kopf setze ich mich auf den letzten freien Platz. Niemand sieht mich an. Niemand spricht. Jede Frau ist allein mit ihren Gedanken.

Ich lehne meinen Kopf gegen die Bretter des Wagens und versuche nachzudenken, aber es geht nicht. Eine Frau beginnt zu weinen, eine andere hustet. Der Geruch von Zigarettenrauch zieht durch die Luft. Ich schließe meine Augen, aber die Dunkelheit, die meine Seele umfängt, kann ich nicht ausschließen. Ich fürchte, der finstere Höhepunkt meines Melodrams liegt noch vor mir. Der Sergeant steckt seinen Kopf herein und schaut sich um. Er zählt die Frauen in einem tiefen Flüstern ab und zischt die Zahlen durch seine Zähne: „… fünf, sechs, sieben …"

Zufrieden, dass wir vollzählig sind, betrachtet er die Gefangenen in dem dämmrigen Wagen, befeuchtet seine Lippen und reibt seine Finger aneinander. Seine Augen ruhen auf mir. „Habt eine schöne Reise, Mademoiselle. Ich werde Euch bald wiedersehen."

Lachend wirft er die Tür zu, und wir befinden uns nun in völliger Dunkelheit. Ich höre, wie er dem Fahrer Anweisungen gibt, und der Wagen fährt ruckartig los.

Ich merke, wie ich von der Bank rutsche, aber bevor ich auf den Boden fallen kann, hält mich jemand an der Taille fest. Es sind die Hände einer Frau. Als diese weiter nach unten auf meine Hüfte gleiten, höre ich jemanden lustvoll stöhnen. Sekunden später nähert sich eine zweite Frau und umfasst von hinten meine Brüste. Eine neue Angst überfällt mich. Ich kann meinen schweren Atem in der Dunkelheit hören. Schnelle, tiefe Atemzüge. Der Überlebensinstinkt meldet sich in mir. Ich greife nach den Händen der Frau, die mit meinen Brüsten spielt. Ihre Finger sind kalt. „Behaltet Eure Hände bei Euch!", schreie ich sie an, und dann befreie ich mich von den Frauenhänden auf meinen Hüften.

„Wir machen uns doch erst miteinander bekannt, *ma fille*", flüstert eine rauchige Stimme im Dunkeln.

„Seht Euch vor, Mademoiselle", warnt nun eine andere Stimme, „Ihr könntet verletzt werden, wenn Ihr die Regeln nicht kennt."

Der sinnliche Unterton in den Stimmen der Frauen ist einladend und verlockend. Ich versteife mich. Es scheint, als ob mich im Gefängnis eine neue Art von Gefahr erwartet.

Ich verkrieche mich in der Ecke, und der klapprige Wagen schüttelt mich durch und durch. Ich umschlinge meine Knie und vergrabe meinen Kopf dazwischen. Ich lausche. Fühle. Die Dunkelheit um mich herum ist warm und geheimnisvoll. Für einen Moment fühle ich mich selig geborgen wie ein Baby im Mutterleib.

Ich rolle mich schützend zu einem Ball zusammen, lege meine Hände auf meine Augen und stelle mich innerlich auf den Wahnsinn des Ortes ein, der mich erwartet: St. Lazare.

Meine Gedanken drehen sich nur um Flucht, als ich die Frauen eine nach der anderen hinter dem schwer beschlagenen Tor des Gefängnisses von St. Lazare verschwinden sehe. Ich halte meine Augen auf den langen dunklen Korridor gerichtet, der zum äußeren Gefängnishof führt, hoffend und betend, dass ich den Mut finde, zu fliehen.

Aber wohin soll ich gehen? Zurück nach Montmartre, zurück zu Paul Borquet? Wird er auf mich warten? Oder ist er wie all die anderen Männer in meinem Leben? Lässt mich für eine Blondine sitzen?

Vergiss nicht, du bist jung, schön und hast einen fantastischen Körper. Er wird warten!

Ich schüttle den Kopf. Wieso genügt mir das nicht? Würde er mich auch lieben, wenn ich nicht jung wäre? Das darf ich nicht riskieren. Dann könnte ich ihn verlieren. Ich darf mich niemals in ihn verlieben.

Das habe ich alles dir zu verdanken, Min!

Ich huste. Die Luft ist stickig, und der Geruch der Gefangenen hängt schwer im Raum. Ich habe das Gefühl, zu ersticken. Wieso geht das nicht voran? Ich halte dieses Warten nicht mehr länger aus.

„Steht auf, Hure!“, befiehlt mir eine Wärterin mit hässlichen strohblonden Haaren.

„Der gute Pater wartet auf Eure Beichte, *ma fille.*“

Die Wärterin schaut mich gierig an und leckt ihre dünnen Lippen, ihre Augen wandern dabei über meinen spärlich bekleideten Körper. Dann bewegt sie ihre Hüften und reibt sich an mir.

„Beichte?“, frage ich und versuche ihr auszuweichen. „Hier im Gefängnis?“

„Ist das Euer erstes Mal hier in St. Lazare, eh, *ma belle?*“, fragt mich die Wärterin, als sie die schwere Tür öffnet.

„Was für eine Art Gefängnis ist das hier?“, frage ich mich laut.

„Das ursprüngliche Kloster wurde bereits vor über dreihundert Jahren von St. Vincent de Paul gebaut. Nun ist es eine Besserungsanstalt für verurteilte Gefangene … und für mutmaßliche Verbrecher.“ Ihr Lachen klingt böse. „Wie Ihr, Mademoiselle.“

Ich antworte nicht, aber am Ton ihrer Stimme erkenne ich, dass das hier kein Ort ist, an dem man lange bleiben möchte.

„Das Gefängnis war erst nur für Nagetiere zu bewohnen, bis die barmherzigen Schwestern das Haus übernommen haben“, erklärt mir die Wärterin und weist mich an, ihr zu folgen. „Aber macht Euch keine falschen Hoffnungen, *ma fille.* Die einzige Barmherzigkeit, die Ihr hier finden werdet, kann man nur mit Geld kaufen.“

„Ich besitze aber kein Geld.“

„Ihr werdet keines brauchen, meine Hübsche.“ Sie legt eine Hand auf meine Schulter und zieht an dem Träger meines Kleides, bis er reißt. „Eure Kleider werden leider nicht mehr als ein paar Sou bringen …“ Sie berührt mich und greift nach meiner Taille, dann wandern ihre Hände über meine Rippen nach oben. Mit ihren abgebrochenen Fingernägeln streicht sie über mein nacktes Fleisch. „Aber Ihr müsst Euch keine Sorgen machen …“

Ich ziehe mich von ihr zurück. „Ich warne Euch, fasst mich

nicht mehr an!“ Brach meine Stimme? Darauf können Sie wetten! Das hier ist kein katholischer Schulausflug. Diese Frau wiegt mindestens einhundert Kilo. Wenn sie sich jemals auf mich setzt, brechen meine Rippen.

„Hier bestimme ich“, fährt die Wärterin mir ärgerlich über den Mund. „Jetzt beeilt Euch.“ Wie ein läufiges wildes Tier bläst mir ihr Atem über den Nacken. Mit ihrem Schlagstock schiebt sie mich die Stufen nach oben. Ich zittere. Es ist ein kaltes und unangenehmes Gefühl, das ich niemals vergessen werde.

11. KAPITEL

„Kommt näher, *mon enfant*", drängt der Priester mit mitfühlender Stimme. „Ich werde Euch nichts tun."

Ich trete ein wenig näher. Die tiefe Stimme des Priesters hinter dem Gitter des Beichtstuhls zieht mich an. Der Raum wird nur von einer einzelnen weißen Kerze erleuchtet, die eine Art Heiligenschein über eine dunkle Gestalt wirft. Mit zusammengekniffenen Augen versuche ich, das Gesicht des Priesters hinter dem Gitter zu erkennen. Sein langer schwarzer Habit breitet sich auf dem Fußboden wie eine dunkle Wolke aus. Der Priester hält den Kopf gesenkt. Seine dunklen Haare ringeln sich auf dem weißen Kragen, und seine Schultern sind erstaunlich breit und muskulös.

Dieser Anblick hypnotisiert mich. Je länger ich ihn ansehe, desto schwerer fällt es mir, zu atmen. Ich halte mich an den Schnüren meines Mieders fest und drehe sie nervös zwischen meinen Fingern. Die starke Präsenz dieses Mannes in Schwarz beeindruckt mich, weckt meine Neugier und lässt mich sehnsuchtsvoll an die sinnlichen Umarmungen meines Künstlers denken.

Werde ich Paul jemals wiedersehen? Ich schaue nun nach oben, als ob ich dadurch die Erfüllung meines leisen Gebets beschleunigen könnte.

Ein unverständliches Murmeln dringt an mein Ohr. Der Priester betet den Rosenkranz, seine Finger gleiten von einer schwarzen Perle zur nächsten. Wird er mir helfen, wenn ich ihm die Wahrheit erzähle? Er unterliegt doch der priesterlichen Schweigepflicht, oder? Ich *muss* es einfach versuchen, auch wenn mein Stolz und eine katholische Erziehung mich davon abhalten, ihm Einzelheiten meiner amourösen Abenteuer mit dem attraktiven Impressionisten zu erzählen.

„Lass uns allein, Wärterin“, ordnet der Priester an, ohne dabei den Kopf zu heben. „Nur das Ohr Gottes wird Zeuge der Beichte dieses Kindes sein.“

Die Wärterin mit dem strohblonden Haar wirft dem Mann in seinem schwarzen Talar einen ziemlich zweifelnden Blick zu. Irgendetwas an dem Priester scheint sie zu irritieren, aber dann gibt sie nach.

„*Bien, Père.* Wie Ihr meint, Vater.“ Sie verlässt den Raum und schließt die Tür hinter sich.

Ich will sichergehen, dass wir wirklich allein sind, und schaue mich in dem Raum um. Der einfache Holzboden knackt ein wenig. Ein großes Kruzifix hängt an der Wand. Braun und glänzend. Es gibt in diesem Raum keine Möbelstücke außer diesem Beichtstuhl, einer Bank, auf die ich mich knien kann, und einem hölzernen Stuhl mit hoher Lehne für den Priester.

Ich schaue zur Decke hoch und versuche den Mut aufzubringen, ihm meine Geschichte zu erzählen. Das einzig natürliche Licht dringt durch ein schmales Fenster, das sich hoch an der äußeren Wand des Gebäudes befindet. Ein farbiges Mosaik, wie man es in Kirchenfenstern findet, färbt das Sonnenlicht in den verschiedenen Schattierungen von Rosa und Azurblau. Dadurch erhält das Zimmer eine ruhige und angenehme Atmosphäre. Das Geräusch des sich im Schloss drehenden Schlüssels holt mich schlagartig in die Wirklichkeit zurück. Ich bin im Gefängnis. Und es gibt keinen Weg hier raus.

„Seid gesegnet, mein Kind. Erzählt mir, was habt Ihr getan, um Gott so zu missfallen, dass Ihr hier in St. Lazare gelandet seid?“, fragt der Priester und fährt dabei mit seinen Händen durch die Taschen seiner Robe. Er hält den Kopf weiterhin gesenkt und wirkt ein wenig nervös.

„Es handelt sich um einen schrecklichen Irrtum, Vater. Ich bin keine Prostituierte. Ich weiß nicht, ob Ihr mir Glauben schenken werdet, aber ich bin aus …“

„Gott ist es egal, wo Ihr herkommt, Mademoiselle“, sagt der Priester und erhebt seine Stimme. Dann tut er etwas Seltsames. Er legt seine Hände wie zum Gebet zusammen und hält sie vor sein Gesicht, als er leise zu der abgeschlossenen Tür geht. Er legt sein Ohr an das alte Holz und lauscht. Ein Muskel in meinem Auge zuckt. Irgendetwas an diesen breiten Schultern kommt mir bekannt vor, und sein bestimmter Gang weckt einen angenehmen Schmerz in mir. Gedanken an seinen muskulösen Körper über meinem schießen mir durch den Kopf, an seinen großen Schwanz, der sich heftig in mir bewegt und mich zum Höhepunkt bringt …

… und ist das nicht der Geruch von Absinth?

„Paul, bist du das?“, flüstere ich. Bevor ich mich zusammenreißen kann, schießt ein angenehmes Gefühl durch meinen Körper direkt in meine Muschi, lässt mich verletzlich werden in meinem Verlangen nach ihm, und das überrascht mich mehr, als ich mir eingestehen will.

„*Mais oui, mon amour.*“ Er hebt sein schönes Gesicht und lächelt mich an. Dann verschwindet das Lächeln. „Es gilt, keine Zeit zu verlieren. Du musst gut zuhören und genau tun, was ich dir sage, ansonsten verlässt du St. Lazare kalt und starr, unter dem letzten schwarzen Schleier liegend.“

„Wie hast du es überhaupt geschafft, dich hier einzuschleichen?“, frage ich neugierig.

„Ein paar Francs in die Hand der Wärterin, dazu eine Geschichte über meine kranke Schwester, die in St. Lazare sitzt und dringend Geld braucht, und voilà – hier bin ich.“

„Als Priester verkleidet?“

Er grinst. „Ich habe mir eine Robe des hiesigen Priesters ausgeliehen und ihn mit der Geschichte weggelockt, dass eine Sterbende dringend die letzte Ölung benötigt.“

Ich verspüre das dringende Verlangen, ihn zu berühren um mich davon zu überzeugen, dass er wirklich echt ist. Meine Finger brennen, und mein Beckenbodenmuskel zieht sich zusammen. „Kannst du mich hier herausholen?“

Paul schüttelt den Kopf. „*No, ma chérie.* Leider nicht. Dein Fall ist noch nicht verhandelt worden, und nur die vom Magistrat persönlich unterschriebenen Entlassungspapiere können dich aus St. Lazare befreien.“

„Kannst du solche Papiere nicht für mich besorgen?“

„Nein, aber ich kenne jemanden, der es kann, und sie hat auch schon zugesagt, uns zu helfen.“

„Wie heißt sie?“

„Madame Chapet.“

„Wer ist sie? Die Schulleiterin eines Internats für schwer erziehbare Mädchen?“ Ich versuche zu scherzen, aber eigentlich ist mir überhaupt nicht nach Lachen zumute. Wer immer auch Madame Chapet ist, sie scheint für mich der einzige Ausweg aus diesem Höllenschlund zu sein.

„*La Madame* ist so etwas wie *une architricline.*“

„Eine was?“ Ich runzle die Stirn. Die Bedeutung dieses Wortes ist mir nicht bekannt. Paul antwortet nicht, stattdessen prüft er noch einmal an der Tür, ob auch wirklich niemand lauscht. Er scheint besorgt zu sein. Seine Unsicherheit alarmiert mich und macht mir bewusst, dass ich wahrscheinlich doch in größeren Schwierigkeiten stecke, als ich dachte. Und Hunger habe ich auch.

„Weißt du, wann es hier etwas zu essen gibt?“, frage ich.

Das Rumoren in meinem Bauch kann ich nicht länger ignorieren.

„*Alors,* du hast kein Recht auf normale Mahlzeiten, *ma chérie.* Nur Brot und Wasser. Aber ich habe dir etwas mitgebracht." Er zieht Brot und Käse aus seinem langen Ärmel hervor und gibt es mir. Schnell schlinge ich alles in mich hinein, ohne dabei im Geringsten auf den Geschmack zu achten.

„Was ist mit meinen Kleidern?" Ich ziehe an dem Faden, der mein Mieder zusammenhält, und drücke dabei mein Dekolleté so zusammen, dass meine Brüste darüber hervorquellen. Ein alter Trick, der aber niemals seine Wirkung verfehlt. Ein mächtiges Verlangen blitzt in seinen Augen auf, und sein Atem wird schneller. Unsere intensiven Blicke begegnen sich.

„Nackt mag ich dich noch lieber", lächelt er.

„Das erstaunt mich nicht. Nach den Skizzen in deinem Atelier zu urteilen, scheint es eine Angewohnheit von dir zu sein, die Modelle auszuziehen."

„Eifersüchtig?"

„Ja. Ich bin eifersüchtig auf jede Frau, die du geliebt hast. Für einen Mann in deinem Alter scheinst du mir ungewöhnlich erfahren zu sein …"

Warum habe ich das gesagt? Es ist ein Gedanke, der mir schon länger durch den Kopf geht, den ich aber nie in Worte fassen konnte. Bis jetzt. Aber wieso? Weil ich das Bedürfnis habe, zu reden, etwas zu sagen, egal was, das mich vergessen lässt, ohne ihn hier hinter diesen kalten Betonwänden eingesperrt zu sein.

Plötzlich nimmt Paul mich in seine Arme und hält mich so fest an seine raue schwarze Robe gepresst, dass meine Brüste ganz flach gedrückt werden. „Ich bin in vielen Künsten bewandert, *ma chère* Autumn. Eines Tages werde ich dir meine Geschichte erzählen. Aber nicht jetzt. *Alors,* du bist so *aimantée,* so begehrenswert. Aber jetzt muss ich dich in Ruhe lassen, sonst kann ich mich nicht zurückhalten, dir die letzten Reste deiner Kleidung vom Leib zu reißen, und dich hier, auf dem kalten Fußboden, zu nehmen, mit meinem Schwanz vollkommen auszufüllen …"

„Paul, bitte halt mich." Ich lehne meinen Kopf gegen seine breite Schulter, zitternd und mich nach seiner Berührung verzehrend. Endlich legt er seinen Arm um mich und streichelt mein Haar. Seine Berührung ist wie eine magische Beschwörung, die mich tiefer in seine Welt zieht. Er versteht meine innersten sinnlichen Sehnsüchte, selbst die, deren Existenz ich mir noch nicht einmal selbst eingestanden habe.

„Ich muss dich warnen, Autumn, St. Lazare ist ein gefährlicher Ort." Er zittert, als ob sich jeder Muskel in höchster Anspannung befindet, um seine Leidenschaft zu unterdrücken.

„Gefährlich?"

„Ja. Leg dich niemals zum Schlafen hin, ohne mit einem Auge Wache zu halten. Die Frauen hier sind Diebe, Prostituierte und Mörderinnen. In ihrer Welt herrschen eigene Gesetze."

„Was hat das mit mir zu tun?"

„Ich habe gesehen, was zwischen dir und Lillie vorgefallen ist. Sie wird niemals vergessen, wie du sie beleidigt hast. Auch wenn sie zu der gehobenen Klasse der Prostituierten zählt, kommt sie doch von der Straße. Wenn ihre Ehre gekränkt ist, gibt es für sie nur einen Weg, um sich zu rächen, und zwar mit Gewalt."

Mein Hirn rotiert. Gibt es denn in Paris keinen einzigen

sicheren Ort? Nicht mal im Gefängnis?

Die Tür öffnet sich einen Spalt, als jemand von draußen den Riegel entfernt. Ich schaue auf Paul und wünsche mir ein Zeichen von ihm, was jetzt zu tun sei. Paul gibt mir zu verstehen, dass ich mich wieder in die kniende Haltung begeben soll. Auch er nimmt hinter dem Beichtgitter seine Position ein und benimmt sich wie ein ganz normaler Priester.

Die Wärterin tritt ein.

„Hat die Gefangene ihre Beichte beendet, Vater?“

Ich versteife mich und balle die Fäuste. Diesmal ist es eine andere Wärterin. Paul greift nach meiner Hand und schüttelt den Kopf. Es muss wohl die Frau sein, die er bestochen hat.

„Bringt sie wieder fort. *Vite.* Schnell!“, ordnet Paul an und schüttelt zur Bekräftigung den Rosenkranz. „Ich habe jetzt keine Zeit mehr für dieses unverschämte Mädchen.“

Die Wärterin spielt das Spiel mit und stößt mich aus dem Zimmer die Treppen hinunter. „Beeilt Euch, Mademoiselle.“

Ich habe die Augen starr geradeaus gerichtet, aber ich könnte schwören, dass ich Paul heftig stöhnen höre, als ob ein starker Schmerz auf seiner Seele lastet. Dieses Geräusch erschüttert meinen Mut, den ich eben noch gefühlt habe. Ich versuche zu schlucken, aber meine Kehle ist wie zugeschnürt. Mit dem Gefühl, dass mir die Zeit davonläuft, eile ich meinem Schicksal entgegen. Wohl wissend, dass das, was auch immer auf mich wartet, mein Leben für immer verändern wird.

Was ich mir als kaum zu tolerierende Existenz ausgemalt habe, nimmt schnell die Farben einer nicht zu ertragenden Realität an. Es startet jeden Morgen mit dem Läuten der Glocke, die die Gefangenen in die Kapelle im Hof ruft. In Zweierreihen stehen wir in unseren blau-schwarz gestreiften Uniformen nebeneinander und singen kaum hörbar eine Hymne auf Gott.

„Bitte, Gott“, murmele ich und bringe meine geschundenen Hände zusammen zum Gebet. „Gib mir die Kraft, diesen schrecklichen Ort zu überleben.“

Nach dem Beten schlurfe ich hinter den anderen Gefangenen durch den quadratischen Hof zurück in den Schlafsaal für die morgendliche Reinigung. Es scheint so, als ob die natürlichen Bedürfnisse warten müssten, bis wir um Vergebung unserer Sünden gebetet haben.

Anschließend gibt es einen Massenandrang auf die Nachttöpfe. Diese großen runden weißen Porzellantöpfe mit den kleinen gemalten blauen Blumen am Rand stehen aufgereiht in der hintersten Ecke des Schlafsaals. Es gibt hier keine Privatsphäre. Wir erledigen unser Geschäft und unterhalten uns dabei über den neuesten Gefängnisklatsch: wer wem Liebesbriefe schickt, wer schwanger ist und wer am Sonntag besonderen Besuch erhält.

Nachdem ich meinen Nachttopf draußen in ein Loch entleert habe, wasche ich mein Gesicht in der großen, angeschlagenen Waschschüssel, die von allen Frauen geteilt wird. Das Wasser ist seifig, aber schmutzig. Ich summe eine einfache Melodie vor mich hin und versuche das unruhige Geschnatter im Hintergrund auszublenden. Mit zwanzig Frauen in einem Schlafsaal ist das nicht so einfach. Die an allen Seiten aufgestellten Feldbetten stehen nur Zentimeter auseinander, und unsere Kleider hängen wir über die niedrigen Dachsparren unter der Decke. Das einzige Licht kommt von einer Gasleuchte an der Wand.

In der Nacht warte ich auf das leise Klacken des Gashahns,

wenn er ausgestellt wird und der Raum in tiefer Dunkelheit versinkt. In der feuchten Nacht höre ich das anhaltende Dröhnen von Weinen und Schnarchen sowie andere fremde Geräusche, die ich versuche zu ignorieren, bis …

… ich eines Nachts fühlte, wie jemand an dem Laken zog, das meinen Körper bedeckte, und eine Hand an meinem nackten Bein hinaufwanderte. Ich zitterte. Noch im Halbschlaf dachte ich, es wäre Paul. In hoffnungsfroher Erwartung dessen, was nun käme, richteten sich meine Brustwarzen auf. Meine Muschi füllte sich mit ihren Säften, und meine Klit pulsierte. Ein angespannter Funke in meinem Körper wartete nur darauf, zu explodieren. Das Laken in der Hand, erwartete ich seine nächste Berührung. Ich wurde nicht enttäuscht. Seine Finger strichen in nervenzerreißender Langsamkeit meinen Schenkel entlang. Ich biss meine Zähe zusammen, um nicht vor Lust laut zu schreien, aber ich konnte mich nicht beherrschen.

„Ja … ja", flüsterte ich meinem Fantasiegeliebten zu, meine heiseren Anfeuerungen gaben ihm die Erlaubnis, sich meiner Möse zu nähern und mit seinen Fingern über meine Schamlippen zu streichen. Er zögerte, reizte mich mit sanften Berührungen, klopfte in leichtem Rhythmus auf meinen Venushügel, darauf wartend, dass ich ihn einlasse.

„Bitte … hör nicht auf", war alles, was ich herausbrachte. Ein Stöhnen entfuhr mir, als er erst einen, dann noch einen weiteren Finger in mich hineingleiten ließ. Ich drängte mich gegen ihn, versuchte seine Finger noch tiefer in mich aufzunehmen, und schnappte nach Luft, als er meine pulsierende Perle berührte. Seine Finger rieben meine harte Knospe und drängten mich, zu kommen. Immer schneller wurden seine Bewegungen, er ließ nicht nach, und mein Orgasmus kam näher und näher …

Ich seufzte und genoss es, so kurz vor dem Höhepunkt zu stehen. Doch gleichzeitig sehnte ich mich danach, dass er mich an den Hüften packen und auf sich ziehen würde. Voller Anspannung erwartete ich den Moment, in dem er seinen harten Schwanz in mich hineinstoßen würde. Schwer atmend und stöhnend wartete ich auf sein Eindringen, doch er tat es nicht. Warum versagte er mir meine Erlösung? Welches verrückte Spiel trieb er mit mir?

Ich wollte verzweifelt kommen, trotz der stickigen Luft zitterte ich, begierig darauf, mich selbst zu berühren. Ich wollte vor Lust sterben und dabei die Einstellung der Franzosen umarmen, die es erlaubte, sich dem Sex ohne Schuldgefühle hinzugeben.

Frustriert fuhr ich mit meinen Fingernägeln über die Vorderseite meines dünnen Baumwollhemdes und zerriss dabei die dünnen Nähte. Ich konnte nicht mehr warten. Zitternd ließ ich mich gehen.

„Ooohhh …“ Wieder und wieder zogen sich meine Muskeln in Erlösung zusammen, und ich ritt auf den Wellen meiner Lust. Mit fest geschlossenen Augen überließ ich mich dem Orgasmus, auch wenn meine Muschi leer war bis auf seine sich im schnellen Rhythmus bewegenden Finger. Mich ganz dieser überwältigenden Erfahrung hingebend, wollte ich nicht, dass er aufhörte, aber er tat es doch. Noch ganz beseelt von den Nachwirkungen meines Orgasmus, drehte ich mich um und wollte ihn zu mir heranziehen, ihn umarmen, seine Lippen küssen, als ich fühlte, wie ein Finger sich langsam einen Weg zwischen meine Hinterbacken bahnte, dort vorsichtig in mich eindrang und sich in sehr intimer Weise vor und zurück bewegte. Ich versteifte mich. Paul hatte mich hier auch schon gereizt, aber nicht auf diese Art und Weise. Seine Berührungen hielten das Versprechen auf intensive, erotische Freuden, nicht auf Schmerz.

Ich versuchte meine Atmung zu beruhigen und Hinweise auf das zu finden, was mit mir passierte. Meine traumartige Benommenheit löste sich langsam auf, und ich begriff, dass ein Lebewesen aus Fleisch und Blut mich in seinem Griff hatte. Ich stieß einen erstickten Schrei aus, als er – nein, *sie* in höchster Erregung aufstöhnte. Der weibliche Klang ihrer Stimme weckte mich vollends auf.

Mein erster Impuls war, ihr einen guten Tritt zu verpassen und sie von der Bettkante zu stoßen. Aber ein anderer Teil in mir war neugierig. Es war, als ob ich fühlen konnte, wie die Splitter der Lust durch den Körper der Frau wanderten. Sie wurde mutiger, presste sich in einer einzigen geschmeidigen Bewegung enger an meinen Körper. Ihr schwer atmender Leib fühlte sich heiß und feucht an, durch das dünne Baumwollhemd konnte ich fühlen, wie ihre harten Nippel über meinen Rücken strichen und Gefühle weckten, die ich nie für möglich gehalten hätte. Ihre erotischen Bewegungen weckten in mir Erinnerungen an das süßeste Tabu.

Ich fühlte mich in meine Schulzeit zurückversetzt, wenn das kurze Aufblitzen von nackter Haut in der Umkleidekabine beim Sport in mir die Neugierde und Sehnsucht weckte, herauszufinden, was ein bestimmtes Mädchen so anziehend für das andere Geschlecht machte. Niemand traute sich zu zugeben, dass er Dinge tat, die in den Augen unserer Lehrer als „schmutzig" galten. Wir waren jung, unsere schlanken, festen Körper kannten keine Scham, versteckten keine Orangenhaut und keine Dehnungsstreifen.

Und nun das hier. Welches glühende Verlangen war hier in

meinem willigen Körper wieder erwacht?

Genieße es, Mädchen. Besser wird es hier drinnen nicht.

Das warf eine andere Frage auf: Was wäre, wenn ich nie wieder aus St. Lazare freikäme? Ich konnte meinen vorgetäuschten Ärger über die unbeholfenen Versuche des Mädchens, mich von hinten zu nehmen, nicht länger aufrechterhalten. Das hier könnte Spaß bringen. Außerdem: Wer außer mir würde denn wissen, welche lustvollen Spiele ich mit einer geilen Französin auf der engen Liege im Gefängnisschlafsaal getrieben hätte?

Sex ist Sex. Ich sage das zwar immer sehr cool, aber gleichzeitig kämpfe ich dabei gegen den puritanischen Kern in mir, der nur darauf wartet, mein freizügiges Selbst zu zensieren. Schon seit Jahren sehne ich mich danach, alle Facetten meiner Persönlichkeit auszuloten, obwohl ich mich auch vor dem tiefen Abgrund fürchte, der sich auftun könnte, wenn ich meinen dunkelsten Impulsen folgte.

Aber nicht heute Nacht. War das Mädchen in meinem Bett ein böses Omen? Oder die Gelegenheit, neue Wege der Lust zu entdecken?

Als ob ich die Bestätigung suchte, dass mein heißer Körper auch für mein eigenes Geschlecht interessant war, hob ich mein Hemd an, damit ihre Hände noch besser über meine schlanken Hüften und meine seidenweiche Haut gleiten konnten.

Mein Verlangen machte mich mutiger, und ich begab mich auf eine Reise in Regionen, die für mich Neuland waren. Ein magischer Ort, an dem mich eine katzenhafte Priesterin mit ihrem wohlriechenden Duft auf ihr Lager lockte, um mir ihre Frucht darzubieten, wie Eva es bei dem gut aussehenden Kerl mit dem Feigenblatt getan hatte.

Ich tastete mich langsam vor, um mein verklemmtes Selbst

zu überlisten, damit es nicht zu früh ahnte, was nun kommen würde. Meine Belohnung war ihr heißer Atem auf meinem Bauch, die seidene Feuchtigkeit ihrer gierigen Zunge, die auf der Innenseite meiner Schenkel perfekte Kreise zog.

Sie kam meiner Rose immer näher, allerdings nicht nah genug, um darin einzutauchen. Meine Güte, auf was wartete sie? Auf was wartete ich? Ich zitterte und war kurz davor, eine Grenze zu überschreiten zwischen der bisherigen Existenz und einem neuen Ort, an dem die sinnliche Lust im Übermaß vorhanden war und man sich nur bedienen musste. Trotzdem zögerte ich.

Die Vorstellung, mit der Weichheit einer anderen Frau zu verschmelzen, schwebte schon seit meinen Teenagerjahren am Rande meiner Gedanken, seitdem ich mir damals heimlich die wilden Spiele der Mädchen in den spätnachts gesendeten Videos angeschaut habe. Ich habe mich oft gefragt, ob sie diese Lust nur vortäuschten, um sich ein wenig Taschengeld zu verdienen. Wie sie miteinander spielten und sich küssten ... Oder war es tatsächlich eine Möglichkeit, sich sexuell erregen zu lassen, ohne dass ein harter Schwanz mitspielte?

Hier, mit dieser Frau, bot sich mir die Chance, dieser Frage auf den Grund zu gehen.

Wenn sie ein Mann gewesen wäre, hätte ich jetzt meine Hüften angehoben und ihn aufgefordert, meine feuchte Muschel auszulecken, aber ich hielt mich zurück – und sie sich auch. Was mich überraschte. Wer war diese geheimnisvolle Dame mit der eifrigen Zunge und den guten Manieren? Wollte ich das wirklich wissen? Oder würde das meine Fantasie zerstören?

„*Que tu est belle,* Mademoiselle“, flüsterte nun eine sanfte

Stimme, und die zarten Töne hallten in meinen Ohren wider. „Wie schön Ihr seid."

Ihr Körper rückte näher an mich heran, ihre Präsenz wurde noch intensiver, als sie einen Arm hob und ich ihren Geruch einatmete. Inzwischen hätte ich dies starke Aroma gewohnt sein müssen, aber ich war es nicht. Ich drehte mein Gesicht zur Seite, allerdings nicht meinen Körper, und das nahm sie als Aufforderung, noch näher zu kommen, ihre Brüste an mich zu pressen und ihre Möse an meiner Leiste zu reiben.

„Wir passen doch perfekt zueinander, Mademoiselle, nicht wahr?"

„Wir sind uns schon näher als Aschenputtels unselige Stiefschwestern", entgegnete ich, und sie lachte. Offensichtlich war dieses Märchen allen jungen Mädchen bekannt, auch schon damals. In diesem Moment spürte ich, wie die dominante Seite in mir erwachte. Ich fühlte mich auf einmal sehr stark, klug, die Situation kontrollierend und schämte mich überhaupt nicht, so wie ich es in meinem eigenen Jahrhundert getan hätte.

Ich öffnete meine Augen weiter, wollte trotz der Dunkelheit unbedingt ihr Gesicht erkennen, aber es war, als ob der schwarze Mann uns ganz für sich haben wollte, und es fiel partout kein Licht auf meine Gespielin.

Ich begann an ihr zu knabbern. Küsste ihren Hals. Ich schmeckte ihren Schweiß, salzig, aber erstaunlicherweise nicht unangenehm. Ich wagte es, ihre Brüste anzufassen, ihre kleinen Knospen streiften mich, reagierten empfindsam auf meine Berührung.

Sie war eine zierliche kleine Person, so wie man sich ein französisches Mädchen vorstellt. Ich legte meinen Arm um ihre schlanke Taille und zog sie an mich. Sie stöhnte in Erwartung der Freuden, die ich noch nicht kannte.

Das war alles neu für mich, so als ob ich in einen Spiegel steigen würde und alles aus einer anderen Perspektive sähe. Es war seltsam, sie zu berühren. Zwischen den Beinen, dann ihre Brüste streichelnd.

Wieso nicht auch ihren Po berühren? Ich kniff ihr zartes Fleisch, und sie kicherte. Dann fuhr ich mit meiner Zunge über ihre Brüste, kein Dekolleté, in dem ich mich vergraben konnte, aber das war egal. Mein ganzer Körper war lebendig, erfreute sich an der Sinnlichkeit und Spontaneität dieses erotischen Abenteuers, und ich war stolz auf meinen Mut.

Mit meiner Hand fuhr ich zwischen ihre Beine und war erstaunt, dort ein dichtes Dreieck zu fühlen, das viel buschiger war als meines. Und wohl auch dunkler, fantasierte ich, denn Blondierungsmittel waren hier bestimmt nicht erhältlich.

Einige Tropfen ihres Nektars rannen über meine Finger, als ich ihre Lippen öffnete und in sie eindrang. Ich biss mir auf die Lippen, um mein Stöhnen zu unterdrücken. Innerhalb weniger Minuten war ich ihrem dunklen Zauber erlegen, es erregte mich, ihre winzige Perle zu massieren, und die ersten Vorboten des Orgasmus wallten in meinem Körper auf, als ich ihre Lust teilte. Unsere Körper rollten auf meinem schmalen Bett vor und zurück, im Einklang miteinander und mit dem Rhythmus, dem wir uns nicht entziehen konnten.

Meine intensive Spannung wollte sich endlich lösen. Ob das Mädchen mich so erregte oder ob ich die richtigen Knöpfe drückte, weiß ich nicht. Aber ich weiß, dass ich nicht enttäuscht war, als der lang ersehnte Moment endlich kam. Ich begann zu zittern und zu beben, das Blut schoss mir in den Kopf, meine Finger schmerzten, aber ich konnte nicht aufhören, ihre Perle zu reiben.

Meine andere Hand fand den Weg zu meiner eigenen harten Knospe. Die zarte Berührung meiner Klit brachte mich leise zum Stöhnen. Ich wechselte die Hände, der Rhythmus meiner Finger beschleunigte sich, einmal konzentrierte ich mich mehr auf sie und dann wieder auf mich. Ich spürte, wie sie sich gegen meine Handfläche presste, wild zuckte und sich mir schließlich ganz hingab.

Mir wurde fast schwindlig vor Lust, und ich überließ mich diesem neuen Gefühl sexueller Ekstase und Freiheit. Trotzdem fehlte etwas. Was war es?

Der körperliche Höhepunkt war da, auch das wohlig entspannte Gefühl anschließend und der Wunsch, es gleich noch einmal zu tun. Ich spürte, dass es ihr genauso ging. Mit ihrem Zeigefinger strich sie langsam über meine Wange. Zärtlich. Liebevoll. Dann, mit einem süßen Kuss auf meine Lippen, war sie plötzlich verschwunden. Verschluckt von der dunklen Leere, die unsere Leidenschaft erweckt und gleichzeitig verborgen hatte.

Völlig erschöpft legte ich mich zurück. Ohne zu wissen, was ich tat, roch ich an meinem Finger. Ein starker Duft kitzelte meine Nase, als ich unseren Geruch tief einatmete. Eine leicht moschusartige, wohlriechende Mischung. Aber es war nicht der blütenstaubige Geruch eines Mannes. Männlich. Stark. Paul. Ich gebe zu, dass ich die Wellen des Verlangens, die das französische Mädchen in mir geweckt hat, genossen habe. Ihre harten Knospen. Ihre zarte Muschi. Eng und feucht. Aber es war kein harter Schwanz, der nicht nur meinen Körper nahm. Sondern auch meine Seele. Und das fehlte mir.

Ich drehte mich auf die Seite, rollte mich zu einem Ball zusammen und fiel in einen tiefen Schlaf. Der sehnsüchtige

Hunger nach meinem Künstler blieb ungestillt.

Und bald entdeckte ich, dass auch ein anderes Hungergefühl zu einem Problem wurde. Nur Brot und Wasser, bei jeder Mahlzeit.

Ich war erstaunt, als ich am nächsten Tag unter meinem Kissen ein wenig getrocknetes Fleisch und eine Orange fand. Und gestern fand ich zwischen meinen Handtüchern einen Zettel mit einem darin eingewickelten Sou. Genug, um mir davon eine Decke für mein Feldbett kaufen zu können. Paul. Der Künstler kümmert sich um mich. Aber für wie lange noch? Wo bleibt diese Madame Chapet? Wann wird sie hier auftauchen?

Eine dunkle Vorahnung überkommt mich und holt mich aus meinen Gedanken zurück zum heutigen Gottesdienst im Hof. Irgendjemand beobachtet mich. Langsam hebe ich meinen Kopf und schaue in ein mir bekanntes Gesicht. *Lillie.* Sie ist ungeschminkt und hat das lange blonde Haar zu einem festen Knoten am Hinterkopf zusammengebunden. Aber ich erkenne ihre katzenhaften Augen und die kleinen, spitzen Zähne wieder, als sie mich anfaucht. Ihr Rücken ist angespannt, als ob sie mich in jedem Moment angreifen wollte.

Ich schlucke und versuche mir meine Angst nicht anmerken zu lassen. Ich habe Pauls Warnung nicht vergessen.

„Amen", flüstere ich zusammen mit den anderen Gefangenen, die gemeinsam das Morgengebet beenden. Als ich den Kopf hebe, sehe ich, wie Lillies Lippen sich lautlos bewegen. Sie scheint um etwas anderes zu beten.

Du entkommst mir nicht, *ma fille,* scheint ihr Blick zu sagen.

Ich ignoriere sie und reihe mich in die Schlange der Gefangenen ein, die sich zurück zum Schlafsaal begeben. Lillie tritt einen Schritt zur Seite, und mir stehen die Haare zu Berge, als sie mich anrempelt und mir ins Ohr flüstert: „Heute stirbst du."

Ich stehe in der Tür der Gefängnisreinigung, der heiße, dampfende Geruch von Schmutzwasser umwabert mich. Ich hole tief Luft und atme wieder aus. Lillies Drohung hallt mir noch in den Ohren.

Hier wird sie mir hoffentlich nicht auflauern, oder? Wenn doch, wird sie ziemlich schnell erwischt werden. Jede Minute des Tages hier in St. Lazare ist mit Beschäftigungen ausgefüllt. Uniformen nähen, Leinentücher besticken, Boden und Wände des Klosters schrubben, in der Gefängnisküche kochen und künstliche Blumen herstellen. Wir müssen exakt das denken und tun, was uns aufgetragen wird.

Übernächtigt und mit dunklen Ringen unter den Augen arbeite ich in der Waschküche, falte Handtücher und staple sie ordentlich übereinander. Der heiße Dampf hängt schwer in der Luft und macht es mir fast unmöglich, zu atmen. Wie halten die anderen das aus? Die Frauen haben sich unter der spärlichen Lichtquelle zusammengedrängt, sie falten Bettlaken und Handtücher, die verschmutzten Tücher werden in großen Bottichen gewaschen. Der Dampf rötet ihre Gesichter, und sie sehen aus wie glänzende Porzellanpuppen.

Der Dampf ist so dicht, dass heute Morgen eine Gefangene in Ohnmacht gefallen ist. Ihr Gesicht werde ich niemals vergessen. Zunächst war sie sehr blass, und dann veränderte sich ihre Gesichtsfarbe in ein schmutziges Grau, ähnlich wie die Tücher im Waschbottich. Aus den Augenwinkeln habe ich beobachtet, wie die Wärterinnen die unglückliche Frau an den Armen herauszerren und in den Schlafsaal zurückbringen.

Mit geschlossenen Augen habe ich für sie gebetet. Es ist unter den Gefangenen allgemein bekannt, dass die Arme von den Wärterinnen geschlagen werden wird. Leichenfledderer, so nennen wir die Wärterinnen. Kein Wunder. Eine körperliche Bestrafung kann jeder Frau hier zu jeder Zeit passieren. Ein Grund dafür findet sich immer, und es reicht schon aus, die Gefangenenkappe ein wenig kokett seitlich aufzusetzen.

„Zurück an die Arbeit, *mes filles*", ruft eine Wärterin und wirbelt mit ihrem Schlagstock in der Luft herum, als sie in der Waschküche herumgeht. „Oder Ihr werdet alle eine Runde im Hof drehen."

Ich habe meine Kappe weit hinunter ins Gesicht gezogen. *Eine Runde im Hof drehen* ist die Ankündigung einer demütigenden Foltermethode, bei der die Hände und der Kopf der Frauen in hölzerne Schraubstöcke eingespannt werden. Ich zittere jedes Mal, wenn ich an einer Gefangenen vorbeilaufen muss, die auf diese Art dafür bezahlt, etwas Brot gestohlen oder einen Liebesbrief weitergereicht zu haben.

Ich nehme einen Stapel zusammengefalteter Handtücher und bemühe mich, beschäftigt zu wirken. Auf Zehenspitzen strecke ich mich zum obersten Regal, um die Handtücher dort einzuordnen. Mein Blick fällt auf ein Stück Papier, das zwischen den Handtüchern steckt.

Eine Nachricht von Paul? Ich werfe einen Blick über die Schulter. Die Wärterin ist gerade damit beschäftigt, sich mit einem trockenen Handtuch den Schweiß von der Stirn zu wischen. Auch die anderen Gefangenen schenken mir keine Aufmerksamkeit und zerren stattdessen die nassen Tücher aus den Bottichen oder legen die trockenen zusammen. Ich nehme den Zettel und falte ihn auseinander.

„Oh!“ Ich unterdrücke einen Schrei, bedecke meinen Mund mit einer Hand. Ich schaue auf die schlecht gezeichnete Strichfigur auf dem Zettel, deren Herz mit einem Messer durchbohrt wird. Das Haar der Figur ist mit getrocknetem Blut gemalt. „Lillie“, flüstere ich, zerknülle das Papier in meiner Hand und stecke es in den Ausschnitt meines Mieders. Wie ist es zwischen die Handtücher gelangt?

Nervös schaue ich mich um, falte die Handtücher, erst einmal und dann ein zweites Mal. Was mache ich? Ich habe keine Ahnung. Ich muss in Bewegung bleiben. Alles, was mich von dieser schrecklichen Zeichnung ablenkt, ist gut für mich.

Mein Gehirn läuft auf Hochtouren, die Mundwinkel zittern, und der Dampf der Waschküche umwabert mich. Ich habe keine Zweifel daran, dass Lillie mich jederzeit und überall angreifen kann.

„Ich frage mich, wieso Lucie heute Morgen in Ohnmacht gefallen ist“, spricht mich die Frau neben mir an und faltet die Laken in ordentliche Quadrate. Ihre Stimme holt mich aus meinen Tagträumen, aber die Angst bleibt.

„Vielleicht ist sie schwanger“, sagt eine zweite Frau. Ein fröhliches Stimmengewirr bricht unter den Gefangenen aus. Eine Frau mit einem Baby ist das Objekt liebevollen Interesses unter den weiblichen Insassen, die gezwungen waren, ihre eigenen Kinder auf der Straße zurückzulassen.

„*Mais non,* Lucie hat das Gerücht gehört“, flüstert eine Gefangene hinter einem vorgehaltenen Tuch, um nicht von den Wärterinnen gehört zu werden.

„Gerücht? Was für ein Gerücht?“, fragt eine andere Frau.

„Er kommt heute.“

Ich beuge mich interessiert nach vorn. Welcher Mann ist mutig genug, um sich hier mit diesen verrückten Frauen abzugeben, die sich gegenseitig an den Haaren ziehen oder ins Gesicht spucken?

„Ihr meint Monsieur le Docteur Gastonier?“, fragt eine Frau mit gefärbten Haaren und dickem Bauch.

Die Frau mit dem Tuch nickt nun. „Ja, einmal im Monat kommt er nach St. Lazare, um die Gefangenen zu untersuchen.“

Ein lautes Stöhnen geht durch die dampfende Waschküche.

„Aus welchem Grund sollen die Frauen denn untersucht werden?“, frage ich. Geschlechtskrankheiten? Bei der mangelnden Hygiene hier würde mich das nicht wundern. Die anderen sehen mich an und blinzeln überrascht. Die jüngeren Frauen kichern nervös.

„Das wirst du schon noch herausfinden, *ma belle*“, sagt eine Gefangene. „Im letzten Monat hat ein Mädchen es vorgezogen, lieber Selbstmord zu begehen, als sich von den Händen des *bon docteur* berühren zu lassen.“

„*Zut alors,* dieser Bastard hat mir mit seiner kalten, scharfen Pinzette fast die Eingeweide herausgezogen. Er sieht so schlecht, dass er fast sein Gesicht in meinen Hintern gesteckt hat.“

„Seid still, *mes filles!*“, befiehlt die Wärterin mit strenger Stimme. Die Frauen verfallen in ein beunruhigendes Schweigen, schauen sich verstohlen an und machen sich heimlich gegenseitig darauf aufmerksam, als die Tür geöffnet wird und kleine Dampfwolken in den Korridor entweichen.

„Hier ist noch eine Gefangene für dich“, kündigt eine weitere Wärterin an, bevor sie die Tür wieder hinter sich zuschlägt. Die Blonde schaut alle Gefangenen genau an, bis ihre Augen an mir hängen bleiben.

Lillie.

Ich halte die Handtücher so fest, dass ich die dünnen Fasern unter meinen Fingern reißen spüre. Ich sehe, wie Lillie die Wärterin ansieht und ihr dann etwas Unverständliches zuraunt. Es ist bestimmt kein Zufall, dass sie jetzt hier ist. Ich wünschte, der aufgeheizte Raum würde sie verschlucken und in einem der mit kochendem Wasser gefüllten Bottiche ertränken.

Mit zitternden Händen taste ich nach der in meinem Mieder versteckten Nachricht. Ich fühle, wie mein Herz schlägt und mein Puls außer Kontrolle gerät.

Lillie ist hier, um mich zu töten.

Was zum Teufel soll ich denn jetzt machen?

12. KAPITEL

Es ist nicht so, dass ich bleiben und gegen Lillie kämpfen möchte. Aber ich habe keine andere Wahl. Selbst durch den Dampf kann ich sehen, dass sie jede meiner Bewegungen verfolgt und mich keine Sekunde aus den wachsamen Augen lässt. Sie verspottet mich, versucht mich zu zermürben und mich in einem unbeobachteten Moment zu erwischen.

Du wollest jung und schön sein, Mädchen. Jetzt sieh zu, wie du damit fertig wirst.

Ich sehe den anderen Gefangenen zu, wie sie waschen, zusammenfalten, die feuchten Tücher auf hölzernen Stangen aufhängen. Überhaupt nicht wissen, was hier gerade passiert. Die Frauen huschen umher, ihre nervöse Energie verwandelt den dichten Dampf in papierdünne Wassertropfen. Aus den Ecken dringt geflüstertes Kichern. Es spricht sich schnell herum, dass der Doktor heute kommt. Mehr als eine Frau hat eine Geschichte zu erzählen, wie der Doktor sie auf den kalten Untersuchungstisch legte, ihre Beine weit spreizte, dann mit seiner Pinzette in sie eindrang und dabei ihre Brüste befühlte.

Sogar die Wärterinnen scheinen heute ein wenig unruhig zu sein. Sie sind ja gezwungen, sich mit den launischen Frauen auseinanderzusetzen, die, zum Großteil positiv, auf Geschlechtskrankheiten getestet werden. Ich hatte recht.

Und jetzt? Frage ich mich. Nichts. Keine Medikamente, um ihnen zu helfen. Nur ein längerer Aufenthalt in St. Lazare, um sie zu „heilen". In den meisten Fällen bedeutete das den Tod.

Was passiert gerade in meinem erotischen Märchen? Irgendwie entgleitet es mir in einen Roman ohne Happy End.

„Mademoiselle Pierusse“, liest die Wärterin von ihrer Liste. „Mademoiselle Rolande, Mademoiselle de Fleur ...“

Ein lautes Stöhnen geht durch den Raum. Niemand muss das Eintreffen des *bon docteur* ankündigen. Die Wärterin liest weitere Namen vor, und die Frauen verlassen das Zimmer. Einige benetzen ihre Lippen und ordnen sich noch einmal die Haare. Die meisten haben einen unglücklichen Gesichtsausdruck. Einige ergeben sich in ihr Schicksal, andere wirken kämpferisch. Ein junges Mädchen muss sogar hinausgezerrt werden und wehrt sich mit Händen und Füßen.

Ich falte und entfalte die gleichen Handtücher mehrere Male und bin froh, dass mein Name bisher nicht gefallen ist. Meine Finger zittern, und ich beiße mir auf die Unterlippe. Meine Gedanken sind bei Lillie. Was macht sie gerade? Ich bin so beschäftigt mit meiner Tätigkeit, dass ich nicht bemerke, wie die Wärterinnen ebenfalls gehen und die Gefangenen allein zurücklassen.

„Ich werde Euch jetzt umbringen, Mademoiselle“, zischt mir heißer Atem ins Ohr. „Jetzt!“

Ich schieße herum und sehe ein blitzendes, scharfes Metallstück zwischen Lillies Fingern, ihre erhobene Faust schwebt inmitten der Dampfwolken direkt über meinem Kopf. Niemand muss mir erklären, dass dieses Kupferstück mein Gesicht mit einem Schlag in Stücke reißen wird.

Ich ducke mich unter dem heißen Dampf. Innerhalb weniger Sekunden sehe ich Lillies schwarze Stiefel in meine Richtung kommen. Ich greife nach ihren Knöcheln und bringe das Mädchen zu Fall.

„Das wirst du bereuen“, schreit Lillie, nach Luft schnappend. Der Hass, der aus ihren Augen funkelt, ist so scharf, dass er den dichten Nebel vor meinem Gesicht zerschneidet.

Ich komme wieder auf die Beine und greife nach einem nassen Handtuch, knäule es zu einem Ball und werfe es Lillie ins Gesicht. Sie fängt es und wirft es zur Seite. Ihr Busen bebt dabei vor Lachen.

„Deine billigen Tricks werden mich nicht aufhalten, du Hure."

„Ich habe noch mehr davon auf Lager", schreie ich und versuche Zeit zu schinden. Wann kommt endlich die Wärterin zurück? Wahrscheinlich erst, wenn ich ohnmächtig auf dem Boden liege. Dann ist es aber zu spät. Genau, wie die Irre es geplant hat.

„Du wirst den Tag noch verfluchen, an dem du mir Paul Borquet weggenommen hast." Lillie umkreist mich mit vorsichtigen, präzisen Schritten wie in einem sorgfältig einstudierten Tanz.

„Er hat dir nie gehört, Lillie. Jetzt hau endlich ab und lass mich in Ruhe."

„Ich gehe erst, wenn ich mit dir fertig bin, *mon camelot,* du Billigdirne."

Mit gebeugtem Rücken, die Schultern hochgezogen und die Hände wie Krallen zum Schlag bereit, steht sie vor mir, als plötzlich jemand ein tropfnasses Handtuch über ihren Kopf wirft.

„*Merde*", ruft sie gedämpft unter dem Tuch hervor. „Wer war das?"

Ich weiß nicht, ob ich lachen oder weinen soll, als ich Lillies Kampf mit dem nassen Tuch beobachte. Schwer atmend lehne ich mich an die Wand und danke meiner Mitgefangenen Yvette. Sie zwinkert mir zu, und ich zwinkere zurück, aber die Show ist noch nicht zu Ende.

„*Vien-ci,* kommt, Mädels, das ist unsere beste Chance, den

schmierigen Fingern des Doktors zu entkommen“, fordert Yvette uns auf und schwingt ein weiteres nasses Handtuch über ihrem Kopf.

„Oder wir liegen auf dem Rücken, mit der Pinzette des *bon docteur* tief in unserer Muschi“, schreit eine andere.

Die Frauen beginnen nach den Wärterinnen zu rufen und werfen sich ausgelassen wie Schulmädchen bei einer Pyjamaparty nasse Handtücher an die Köpfe. Sind die verrückt? Oder ziehen sie tatsächlich die Spezialbehandlung auf dem Hof einem Besuch beim Arzt vor?

Ich habe keine Lust, das herauszufinden, und mache mich lieber aus dem Staub.

Die Tür lässt sich mühelos öffnen. Die Wärterinnen müssen sie unverschlossen gelassen haben, damit Lillie fliehen kann. Ich schlüpfe hinaus und schaue mich auf dem Korridor um. Leer wie ein Beichtstuhl um Mitternacht. Meine Chance, zu fliehen – aber in welche Richtung soll ich gehen? Das Gefängnis ist von hohen Mauern umgeben, und an jedem Tor stehen Wachen. Ein kratzendes Geräusch weckt meine Sinne. *Ratten? Oder ihre zweibeinigen Vertreter?*

„So, Mademoiselle, Ihr lebt immer noch?“, sagt eine raue Stimme hinter mir. „Lillie ist anscheinend außer Übung.“

Ich drehe mich um. Die Wärterin mit dem hässlichen Strohhaar hat sich vor mir aufgebaut und knallt mit der Peitsche auf den Holzboden.

„Ich habe keine Angst vor Euch.“ Nein, ich habe keine Angst, ich fürchte mich nur zu Tode. Aber ich soll verdammt sein, wenn ich in diesem Drecksloch sterbe.

„Ich sorge dafür, dass Ihr hier *niemals* lebendig herauskommt“, droht mir die Wärterin mit einem so hässlichen Lächeln, dass mir schlecht wird.

Zisch! Die Peitsche zerschneidet die Luft gefährlich nah an den anderen Frauen, die sich inzwischen um uns versammelt haben. Die Wärterin fixiert mich mit ihrem Blick.

Yvette greift nach mir, und ihre schlanken Finger halten mich mit einer Entschlossenheit, die mir neuen Mut gibt. „Sie wird es nicht wagen, Euch zu nahe zu kommen", flüstert sie. „Nur Mère L'Abbesse, die Mutter Oberin, kann eine Bestrafung anordnen."

„Seid Ihr Euch sicher, dass die Wärterin das auch weiß?", scherze ich.

Ich muss irgendetwas tun. Aber was? Ich habe kein Ass mehr im Ärmel.

Ich gehe in die Hocke, nehme die Hitze des Augenblicks durch den dünnen Stoff meiner Gefangenenuniform in mich auf, als die Peitsche der Wärterin wie der Fluch eines gefallenen Engels durch die Luft schwirrt und meinen Kopf nur um Zentimeter verfehlt. Einmal, zweimal und noch einmal schlägt die abgenutzte lederne Peitsche mit einer solchen Wucht auf dem Boden auf, als ob der Teufel einem Gläubigen die Seele aus dem Leib prügelt.

Ich wische mir mit dem Handrücken über die Lippen und zucke mit keiner Wimper. Stattdessen versuche ich, die anderen Gefangenen vor dem reißenden Strom aus Heulen und Kreischen zu schützen, der auf uns zuwankt und droht, uns in Stücke zu reißen. Eine Woge von Zorn verdrängt meine Angst. Mit gestrafften Schultern versuche ich meine Mission zu erfüllen, während ich beobachte, wie die Wärterin ihre lange Peitsche immer und immer wieder auf den Boden knallen lässt. Ihr ausladender Bauch hebt und senkt sich im Takt ihrer schweren Atemzüge. Ich schreie laut auf und reiße die Arme hoch, um mich zu schützen. Mein Magen beginnt zu rebellieren, und eine Panik erfüllt mich, die ich nicht in Worte fassen kann.

Es ist ziemlich klar, dass das strohblonde Scheusal bei mir keine Gnade walten lassen wird. Während ich die Schweißtropfen von meiner Nase wische, schaue ich mich hektisch um, ob ich irgendetwas entdecke, was ich als Waffe nutzen könnte. Kein Stein steckt lose in der Wand, aber als die Wärterin durch den Schrei einer der Frauen kurz abgelenkt wird, zwingt ein unheimlicher Mut mich vorwärts.

Ihre Selbstsicherheit wird erschüttert. Doch sie will nicht zugeben, dass sie unfähig ist, ihre Beute zu erlegen, und so dreht sie sich um und hebt ihre Peitsche, um erneut nach mir zu schlagen.

Ich schleiche mich von hinten an sie heran. Ich wäre bereit, mich mit bloßen Händen zu verteidigen, aber sie zittern so stark, dass ich stattdessen meine Röcke hebe und der Wärterin einen heftigen Tritt in den Hintern verpasse. Eine andere Frau tut es mir gleich, dann noch eine.

Ein erstaunter Aufschrei lässt die Hand der Wärterin erstarren, als sie nach vorn geschubst wird. Die Muskeln ihres Oberarms krampfen sich zusammen und zwingen sie, die Waffe fallen zu lassen. Schnell greife ich danach, und wieder schreit jemand. Ich höre das Rascheln eines schwarzen Talars und das Geräusch von Rosenkranzperlen, die aneinanderschlagen. Dann gebietet die Stimme einer alten Frau dem Treiben Einhalt.

Die Mutter Oberin.

Ich schaue zurück. Die Wärterin kommt nur mühsam wieder auf die Beine, keuchend und völlig atemlos. Ihre geweiteten Augen blicken matt, doch der Hass in ihnen scheint ungebrochen. Ihr gelbes Haar steht nun in alle Richtungen ab und entblößt die schwarzen Ansätze. Ich will davonrennen, aber meine Beine bewegen sich nicht. Ich fühle nichts außer der Hitze des Gefechts, das mein Blut in Wallung gebracht hat. Ich will hierbleiben und mit der strohhaarigen Wärterin kämpfen, sie treten, zu Boden schlagen, ihr zeigen, dass ich kein Feigling bin.

Stattdessen bekomme ich die Sonderbehandlung im Hof.

Meine Beine fühlen sich an wie Blei, mir ist etwas schwindelig, und es fällt mir schwer, zu atmen. Das liegt an dieser unmöglichen Position, kniend, mein Kopf und meine Hände eingespannt in dieses Holzgerüst. Es ist nicht nur die Demütigung, sondern die verdammte Unbequemlichkeit dieser Situation. Die ganze Nacht habe ich so gefesselt zugebracht, in mir tobten fürchterliche Angst und meine Überlebensinstinkte, und ich fragte mich, was wohl mit Lillie passiert ist. Warum ist sie noch nicht aufgetaucht, wo ich doch jetzt in meinem hilflosen Zustand leichte Beute für sie wäre? Mir wurde eine kleine Verschnaufpause gewährt. Aber für wie lange? Einen Tag? Oder zwei?

Zumindest bin ich vor der Sonne geschützt. Der graue Gefängnishof liegt im Schatten, und ein kühler Wind bläst mir die Röcke von hinten gegen die nackten Beine.

Meine Kleider sind zum Glück trocken, im Gegensatz zu denen von einigen anderen Gefangenen. Alle zwei bis drei Stunden dürfen wir unsere Notdurft verrichten, so wie es den Wärterinnen gefällt. Aber einige können nicht lange genug einhalten. Der Hof riecht nach Urin, und das macht die Situation nicht gerade erfreulicher.

Ich schaue mir die Frauen an, die mein erbärmliches Schicksal mit mir teilen. Blasse Augen und heruntergezogene Mundwinkel. Im Anbruch der blau schimmernden Morgendämmerung wirken ihre Gesichter aschgrau, wie Steinstatuen.

Wir unterhalten uns miteinander, schätzen uns glücklich, von der Mutter Oberin diese Strafe erhalten zu haben, anstatt uns den Händen des *bon docteur* ausliefern zu müssen, aber unsere Laune ist düster. Einige versuchen zu schlafen, andere weinen. Ist es die demütigende Position in diesem Folterinstrument, die uns so ernsthaft sein lässt?

Völlig erschöpft von einer schlaflosen Nacht, versuche ich munter zu werden. Ich schüttle meinen Kopf, kneife die Augen zusammen und versuche meine Schläfrigkeit zu vertreiben wie eine lästige Fliege, die mir auf der Nase sitzt. Es hilft aber nicht. Die Müdigkeit überrollt mich wie eine riesige Ozeanwelle, dämpft meine Sinne und hinterlässt eine Leere anstelle meines Hirns.

Viele Stunden habe ich die Gespenster beobachtet, die durch den Gefängnishof tanzen und mit mir flirten. Ich weigere mich zu glauben, dass die durchsichtigen Irrlichter, die auf den feinen Nebelschwaden reiten, *keine* Geister sind. Für mich sind es feixende, schielende Kreaturen, die mit verwirrenden Visionen in meinen Schmerz eindringen.

Sie necken das bisschen Verstand, das mir noch geblieben ist, mit eiskalten Erinnerungen daran, dass ich noch eine ganze Weile hierbleiben werde, wenn Madame Chapet nicht endlich auftaucht.

Ich schüttle meinen Kopf und blinzle ein paarmal, um diese Wahnvorstellungen aus meinem Gehirn zu vertreiben. Die Morgendämmerung steht kurz bevor, aber das ändert gar nichts.

Ich bin immer noch in St. Lazare.

Ich habe keinerlei Verteidigungsmöglichkeiten gegenüber Lillie.

Und das ängstigt mich zu Tode.

Ich schließe meine Augen. Ich habe keine Lust mehr, zu beobachten. Zu warten.

Und fürchterliche Angst habe ich auch noch.

Jeder Windhauch kann bedeuten, dass die Wärterin zurückkommt, bereit, mich weiter zu verhöhnen, mir zu drohen, dass sie mir die Haare abschneidet, und mich zu ihrer Liebhaberin macht. Dann würde ich bei den Mahlzeiten auf sie warten müssen und zu ihr ins Bett kommen, wann immer ihr danach wäre. Sie würde ihre Finger tief in mich hineinstoßen, bis ich vor Lust aufstöhne. Kurze, dicke Finger mit gesplitterten Nägeln tauchen in mich ein und zerren an meinem verletzten Fleisch, um dann mit meinen Säften die von Orangenhaut gezeichneten Brüste einzuschmieren und ihnen so ein jugendliches Aussehen zu verleihen.

Ein Schauer läuft mir über den Rücken, und ich erinnere mich an mein nächtliches Erlebnis, als zarte Hände animalische Leidenschaft in mir entfachten. Ihre süß duftende Möse hat mich dazu verleitet, meine eigenen Grenzen zu überschreiten, und ich bereue es nicht. Ich fühlte, dass diese junge Frau sich genauso sehr nach Freundschaft und Nähe sehnte wie nach Sex. Ich kann es ihr nicht verdenken. Meine eigene Einsamkeit hat sich tief in mich hineingefressen, doch sie kann nicht durch die zärtlichen Liebkosungen einer anderen Frau geheilt werden.

Was mich viel mehr frustriert, ist diese Sehnsucht, die in meinem Bauch aufsteigt, wenn ich an Paul denke. Ich sehe sein Gesicht vor mir, stelle mir vor, dass er in mich eindringt, in meinen Körper, in meine Seele. Ich verzehre mich nach dem intensiven Gefühl, wenn meine Muschi ihr liebstes Lied summt und sich dabei rhythmisch um seinen zuckenden Schwanz schließt. Werde ich ihn jemals wieder lieben, oder wird meine Pussi mich betrügen, wenn der Drang nach Erlösung so groß geworden ist, dass ich die Kontrolle verliere? Werde ich dann wen oder was auch immer aufnehmen, nur um überhaupt etwas in mir zu spüren?

Ich bin jetzt also jung und schön. Und was hat mir das gebracht? Bis jetzt nichts als Ärger.

Aber trotzdem möchte ich diese Zeit noch nicht verlassen. Nicht bevor ich nicht das Geheimnis um Paul Borquet gelöst habe. Okay, ich geb's zu, der Sex mit ihm ist zudem fantastisch. Und auch wenn ich mich *nicht* in ihn verlieben darf, habe ich doch immer noch Paris.

Ich versuche meine Gedanken abzuschalten und beobachte stattdessen, wie die Morgensonne langsam die wabernden Geister vertreibt und sie sich in ihrem Licht auflösen. Ich bete darum, dass der neue Tag mir meinen logischen Verstand zurückgibt, aber darauf wetten würde ich nicht.

Mich fröstelt, als eine frische Brise meinen Rock hebt. Ich wünschte, ich könnte ihn mir zwischen die Knöchel klemmen, damit er nicht immer hochweht, aber ich bin größer als die anderen, und der Rock ist nicht lang genug. So kann ich also nur mit den Hüften wackeln, was mich irgendwie amüsiert. Es ist noch nicht lange her, dass ich meine Hüften in Wellen der Leidenschaft bewegt habe, hervorgerufen durch die zärtlichen Berührungen meines Künstlers.

„*Faites attention, mamsells,* schaut mal!", schreit plötzlich eine Gefangene. „Das Tor öffnet sich."

„Wer kommt denn da?", fragt eine andere.

„Niemand, den Ihr kennt, Mademoiselle."

Die anderen lachen, aber ich hebe neugierig meinen Kopf. Eine Kutsche rüttelt über das holprige Pflaster und fährt durch das Tor. Mit zusammengekniffenen Augen sehe ich eine Frau, die sich an einem ledernen Riemen an der Decke des Wagens festhält, um nicht hin- und hergeschüttelt zu werden.

Mit einem plötzlichen Ruck hält die Kutsche an, und die Frau steigt aus. Mit einer ungeduldigen Handbewegung streicht sie eine lange, an der Hutkrempe befestigte Straußenfeder aus ihrem makellos geschminkten Gesicht.

Was sie nicht daran hindert, dem Fahrer die Meinung zu sagen. Sie schimpft über seinen schlechten Fahrstil, jammert darüber, dass sich ihr Kleid beim Aussteigen in den Stufen der Kutsche verfangen hat, überprüft dann in dem kleinen Spiegel, den sie an einer goldenen Kette um ihren Hals trägt, ihr weiß gepudertes Gesicht und ignoriert die Wärterin, die ihren Ausweis sehen will.

Ihre extravagante, aber modische Erscheinung zeigt deutlich, aus welchem Milieu sie stammt. Ich stelle mir vor, wie sie rücklings auf dem Bett liegt und in Gedanken ihr Geld zählt, ohne dabei auch nur einen Atemzug ihres gespielten Orgasmus auszulassen. Sie muss einmal sehr schön gewesen sein, aber die vielen Jahre, in denen sie ihr Gesicht mit weißer Schminke malträtiert hat, haben ihre einst runden Wangen in eine harte Maske verwandelt.

Ihre rundliche Figur steckt in einem tief ausgeschnittenen, raschelnden Kleid aus gelbem und pinkfarbenem Taft, die Taille ist so stark zusammengeschnürt, dass sie überhaupt nicht zu ihren restlichen Proportionen passt. Die gigantischen Brüste sind ihr hervorstechendstes Merkmal, obwohl sie wie wassergefüllte Ballons nach unten hängen und ihre Versuche zunichte machen, wie ein junges Mädchen zu wirken. Ohne Zweifel ist die Zeit dieser Sanduhr schon lange abgelaufen.

Und dieser Hut! Da muss ich sogar in meiner armseligen Lage grinsen. Sie scheint eher in ein altes Musical zu passen. Schwarze Federn hängen von einem gelben Taftrand, der schräg auf ihrem Kopf sitzt, und eine dicke schwarze Schleife prangt unter ihrem Doppelkinn. Wenn sie ihren Kopf bewegt, schwingen die Federn hin und her wie zarte Rauchfahnen, die mit dem Wind flirten.

Jede ihrer Bewegungen ist genau einstudiert. Die Art, wie sie vor dem Wagen steht, posiert und dann mit einer Leichtigkeit über den Hof springt, die man ihr nicht zugetraut hätte. Sie ruft dem Kutscher noch zu, dass er auf sie warten soll, holt dann einen schwarz-gelben Spitzenfächer aus ihrem tief ausgeschnittenen Bustier und fächelt sich frische Luft zu, als sie die Gefangenen schnell und mit einem routinierten Blick mustert. Wie eine Hausfrau, die auf dem Markt die toten Hühnchen begutachtet.

„Wer ist das?“, murmle ich, an die Frau neben mir gewandt.

„Madame Chapet“, flüstert sie zurück.

Also *das* ist die stadtbekannte Madame Chapet. Gott steh mir bei.

„Was macht sie hier?“, frage ich.

„Wer weiß? Wahrscheinlich will sie eine ihrer Damen befreien, die hier in St. Lazare ihre Zeit absitzt.“

„Die doch nicht. Die würde keinen Finger krumm machen, um ihrer eigenen Mutter zu helfen. Es sei denn, es steckt ein Profit für sie dahinter.“

„Wieso sagt Ihr das denn?“, frage ich die Frau, die eben gesprochen hat.

„Sie hat viele Jahre hier in St. Lazare Kleider verkauft und den Frauen Geld geliehen. Sie kennt jeden hier im Gefängnis, sogar mit dem Magistrat ist sie vertraut."

„Dem Magistrat?", wiederhole ich interessiert. Das hört sich gut an.

„Ja. Er hat sie als Agentin für ein *Maison de Tolerance,* ein lizenziertes Bordell, engagiert."

„Ein Bordell?" Ich kann es nicht fassen. Paul schickt mich in ein Hurenhaus. Aber wieso sollte mich das erstaunen? Was habe ich von einem Mann erwartet, der so auf Muschis steht?

Du bist noch nicht draußen, Mädchen. Also reiß dich zusammen!

Ich hebe meinen Kopf, um zu beobachten, was passiert, als Madame Chapet auf uns zukommt und sich dabei ein Bonbon in den Mund steckt. Ihr scharfer Blick betrachtet jeden hohen Wangenknochen, jedes flirtende Auge und jeden vollen, feuchten Mund in der Hoffnung, ein neues Mädchen für ihren Stall zu finden.

„Wie ich sehe, sitzen die Mamselles gerade ihre Strafe im Hof ab?", spricht sie uns an, den Mund voller Süßigkeiten. Speichel rinnt ihr über das Kinn. Sie leckt ihn mit ihrer Zunge weg, ganz langsam und sinnlich, um zu zeigen, dass ihr Verlangen nach Süßigkeiten weit über Bonbons hinausgeht.

„Wir sind Euer offizielles Begrüßungskomitee, Madame", sagt eine Frau und lüftet umständlich ihren Rock. Andere Frauen machen es ihr kichernd nach, um Aufmerksamkeit zu erregen. Ich bin erstaunt über diese Fleischbeschau. Entblößte Knöchel, nackte Schenkel, die über schwarzen Strapsen hervorblitzen, und eine Frau schiebt ihren Rock so weit nach oben, dass ihre nackte Möse zu sehen ist.

Madame Chapet lacht nur und rümpft ihre Nase in gespieltem Entsetzen, bevor sie sich mir zuwendet.

„Und wer seid Ihr, Mademoiselle?“, Sie starrt mich mit so kalten blauen Augen an, dass ich nicht wegschauen kann. Nicht ein kleiner Funke Wärme ist in diesen Augen zu sehen, auch wenn ihr knallroter Mund zu einem einschmeichelnden Lächeln verzogen ist. Vor Gier, sehr wahrscheinlich, und aus Neid. Unter ihrem prüfenden Blick fühle ich mich unwohl. Das Bild, wie sie sich mit ihrer spitzen Zunge die klebrige Süße aus dem Mundwinkel geleckt hat, steigt in mir auf. Ich stelle mir vor, wie sie ihren Mund zwischen meine Beine legt und ihre Zunge wie der Stachel einer Bienenkönigin in meine Muschi eindringt. Kein angenehmer Gedanke. Der Schweiß rinnt mir in Strömen über das Gesicht. Ich erwidere den intensiven Blick der Frau in gleicher Weise und erhalte dafür nur ein kokettes Wimpernklimpern zurück.

„Autumn Maguire“, antworte ich.

„Irisch?“

„Irisch-amerikanisch.“

Der Hauch eines Zögerns huscht über ihr Gesicht. Was immer sie über Iren denken mag, sie wird ihre Geschäftsinteressen davon nicht beeinflussen lassen.

„*Alors,* Monsieur Borquet hat mir bereits von Euch erzählt, Mademoiselle ... von Euren schönen Brüsten, rund und fest ...“

Sie greift nach meinen Brüsten und reibt meine Nippel mit ihren dicken Daumen.

„... und Eurer hellen Haut mit der golden schimmernden Aura ...“

Jetzt streicht sie mit ihrer Handfläche über meine Wangen und öffnet mit einem Finger gewaltsam meinen Mund.

Ich muss beinahe würgen. Wer weiß, was sie damit schon alles angefasst hat? Was ist nur mit dieser Frau los?

„... und Eurem langen roten Haar, das noch stärker leuchtet als die heißeste Flamme." Sie lässt meine Haare durch ihre Finger gleiten. Oder schaut sie vielleicht nach Kopfläusen? Wenn sie mit ihrem Spiel noch länger fortfährt, bekommt sie von mir einen Tritt in den Hintern ...

„*Mon dieu,* er hat recht. Meine anderen Mädchen verblassen gegen Euch." Madame Chapet ist so aufgeregt, dass sie sogar ihren Fächer vergisst. Stattdessen fächert sie sich mit der schwarzen Straußenfeder von ihrem Hut, die ihr ins Gesicht hängt, ein wenig Luft zu. Dann reißt sie sich zusammen, und eine Woge von Begeisterung und Erregung durchfährt ihren Körper. „Ihr wäret perfekt für ..."

„Ich bin *keine* Prostituierte, Madame Chapet", komme ich ihr zuvor. Ich glaube zwar, dass sie mir helfen will, aber ich traue ihr nicht so recht über den Weg, und vor allem bin ich nicht willens, zu glauben, dass ich demnächst in das älteste Gewerbe der Welt einsteigen werde.

Und das alles ist Pauls Schuld.

Er ist wie alle Männer. Erst Liebe machen und sich dann umdrehen und einschlafen, bis der Ständer wieder steht.

Nun, ich bin eine Frau, die ihn mit der Nummer nicht davonkommen lässt.

Eine Glocke läutet. Das Morgengebet wird gleich beginnen. Nonnen, Wärterinnen und Gefangene treffen nacheinander im Gefängnishof ein, schnatternd, jammernd und auf die Kutsche der Madame Chapet deutend. Sie misst dem keine Bedeutung bei, sondern begutachtet mich noch einen Moment oder zwei länger, dann schaut sie zu den Nonnen und Gefangenen hinüber.

Irgendetwas scheint ihr sehr zu missfallen. Ihr Atem wird schwerer. Wahrscheinlich ist der Anblick von so vielen potenziellen neuen Muschis zu viel für sie. Ich setze meine Erklärung fort, wieso ich nicht zur Prostituierten tauge, aber ich habe das ungute Gefühl, dass sie mir überhaupt nicht zuhört.

„Genug, Mademoiselle. Ich habe Eure Entlassungspapiere hier." Mit dem Fächer tätschelt sie ihren beachtlichen Busen, und eine leichte Wolke von weißem Puder verflüchtigt sich in der schmutzigen Luft. „Vor Einbruch der Dunkelheit werdet Ihr Euch im Haus in der Rue des Moulins schon behaglich eingerichtet haben ..."

„Und was ist mit mir, Madame?"

Ich kann mein Stöhnen nicht unterdrücken. Lillie steht plötzlich hinter der Puffmutter, heftig atmend und mit in die Hüften gestemmten Händen.

„Ah, Lillie de Pontier, hier habt Ihr Euch also versteckt." Madame Chapet dreht sich um und kneift die Augen zusammen. Ihre Stimme klingt sarkastisch. „Wir haben Eure charmante Art im Haus in der Rue des Moulins sehr vermisst."

„Ihr habt gesagt, dass *ich* Euer bestes Mädchen bin, Madame", jammert Lillie und schießt mir einen warnenden Blick zu, dass sie ihren hart erkämpften Ruf nicht so schnell aufgeben wird. „Ihr sagtet, dass niemand so gut darin ist wie ich, die Eier eines Herrn mit meinen eleganten Fingern zu wiegen und dabei mit der Zunge und den Lippen seinen Schaft zu verwöhnen."

Madame Chapet schaut die Blondine starr an. „Jetzt nicht mehr, Lillie. Ich werde Euch eine Lektion erteilen."

„Madame?"

„Ich bin schockiert, hört Ihr mich? *Schockiert!* Sich hier einbuchten zu lassen wie eine gewöhnliche Straßenhure. Euretwegen habe ich mehr Gold-Louis verloren, als ich mich erinnern möchte, Mademoiselle. Nicht nur, dass die Gentlemen sich bei mir über Eure Abwesenheit beschwert haben, sondern ich hatte auch noch Monsieur Gromain auf dem Hals, weil Ihr nicht wie verabredet in seinem Studio aufgetaucht seid, um für die Künstler Modell zu stehen."

„Das ist ganz allein ihre Schuld, Madame", beharrt Lillie und deutet dabei auf mich. „Sie hat mich auf der Straße angegriffen."

„Sie hat versucht, mich mit einem Messer zu töten, Madame."

„Zu schade, dass ich Euch verfehlt habe", zischt Lillie.

„Genug, Mamselles! *Ich* werde Euer Schicksal entscheiden", insistiert Madame Chapet. Die Französin zieht ein Papier aus ihrem Busen. Keine Sekunde zu früh.

„*Faites attention.* Aufpassen!", warnt eine Gefangene. „Die Mutter Oberin."

Ich sehe die strenge, selbstgerechte und ziemliche füllige Gestalt der Mère L'Abbesse auf uns zukommen. Wie ein religiöser Sturm bauschen sich die Schleier um ihre Füße, und auch unter ihrer Kopfbedeckung braut sich ein Gewitter zusammen. Ein mächtiges Gewitter.

„Überlasst das Reden mir, Mademoiselle", sagt Madame Chapet und sieht mich dabei an. „Sagt nichts."

„Was ist jetzt mit mir, Madame?", insistiert Lillie.

„Wenn Ihr noch ein einziges Wort sagt, Mademoiselle, werdet Ihr niemals von hier wegkommen, das verspreche ich Euch", antwortet die Madame schroff.

Ich senke meinen Kopf und bete, dass diese Frau mir meine Freiheit verschaffen kann. Ich stelle mir vor, wie ich meine

Seele an diese Teufelin in schwarzen Federn verkaufe. Ich würde ihr alles versprechen, um aus St. Lazare fortzukommen. Würde ich ihr sogar meine Hüften entgegenstrecken, damit sie meine Säfte mit ihren roten Lippen auffangen kann? Ein schrecklicher Gedanke kommt mir. Ich ahne, dass Madame Chapet in diesem Augenblick genau die gleiche Idee hat.

„*Bonjour,* Madame Chapet." Die Mutter Oberin neigt ihren Kopf höflich nach vorn und faltet ihre Hände in den schwarzen Ärmeln ihrer Tunika. Aber ihr Körper zittert. Die Äbtissin ist nervös und hat ihre innere Ruhe verloren, die so typisch ist für Frauen, die ihr Leben der Religion gewidmet haben. Sie steht gerade auf dem Prüfstein, und das gefällt ihr nicht. „Was verschafft uns die Ehre Eurer Anwesenheit in St. Lazare, Madame Chapet?"

„Ich werde meine Nichte heute mit zu mir nach Hause nehmen", antwortet die Madame, fächelt sich dabei mit den Entlassungspapieren Luft zu und schrammt dabei gefährlich nahe an der Nasenspitze der Nonne vorbei.

„Eure Nichte?"

„Mademoiselle Autumn Maguire."

Die Äbtissin lässt sich natürlich nicht so leicht hinters Licht führen. „Dieses Mädchen wird hierbleiben müssen, bis ihr Fall entschieden ist."

„Ich versichere Euch, Mère L'Abbesse, diese Entlassungspapiere sind vom Magistrat persönlich unterzeichnet", brüstet sich Madame Chapet mit lauter Stimme. Ihr Doppelkinn zittert, und die weißen Perlen auf ihrem Kragen strahlen in heiligem Weiß.

Das Gesicht der Mutter Oberin wird hart. „Lasst mich diese Entlassungspapiere sehen, Madame, *s'il vous plaît.*"

Madame Chapet streicht die Federn aus ihrem Gesicht, fächelt sich den Schweiß aus der Stirn und richtet ihr Dekolleté wieder her, bevor sie die Papiere der Äbtissin reicht.

Ich richte meine Augen auf die Nonne. Ich kenne diesen Blick ... die Augen wandern von links nach rechts, die Oberlippe leicht nach vorn geschoben und ein leichtes Zucken um die Mundwinkel. Ich habe sie beobachtet, wie sie durch die Gänge marschiert ist, wenn jemand unaufgefordert gesprochen hat, dabei jedes Mädchen mit ihrem bohrenden Blick musternd, um die Schuldige herauszufinden ... die jedoch gut daran tat, still zu bleiben, da immer irgendjemand Schwächeres unter dem Blick der Äbtissin zusammenbrach, die schreckliche Tat gestand und um Gnade bettelte. Die gleiche Angst stellte sich jetzt wieder bei mir ein. Nur hundertmal schlimmer.

„*Bon,* Madame Chapet", sagt die Mutter Oberin nun. Ihre innere Ruhe ist wieder eingekehrt, denn sie weiß, dass ihr die Hände gebunden sind. „Eure Nichte darf natürlich St. Lazare mit Euch verlassen. Für diesmal." Sie faltet ihre Hände zum Gebet. „Möge Gott Gnade walten lassen mit Euer *beider* Seelen."

Ich ignoriere die Warnung in der Stimme der Nonne. *Ich bin frei.*

Widerwillig löst die Wärterin die Fesseln und befreit mich von dem hölzernen Gerüst. Dabei berührt sie beiläufig meine Brüste mit der Hand, kneift mich wie eine Schlange, die ihre Giftzähne in das Fleisch ihres Opfers sinken lässt. Aber ich stoße sie mit meiner Schulter von mir. Sie stöhnt, aber belässt es dabei.

Ich strecke meine Arme nach oben über den Kopf, aber ich habe kein Gefühl mehr in meinem Oberkörper, meine

Schultern sind steif, und mein Hals fühlt sich verkrampft an. Aber das ist egal.

Das Gefühl der Freiheit ist unbeschreiblich intensiv, als ob diese Emotion im Moment der einzige Grund ist, zu leben.

Ich versuche zu laufen, aber auf dem halben Weg zum Tor breche ich zusammen, greife hilflos in die Luft und falle dann auf die kalten, schmutzigen Pflastersteine. Ich versuche aufzustehen, krieche auf allen vieren, und schließlich schaffe ich es, doch wieder auf die Füße zu kommen und in die Freiheit zu gehen.

Ich weiß, dass im hellen Sonnenlicht hinter den schweren Gefängnistoren die Stadt Paris auf mich wartet. Sie lädt mich ein, ihre Geheimnisse zu entdecken, zieht mich in ihren mystischen Bann und enthüllt mir Geheimnisse, die niemand aus meiner Zeit jemals kennenlernen wird.

Ich öffne das schwere Tor.

Paul Borquet wartet sicherlich auch auf mich. Oder etwa nicht?

Madame Chapet zieht an der engen, dreireihigen Perlenkette, die ihr Doppelkinn verstecken soll, nimmt dann mit zwei Fingern den letzten Bonbon aus der pinkfarbenen Samtdose und wirft sie den Fellbündeln Louis und Pompie hin, die durch die Kutsche springen. Die beiden Hunde kämpfen sofort um diese Süßigkeit.

„*Zut alors, mes petits enfants,* kommt, kommt, nicht streiten. Maman wird euch später mehr Süßigkeiten geben."

Angewidert von den beiden kleinen Hunden, die an meinen Fesseln knabbern, schaue ich aus dem Seitenfenster.

„Wohin bringt Ihr mich, Madame?"

„In das Haus in der Rue des Moulins … Louis, Pompie, hört *sofort* auf!“ Die beiden kleinen Terrier ignorieren ihr Frauchen und knurren sich weiterhin böse an.

„Ich habe Euch bereits gesagt, Madame Chapet, dass ich keine Prostituierte bin.“ Ich lächle dünn und starte einen erneuten Versuch, meinen Fall zu erklären. „Ich weiß nicht, was Monsieur Borquet Euch erzählt hat, aber …“

„Monsieur Borquet ist ein junger Mann, der in Euch verliebt ist, aber leider ist er auch ein brotloser Künstler. Ihr werdet ohne ihn glücklicher sein.“

Ich unterdrücke den Wunsch, ihr die Meinung zu geigen und frage stattdessen ganz ruhig: „Was wollt Ihr damit sagen, Madame?“

„Ihr müsst ihn vergessen. Ich habe Pläne mit Euch. Große Pläne. Ich kenne einige sehr einflussreiche Herren, darunter Lord Bingham, den fünfzehnten Duke of Malmont, der ein Vermögen dafür zahlen wird, die *boîte d'amourette,* das kostbare Schatzkästchen einer so jungen und schönen Frau wie Euch, zum ersten Mal zu öffnen.“

Jung und schön. Verdammt, das ist mehr ein Fluch als alles andere. Und eine Entschuldigung für die alte Ziege, meine Muschi zu verkaufen. Ich lächle. Was würde Madame sagen, wenn sie die Wahrheit über mich wüsste.

„Ich werde es dem Duke nicht erlauben, mich anzufassen“, sage ich ihr und zittere dabei.

„Aber natürlich werdet Ihr das tun, Mademoiselle. Oder ich werde dafür sorgen, dass Monsieur Borquet seine Bilder in keinem Salon von Paris mehr ausstellen darf.“

„Das könnt Ihr nicht machen.“

Erpressung! Diese alte Hexe.

„Und ob ich das kann. Und ich werde es auch tun.“ Madame Chapet spielt nervös mit den Federn an ihrem Hut. Sie leckt sich einige Male über die Lippen und atmet schwer ein und aus. Dann steckt sie sich eine Zigarette an, um die eben geäußerte Drohung sacken zu lassen. Ich drehe meinen Kopf zur Seite. Rauchen ist eine französische Angewohnheit, die fast so schlimm ist wie ihre Arroganz. Ich schaue mich im Inneren der Kutsche um. Der Zigarettenrauch färbt die Luft in ein schmutziges Grau und verstärkt den klaustrophobischen Eindruck.

„Ich habe jetzt genug von Euren Beleidigungen, Mademoiselle“, sagt Madame Chapet. „Mit Euch Mädchen habe ich bisher nichts als Ärger gehabt. Vor allem mit den Künstlermodellen. Monsieur Gromain ist verärgert, sehr verärgert, und sucht dringend nach einem neuen Modell. In den letzten Wochen hat er überall das Gerücht verbreitet, dass mein *Maison de Tolerance* nicht mehr die schönsten Mädchen von Paris hat. Das ist alles Lillies Schuld. Lässt sich einfach ins Gefängnis sperren. Hat mich einiges an Geld gekostet, dieses kleine Luder.“

Da kommt mir plötzlich eine Idee.

„Ich werde das machen, Madame.“

„Was werdet Ihr machen?“

„Für die Künstler Modell stehen.“

„Ihr, Mademoiselle? Ihr seid wunderschön, und von dem, was ich unter dieser fürchterlichen Gefängnisuniform erahnen kann, habt Ihr auch eine gute Figur …“ Ihre Stimme verliert sich, während sie mich mit ihren Augen auszieht, was mir einen Schauer über den Rücken jagt. „Aber Ihr habt keine Erfahrung …“

„Doch, die habe ich, Madame.“ Stimmt ja auch. Ich habe nackt vor dem alten Künstler im Quartier Marais Modell gestanden, oder etwa nicht? In mir wächst ein Plan.

Nutze deine Schönheit, um aus diesem Schlamassel wieder herauszukommen.

„Bei wem habt Ihr Modell gestanden, Mademoiselle?“ Sie glaubt mir nicht. „Diese Künstler sind sehr eigen und wollen jemanden mit Erfahrung.“

„Ich werde ihnen etwas Frisches, etwas Neues bieten. Etwas, was sie niemals sonst in Paris finden werden. Sie werden sich mir nicht entziehen können.“

Madame Chapet verengt die Augen zu engen Schlitzen. „*Eh bien,* was?“

„Was wäre denn, wenn ich nun *nicht* eines Eurer Mädchen würde?“

Madame Chapet schüttelt verneinend den Kopf.

Denk nach!, sporne ich mich an.

„Zumindest nicht sofort. Ihr könnt Monsieur Gromain sagen, dass ich erst vor Kurzem in Paris eingetroffen bin und dass noch kein Mann mich bisher geliebt hat.“

„*C'est vrai*? Stimmt das?“

„*Mais oui,* Madame Chapet. Fragt eure Herren, fragt jeden, den Ihr kennt. Keiner kennt mich in Paris. Keiner.“

„Außer Monsieur Borquet. Wird er etwas verraten?“

Ich hole tief Luft. „Nicht wenn Ihr mich mit ihm sprechen lasst. Allein.“

„Nein. Ich werde Euch begleiten, Euch beobachten, sicherstellen, dass er Euch nicht berührt. Von diesem Augenblick an, Mademoiselle, darf kein Mann Euch mehr anfassen. Ihr müsst so rein sein wie eine Jungfrau, nicht wie eine Frau, die den Wolf gesehen hat, wenn Ihr versteht, was ich meine.“

Die Vorstellung, dass Paul mich nicht berühren darf, ist

schrecklich, fast nicht zu ertragen, und ich erkenne mit süßer Wehmut, wie stark unsere Verbindung in der kurzen Zeit, die wir uns kennen, schon geworden ist.

„... und ich werde Lord Bingham in das Atelier von Monsieur Gromain einladen, damit er Euch sehen kann. *Bien,* Ihr versteht, Mademoiselle", die Madame beugt sich vertraulich zu mir hinüber und flüstert, „wenn Ihr für diese Künstler Modell steht, dann müsst Ihr nackt sein."

Nackt?

Das ist mir zu viel. Ich bedecke meinen Mund mit einer Hand, aber egal wie sehr ich mich bemühe, egal wie absurd diese ganze Situation gerade ist, ich fange an zu lachen und kann nicht mehr aufhören.

Das geht ja gut weiter.

Ich werde mich nie mehr darüber beschweren, im Haifischbecken der Maklerwelt zu schwimmen. Sich gegen die schmutzigen Tricks der Konkurrenten zu wehren ist ein Witz gegen einen Tag im Hof von St. Lazare. Selbst als Davids Reißverschluss mir ins Gesicht starrte und ich mich vor dem sägenden Geräusch von Metall auf Metall fürchtete, wenn er ihn aufzog, habe ich nicht eine solch furchtbare Panik gespürt.

Und nun bin ich auf dem Weg in ein bekanntes Pariser Bordell, um den wichtigsten Deal meines Lebens abzuschließen: meinen Arsch davor zu retten, in allen möglichen Positionen gevögelt zu werden – neben einem Diwan, im Stehen, von hinten, über ein Geländer gebeugt und was den Franzosen noch alles so einfällt.

Aber selbst Nicole Kidman konnte dem teuflischen Gentleman mit dem kleinen Schwanz in der Hose und dem englischen Lispeln nicht widerstehen. Oh ja, er kommt auch in meiner Geschichte vor. Dieser Bastard. Aber keine Sorge, Paul wird ihn nicht aus den Augen lassen.

Oooh, das ist so herrlich. Zwei Männer bemühen sich um mich, und beide sind erfüllt von

Eifersucht

Es kann keine wahre Liebe geben
ohne ihre gefürchtete Strafe –
Eifersucht.

Lord Lytton, englischer Staatsmann und Poet
(1831 – 1891)

13. KAPITEL

Sobald ich Paul sehe, will ich ihn. Er poltert in das kleine Empfangszimmer des Hauses in der Rue des Moulins, mehr laufend als gehend, sein schwarzes Cape umweht ihn wie wütende Sturmwolken, als ob *La Madame* die Mädchen nur zu seinem Vergnügen bereitgestellt hat. Der Hauch eines verwöhnten Lebensstils trifft seine Nase, da ein paar der Mädchen sich auf den Diwans und Seidenstühlen fläzen, während Madame Chapet mit dünnen Scheiben rohen Kalbfleischs auf den Wangen auf einer *Meridienne* ruht.

Er hat nur Augen für mich und läuft auf dem weißen Plüschteppich auf und ab. Er kann nicht still stehen, wie ein Staubkorn, das sich niemals wirklich auf die Möbel legt. Vor und zurück. Vor und zurück.

Während ich ihm zusehe, reibe ich über meinen dünnen, seidigen Morgenrock in den Farben von pinkfarbenen Rosenblüten, unter dem ich nackt bin. An den Beinen trage ich schwarze Nylonstrümpe, der allerneueste Trend unter den Mädchen. Pinkfarbene Pantoffeln vervollständigen mein Outfit. Madame Chapet weigert sich, mir andere Kleidung zu erlauben. Ein Trick, damit ich ihr nicht davonlaufe.

Daran denke ich im Augenblick sowieso nicht. Paul ist hier! Ich bin einfach erleichtert, sein attraktives Gesicht zu sehen und seine dunklen Haare, die feucht von Schweiß an seiner Stirn kleben. Seine dunkelblauen Augen sagen mir: Ich habe dich vermisst, ich konnte es kaum erwarten, zu dir zu eilen, ich will dich berühren.

„S'il vous plaît, madame", sagt Paul zu Madame Chapet. „Ich muss unbedingt mit Madame Maguire sprechen." Er schaut sich um. „Allein."

„Ihr kennt die Regeln, Monsieur." Ein plötzliches Zucken um ihre Mundwinkel lässt eine Scheibe des pinkfarbenen Fleisches auf dem Schweißfilm ihrer Wange herabgleiten. „Wenn Ihr nicht bezahlen wollt, müsst Ihr in den öffentlichen Räumen bleiben."

„Wenn ich nicht wäre, Madame", insistiert Paul, „hättet Ihr Mademoiselle Maguire nicht in Eurem Haus."

Madame Chapet zieht es vor, diese Aussage zu ignorieren. „Ich wiederhole noch einmal, Monsieur, Ihr kennt die Regeln. Keine Ausnahmen."

„Ich habe Geld ..."

„Das reicht nicht, Monsieur."

„Hat Lord Bingham genügend Geld, Madame?"

Lord Bingham? *La Madame* hat ihn zuvor bereits erwähnt, aber ich habe ihn bisher noch nicht getroffen. Madame Chapet hält mich versteckt, um die Spannung vor meinem großen Auftritt im *L'Atelier Gromain* zu erhöhen.

„Verschwindet, Monsieur Borquet. Ihr verschwendet nur meine Zeit."

„Darf ich Euch daran erinnern, Madame, dass viele Eurer Kunden meine Künstlerfreunde sind. Ein Wort von mir, und ich versichere Euch, dass sie sich ihr Vergnügen woanders suchen werden."

Madame Chapet denkt einen Augenblick darüber nach. „Fünf Minuten, Monsieur. Nicht länger."

Ihre Schönheitspflege scheint beendet zu sein, denn sie wirft die Fleischstücke in eine Kristallschale, die auf einem kleinen Tischchen neben ihr steht. Auf einen Wink von ihr entfernt ihre persönliche Dienerin und Schneiderin Delphine das stinkende Kalbfleisch. Dann ruft sie ihre beiden Terrier Louis und Pompie auf ihren Schoß und beginnt mit ihnen zu schmusen. Allerdings lässt sie mich dabei nicht aus den Augen.

Ich stehe ein wenig abseits und schaue sehnsüchtig auf den schönen Maler, der auf mich zukommt. Er ist mit dieser Situation auch nicht glücklicher als ich. Nervös. Aufgeregt. Und sofort fühle ich wieder dieses köstliche Sehnen in meinem Unterkörper, das meine sexuelle Energie in Wallung bringt. Eine Welle der Lust brandet in mir auf, ein Gefühl, das ich nicht mehr erlebt habe, seitdem wir uns das letzte Mal in seinem Atelier geliebt haben. Nicht dass ich seine heißen Lippen küssen oder seine zärtliche Zunge genießen dürfte. Wir sprechen miteinander wie Schauspieler in einem Stück mit nur einem Zuschauer – Madame Chapet, die uns wachsam beobachtet.

„Ich möchte Euch in meine Arme schließen, Autumn, und Euch küssen", sagt Paul und lässt seine Finger über seinen Spazierstock gleiten. Ein feiner Schweißfilm bringt ihn zum Glänzen. Er erinnert mich daran, wie sein harter Schwanz in mich hineingleitet und meine Säfte dieses Eindringen in ein pures Vergnügen verwandeln.

„Du darfst nicht näher kommen, *s'il te plaît,* bitte." Ich schiebe eine Schale mit italienischen Feigen und Süßigkeiten zwischen uns.

„Ich kann dir nicht fernbleiben. Und ich werde es auch nicht." Er nimmt eine dunkelviolette Feige, öffnet sie und enthüllt Lagen von zartrosa und dunkelrotem Fleisch. Die Frucht ist voller Samenfäden. Und saftig wie meine Möse. Eine Delikatesse, die man unbedingt probiert haben muss. Er hebt seine rechte Augenbraue, was seinem Gesicht einen triumphierenden Ausdruck verleiht, der mich betört. Mein Mund ist trocken, und ich stelle mir vor, wie seine Zunge über die süße Frucht leckt. Ich befeuchte meine Lippen. Er foltert mich, und er weiß, wie sehr ich das genieße.

„Madame Chapet sagt, dass sie dir etwas Schreckliches antun wird, wenn du mich berührst."

Mit Daumen und Zeigefinger zieht er das Fruchtfleisch sanft auseinander, als ob er meine Samtlippen in den Händen hält. Er drückt seinen Finger in die Frucht, sein Daumen reibt dabei vor und zurück, als ob es meine Klit wäre. Ich halte den Atem an, immer noch kontrolliert, allerdings nicht mehr lange.

„Was soll sie mir schon tun können, *eh?*" fragt er nonchalant.

„Deine Arbeit, deine Bilder." Meine Finger wandern zwischen meine Schenkel. *Fass dich jetzt nicht an. Sie beobachtet dich.* „Sie wird dich aus den Salons verbannen lassen."

„Das ist mir egal." Er steckt sich die Feige in den Mund, rollt sie darin herum, bevor er sie schluckt. Saft rinnt ihm aus dem Mundwinkel. Als ich ihn dabei beobachte, kann ich nicht anders, als mit meinen Fingern sanft über meine Oberschenkel zu streichen und mich dabei immer näher an meine Muschi zu wagen. Ich ziehe meine Muskeln zusammen, als ob ich sie zwingen wollte, sich zu benehmen, aber es hilft nichts. Ein langsames Feuer breitet sich in meinem Bauch aus, und ich kann es nicht länger ignorieren.

„Ich kann meine Arbeiten in den Freiluftgalerien verkaufen", fährt er fort. „Ich kann meine Bilder an Bäume, Zäune, Laternen auf dem Place Constantin-Pecqueur aufhängen, egal wo, Hauptsache, ich habe dich in meinen Armen."

„Das reicht nicht, Paul." Meine Pflaume ist feucht und geschwollen, aber ich darf sie nicht berühren. Ich presse meine Schenkel enger zusammen und versperre damit den Eintritt für meine wandernden Finger. „Du bist ein Genie, und deine

Arbeit verdient Anerkennung." Ich reibe meine Finger über den Morgenrock und versuche meine sexuellen Wünsche zu unterdrücken.

Ein Gedanke nagt an mir, ersetzt für einen kurzen Moment meine körperlichen Bedürfnisse. In der Zukunft wird der Name Paul Borquet nur noch wenigen Kennern in der Kunstwelt bekannt sein. *Was ist passiert?* Bin *ich* der Grund, wieso er die Kunst aufgibt?

„Ich werde nicht zulassen, dass du deine Kunst meinetwegen aufgibst, Paul."

„Ich werde *dich* nicht aufgeben."

Er kommt näher und zerquetscht eine weitere Frucht zwischen seinen Fingern. Der Saft rinnt über seine Hand. Ich stelle mir vor, wie er in mich eindringt, meine Möse so verlockend und verletzlich wie diese fleischige Frucht. Ich zucke zusammen. *Verdammte Madame Chapet.* „Du musst mir fernbleiben … du darfst mich nicht küssen."

„Dich nicht küssen? Bist du verrückt? Allein in deiner Nähe zu sein entflammt mein Begehren …"

„Nicht, Paul. *La Madame* ist ganz entzückt von der Idee, mich den Künstlern in Monsieur Gromains Studio vorzustellen …"

Pauls Augen weiten sich. „Gromain? Dieser alte Frauenheld. Mit dir als Modell wird er halb Paris vor seiner Tür stehen haben." Seine künstlerische Eifersucht regt sich in ihm und bringt ihn zu einer überraschenden Frage. „Wirst du nackt Modell stehen?"

„Ja."

„Das verbiete ich dir."

„Und wer seid Ihr, Monsieur, dass Ihr mir das verbieten könntet?" Meine Worte treffen ihn, als ob es ihm nie in den

Sinn gekommen ist, dass ich nicht die Sklavin seiner Leidenschaft bin. „Du hast mir das hier eingebrockt."

„Ich?" Er starrt mich ungläubig an. „*Merde,* ich hätte nie gedacht, dass du etwas so Verrücktes tun würdest, wie nackt Modell zu stehen."

„Das habe ich für dich doch auch getan."

„Das war etwas anderes."

„Oh?"

„Ich werde nicht zulassen, dass du dich nackt vor all diesen Künstlern zeigst." Er nähert sich mir, und ich kann den Absinth und sein Duftöl riechen, als er seine starken Schenkel an mich presst. Ich lege meine Finger auf sein Bein und fühle, wie seine Muskeln härter werden. Ich stelle mir vor, dass ich stattdessen seinen Schwanz halte, was mich sogleich vor Lust und Verlangen aufstöhnen lässt.

Die Madame räuspert sich, aber bevor ich meine Hand fortnehmen kann, greift Paul nach meinen Handgelenken und drückt zu. Wie sehr wünschte ich mir, dass er jetzt stattdessen meine Perle reiben würde. Nur der Gedanke daran zieht meine Bauchmuskeln zusammen.

„Diese geilen, alten Säcke denken nur daran, wie sie die Möse einer Frau bürsten können, aber nicht mit ihren Pinseln, sondern mit ihren Schwänzen."

„Eifersüchtig?" Ich liebe es.

„Eifersüchtig? *Bien sûr.* Ich bin ja verrückt vor Eifersucht."

Ich lecke über meine Lippen. „Wieso hast du dann Madame Chapet damit beauftragt, mich aus St. Lazare zu holen, wenn du doch weißt, dass sie ein Bordell besitzt?"

Paul seufzt. „Es war der einzige Ausweg. Ich konnte den Gedanken nicht ertragen, dich auch nur einen Tag länger dort leiden zu lassen. Ohne Zweifel hättest du dort sterben können …“

„Lillie.“

Er nickt. „Ein junges Mädchen hat dort keine Chance, ihre Jugend und Schönheit zu bewahren.“

Stirnrunzelnd muss ich zugeben, dass er recht hat. Wie lange hätte es gedauert, bis ich dem Werben einer weiblichen Gespielin erlegen wäre? Was wäre gefolgt – Drogen, Alkohol und was weiß ich noch alles? Die Nacht mit der jungen Französin hat mir gezeigt, wie anfällig ich bin.

„Ist das alles, was ich für dich bin, Paul?“ Ich ziehe mich von ihm zurück. „Jung und schön?“ Bis auf meinen Puls, der heftig in meiner Halsschlagader schlägt, sitze ich bewegungslos da. Trotz meines schlagfertigen Wortwechsels mit dem Künstler bin ich von seinen Worten verletzt.

„Ich bin ein Mann. Das ist menschlich. Du verführst mich dazu, Wege zu gehen, die ich noch nie zuvor beschritten habe. Du entflammst meine künstlerische Vision wie keine Frau je zuvor.“

So kommst du mir nicht davon.

„Ich habe ein Gehirn, Paul.“

„Ein sehr schönes.“

Jetzt hat er mir aber doch geschmeichelt.

Ich lächle. „Du bist unerträglich. Eines Tages wirst du lernen, an einer Frau mehr als nur ihren Körper zu schätzen.“

„Dann bring es mir bei, *ma belle mademoiselle.*“ Er lockt mich mit seinen samtenen Augen, beurteilt mich, zieht mir in Gedanken mein Nachthemd so sanft und dennoch mit solch rohem Verlangen aus, dass ich unruhig meine Hüften bewege und mir die Feuchtigkeit über meine Schenkel läuft.

„Ich will nicht, dass irgendein anderer Mann dich jemals

so sieht“, flüstert er.

„Du meinst, so wie du mich gesehen hast?“ Vorsichtig lasse ich meine Finger zwischen meine Beine gleiten, bis sie nass mit meinem Saft sind, um sie dann über seinen Oberschenkel zu reiben, als Madame gerade nicht hinschaut.

Er küsst meine Hand und atmet tief den zarten Duft ein. Wir müssen lächeln. Erinnert ihn das daran, wie er meine Säfte mit der Ölfarbe vermischt hat?

„Ich schwelge in dem Ausdruck deiner Augen, der mich auszieht, sich durch mein Fleisch in meine Seele brennt, meine Knospen erregt und *ma chatte* nass vor Verlangen werden lässt.“

„Du bist so aufregend, Autumn. So jung, so schön, eine junge, süße Knospe, die noch nicht aufgegangen ist.“

Ich beiße mir auf die Lippen. „Und wenn ich nicht so jung wäre?“

Überrascht starrt er mich an. „Aber du bist es. So köstlich jung. Ich hätte nie zu träumen gewagt, ein Mädchen wie dich in meinen Armen zu halten, sie zu besitzen, zu lieben.“ Seine Finger berühren zart meine Wangen. „Sag mir, dass du mich liebst.“

„Ich …ich …“ *Sag es nicht!. Wenn du das tust, wirst du dich sofort wieder in deinen vierunddreißigjährigen Körper zurückverwandeln. Kein schöner Anblick in einem transparenten Nachthemd. Denk an die Hüttenkäse-Oberschenkel!*

Mein Herz schlägt heftig. Was soll ich tun? Wir sind uns so nah, dass unsere Lippen sich fast berühren. Einen Moment lang sind wir ganz still, schwelgen in sinnlichen Erinnerungen an seidene Fesseln, milchweiße Brüste, pinkfarbene Nippel. An Hüften, die sich im Gleichklang wiegen, seinen harter Ständer, der mich ganz verrückt macht vor Verlangen.

Nackt und schweißgebadet im Mondschein.

Als wir nur noch einen Atemzug von einem Kuss entfernt sind, wird unser zärtliches Spiel durch das laute Kläffen der beiden Terrier beendet, die von Madame Chapet recht unsanft von der Couch auf den Teppich geschubst werden.

„Ihre Zeit ist um, Monsieur Borquet", stellt sie lauthals fest.

„Wann kann ich Mademoiselle Maguire wiedersehen?"

„Wenn die anderen Künstler das gleiche Vergnügen haben wie Ihr, Monsieur."

„Madame?"

„Morgen. Im Atelier von Monsieur Gromain", sagt Madame Chapet lächelnd.

„Ohne ihre Kleider."

Nackt.

Ich stehe auf einer knapp einen halben Meter hohen hölzernen Plattform, über meinen Körper nur ein dünnes Laken drapiert, den Rücken den neugierigen Augen der Künstler zugewandt. Ich höre sie atmen, fühle ihre gierigen Blicke. Sie warten nur darauf, dass ich das Laken sinken lasse.

Jemand lässt einen Stift fallen, und er rollt geräuschvoll über den irdenen, mit Farbflecken bedeckten Boden. Rot. Blau. Schmutziges Gelb. Jemand hustet und niest dann. Und ist das das Geräusch einer Whiskeyflasche, die geöffnet wird? Der bekannte Wermutduft von Absinth überdeckt die Gerüche von Farben, Terpentin und ungewaschenen Körpern, die in der Luft des Ateliers liegen und meine Nase mit ihrer Intensität kitzeln.

Ich drehe mich um. Langsam. Vorsichtig. Der morgendliche Frühnebel hat sich über das spärliche Sonnenlicht gelegt, das durch das Deckenfenster dringt. Neugierig schaue ich mich um. Die Gesichter der Maler kann ich nicht erkennen, vor allem nicht die von denen in den hinteren Reihen, aber ich kenne ihre Namen: Degas, Cézanne, Pissarro, Monet … und der Meister der Karikatur, Toulouse-Lautrec. Jeder Künstler wartet vor seiner Staffelei, bereit, mit einem Stift, Kreide oder Kohle an diesem Morgen ein lebendes Modell zu zeichnen.

Ich studiere sie genau, aber ich bin zu nervös, um mich länger mit einem einzelnen Gesicht zu beschäftigen. Sie beobachten mich, verdammt noch mal. Es ist eine Sache, sich vor einem Fremden nackt auszuziehen, so wie ich es im Quartier Marais getan habe. Aber das hier sind *die* Impressionisten. Bin ich verrückt geworden?

Ich habe schreckliche Angst und bin gleichzeitig erregt und zittere vor Aufregung. Ich bin das Modell für die künstlerischsten und innovativsten Gehirne der impressionistischen Bewegung.

Alle außer einem.

Wo ist Paul?

„*Le drap,* Mademoiselle Maguire, das Laken … lasst es fallen“, kommt eine Stimme aus einer dunklen Ecke, weit entfernt von dem Deckenfenster des Ateliers. Monsieur Gromain, der Besitzer des Studios, wird ungeduldig. Seine Zukunft hängt vom Erfolg des heutigen Tages ab. Es ist kein Geheimnis, dass Monsieur Gromain viele Schüler verloren hat, weil er sich weigerte, mit der Zeit zu gehen. Viele Künstler wanderten zur *Académie Suisse* ab, wo Landschaftsmaler wie Monet und Cézanne sich anatomische Kenntnisse aneigneten, indem sie gegen geringe Gebühr hässliche Modelle in Strumpfhosen abzeichneten. Also engagierte Monsieur Gromain einen Trupp Handwerker, um dem heruntergekommenen Studio zu neuem Glanz zu verhelfen, und startete dann eine Kampagne, die die Künstler zu ihm zurückbringen sollte. Dafür brauchte er ein neues Modell.

Eine Schönheit. Unberührt. Und jungfräulich.

Jungfräulich? Ich lächle. Ich sehe so aus, und auch wenn meine Maße nicht dem gängigen Schönheitsideal entsprechen, besteht Madame Chapet darauf, dass ich einen perfekten Körper habe. Ich bin eigentlich etwas zu schlank und sportlich. Aber Monsieur Gromain hat es gefallen, als ich ihm vorgestellt wurde. Trotz meiner Weigerung, mich vor ihm auszuziehen, reichte der Anblick meines Gesichts und meiner Beine, um dem Studiobesitzer die Röte in die dicken Wangen zu treiben und ihn mit einem harten, steifen dritten Bein davonziehen zu lassen.

Er ist nicht der einzige Mann, der sich für mich interessiert. Delphine hat mir von dem mysteriösen Lord Bingham erzählt, dem Duke of Malmont, der jeden Tag kommt, um mich zu sehen, aber von Madame Chapet immer wieder abgewiesen wird.

La Madame beharrt darauf, dass ich ihr mehr Geld einbringe, wenn ich als Modell für das *L'Atelier Gromain* arbeite, als wenn ich mit einem Kunden nach oben gehe. Das Gerücht um das schöne, jungfräuliche Modell verbreitete sich schnell in den Cafés von Paris, und alle Maler kamen.

Aber wo ist Paul?

Meine Finger zittern, mein Herz schlägt wild und Gott, schwitze ich. Salzige Schweißperlen rinnen zwischen meinen Brüsten herunter, über meine Rippen. Auch zwischen den Beinen bin ich feucht, vor Nervosität und Erregung gleichzeitig. Es ist beunruhigend und lustvoll zugleich, daran zu denken, dass ich in wenigen Augenblicken vor diesen Männern nackt dastehen werde. Ich wage es nicht, mir den Schweiß abzuwischen, aus Angst, dass das Laken herunterrutschen könnte, meine weiße Flagge der Kapitulation. Darunter trage ich nichts außer meinem Mut, und der ist auch gerade auf dem Weg, sich von mir zu verabschieden.

Ich kuschle mich noch fester in das Laken und zittere. Das Studio ist kalt, aber das ist nicht der Grund, wieso mich dieses eisige Gefühl überkommt. Paul ist nicht hier. Wieso?

Ich brauche ihn, damit er mir den Mut gibt, mich hier nackt zu präsentieren. Oder gibt es noch einen anderen Grund? Einen Grund, der mich verfolgt, seitdem ich das erste Mal die Seidigkeit seines Haars, die Stärke seiner Schultern, seine breite Brust erforscht habe und dann die unentrinnbare Freude spürte, seine Härte in mir zu fühlen? Sooft ich auch bei Madame Chapet bettelte, sie erlaubte mir keine Zeit allein mit Paul, keine Zeit, um ihm zu erklären, dass er in höchster Gefahr schwebte.

Laut dem alten Maler starb Paul im Jahre 1889. Wann genau? Ich bin entschlossen, diesen tragischen Tod zu verhindern.

Oder ist er bereits passiert? Ist Paul Borquet schon tot? Für immer aus meinem Herzen gegangen?

Ich weigere mich, das zu glauben.

Hier auf dieser Plattform vor den Künstlern fühle ich mich nicht besonders mutig. Anstatt hier nackt herumzustehen, würde ich am liebsten im Erdboden versinken und mich in mein Tuch hüllen, um mich den Blicken dieser großen Maler nicht mehr aussetzen zu müssen. Wie halte ich das aus, dass sie jedes Muttermal, die Grübchen auf meiner Hüfte und meine harten braunen Nippel aufs Papier bringen? Und der rotbraune Haarbusch zwischen meinen Beinen ... Gott steh mir bei! *Le minon,* wie Paul es nennt. Meine Muschi. Ich kann das nicht.

„Lasst endlich das Laken fallen, Mademoiselle“, höre ich die Stimme von Monsieur Gromain wieder. „Jetzt.“ Dieses Mal kommt er heftig atmend aus seiner schattigen Ecke hervor. Er trägt einen zur Krawatte gebundenen Schal und schlecht sitzende Kleidung. Monsieur Gromain scheint zu erfühlen, was mir durch den Kopf geht. Seine buschigen Brauen ziehen sich über seinen zornigen Augen zusammen, und sein Schnurrbart zittert. „Jetzt reicht es mit Eurem närrischen Benehmen, Mademoiselle.“

Er hebt seine Hand, und ich ahne, was als Nächstes kommt. Er hat vor, mir das Tuch vom Leib zu reißen. Schnell, dramatisch. So als ob er eine Katze häutet. Oder in seinem Fall eine Muschi.

So haben wir nicht gewettet! Schnell trete ich einen Schritt zurück. Plötzlicher Mut überkommt mich. Paul ist zwar nicht hier, aber er ist in meinem Herzen und gibt mir Kraft. Ich werde den Künstlern geben, was sie haben wollen, werden ihnen zeigen, wie eine echte *Frau* ihre Leidenschaft, zu malen, anregt. Wenn ich diese Pantomime weiter durchziehe, dann werde ich ohne Zweifel einen Skandal provozieren – dafür wird mein perfekter Körper schon sorgen – aber ich werde nicht wie ein gerupftes Hühnchen hier nackt auf dem Serviertablett herumstehen. Wenn ich diesen Unsinn schon mitmache, dann auf meine Weise.

Angestachelt von dem skeptischen Blick der alten Meister und meiner eigenen Entschlossenheit, meine Weiblichkeit wiederzuentdecken, drehe ich den Malern den Rücken zu. Dann fasse ich das Laken an den Enden und breite meine Arme weit aus, wie ein Engel, der seine Flügel testet. Mein langes kupferfarbenes Haar fällt lockig über meine Schultern. Mein Gesicht ist mit hellem Puder bestäubt, meine Lippen mit Traubensaft gefärbt, und meine Wimpern sind nach oben gebogen, um „wie Sterne" auszusehen, wie Madame Chapet meinte. Aber es ist der Schwung meiner goldbraunen Schultern und der Bogen meines wohlgeformten Rückens, der die Künstler sich über die Staffeleien beugen lässt. Sie spüren, dass der Moment jetzt gekommen ist.

Ich denke an Paul, an seine schimmernden Augen, seine elektrisierenden Zärtlichkeiten, seinen sich reckenden Ständer, und ich entscheide, dass Monsieur Gromain ganz recht hat. Ich bin wirklich verrückt.

Ich hole tief Luft, und dann lasse ich das Tuch fallen.

Zwischen dem Boulevard des Capucines und der Rue Auber, nahe dem Place de l'Opéra, ging Paul so schnell, dass selbst die eiligsten Fußgänger innehielten, um ihm mit wortlosen Gesten ihren Unmut kundzutun.

Merde. Er wurde verfolgt, und das gefiel ihm gar nicht.

Dieses unangenehme Gefühl war so präsent in seinem Kopf, dass er sogar zu spät ins *L'Atelier Gromain* kam. Zu spät, um Autumn zu sehen, und das machte ihn wütend. Sehr wütend.

Dieser Mann in dem langen Tweedmantel und der Melone, der so tut, als ob er die Zeitung liest, wenn ich kurz anhalte, wer kann das sein? Wieso verfolgt er mich?

Als Paul an den Terrassen des *Café de la Paix* vorbeihastete, der Saum seines langen Mantels nass von den Regenpfützen auf der Straße, hörte er, wie jemand seinen Namen rief.

„Monsieur Borquet, *attendez-vous.* Wartet!"

Er wirbelte herum, erstaunt über die Worte des Mannes. *Er kennt meinen Namen?*

Wie kann das sein? Er wollte nicht anhalten. Nicht wenn er noch einen so weiten Weg auf der Rue de la Chaussée vor sich hatte, vorbei an der Rue Blanche und dann quer hinüber zur Rue Fontaine. Eine Kälte breitete sich in seinem Magen aus und fror seinen freien Willen ein. Die Dringlichkeit in der Stimme des Fremden weckte seine Neugierde – oder war es einfach nur das unbestimmte Gefühl, dass dieser Mann etwas mit dem Engländer zu tun hatte?

Was auch immer der Grund war, jedenfalls verlangsamte Paul schließlich doch seinen Schritt, schaute durch das Fenster des berühmten Cafés und verrenkte sich dabei fast den Hals. Blumenverkäufer, ein einsamer Akkordeonspieler. Der Kellner versperrte ihm mit einem Tablett kandierter Früchte die Sicht. Wo war der Mann mit der Melone abgeblieben?

Er sah Gäste in modischen Übermänteln oder auch in luxuriösen, mit Zobel gefütterten Capes im Eingangsbereich stehen. Sowohl drinnen als auch draußen waren alle Tische besetzt. Um die Gäste an einem kühlen Regentag zu wärmen, hatten Feuerstellen mit brennender Kohle den Platz der Zwergenbäume auf der Terrasse eingenommen. Mit all den Hüten und opulenten Kopfbedeckungen der Damen, die ihm die Sicht versperrten, konnte er den Mann nicht sehen, der seinen Namen gerufen hatte.

Wo war er?, fragte sich der Maler schwer atmend. Er war eindeutig zu schnell gelaufen. Sein Herz schlug schneller, und allein der Gedanke daran, Autumn zu sehen, ließ den Platz in seiner Hose zu eng werden. Er hatte keine Zeit für Spielchen. Sie wartete auf ihn. Der Druck, etwas Kreatives zu schaffen, hatte seinen Höhepunkt erreicht, ein chaotischer Sturm von Hyperaktivität.

Ihr wunderschöner Körper, völlig nackt bis auf den Glanz ihres Schweißes, wurde in diesem Künstleratelier zur Schau gestellt. Er musste unbedingt dorthin und sie beschützen, *merde* … wem machte er etwas vor? Er wollte sein Geschlecht in ihr versenken.

Seine Kreativität wurde von ihr angefeuert, wenn er sie sah, sie berührte, sie fickte. Trotzdem schien sie sich mit ihrer Schönheit nicht ganz wohlzufühlen, als ob sie ein Fluch wäre, etwas, das er nicht verstand.

Was ihn allerdings noch mehr erstaunte, war die Tatsache, dass es für sie wichtig war, als intelligentes Wesen geliebt zu werden. Das beeindruckte ihn. Sie zu kennen schürte seine Sehnsucht nach der Unendlichkeit seiner eigenen Jugend. War so etwas möglich? Nein. Nach den Worten der Comtesse würde die Schwarze Magie ihre Wirkung verlieren, wenn er sich in die Rothaarige verliebte. Was dann? War sexuelle Leidenschaft genug, um die Sehnsucht in seiner Seele zu stillen?

Sekunden vergingen, die Regentropfen fielen schneller und fühlten sich auf seiner Nase wie kleine Stiche an. Er schüttelte die Arme und stampfte mit den Füßen auf. Wenn er sich nicht bewegte, wäre er bald zu nass, um weiterzugehen. Fluchend machte er sich wieder auf den Weg und versuchte den Mann mit dem Hut zu vergessen. Autumn wartete auf ihn.

Der Regen hatten eine beruhigende Wirkung auf ihn, auch wenn der schneidende Wind ihm die Tropfen ins Gesicht wehte, als er weitereilte. Er spürte weder die kalte Luft noch den Regen, der auf sein Gesicht und auf seine nackten Hände prasselte. Er fühlte auch kaum mehr die Pflastersteine unter seinen Füßen oder hörte das Klappern der Pferdehufe. Inzwischen war er im Bienenstock der Künstlerateliers angekommen, einstöckige Gebäude, die die Allee wie hohe Scheunen zu beiden Seiten säumten.

Das Atelier Gromain musste hier irgendwo sein.

Abrupt drehte er sich um und rannte direkt in den Mann mit der Melone.

„Monsieur Borquet?“

Paul verengte seine Augen zu kleinen Schlitzen. „Wieso verfolgt Ihr mich, Monsieur?“

„Ich habe eine Botschaft für Euch.“

„Eine Botschaft? Von wem?“

„Von seiner Lordschaft, dem Duke of Malmont“, sagte der Mann, und bevor Paul reagieren konnte, fuhr er fort: „Haltet Euch fern von Mademoiselle Maguire.“

„Das werde ich auf keinen Fall tun. Geht mir aus dem Weg, Monsieur, ich habe es eilig.“

„Ihr seid gewarnt, Monsieur, und da Ihr Euch weigert ...“ Der Mann mit der Melone beugte sich auf Englisch fluchend vor und schwang seine Faust, als ob er Pauls Kopf von den Schultern schlagen wollte. Paul duckte sich unter dem Schlag hindurch und ohne mit der Wimper zu zucken, versetzte er dem Engländer einen linken Haken in den Magen. Der Mann taumelte zurück, die Wucht des Schlages hatte ihn aus dem Gleichgewicht gebracht.

Paul war vorbereitet darauf, ihn erneut zu schlagen, doch plötzlich wuchs eine flüssige Energie in seinem Gehirn, drückte von innen gegen seine Schädeldecke und erschwerte ihm einen klaren Blick durch die grauen Schleier vor seinen Augen. Und doch sah er Autumns Gesicht mit einem Mal glasklar vor sich. Eine Halluzination? Er konnte sich nicht sicher sein. Er musste sein Schicksal erfüllen, das ihm vor Jahren entrissen wurde, als er kurzfristig seine Sehfähigkeit verloren hatte. Und kein Engländer würde ihn daran hindern können.

Als Erstes musste er diesen lästigen Mann mit der Melone loswerden. Mit einer langsamen und bedächtigen Handbewegung zog er seinen Stock auseinander und enthüllte das am Griff angebrachte Messer. Es schien in der Luft zu schweben, reflektierte das Licht in glitzernden Funken und neckte sein zukünftiges Opfer.

Der Mann mit der Melone kam schwankend wieder auf die Füße, sah das Messer im Knauf des Stockes und zog ohne zu zögern eine kleine Pistole aus der Manteltasche, den Finger bereits am Abzug. Paul zweifelte nicht daran, dass der Mann die Waffe auch einsetzen würde. Er wollte es allerdings nicht darauf ankommen lassen, herauszufinden, ob der Mann ein guter Schütze war. Mit einem akkuraten Hieb schnitt er dem Mann einmal quer über den Unterarm. Der schrie laut auf, ließ die Pistole fallen, und innerhalb weniger Sekunden drang dunkelrotes Blut durch den Schnitt in seinem Tweedmantel. Paul beförderte die Waffe mit einem Tritt außer Reichweite und in einen offenen Abwasserkanal.

„Ihr elender französischer Bastard“, fluchte der Mann auf Englisch.

„Da liegt Ihr ganz falsch, Monsieur. Ich bin nur zur Hälfte Franzose. Mein Vater war Engländer“, sagte Paul mit harter Stimme. „Ihr solltet Euch jetzt besser um Eure Wunde kümmern, bevor Ihr verblutet.“

Die blasphemischen Beschimpfungen ignorierend, die der Mann ihm entgegenstieß, öffnete Paul die Tür zum *L’Atelier Gromain* und trat nun in das Studio ein, in dem Autumn auf ihn wartete.

14. KAPITEL

Paul war nicht erstaunt über das Bild, das sich ihm bot. Sieh einer an, wie selbstverständlich sie ihren nackten Körper den lechzenden Männern im Raum zur Schau stellte. Vollkommen ohne Scham hob sie das Tuch auf, wand es um ihren Körper und ließ es über ihre mondweißen Brüste und runden Hüften gleiten, um die Künstler wie eine *pigalle harlot,* eine Straßenhure, zu reizen. Steil aufgerichtete Nippel, stramme weiche Hüften und ewig lange Beine, die in einem warmen Goldton schimmerten, als ob sie es gewagt hätte, sie dem kritischen Auge der Sonne auszusetzen.

Sie quälte ihn. Nackt auf dieser zwei Fuß hohen Plattform zu posieren, von arbeitenden Künstlern umringt. Sie waren ihr so nah, dass sie ihre Möse mit den Spitzen ihrer Pinseln hätten berühren können.

Er fühlte, dass sie es genoss. Sie drehte sich langsam, bot sich den Blicken der Männer dar, bauschte ihr Haar über eine Schulter auf. Er hatte keine Ahnung, wie lange sie so schon nackt auf der Plattform stand und mit der Grazie eines Vogels, der seine Flügel vom Wind streifen lässt, ihren stummen Tanz vollführte.

Das verlockende Lächeln auf ihrem Gesicht musste jeden Mann dazu verführen, ihre Schönheit auf die Leinwand zu bringen. Seine Augen wanderten zu ihrer Pflaume. Lockige Haare formten ein perfektes Dreieck, als ob sie ein essbares Stillleben sei. Er wollte sich in sie versenken, immer wieder von Neuem in sie hineingleiten, bis sie ganz feucht war, bereit, sich all seinen Wünschen hinzugeben.

Paul ballte seine Fäuste mit feuriger Intensität. Wie hatte er die letzten Wochen ohne sie überleben können? Er zog seine Jacke aus und wischte sich die Nässe vom Kragen seines weißen Kosakenhemds. Er schwitzte, getrieben von fieberhafter Dringlichkeit. Er hätte schwören können, dass die Muse mit ihm spielte, ihn für all die sorgenfreien Nächte und vergeudeten Nachmittage in den Armen schöner Frauen verhöhnte. Frauen, bei denen er genau wusste, wie er sie zu nehmen hatte, mit welchem Druck und welcher Geschwindigkeit, um sie verrückt zu machen und nicht darüber nachzudenken, was danach passieren würde.

Merde, der Schmerz drang nun wieder in seinen Kopf ein. Drückte, zog und verengte sein Hirn. Riss ihm das Herz heraus. Zur gleichen Zeit war es auch höchst erregend, seine harte Erektion zu fühlen. Er war so geladen, dass er fürchtete, jeden Augenblick zu explodieren. Hier, jetzt, wenn er sich nicht sofort kontrollieren würde.

Er begehrte sie. Immer und immer wieder.

Er würde sie besitzen.

Einige Minuten lang bewegte er sich nicht, blinzelte nicht mit den Augen und lockerte auch nicht seinen roten Schal. Es ging ihm durch und durch, als das Mädchen sich drehte und die Künstler ansah, während draußen der Regen immer noch niederprasselte. Licht und Schatten fielen durch das Fenster hinter ihr und tanzten zusammen in freudiger Erregung über die Kurven ihres Körpers. Sie zitterte, als das Licht sie berührte.

Zum dritten Mal nahm Paul seinen Stift in die Hand, und zum dritten Mal legte er ihn wieder beiseite. Seine Finger waren taub. Er konnte seine Kohle nicht auf die Leinwand bringen, konnte sich nicht zusammenreißen.

Er hob die geöffnete Flasche an seine Lippen und ließ den Absinth in seine wunde Kehle fließen. Sein Herz schlug wild, aber zum Glück beruhigten sich seine Nerven. Er musste sie allein sehen, sie wieder in seinen Armen halten. Sie küssen, sie berühren, ihren Körper mit zarten Streicheleinheiten bedecken. Er hatte sich bereits seinen sexuellen Gelüsten hingegeben, aber er war erstaunt, dass das nicht ausreichte. Im Haus in der Rue des Moulins hatte sie ihm eine andere Seite von sich gezeigt, schlagfertig und faszinierend. Er wollte unbedingt mehr über sie erfahren.

Paul schloss die Augen und legte den Kopf in seine Hände. Er dachte nach. Irgendwie musste er sie davon überzeugen, mit ihm Paris zu verlassen, aus der Reichweite von Madame Chapet zu kommen. Sie würden irgendwo hingehen, ganz egal wo, Hauptsache, sie wären zusammen. Sein alter Freund Gauguin hatte Pläne, nach Tahiti zu gehen. Sie könnten ihn auf diesem Abenteuer begleiten. Warmer Sand, heiße Nächte, nackte Brüste. Allein der Gedanke erfüllte ihn mit schmerzender Erregung und gleichzeitig mit Frustration.

Er schaute hoch und sah das Verlangen in ihren Augen. Sie war eine Wildkatze, geschmeidig und gebräunt, und er stellte sich vor, wie sie in der Hand eines Mannes, der sie zu zähmen verstand, vor Wonne schnurrte. Eines Mannes wie er. Mit seinen Händen würde er über ihren nackten Körper wandern, ihre weichen Kurven bewundernd, ihre schmale Taille drückend, ihre straffen Schenkel … dann einen Finger in ihre Muschi tauchen und die zuckende Bewegung von *sa chatte* genießen.

Das war zu viel für ihn.

Mit rasendem Herzen nahm Paul seinen Stock und ging geradewegs auf die Plattform zu.

Ich habe Pauls Anwesenheit bis zu dem Moment nicht wahrgenommen, als er mit seinem Stock auf die Plattform klopft.

Ich schaue hoch und sehe den schönen Impressionisten, lächelnd. Erleichterung überkommt mich. Er ist hier.

Er trägt einen schwarzen, auf einer Seite schräg ins Gesicht gezogenen Hut, seine langen schwarzen Haare fallen lockig auf den Kragen seiner Jacke. Der leuchtend rote Schal um seinen Hals setzt einen dramatischen Akzent zu seiner schwarz-weißen Kleidung. *Nassen* Kleidung.

Ich möchte ihn berühren, will mich davon überzeugen, dass er echt ist, aber ich halte mich zurück. Eine angespannte Stille liegt in der Luft, als ich ihn so direkt anstarre. Wie lange hat er mich schon beobachtet? Ich warte darauf, dass er zu sprechen beginnt, aber er schaut mich nur an, sein Kinn auf den Stock gelegt.

Ich bekämpfe mein Verlangen, seine Berührung zu spüren, und halte seinem Blick stand, während die anderen weiterzeichnen. Das raue Geräusch von Stiften und Kohle, die in schnellen, unregelmäßigen Strichen über das Papier geführt werden, bildet eine seltsame, furchterregende Begleitung zu dem musikalischen Klang der Regentropfen, die gegen das Fenster klopfen.

„Ich könnte dich ewig so anschauen, ohne zu essen, ohne zu trinken, ohne zu schlafen", sagt Paul schließlich lächelnd und berührt seinen Hut. Er glüht vor Leidenschaft. Seine Finger sind voller Schwielen, wahrscheinlich vom stundenlangen Halten der Pinsel. Ich zittere allein schon bei der Vorstellung, wie diese Finger langsam an meinen Schenkeln nach oben zu meinen geöffneten Schamlippen wandern, dann wieder herunter, mich foltern, bis ich ihn anbettele, mit einem Finger in mich einzudringen und meine Klitoris so lange zu reiben, bis ich mich in den Wellen eines Orgasmus verliere.

„Ohne dabei mit mir zu schlafen?", frage ich lächelnd zurück. Dabei stelle ich mir wieder vor, wie er in mich hineinstößt und mein Körper sich seinem Rhythmus anpasst. „Das wäre doch nur der halbe Spaß, *n'est-ce pas?*"

Paul lacht. „Du bist nicht nur die schönste Frau von Paris, sondern auch die schamloseste."

„Du schmeichelst mir, Paul. Ich bin doch nur ein Modell für Künstler."

„Ah, aber du bist mein Modell, mit einem Gesicht und einem Körper jenseits von Perfektion."

Etwas verlegen schüttele ich das Kompliment ab, kann es aber nicht lassen, ihn herauszufordern. „War es nicht Delacroix, der sagte, dass das Modell nur ein Anhaltspunkt für den Maler ist?"

Benutz deinen Verstand. Halte sein Interesse wach.

„Du hörst dich an wie Monsieur Gromain, Mademoiselle. Er war ein Schüler von Delacroix", kommentiert Paul trocken. „*Mais oui,* ja, das waren noch Tage."

Ich bin ein wenig irritiert. Was redet er? Er ist doch noch jung. Nicht älter als Mitte zwanzig.

„Ich kenne Monsieur Gromain, seit ich ein *rapin,* ein Student war", fährt er fort. „Damals trug ich noch meine unverkauften Skizzen unter meinem Mantel mit mir herum, schlief auf Parkbänken, gab mein Geld für Farbe anstatt für Essen aus."

Ich lächle schwach. Ich kann mich nicht auf das konzentrieren, was er sagt. Mein Magen knurrt, dann beginnt mein Kopf zu pochen, und mir wird schwindlig. Ich habe hier den ganzen Morgen gestanden, posiert, mich bewegt, meine Arme nach oben gehalten, nach unten, ohne Pause.

Ich schlinge das Laken wieder um meinen Körper und wische mir den kühlenden Schweiß vom Gesicht. Ich würde jetzt alles für ein Glas Wasser geben. Paul hört auf zu reden und schaut mich an. Ein besorgter Ausdruck huscht über sein Gesicht und lässt seine dunkelblauen Augen in einem kräftigen Blauviolett strahlen.

„Du siehst erschöpft aus, *ma chérie.* Ich werde dich jetzt von hier wegschaffen."

„Nein, Paul", flüstere ich, „nicht wenn uns alle zusehen."

Ich fühle den harten Blick von Monsieur Gromain, der jede meiner Bewegungen beobachtet. Mit oder ohne Kleider – er hat einfach nur ein geschäftliches Interesse an mir. Bevor die Maler nicht fertig sind mit ihren Skizzen, wird er mich nicht ausruhen lassen. Zeit ist Geld, höre ich ihn sagen. Das hört sich in jeder Sprache gleich an.

Ich wickle das Tuch fester um meinen Körper, versuche mich von meinem armen, kranken Magen abzulenken und schaue aus dem Fenster. Silberne Regenfäden rinnen an dem Glas herunter, aber mein Blick fällt auf eine Pferdekutsche, die vor dem Studio anhält. Jemand steigt aus. Ein Mann und eine Frau. Die Frau trägt ein langes blaues Wollcape, das von Federn umsäumt ist, aber nass und schwer vom Regen an ihr herabhängt. Madame Chapet. Aber wer ist der Mann an ihrer Seite?

„Trink das, Autumn."

Paul hält eine kalte Metallflasche an meinen Mund, und ein angenehm grünes Getränk benetzt küssend meine Lippen. Absinth. Ich wehre die Flasche ab, aber meine Kehle ist trocken und heiß. Trockener Mund. Trockene Lippen. Ich habe so einen Durst. Ich gebe meinem Verlangen nach und nehme einen tiefen Schluck, dann noch einen. Das Zeug rinnt erstaunlicherweise ganz weich die Kehle herunter. Nicht wie beim ersten Mal.

Ich erinnere mich vage daran, dass Paul mir die Flasche wieder abnimmt und mir verspricht, mit mehr Absinth zurückzukehren. Ich nicke und lasse dann mein Laken über meinen nackten Körper gleiten, zeige meine aufgerichteten Nippel und meine schlanken Hüften. Das Prasseln des Regens nimmt zu, aber ich beachte es nicht. Der Alkohol nimmt von mir Besitz. Ich bin in meinem eigenen Universum, segelnd, schwimmend, durch Wände fliegend, durch Türen, sogar durch die Zeit fliege ich …

Ich drehe mich um und sehe Madame Chapet und den Gentleman mit dem Zylinder, einem hohen Kragen und perfekt sitzenden Anzug. Sie unterhalten sich, lachen, und dabei sieht er mich die ganze Zeit an. Der Mann strahlt eine gewisse Euphorie, ein Entzücken aus, das weit über ein Interesse an Kunst hinausgeht. Dann wird es mir schlagartig klar: Das muss der Duke of Malmont sein.

Was übergibt er da gerade an Madame Chapet? Geld, glaube ich. Und sie steckt es in ihr Mieder. Jetzt hält Monsieur Gromain seine Hand auf. Und auch er erhält Geld. Wie seltsam.

Ein Mann mit einer Melone tritt hinzu. Wieso er wohl einen Verband um seinen Arm trägt?

Ich fahre fort, mich vor den Künstlern zur Schau zu stellen, und ich muss gestehen, dass mir der Duke gefällt, mich erregt. Inzwischen habe ich jegliches Schamgefühl verloren. Stattdessen kokettiere ich mit meinen Kurven, lasse meine Hüften kreisen und gebe ihnen eine Show, die sie nicht vergessen werden.

Ich klimpere einige Male mit meinen Augenlidern, und mit der Kraft der grünen Fee fühle ich mich leichter als Luft, schwebend. Ich werfe meinen Kopf zurück, strecke meine

Arme nach oben und seufze tief. Ich gleite von einer verführerischen Position in die nächste, mein Körper findet seinen Rhythmus in langen eleganten Bewegungen. Meine Hände liegen auf meinen Schenkeln, auf meinen Hüften, ich berühre mich zwischen den Beinen, liebkose meine Pflaume und stecke zwei Finger tief in sie hinein.

Sie ist feucht und heiß. Ich umkreise meine Klit und stöhne vor brennendem Verlangen. Ich höre, wie Monsieur Gromain sich räuspert. Mit einem frechen Blick in seine Richtung ziehe ich meine Finger wieder heraus, aber fahre mit der lasziven Bewegung meiner Hüften fort. Ich beobachte mein Spiegelbild in der schimmernden Fensterscheibe. Paul, Monsieur Gromain und die anderen Künstler habe ich längst vergessen und tanze mit dem Laken einen sinnlichen Reigen.

Ich fühle mich so gut, entspannt, dass ich mir keine Gedanken über den Engländer mache, der mit langen Schritten auf die Plattform zukommt. Seine Absichten spiegeln sich in seinen Augen. Es geht alles sehr schnell, und bevor ich weiß, was geschieht, springt er ohne ein Wort oder eine warnende Geste zu mir auf das Podest.

„Monsieur, was macht Ihr …“, frage ich erschrocken.

„Ruhig, Mademoiselle, oder ich werde Euch einen Knebel in den Mund stecken“, droht er mir. Bevor ich meinen geöffneten Mund schließen kann, verpackt er mich in das Laken, hebt mich auf und wirft mich über seine Schultern. Ich höre, wie die Maler nach Luft schnappen, als ich den Rücken des Engländers mit den Fäusten bearbeite und ihn wild trete. Aber keiner bewegt sich und kommt mir zu Hilfe. Geschockt, verwirrt, verblüfft scheinen sie wie erstarrt, unsicher darüber, was das alles zu bedeuten hat.

„Paul!“, rufe ich und schaue mich nach ihm um, aber er

scheint verschwunden zu sein. Wo ist er?

„Vergesst ihn. Ich werde es nicht zulassen, dass er Euch bekommt", sagt der Engländer lachend.

„Lasst sie sofort wieder herunter, Monsieur, oder ich werde Euch töten", befiehlt Paul dem Engländer. Er scheint aus dem Nichts aufgetaucht zu sein und öffnet jetzt den Knauf seines Stocks, um das Messer zu zeigen.

„Ich glaube, dazu seid Ihr nicht Manns genug, Monsieur Borquet", erwidert der Gentleman.

„Wir werden gleich sehen, wie viel Mann *Ihr* seid, Monsieur, nachdem ich Euren Schwanz abgeschnitten ..."

Paul stürzt auf uns zu, als der Mann mit der Melone ihm von hinten mit einem Rohr auf den Kopf schlägt. Paul fällt sofort ohnmächtig auf den Boden.

Ich schreie mir die Seele aus dem Leib, aber der Engländer, der mich gefangen hält, schert sich nicht darum. Schnell rennt er mit mir über der Schulter zu der Hintertür, ohne sich noch einmal umzudrehen.

„Lasst mich runter!", schreie ich.

„Damit Ihr entfliehen könnt? Ich glaube kaum, Mademoiselle. Viel lieber erfreue ich mich an einer Frau, die sich so schamlos zeigen kann und von hemmungsloser Natur ist."

„Dafür werdet Ihr bezahlen, Monsieur."

„Das habe ich bereits getan, Mademoiselle", sagt er. „Und nun seid still."

„Auf keinen Fall werde ich das ... Lasst mich los!"

„Hört auf, Euch so zu winden", kommandiert er.

Zur Hölle mit ihm. Ich zerre an seiner Jacke, versuche sie ihm vom Rücken zu reißen.

„Lasst meine Jacke los."

„Englischer Bastard!"

Ich muss zurück zu Paul. Er könnte schwer verletzt sein. Mit all meiner Kraft greife ich nach dem Zipfel seines Jacketts und reiße den Saum auf. Er flucht laut. Hinter seiner höflichen Fassade spüre ich etwas Böses brodeln.

„Luder", schreit er auf Englisch und ist sichtlich schockiert über meine Unverschämtheit. „Wenn Ihr das noch einmal macht, werde ich Euch hier auf dieser Allee aussetzen und den Ratten zum Fraß vorwerfen." Dann klatscht er auf meinen Hintern und verstärkt den Griff um meine Schenkel.

Ich schreie laut auf und werfe ihm jedes französische Schimpfwort an den Kopf, das ich kenne. Der Schlag war so hart, dass er durch meinen Schädel dröhnt. Jeder Muskel in meinem Körper spannt sich an und bereitet sich auf den nächsten Schlag vor.

Stattdessen öffnet er mit einem Tritt die Hintertür des Ateliers, wo uns ein heftiger Regenguss erwartet. Schwere Tropfen fallen auf die rutschigen Pflastersteine.

„Macht Euch bereit, meine Süße", sagt er. „Euer Hintern wird jetzt nass werden."

So kopfüber nach unten zu hängen macht mich ganz schwummrig. Trotzdem schlage ich weiterhin auf ihn ein und rufe nach Paul. Aber es hilft nichts. Der Engländer rennt durch die Allee auf eine schwarz polierte Kutsche zu, die halb verborgen im silbergrauen Nebel auf uns wartet. Er wirft mich hinein, und ich sehe gerade noch, wie Paul schwankend aus dem Atelier kommt und versucht, uns nachzueilen. Die Kutsche nimmt an Fahrt zu, und ich höre Regen, klappernde Pferdehufe, rutschende Räder und das Knallen der Peitsche. Paul rennt uns nach, das schwarze Cape schlägt gegen seine Fersen, aber er kann uns nicht einholen.

Aber er lebt noch, und das ist alles, was zählt.

Zumindest bis zu dem Moment, wo ich in die glänzenden Augen des Mannes schaue, der mich gefangen hält. In ihnen sehe ich ein sündiges Verlangen und ein primitives Begehren danach, mir das Laken vom Körper zu reißen, sich in meine Schenkel zu krallen, in mich einzudringen und mich hart zu nehmen.

Mein Lächeln verschwindet.

„Ihr könnt mich nicht so einfach kidnappen, Monsieur. Madame Chapet wird Euch dafür einsperren lassen."

Der Gentleman lacht. „Das wage ich zu bezweifeln, Mademoiselle. Die charmante Madame wurde für Eure Dienste reichlich entlohnt."

„*Meine* Dienste? Ganz egal, was *La Madame* Euch erzählt hat … ich bin keine Prostituierte."

„Was seid Ihr dann? Ein himmlischer Engel? Eine Kreatur der Unterwelt? Denn ganz sicher habt Ihr mit Eurer Schönheit die Gabe, Männer sowohl zu entzücken als auch zu quälen."

Schluss jetzt! Ich habe keine Lust mehr, wie eine Marmorstatue behandelt zu werden, eine Göttin mit perfekten Kurven, die kein Hirn hat, kein Herz und vor allem keine Freiheit. Meine Gedanken rasen und versuchen einen Ausweg zu finden aus dieser verrückten Situation. Auf keinen Fall werde ich mit diesem Engländer ins Bett gehen. Solange ich diesen Körper besitze, werde ich mich nur einem Mann hingeben: Paul Borquet.

Wie konnte ich bloß in so einen Schlamassel geraten? Was mache ich, wenn dieser Irre versuchen sollte, mich zu vergewaltigen?

Trotzdem kann ich nicht widerstehen, ihn mir näher anzusehen. Er ist dunkel und auf eine gewisse Art attraktiv, obwohl er einen grausamen Zug um den Mund hat, der mich erzittern lässt bei der Vorstellung daran, seine Lippen überall auf meinem Körper zu spüren, besonders an meiner weichen, saftigen Möse. Seine Zunge, die leckt und forscht. Ich zittere, stelle mir vor, wie diese Zunge über den harten Knopf meiner Lust gleitet, sich seine Säfte mit meinen mischen, während er mich weiter erkundet, immer wieder in mich stößt. Was, wenn ich es nicht verhindern kann, feucht zu werden? Was werde ich dann tun?

In einer frommen Geste lege ich meine Hände über meiner Brust zusammen, um Kraft zu sammeln und einen unsichtbaren Schild zwischen uns aufzubauen. Kopf hoch, Schultern zurück, versuche ich abwehrend auszusehen, aber stattdessen zittere ich und versuche ein Niesen zu unterdrücken.

Was habe ich erwartet? Ein dünnes Laken ist nicht gerade der geeignete Regenschutz.

„Ich bestehe darauf, dass Ihr mich sofort ins Atelier zurückbringt." Meine Stimme klingt angespannt.

„Nein."

„Ich werde es nicht zulassen, dass Ihr mich berührt."

„Dann werde ich Euch einfach die Hände hinter Eurem Rücken fesseln."

„Ich werde treten."

„Dann muss ich leider auch Eure Beine fesseln … weit gespreizt."

Er fährt fort, mir zu beschreiben, wie er es genießen würde, meinen nackten Körper an Ringen und Haken von der Decke baumeln zu sehen, meine Arme ausgestreckt über meinem Kopf, schweißnasse Brüste, harte Nippel. Ich habe keine Zweifel daran, dass in seinen Fantasien auch eine dicke Lederpeitsche vorkommt, mit der er meinen nackten Hintern schlägt.

Es ist Zeitverschwendung, mit ihm jetzt diskutieren zu wollen, und deshalb wende ich mich lieber von ihm ab und plane meinen nächsten Schritt.

Wie könnte ich am besten entkommen? Der auf das Kutschendach prasselnde Regen erinnert mich daran, dass ich mit einem verrückten Kidnapper zusammen hier eingesperrt bin. Er lässt mich nicht aus den Augen. Nach was er wohl Ausschau hält? Immerhin hat er mich ja bereits nackt gesehen.

Verlegen ziehe ich das Laken über meine nackten Schenkel, um sie zu bedecken. Nervös klammere ich mich an dem Tuch fest und zerreiße es mit meinen Nägeln. Ich schaue geradeaus und ignoriere den Mann, der mir gegenübersitzt. Ich starre ins Leere und denke an Paul, wie er der Kutsche hinterhergerannt ist. Bei dem Versuch, mir zu helfen, wäre er beinahe getötet worden. Zum Teufel mit dieser Madame Chapet. Ohne Frage hatte sie bei dieser Entführung ihre Hände im Spiel, um ihren Profit zu verdoppeln.

Ich ziehe den Vorhang des Fensters zurück und vergesse dabei fast, dass der Mann mich die ganze Zeit beobachtet. Es regnet große, schwere Tropfen. Sie verfangen sich in den Rädern, und die Hufe der Pferde planschen durch die Pfützen. Bis auf ab und zu einen einsamen Reiter oder eine geschlossene Kutsche ist niemand auf den Straßen von Paris unterwegs. Niemand, der mich hören könnte, wenn ich um Hilfe rufe.

Ich muss diesen Mann unbedingt davon überzeugen, mich zurückzubringen, selbst wenn ich dabei die Jungfrau in Gefahr spielen muss.

„Wenn Ihr ein Gentleman seid, Monsieur", sage ich charmant, als die Kutsche langsamer wird und um einen Wagen herumfährt, der ohne Pferde auf der Straßenmitte herumsteht, „werdet Ihr mich jetzt zurückbringen ins *L'Atelier Gromain,* damit ich meine Kleider holen kann ..."

Seine Augenbrauen gehen zweifelnd nach oben. Dass ich meine Haltung geändert habe, kann er sich anscheinend nicht richtig vorstellen. „Ich werde Euch neue Kleider kaufen, Mademoiselle. Alles, was Euer Herz begehrt."

Ich seufze ziemlich verärgert. „Lasst die Kutsche umdrehen ... bitte."

Er schüttelt den Kopf. „Ihr seid nicht in der Position, um um irgendetwas zu bitten, Mademoiselle."

Ich antworte ihm nicht. Anscheinend muss ich mir etwas anderes einfallen lassen.

„Ich sehe, wir verstehen uns", sagt mein Kidnapper. „Gut."

„Männer, wie Ihr es seid, werde ich niemals verstehen", platze ich heraus. „Männer, die glauben, Gewalt sei der einzige Weg, um eine Frau zu verführen."

Er scheint ein wenig erstaunt zu sein über meine Antwort, aber er fährt fort mit dem, was ihm durch den Kopf geht.

„Ursprünglich hatte ich nur geplant, einen Nachmittag zwischen den Laken mit Euch zu verbringen. Ich wollte mich dabei amüsieren, Euch beizubringen, wie man einem Gentleman Vergnügen bereitet, zum Beispiel, indem Ihr Euch nach vorn beugt und mich Eure Hintertür erforschen lasst." Dabei reibt er seine Finger so zusammen, als ob er meinen Anus streichelt. Ich zittere.

„Dann habe ich Euch allerdings nackt gesehen ... ah, Madame, Ihr seid dazu ausersehen, einen Mann mit euren schönen Brüsten zu massieren. Am Bauch beginnend und dann langsam nach unten wandernd ... bis sein Schwanz vor Entzücken zittert und sich zwischen Euren runden

Melonen vergräbt."

Dieses Mal verliere ich allerdings die Kontrolle. Ich mache eine Faust und stampfe so fest auf, als ob ich auf heißen Kohlen gehen würde.

„In der Zeit, aus der ich komme, haben Frauen einiges dazugelernt, Monsieur. Wir baden ohne unsere Unterwäsche und benehmen uns nicht wie Sklavinnen der Männer." Ich höre auf. Mehr kann ich jetzt nicht sagen, ohne Verdacht zu erregen.

„Ihr müsst Euch nicht verteidigen, Mademoiselle. Ich habe auf alle Fälle die Absicht, Euch länger als einen Nachmittag bei mir zu behalten", beendet er seine Rede kühl, als hätte ich ihn nicht unterbrochen.

„Was soll denn das jetzt schon wieder heißen, Monsieur?"

Er beugt sich zu mir herüber. „Ich biete Euch meinen Schutz an."

„Was bietet Ihr mir an?"

„Kommt, Mademoiselle, eine Frau wie Ihr würde ihre Position in einem Hurenhaus jederzeit dafür aufgeben, die Mätresse eines Gentlemans zu werden."

Ich muss schlucken. „Eure Mätresse?"

„Ja, ich bin bekannt als ein Mann von Welt. Der Name Malmont ist in gewissen Kreisen Londons hoch angesehen."

„Oh? Das ändert aber trotzdem nichts, Monsieur. Ich habe kein Interesse an Eurem Vorschlag." Ich stelle fest, dass ich nicht an seinen Großmut appellieren kann, weil er offensichtlich gar keinen besitzt. So wie er mich behandelt, wie eine Liebessklavin, die verhauen werden will. Meine Kehrseite tut immer noch weh und glüht wahrscheinlich jetzt rot unter dem Laken.

„Ihr habt keine andere Wahl, Mademoiselle. Der Handel

ist bereits abgeschlossen. Ihr seid jetzt die Mätresse von Harry Bingham, Duke of Malmont."

Das hat er also Madame Chapet gegeben. Einen Vertrag für meine Dienste. Der Duke greift nach meiner Hand und bringt sie zu seinen Lippen. Seine Berührung ist mir unangenehm, und ich zucke zusammen. Schnell entziehe ich ihm meine Hand und beiße auf meine Knöchel, um das flaue Gefühl in meinem Magen zu unterdrücken.

„Bingham", wiederhole ich nachdenklich. „Ihr wart der Gentleman, der jeden Tag im Haus in der Rue des Moulins vorstellig wurde." Das ist keine Frage, sondern eine Feststellung. Allerdings ist die Bezeichnung „Gentleman" sicherlich das letzte Wort, das auf diesen Irren passte.

„Ja. Und meine Geduld wurde reichlich belohnt." Mit seiner behandschuhten Hand, nass von Regen oder Schweiß, da bin ich mir nicht sicher, reibt er über meinen Schenkel, schiebt das Laken zur Seite und enthüllt meine weiche Haut. Rauf und runter gleiten seine lederumhüllten Finger über mein Fleisch, auf der Suche nach meiner Muschi. Was für ein Spiel spielt er hier? Glaubt er, die Vorahnung seiner Berührung würde mich erregen? Auf keinen Fall. Ich presse meine Schenkel fester zusammen, um ihm keinen Zugang zu gewähren. Allerdings muss ich zugeben, dass eine schwelende weiße Wärme sich in meinen Lenden ausbreitet. Das bringt mich auf eine Idee.

Ich werde seine Fantasie in einen Albtraum verwandeln. Ich lächle breit, was der Duke als ein Zeichen dafür interpretiert, dass ich mich wohlfühle.

„Ihr würdet es noch mehr genießen, wenn ich Euch hier, in Eurer Schatulle, berühre, nicht wahr, Mademoiselle?", flüstert er schwer atmend und steckt seinen Finger in mich hinein. Er beugt sich über mich und leckt seine Lippen, als er seinen Finger immer tiefer in mich eintaucht und nach meinen Säften sucht. Instinktiv kneife ich meinen Po zusammen, womit ich seinen Finger noch tiefer in mich hineinziehe und dabei versuche, die in mir aufsteigende Erregung zu unterdrücken.

„Ich versichere Euch, dass Ihr vor Lust schreien werdet, wenn ich Eure Hinterbacken mit meinen Fingern spreize und Euch dann mit meinem Schwanz ausfülle."

Oh nein. Auf keinen Fall.

„Ihr werdet derjenige sein, der enttäuscht sein wird, Monsieur."

„Was?"

„Was auch immer für Caféhaustratsch Euch zu Ohren gekommen ist", schneide ich ihm das Wort ab, „ich bin keine Jungfrau mehr."

Abwartend, welchen Effekt meine Worte auf ihn haben, wende ich meinen Blick ab und lasse ihn über das grüne Samtpolster der Kutsche wandern. Ich versuche gleichmäßig zu atmen und Zeit zu gewinnen. Ich fühle, wie der Engländer mich ansieht, und ich bekomme Gänsehaut. Meine Zähne klappern so sehr, dass ich kaum einen Laut herausbringe.

Schließlich sagt er: „Ich hätte es besser wissen sollen, als den Märchen dieser fetten, alten Madame Glauben zu schenken. Dieser Bastard Borquet hat Euch gefickt, stimmt's?"

Ich sage nichts. *Nur nichts zugeben!*

„Ihr könnt es nicht vor mir verbergen, Mademoiselle. Ich kann es in Euren Augen sehen. Sobald ich seinen Namen erwähne, beginnen sie zu strahlen. Ich sollte Euch jetzt hier auf der Stelle, in dieser Kutsche, rannehmen, bis Ihr nach mehr bettelt." Grinsend zieht er wieder an meinem Tuch, bereit, es mir vom Leib zu reißen. Dann entspannt er sich plötzlich, und eine andere Stimmung überkommt ihn.

„Wie auch immer ... ich will noch etwas anderes von Euch, Mademoiselle. Etwas, das ich nicht von Euch bekommen kann, wenn Ihr auf Eurem Rücken liegt und Euch der Ekstase des *petit mort*, des kleinen Todes hingebt, wie die Franzosen den Orgasmus nennen."

Ich schaue erstaunt auf. „Monsieur?"

„Ich will Informationen von Euch. Was wisst Ihr über Borquet? Sagt es mir." Dabei hält er mich an den Handgelenken fest. Zu fest.

„Ihr tut mir weh, Monsieur."

Er ignoriert mein Flehen. „Woher kommt er? Wie alt ist er? Hat er noch Familie?"

„Ich habe keine Ahnung, Monsieur." Ich beiße auf meine Unterlippe und versuche, nicht laut aufzuschreien. Schließlich lässt er mich angewidert los.

„Ihr habt ihm also erlaubt, Euch zu vögeln, aber Ihr wisst nichts von ihm? Ah, Ihr seid genauso wie die anderen Straßenhuren."

„Ich bin keine Hure", spucke ich die Worte auf Englisch aus. Diese Scharade habe ich so satt. „Ich bin eine amerikanische Touristin, die sich in einer kompromittierenden Situation befindet."

Seine Augen weiten sich. „Eine Amerikanerin?" Dann beginnt er laut zu lachen. „Na ja, das macht nichts. Keiner ist in dieser feinen Gesellschaft das, was er vorgibt zu sein, Mademoiselle. Niemand. Die schönen Kleider, die eleganten Manieren, die eitlen Phrasen, alles nur Fassade." Er lehnt sich näher zu mir herüber, und ich kann das frische Regenwasser riechen, das sich mit dem Geruch von Holz vermischt hat und von seinem feinen seidenen Jackett aufsteigt. „Ich hatte gleich das Gefühl, dass mit Euch etwas nicht stimmt."

„Stört es Euch denn, dass ich Amerikanerin bin, Lord Bingham?", frage ich und hoffe, ihn weiterhin zu verwirren. „Monsieur Borquet findet meinen kolonialen Humor amüsant."

„Vergesst ihn. Ihr gehört jetzt mir."

„Ich gehöre keinem Mann."

„Ihr Amerikaner und Eure verdammte Unabhängigkeit. Das hilft Euch hier nicht weiter. Ich seid mit Britischen Pfund gekauft und bezahlt worden."

„Ich werde es niemals zulassen, dass Ihr mich berührt. Niemals. Ich werde gegen Euch kämpfen."

„Ihr werdet tun, was ich Euch sage, oder ich …"

„Was werdet Ihr tun? Mich mit einer Gerte schlagen, bis mein Hintern mit roten Streifen bedeckt ist? Mich vergewaltigen, bis ich um Gnade winsele? Ich glaube kaum, dass ihr ihn überhaupt noch hochbekommt. Ist seid noch nicht mal halb der Mann, der Paul Borquet ist …"

Da habe ich wohl etwas Falsches gesagt, wie ich schmerzlich erfahren muss. Er gibt mir eine schallende Ohrfeige, und mein Gesicht sticht, als ob ich von einem Brenneisen versengt worden wäre. Erschrocken lege ich eine Hand auf meine Wange, aber ich schreie nicht. Auf keinen Fall darf er sehen, wie sehr ich mich fürchte. Davor, mit ihm allein zu sein, mit nichts als diesem Laken zwischen uns.

Ich bin immer noch mit meiner Ohrfeige beschäftigt, als Lord Bingham gegen das Dach der Kutsche klopft und sich eine kleine Tür öffnet. Der Kopf des Fahrers beugt sich zu uns runter. „Kutscher, 64 Rue Chalgrin", sagt Lord Bingham auf Französisch und dreht sich dann zu mir um. „Trotz Eurer vulgären Vorführung, Mademoiselle, habe ich meine

Meinung nicht geändert und werde Euch in mein Appartement auf der rechten Seite der Seine bringen, wo ich Euch in Pelz wickeln kann und Ihr darunter nur Euren nackten Körper tragt. Dann werde ich Eure intimsten Stellen erkunden, während mein Butler mir Moët-Champagner und Austern serviert, die ich von den Lippen Eurer Lustgrotte schlürfen werde."

„Ich werde nicht mit Euch schlafen!", schreie ich und hüpfe demonstrativ auf und ab, bis mein Kopf an die gepolsterte Decke der Kutsche stößt. Der Schmerz weckt mich auf und gibt mir neuen Mut. Ich muss aus dieser Kutsche raus. Ich sehe, dass der Regen grau und schwer auf die Pflastersteine fällt, wie Glasscherben. Alles ist besser als die gepolsterte Zelle, die ich mit diesem Verrückten teile.

Niemand, der einigermaßen seine fünf Sinne beieinander hat, würde gerne allein ohne Kleider mitten in Paris ausgesetzt werden. Noch dazu bei diesem schrecklichen Regenwetter. Aber ich bin schon seit dem Moment nicht mehr klar im Kopf, als ich vor dem Porträt von Paul Borquet nackt Modell gestanden habe.

„Ich nehme mir, was ich will, Mademoiselle", sagt Lord Bingham. „Und ich will Euch!"

„Nein!", rufe ich laut, aber meine Stimme wird von seinen Küssen erstickt. Seine Zunge schiebt sich mit Gewalt zwischen meine Lippen, und er erforscht meinen Mund mit einer Leidenschaft, die ich ihm nicht zugetraut hätte. Das bringt mich ziemlich aus dem Gleichgewicht, und ich fühle mich von seinem Kuss abgestoßen. Seine Lippen pressen sich mir entgegen und zwingen meinen Kopf nach hinten. Ich bin bemüht, mich aus der Umklammerung zu befreien. Immer wieder versucht er meine Brüste zu entblößen, greift nach meinem Laken, verfängt sich darin, als unsere Kutsche bedenklich zu schwanken beginnt, als ob die Götter des Donners und der Blitze erzürnt sind. Ich winde mich, trete, stoße und versuche mit allen Mitteln, ihn loszuwerden. Die Kutsche kommt mit einem plötzlichen Ruck zum Stehen, wirbelt uns herum, und der Engländer fällt völlig verstört auf den gegenüberliegenden Sitz.

„Was zum Teufel …“, murmelt er.

Das ist deine Chance. Verschwinde von hier. Jetzt!

Als ich nach der Kutschentür greife, wird sie von dem schwarz gewandeten Kutscher schon für mich geöffnet. Es regnet so heftig, dass ich sein Gesicht nicht erkennen kann. Vergeblich versucht er für mich einen Regenschirm zu öffnen und sich gegen den kampfeslustigen Wind zur Wehr zu setzen.

„Wir haben ein Problem, Monsieur“, sagt der Kutscher und beugt seinen Hut nach vorn, sodass das Regenwasser abfließen kann, das sich in der Krempe gesammelt hat. Dabei kämpft er immer noch mit dem Regenschirm.

„Was für ein Problem?“, fragt der Engländer.

„Das Rad ist gebrochen, Monsieur. Wir können nicht mehr weiterfahren.“

Ich hole tief Luft. Wenn ich jetzt keinen Fluchtversuch starte, werde ich diesem englischen Lord niemals entkommen, dessen kalte Finger mit meiner feuchten Muschi spielen oder der mich zwingt, seinen Schwanz trocken zu lutschen.

Bevor der Engländer nach mir greifen kann, ziehe ich mein Tuch fest um mich, bewege mich in Richtung Tür und springe aus der Kutsche. Der Regen schlägt mir ins Gesicht, der Wind stößt mich herum, und einen Moment lang frage ich mich, ob das die richtige Entscheidung war. Halb nackt durch die Straßen von Paris zu ziehen … da könnte alles Mögliche passieren. Ich könnte mir zum Beispiel eine Lungenentzündung zuziehen, oder noch schlimmer wäre es, wenn die Polizei mich wieder aufgreifen würde.

Was könnte ich sonst tun? Egal, ich habe das Gefühl, von unsichtbaren Mächten durch diese verdrehte Welt und zurück zu Paul geführt zu werden.

Ich sehe, wie der Kutscher den zerbrochenen Regenschirm genervt auf den Boden wirft, und dann befiehlt ihm der Engländer, mir nachzueilen. Vergeblich versucht der Kutscher ihm zu erklären, dass das unmöglich sei. Der Duke kommt aus dem Wagen, lässt zornig die Peitsche knallen und schimpft ohne Ende. Alle möglichen Verfluchungen ausstoßend, verfolgt er mich. Als seine Kleider aber dann tropfnass werden, gibt er die Verfolgung auf und zieht sich lieber wieder in die trockene Kutsche zurück.

Offensichtlich ist er ein verwöhnter Engländer, der trockene Kleider einer nassen Frau vorzieht!

Ich rapple mich auf, aber graue Wassertropfen rinnen von meinen Wimpern und versperren mir die Sicht. Das Rauschen des Regens dröhnt in meinen Ohren. Das Tuch halte ich eng um meinen Körper geschlungen, streiche mein nasses rotes Haar aus dem Gesicht und stolpere in eine kleine Seitengasse, ohne mich dabei umzudrehen. Nur so schnell wie möglich weg von dem Engländer.

Da höre ich hinter mir plötzlich einen lauten Schrei.

„*Faites attention*, Mademoiselle. Passt auf!“

Ich drehe mich gerade noch rechtzeitig um, um einen führerlosen Wagen auf mich zurollen zu sehen. Laufend, schnaubend, für nichts und niemanden aufzuhalten, stampfen die großen braunen Arbeitspferde so direkt auf mich zu, dass ich ihren mit Regen vermischten Gestank riechen kann.

Ich schreie, aber kann mich nicht vom Fleck bewegen. Das weiße Laken weht flatternd um meinen Körper, und das Echo meiner Stimme ist in seiner Lautstärke mit nichts zu vergleichen, was ich jemals zuvor gehört habe.

„Lebt sie noch?“

„Ja, Madame, aber sie hat einige blaue Flecke und blutet.“

„Blut kann ich nicht ertragen. Dann falle ich in Ohnmacht … ich falle in Ohnmacht“, echot die schrille weibliche Stimme immer wieder in meinem Gehirn.

Ich stöhne und bewege leicht meinen Kopf.

„Ah, *mon dieu,* sie kommt jetzt zu sich“, sagt die gleiche Stimme.

„Ich werde sie in mein Atelier zurücktragen, Madame. Da ist ein Arzt in der Nähe.“

„Nein, nein, nein, sie muss mit mir kommen, Monsieur. Legt sie in meine Kutsche.“

„Sie benötigt einen Arzt, Madame Chapet. Jetzt sofort.“

„Sie wird einen Arzt bekommen, Monsieur Borquet. Mein lieber Freund, Monsieur Lautrec, ist bereits mit seinem Freund, Docteur Bourges, unterwegs zum Haus in der Rue des Moulins.“

„Ich muss darauf bestehen, Madame. Euer Doktor kommt vielleicht zu spät.“

„Könnt *Ihr* einen Doktor bezahlen, Monsieur Borquet?“

Ich höre keine Antwort, nur einen lauten Seufzer.

„Kein Wort mehr. Das Mädchen kommt mit mir.“

Ich fühle, wie ich von starken Männerarmen aufgehoben werde. Eine warme Decke liegt über mir, und auch wenn sie sich an meiner Wange etwas rau anfühlt, so ist sie doch warm und trocken. Ich kuschle mich an die muskulöse Brust des Mannes, greife nach einem Ende des langen Schals, und der vertraute männliche Geruch meines Künstlers umweht meinen schmerzenden Kopf. Ich muss im Delirium sein. Ich bin in Pauls Armen.

Das Angenehmste daran ist nicht die Wärme, auch nicht, wie perfekt mein Kopf in seine Halsbeuge passt oder die Stärke und Sicherheit, die seine Arme mir vermitteln. Sondern mehr als alles andere liebe ich das Gefühl, dass er sich um mich sorgt und ich ihm wichtig bin.

„Paul … Paul …“ Leise flüstere ich die Worte, aber er hört mich nicht. Verdammt sei der Engländer, dass er mich entführt hat. Ich bin benommen und desorientiert, bis auf die Knochen durchnässt, angeschlagen und halb tot.

Ich bewege mich. Ein schmerzverzerrtes Stöhnen kommt mir über die Lippen. Mein Gesicht tut ziemlich weh, meine Kehle fühlt sich rau an, und sprechen kann ich auch kaum. Ein stechender Schmerz schießt meine Wirbelsäule hoch. Jeder Atemzug tut weh. Wahrscheinlich sind ein paar Knochen gebrochen. Aber wenigstens bin ich am Leben.

Ich werde es schaffen.

Ich bin ein Stehaufmännchen.

15. KAPITEL

Mimosen. Ich löse das Bündel welker Blumen von meinem Morgenmantel und erfreue mich an diesen kleinen Blumen mit ihren pinkfarbenen und weißen Blütenblättern, die gerade aus der feuchten Erde gewachsen zu sein scheinen, um auf den Baumstümpfen nur für mich zu tanzen.

Die meisten Dirnen ziehen Veilchen vor. Große Sträuße, die den Gentlemen zunicken und winken, wenn sie mit den Mädchen nach oben gehen und dabei unter ihre Petticoats greifen.

Ich bin da anders. Der leichte, süße Duft dieser Blumen ist mein Lieblingsgeruch. Seit zwei Wochen bringt mir Paul jeden Tag Mimosen mit, und es ist ihm egal, ob die Madame die Erlaubnis gibt für seinen Besuch oder nicht. Er geht jedes Risiko ein, mich zu sehen, mich in seinen Armen zu halten, mit seinen Fingern zwischen meine Beine zu fahren und sie in einer intimen Weise in mir zu bewegen, sobald die aufgeblasene Puffmutter das Zimmer verlassen hat. Ich kann seinen Berührungen weder widerstehen noch ihnen entfliehen. Oje, oje.

An diesem Morgen fühle ich mich ohne frische Mimosen auf meinen Brüsten ganz nackt.

Paul ist heute spät dran.

Ich sitze auf dem Diwan im großen Wohnzimmer, schließe meine Augen und halte die delikaten Blumen an meine Nase, genieße die schönen Erinnerungen, die bei ihrem Duft in mir aufsteigen.

Ich sehe sein schönes Gesicht.

Schmecke seine salzige Haut mit meiner Zunge.

Oh, wie gerne ich vor ihm Modell stehe. Meinen Körper

in alle Richtungen bewegend. Ihn verführend. Ich liebe es, meine Zunge über seine sinnlichen Lippen gleiten zu lassen.

Gestern hat er mich kaum berührt, aber trotzdem war ich so feucht, dass meine Säfte seine Finger benetzten. Als er seine Knöpfe öffnete und meine Hand in seine Hose führte, fühlte ich die unglaubliche Größe seines pochenden Schwanzes, und ich wünschte, ich läge in seinen Armen, seine nackte Brust würde über meine entblößten Nippel reiben. Hart und braun, sich nach dem Biss seiner Zähne sehnend, den Zärtlichkeiten seiner Zunge. Ich, nackt wie an dem Tag, an dem ich im Künstleratelier Modell stand, und er, nur seinen männlichen Stolz tragend, Seite an Seite beieinanderliegend, uns gegenseitig neckend mit unseren Lippen, unseren Fingern. In Ekstase seufzend, wenn sein tiefer Kuss mich entflammt und ich mehr und mehr will.

Meine Finger zittern, als ich meinen Morgenrock enger um mich ziehe. Ein anderes Gefühl überkommt mich. Jede Minute wird *Le Docteur* zu seiner täglichen Visite vorbeikommen. Ich hasse seine fummelnden Hände und gelispelten Fragen, wenn er mich über den Rand seiner kleinen Brillengläser lüstern ansieht.

„Ihr habt solch perfekte Zähne, Mademoiselle, und Eure Haut ist so rein“, sagt er. „Niemals zuvor habe ich ein Mädchen mit solch schönen Brüsten gesehen. Woher kommt ihr, *ma jolie?*“

Seine Hände und die kalten Finger betasten meine Haut, und wieso kneift er meine Nippel? Doktor hin oder her … ich habe keine Lust mehr, dass er meine Brüste drückt, während er vorgibt, mein Herz mit seinem hölzernen Stethoskop zu untersuchen.

Ich lächle. Aber nicht heute. Heute habe ich für den Doktor eine Überraschung vorbereitet, um ihn von mir fernzuhalten.

Docteur Bourges hat mir versichert, dass ich nur blaue Flecke hätte und keine Knochen gebrochen seien. Der Schlag gegen meinen Kopf, als ich fast von den Pferden überrannt worden wäre, sei auch nichts Schlimmes. In ein paar Wochen würde ich wieder gesund sein. Ich bräuchte nur etwas Ruhe und Fürsorge.

Das kostet natürlich Geld, was der Madame überhaupt nicht gefällt. Sie hat sogar gedroht, mich vor die Tür zu setzen. Ich hätte eine Witzfigur aus ihr gemacht, beschuldigt sie mich, weil ich unverantwortlich gehandelt habe und dem Lord weggelaufen sei.

Der Engländer hat damit gedroht, den Ruf der Madame zu ruinieren und ihr keinen Sou mehr zu zahlen, ganz egal, mit welchen Verlockungen sie ihn in Zukunft umgarnen werde.

Am Schlimmsten war zunächst, dass ich im Augenblick weder als Modell noch als Prostituierte arbeiten kann und sie aus dem Grund an mir auch keine Kommission verdient. Nichts für die ganze Zeit und das Geld, das sie für mich ausgegeben hat.

Sie hatte kein schlechtes Gewissen bei dem Gedanken, mich ins *Hôpital de la Charité* zu stecken, bis eines Tages Paul vor der Tür stand und darauf bestand, für meine Arztkosten aufzukommen. Nicht mit Geld, aber mit seinem Bild von mir.

„Lasst mich jeden Tag vorbeikommen, damit ich mein Bild fertig malen kann, Madame Chapet“, insistierte er. „Ihr dürft es dann anschließend verkaufen, und der Profit gehört Euch.“

Erst da, lächelnd und im Kopf schon die Summen addierend, änderte sie großzügig ihre Meinung und ließ mich bei ihr bleiben.

Wieso auch denn nicht? Zwanzig Francs für jede Visite des Doktors. Ein halbes Monatsgehalt für die Mädchen im Bordell. Madame Chapet kann für das Bild sicherlich hundertmal oder sogar zweihundertmal so viel Geld bekommen, wenn sie es verkauft. Ganz Paris spricht von nichts anderem als von meiner gewagten Flucht aus der Kutsche des Engländers. Sogar der *Pariser Echo,* eine Publikation, die eine regelmäßige Kolumne über die halbseidenen Damen von Paris unterhält, berichtete über mich.

„Ah, *la publicité,* das Wasser, das meine Blumen zum Blühen bringt", war der Kommentar von *La Madame.*

Sie stellte für mich eine unfreundliche, ungesund aussehende Krankenschwester ein, um mich im Auge behalten zu können. Aber bereits nach einer Stunde hatte ich sie hinausgeworfen.

Ich bestand darauf, von Delphine gepflegt zu werden. Ich habe diese kleine Näherin schätzen gelernt und erfreue mich an ihrem fröhlichen Wesen. Sie ist nur ein einfaches Mädchen aus einer Bauernfamilie. Sie kam in dieses Haus, weil sie nicht wusste, was sie sonst machen sollte. Ein liebreizendes Mädchen, das gern lacht. Nur vor Madame Chapet hat sie Angst, und deshalb war es nicht so leicht für mich, sie davon zu überzeugen, ihr Talent als Näherin zu meiner Hilfe einzusetzen.

Ohne eine bestimmte Melodie zu summen, bewege ich mich vor und zurück und genieße die Morgenluft, die meine Haut sanft kühlt. Plötzlich stelle ich fest, dass ich nicht mehr allein im Zimmer bin.

„Träumt Ihr von Monsieur Borquet, Mademoiselle?"

Es ist Delphine, die ihre Augen zusammengekniffen hat und mich mit ihrem elfenhaften Lächeln ansieht. Hinter ihrem Rücken hält sie etwas versteckt.

„Ist das so offensichtlich, Delphine?"

„*Mais oui,* Mademoiselle Autumn", sagt Delphine und macht nun meinen Akzent nach. „Paul ... du bist so schöööön." Sie kichert. „*Ah, merci,* Paul, du bist sooooo nett." Noch ein Kichern. „Was für einen großen Ständer du hast ..."

„Ihr habt gestern gelauscht, Ihr kleines Miststück", ziehe ich sie auf.

„Ich bin nur rein zufällig vorbeigekommen, und ein kleiner Windhauch hat mir diese Worte ins Ohr geflüstert, Mademoiselle."

Delphine versucht betont unschuldig zu wirken.

„Dieser kleine Windhauch hat Euch nicht zufällig auch erzählt, wohin Madame Chapet heute Morgen gegangen ist? Gepudert und aufgedonnert wie ein ausgestopfter Pfau?"

„*Mais non,* leider nicht, Mademoiselle Autumn. Sie hat niemandem erzählt, wohin sie geht. Aber ich habe gehört, wie sie etwas von einem neuen Kabarett in Montmartre erzählt hat."

Ich ziehe die Augenbrauen zusammen. Wahrscheinlich geht es um neue Anwärterinnen für das Bordell.

„Monsieur Borquet ist heute Morgen noch nicht aufgetaucht", sage ich. „Ich mache mir Sorgen, Delphine."

„Er kommt bestimmt noch, Mademoiselle. Ich habe gesehen, wie seine Augen leuchten, wenn er Euch betrachtet. Dann schwingt er seinen Pinsel über die Leinwand, mit einem so leidenschaftlichen Blick, um den jedes Mädchen Euch beneiden würde. Ein Blick so voller Befriedigung, dass

Ihr ihm gehört und ganz allein ihm."

„Ist das wirklich so, Delphine? Oder gehöre ich der seltsamen schwarzen Magie, die mich hierher geführt hat?", sage ich gedankenverloren. Ich weiß, dass Delphine natürlich keine Ahnung hat, wovon ich rede.

„Ich fühle Magie, wenn mein Tristan mich berührt. Eine Frau und ihr Petticoat sind wie Blütenblätter, sagt er, liebkost und bewundert von ihrem Liebhaber, wenn er sie eine nach der anderen langsam entblättert."

Ich kann es mir nicht verkneifen, sie zu fragen: „Und wie viele Petticoats hat Euer Tristan entfernt, Delphine?"

„Alle bis auf den letzten, Mademoiselle", sagt Delphine und senkt verlegen den Blick. Sie ist immer noch Jungfrau. Ich bin amüsiert, dass es das noch gibt im Haus der Madame. Hier, an einem Ort, an dem die Mädchen ständig bis aufs Äußerste erregt sind, jederzeit für ein Bad in Champagner zur Verfügung stehen und mit den Gästen nach oben steigen, um ihnen Befriedigung zu verschaffen.

„Ich habe gute Neuigkeiten, Mademoiselle", kündigt Delphine stolz an. Dann schaut sie sich genau um, um sicherzugehen, dass wir ungestört sind. „Ich habe *votre soutien-gorge,* Euren Büstenhalter, fertiggestellt."

Sie streckt ihre jungen Brüste raus und hält den kleinen Brustverstärker hoch, den sie für mich aus zwei Taschentüchern und einer Satinschleife gefertigt hat. Nach meiner kleinen Skizze hat sie das weiche Material in der Mitte zusammengebunden, um die natürliche Mitte zwischen den Brüsten zu betonen, und dann Träger angenäht, die über der Schulter befestigt werden.

„Oh, das ist perfekt, Delphine!" Ich nehme ihr das Teil aus der Hand und halte es über meine Brüste.

„*Hélas,* Mademoiselle, keine französische Frau würde so etwas tragen wollen."

„Wieso nicht?"

„Es ist skandalös und bedeckt nicht die Taille."

„Ein *brassière* soll auch nichts anderes bedecken als die Brüste."

„Brassière?" Delphine lacht. „Das bedeutet *unter dem Arm* oder auch ein Unterhemd für ein *bébé.*"

„Nicht dort, wo ich herkomme", scherze ich. „Hilf mir beim Anziehen, Delphine."

Als sie die Schnüre des Büstenhalters hinter meinem Rücken festzieht, sehe ich, wie vor dem Haus eine elegante Kutsche hält. Sie gehört dem Doktor, und die schwarz glänzenden Türen sehen aus wie frisch polierte Schuhe.

„Schnell … wir haben keine Zeit zu verlieren." Ich straffe die Schultern, justiere die Träger und drücke meine Brüste nach oben.

Delphine kichert. „Was meint Ihr, was *Le Docteur* sagen wird, Mademoiselle, wenn er versucht, Euch zu untersuchen?"

„Ich kann es kaum erwarten, sein Gesicht zu sehen."

„Ist unsere Patientin bereits wach, um Docteur Bourges zu empfangen?"

„Ah, *mais oui,* es geht ihr viel besser, Madame Chapet. Sie hat sich bereits heute Morgen aufgesetzt und alles gegessen, was ich ihr zum Frühstück gebracht habe."

Ich spiele nervös mit den verwelkten Blumen herum, reiße die Blütenblätter ab und lasse sie achtlos auf meine pinkfarbenen Pantoffeln fallen.

Ich unterdrücke meine Ungeduld mit dem Doktor, nicht weil ich unbedingt von ihm untersucht werden will, sondern weil ich es kaum erwarten kann, bis er wieder gegangen ist. Auf keinen Fall darf Madame erfahren, dass es mir schon wieder so gut geht, dass ich zu einem ihrer Mädchen werden könnte.

„Wann kann sie *ouvrir ses jambes,* ihre Beine breit machen und für mich arbeiten, Monsieur?"

„Das kann ich nicht genau sagen, Madame", sagt der Doktor, wobei er meine Handgelenke hält und mir dabei in die Augen schaut. Seine neurologischen Fähigkeiten scheinen sich darauf zu beschränken, meinen Puls zu finden und meine Pupillen zu untersuchen. Er ignoriert meine Fragen, tut so, als ob er mein Französisch nicht versteht, und behandelt mich, als ob ich nur einen Ohnmachtsanfall gehabt hätte. Anschließend verschreibt er mir komplette Bettruhe für die nächsten beiden Wochen. Er genießt seine Besuche bei mir und möchte nicht, dass sie so schnell enden.

„*S'il vous plaît, Monsieur le docteur,* ich muss eine Antwort haben." Madame Chapet sagt ihre Meinung stets klar, deutlich und mit wenig Takt, sodass es mich nicht groß überraschen sollte, als sie ihn erneut bedrängt. „Wann kann sie *sa jointure* füllen, ihre Geldbüchse?"

Der Arzt räuspert sich. „Ich kann Euch erst Genaueres sagen, wenn ich sie untersucht habe, Madame." Er lächelt.

Ich zwinkere Delphine grinsend zu. Jetzt denkt er sicherlich, dass sein lustvolles Vergnügen gekommen ist. Er packt sein hölzernes Stethoskop aus und hält es an meine Brust. Auf der rechten Seite. Das gibt ihm die Gelegenheit, mit dem Instrument ein wenig auf meinen Brüsten herumzufahren, meinen Morgenrock zu öffnen und meine Nippel ein wenig zu kneifen.

„Was ist denn das?", fragen seine Augen, als er unter meinen Morgenrock greift. Seine Finger finden nur das weiche Material meines Büstenhalters, aber die Erkundung meines Fleisches ist fürs Erste unterbrochen.

„Beeilt euch, *Monsieur le docteur*, ich habe viel zu tun", drängt Madame Chapet und spielt dabei ungeduldig mit ihrer Perlenkette. „Ich bin zur Eröffnung des *Moulin Rouge* eingeladen."

„Sagtet Ihr *Moulin Rouge,* Madame?" Ich setze mich abrupt auf, sodass der Doktor rückwärts taumelt.

„Ah, *mais oui,* ja. Ein neuer Tanzpalast wird in Montmartre eröffnet, am Fuß von *La Butte.* Es wird das gesellschaftliche Ereignis des Jahres werden. Die Crème de la Crème von Paris wird anwesend sein. Und all die Tänzerinnen, La Goulue, Nini, Pattes-en-L'Air." Sie lehnt sich vertraulich zu uns und spricht mit verschwörerischer Stimme: „Monsieur Chéret arbeitet gerade an einem neuen Poster, das eine *vendeuse d'amour,* eine Liebespriesterin darstellen soll, wie sie rittlings auf zwei Eseln in den neuen Tempel der Lust einreitet."

Erstaunt schüttle ich meinen Kopf. Von der Eröffnung des *Moulin Rouge* zu hören ist so, als ob man etwas über einen alten Freund erfährt.

„Seine Lordschaft, der Duke of Malmont, besteht darauf, dass ich ihn zur Eröffnung begleite", sagt Madame stolz und öffnet ihre engen Kragen, einen nach dem anderen. „Und Ihr auch, Autumn. Natürlich werde ich die Anstandsdame sein."

Eine Anstandsdame will sie für mich sein? *Du willst mich wohl eher direkt in sein Schlafzimmer bringen, damit er mich da erst betatschen und dann vögeln kann, du alte Hexe.*

„Aber Madame Chapet, ich habe nichts anzuziehen", protestiere ich und wundere mich, dass Paul mir nichts von der

Eröffnung erzählt hat. Ein schrecklicher Gedanke kommt mir. Wird er vor dieser Nacht verschwinden? Oh Gott, nein!

„Ah, macht Euch darüber keine Gedanken, Delphine wird etwas für Euch schneidern."

Ich sehe Delphine an. Die kleine Näherin lächelt schwach und nickt. Leider muss sie alles machen, was Madame Chapet ihr vorschreibt. Das verstehe ich, aber ich muss unbedingt mit Paul reden. Ich kann doch nicht mit Lord Bingham ins *Moulin Rouge* gehen. Unmöglich!

Ich schaue auf die Schwellung meiner Brüste, die unter meinem neuen BH hervorschauen. Aber eine kleine Festung aus Seide wird Lord Bingham nicht davon abhalten, mir seine Aufmerksamkeit – und seinen Schwanz – aufzudrängen. In diesem Mann steckt eine Grausamkeit, die unter der Oberfläche brodelt. Eine Grausamkeit, die mir Angst macht.

Was soll ich bloß machen? *Was?*

Ich hebe meinen Blick und schaue auf Madame Chapet. Wie ich sie hasse! Ich verabscheue sie! Sie ist fett und gierig, und sie würde niemals ihre Tür einem Armen öffnen, selbst wenn er auf der Stufe vor dem Haus im Sterben liegt. Von ihr kann ich sicherlich keine Hilfe erwarten.

Mich überfällt das schreckliche Gefühl, dass aufgrund von Madames Geldgier noch weitere, und vielleicht schlimmere, Erfahrungen auf mich warten.

Ich stelle mir vor, wie mein nackter, rasierter Körper eingeölt und mit Händen und Füßen an den Bettpfosten gebunden im sanften Licht der Gaslampe schimmert. Und dann? Wie viele Gentlemen werden ihre Neigung zur Dominanz im Namen der Leidenschaft an mir ausleben, während ich, mich windend, auf dem schmutzigen Laken liege und mich nur nach einem Mann sehne? Nach Paul.

Die Türglocke schellt, und jemand kündigt an, dass der Künstler gekommen ist. Für diesen Moment fliege ich den Armen meines Geliebten entgegen und lasse alle meine Sorgen hinter mir.

Im Empfangssalon sitze ich auf ein Sofa gebettet, inmitten von Seidenkissen, und lehne mich zurück. Wie schön er aussieht, mein Schatz, mit seinen intensiven Augen, so grau wie Sturmwolken, und dem schulterlangen Haar. Er hält einen Stift in der einen und ein Stück Kohle in der anderen Hand, und auch wenn er mich nie aus den Augen lässt, so wandern seine Hände doch völlig frei über das Papier, als er seine Vision auf dem Skizzenblock zum Leben erweckt.

Ich kann es immer noch nicht glauben: Paul Borquet, der verschollene Impressionist, befindet sich gerade auf einem kreativen Höhenflug, ohne das übliche Vorspiel, bei dem er meine Klit mit seinen Fingern streichelt. Es ist unglaublich, welch eine Wirkung diese einfachen Berührungen auf uns haben.

Stattdessen pulsiert das, was er seine *boutin de rose* nennt, vor unerlöster Leidenschaft. Unberührt. Was kann ein Mädchen da machen?

Ich versuche seine Aufmerksamkeit zu erlangen, streiche mit meiner Hand über meine Schenkel und benetze dabei meine Lippen mit der Zunge.

Keine Reaktion.

Seit einer Stunde oder länger hat er sich nicht mehr bewegt. Sein Körper ist steif, seine Nackenmuskeln angespannt wie Stahlsaiten. Er spricht davon, dass das, worauf er ein Leben lang gewartet hat, ihm nie mehr verloren gehen darf. Jede Sekunde zählt. Und sitz bitte still, befiehlt er mir.

Ich unterdrücke den Drang, mich zu jucken. Was irgendwie einfacher ist, als meine Lust zu unterdrücken. Ich wünsche mir, bete darum, dass er mich mit seinen Lippen berührt, seine Zunge in mich hinein- und aus mir herausgleiten lässt und jeden Tropfen meines Nektars aufleckt, um gleich darauf noch einmal von vorn anzufangen.

„Ist es bald fertig, Paul?“, frage ich ihn zum dritten Mal und wundere mich, wieso er von mir heute eine Skizze anfertigt und kein Bild.

Ich hatte eigentlich gehofft, dass er wieder meine Säfte auffangen würde, um sie mit den Ölfarben zu vermischen. Oooh, das macht großen Spaß.

„Meine Klit pulsiert, zieht sich zusammen und öffnet sich. Sie hat Sehnsucht danach, von deinem Stab ganz fest gestoßen zu werden ...“

„Autumn, bitte beweg dich nicht. Ich bin gerade dabei, die feinen Schatten auf deinen Augenbrauen zu zeichnen, deine Wangen und die lange Kurve deiner Schultern. Du bist perfekt.“

Perfekt? Wer will denn perfekt sein?

Eigentlich würde ich am liebsten wieder normal sein. Ich würde sogar meinen vierunddreißigjährigen Körper wieder herzlich willkommen heißen, wenn ich dafür Madame Chapet und ihren Plänen, mich an den Engländer zu verkaufen, entkommen könnte.

Aber für eine Sache bin ich heute Morgen sehr dankbar. Nachdem *Le Docteur* mich mit wehmütigem Gesichtsausdruck für gesund erklärt hat, sagte ihm die Madame, dass seine Dienste nun nicht mehr benötigt würden. Anschließend ging sie mit Delphine zu *Aux Trois Quartiers,* einem Kaufhaus, und kaufte die beste, teuerste und schönste Seide für mein neues Abendkleid.

Sie sprudelte fast über vor Begeisterung darüber, dass sie zur Eröffnung des *Moulin Rouge* eingeladen war. Madame war so aufgeregt, dass sie von Paul noch nicht einmal Notiz nahm, als er erschien, und uns beide allein ließ.

Très bien, sehr gut! Ich rekele mich wohlig auf dem Diwan und kann mein Glück noch nicht fassen. Die anderen Mädchen im Haus der Rue des Moulins kommen und gehen zu ungewöhnlichen Stunden. Es ist das erste Mal seit zwei Wochen, dass ich mit Paul wieder ganz allein bin, und alles, was er tun will, ist, mich zu malen. Ich will ihn berühren. Ich will Sex, verdammt noch mal. Was stimmt mit diesem Mann nicht?

Ich versinke tiefer im Sofa, ganz tief nach unten und würde mich am liebsten in den weißen Astrachan-Teppichen verkriechen. Die fühlen sich so weich und flauschig an und passen hervorragend zu den cremefarbenen Wänden des Salons.

Ich fühle eine Sehnsucht, mich in Pauls Armen auf dem Boden zu wälzen, seinen Schwanz in *ma chatte* zu spüren. Ich benetze mir die Lippen. Stöhne laut auf. Schaue zu Paul, um seine Reaktion zu sehen. Doch wieder nichts.

Sein Gesicht ist schweißgebadet, seine Pupillen sind geweitet, seine Lippen leicht geöffnet, als ob er ein ekstatisches Erlebnis hat.

Sex ist offensichtlich das Letzte, an das er gerade denkt. Doch es ist erregend, ihm bei der Arbeit zuzusehen. Seine Hand bewegt sich so schnell, als ob ein unsichtbarer Draht sie durch die Luft sausen lässt. Den ganzen Morgen macht er eine Skizze nach der anderen. Immer wieder reißt er ein neues Blatt von seinem Block, ohne dabei eine Pause zu machen.

Die kurvigen Linien erscheinen schnell, präzise und fast ohne Anstrengung.

Kratz, kratz, kratz.

Stift auf Pappe. Kein anderer Laut dringt an mein Ohr. Es hat eine hypnotisierende Wirkung.

Kratz, kratz, kratz.

Wie lange ich hier wohl schon sitze und meine Beckenbodenmuskeln anspanne? Meine Wangen brennen, und ich umklammere meinen Morgenmantel so fest, dass der Saum beginnt, sich aufzulösen. Ich bin total frustriert. Es gibt heute keinen Weg, diesen Mann heißzumachen.

Deshalb versuche ich mit ihm zu plaudern. Spreche mit ihm darüber, wie sehr mir Korsagen zuwider sind, dass ich meinen Büstenhalter vorziehe. Als ich ihn Paul stolz vorführen will, besteht er darauf, dass ich ihn ausziehe, damit er meinen Busen zeichnen kann. Zumindest hat er daran noch Interesse.

Ich plappere weiterhin auf ihn ein, und er fährt fort, zu skizzieren.

„*Je suis fini.* Ich bin fertig", sagt er schließlich.

„*Zut alors,* Paul, ich dachte schon, du würdest diese Worte niemals mehr sagen." Ich hüpfe auf dem Diwan herum und schlinge meine Arme um ihn. Berühre sanft seinen Hals und überhäufe sein Gesicht mit unzähligen Küssen.

„Nun, mein allerliebster Künstler, ist es an der Zeit, dich dem kreativen Ausdruck deines eigenen Pinsels hinzugeben, *n'est-ce pas?*"

Paul scheint mein Vorschlag leider nicht zu gefallen. „Dafür ist keine Zeit, Autumn. Nicht jetzt."

„Keine Zeit, um mit mir zu schlafen?"

„*Non, ma chérie ...*"

„Das *ma chérie* kannst du dir sparen, Paul Borquet. Seit Wochen bin ich durch die Hölle gegangen, wollte nichts anderes, als dich in mir zu fühlen, von dir ausgefüllt zu werden …“

„Ich muss dich etwas fragen, Autumn, aber zuerst will ich dir das hier zeigen …“ Er breitet seine Bilder auf dem flauschigen weißen Teppich aus.

Eine vage Vorahnung überkommt mich, als ich mich über die Bilder beuge und mir die Skizzen ansehe. Mein Herz beginnt lauter zu pochen. Das Mädchen auf den Bildern sieht jung aus, aber gebildet, und sie scheint Ende zwanzig zu sein, mit grünen Augen, die von der Reflexion der Sonnenstrahlen nahezu brennen. Verführerisch, fraulich *und* erfahren. Eine verlorene Unschuld geht von diesem Blick aus. Keine Spur von jugendlicher Verwunderung oder verwirrter Neugierde. Unberührbar.

Und dennoch, die klare Linienführung, das differenzierte Auftragen der Zeichenkohle, die dreidimensionale Lebendigkeit, die dem flachen Bild zu eigen ist … Fließende rote Haare rahmen das Gesicht des Mädchens ein, und ihre vollen Brüste sind wie sich verflüchtigender, pinkfarbener Rauch, enthüllen das nackte Fleisch, ihre Knospen und bieten dem Betrachter das Versprechen nach wirklicher Intimität.

„Was hältst du davon, Autumn?“

„Oh Paul, es ist wundervoll, so lebendig …“

„So sehe ich dich. Nicht mehr länger als Mädchen, sondern als reife Frau. Du bist die Frau, die ich in meinen Armen halten möchte … bis in alle Ewigkeit.“

Ein Schauer überläuft mich. Ist das nicht genau das, was ich mir gewünscht habe? Stimmt! Trotzdem irritiert mich etwas an diesem Bild.

Hat Paul einen Blick in die Zukunft geworfen?

Oder verändere ich mein Aussehen bereits?

Was passiert gerade mit mir?

Ich habe mich wirklich sehr bemüht, mich nicht in ihn zu verlieben. Ich wollte nur Sex! Aber kann der Gott Min mit seinem permanenten Ständer in meine Seele schauen? Werde ich mich wieder auflösen, wenn dieser kapriziöse Gott sich das wünscht?

Das Spiel ist vorbei.

Ich sollte Paul jetzt unbedingt sagen, wer ich bin und woher ich komme. Sonst werden die Schicksalsgötter vielleicht ihre magischen Kräfte walten lassen, und meine Fantasie zerplatzt wie eine Seifenblase.

Ich zittere. Wieso ist mir auf einmal so kalt? Wird da gerade die Eingangstür geöffnet?

„Paul, ich muss dir etwas sagen …"

„Nein, zuerst muss ich dich fragen, ob du bereit bist, mit mir zu kommen."

„Mit dir zu kommen? Wohin denn?"

„Nach Tahiti."

„Tahiti?" Mir fällt die Kinnlade runter. Ist das die Antwort auf dieses Geheimnis? Paul Borquet stirbt überhaupt nicht in einem Feuer, wie der alte Maler im Quartier Marais mir erzählt hat, sondern geht stattdessen mit mir nach Tahiti. Ist das des Rätsels Lösung? Habe ich die Vergangenheit verändert, indem ich hierhergekommen bin?

„Mein Freund Gauguin hat mir seine Schiffspassage auf der *Empress of Japan* verkauft, das schnellste Schiff für eine Atlantiküberquerung. Er wird dort später zu uns stoßen. Wir werden von Cherbourg aus in See stechen und dann um das Kap fahren. Ich habe deine Passage mit dem Verkauf meines Bildes finanziert …"

Ich greife fest nach seinem Ärmel. „Du hast dein Meisterwerk verkauft?"

„Wieso brauche ich ein Bild von dir, wenn das Original mir bereits gehört und immer um mich sein wird?“ Sein forschender Blick kann geradewegs in mein Herz schauen und kennt meine geheimsten Gedanken. Wieso auch nicht? Er kennt bereits jede Sommersprosse auf meinem Körper.

„Du hattest das Bild Madame Chapet versprochen.“

„*Merde alors,* sie bekommt alle Zeichnungen, die ich heute von dir angefertigt habe. Das ist mehr als genug, um ihre Auslagen zu ersetzen.“

„Also deshalb hast du so hart gearbeitet, und das ist auch der Grund, wieso du mich nicht anfassen wolltest.“

„Glaubst du denn, irgendetwas anderes könnte mich davon abhalten, dich zu berühren, *ma chérie?*“ Sein Blick ist voller Zärtlichkeit.

„Komm mit mir, Autumn, weg von Paris. Lass uns an einen Ort gehen, an dem wir ungestört zusammenleben können.“

„Liebst du mich, Paul?“

„Liebe?“ Er runzelt die Stirn wie ein Mann, der es nicht gewohnt ist, über seine Gefühle zu sprechen. „Ich …“

Fast hätte ich das Rascheln neben mir überhört. Ein Mann hustet ungeduldig. Ich möchte mich umdrehen, aber unterdrücke den Drang.

„Ihr hattet recht, Madame Chapet“, sagt eine männliche Stimme. „Es geht ihr gut genug, um einen Gentleman zu empfangen.“

Jetzt ziehe ich doch meine Hand von Paul zurück und drehe mich schnell um. Mein Blick prallt an dem großen Mann im dunkelgrauen Anzug und Zylinder ab. Seine Hände stecken in grauen Lederhandschuhen und sind zu Fäusten geballt. Es ist Lord Bingham. Auf einmal bekomme ich einen sauren Geschmack im Mund und verziehe das Gesicht. Wie viel von unserer Unterhaltung hat er mitbekommen?

„Ihr stört, Monsieur“, sagt Paul barsch. Die zusammengekniffenen Falten zwischen den Brauen sind ein deutliches Zeichen, dass er seinen Hass auf den Ausländer nicht vergessen hat.

„Ich habe verstanden.“ Lord Bingham dreht sich zu Madame Chapet um, verabschiedet sich mit einem kurzen Nicken und berührt seinen Hut mit den Fingerspitzen. Er ist nicht in der Stimmung, zu diskutieren. „*A bientôt,* Madame, ich werde mich wieder melden, wenn die Zeit günstiger ist.“ Dann geht er.

Madame Chapet rennt ihm nach, nach Luft schnappend und sich dabei fast verschluckend.

„Das ändert doch nichts, Lord Bingham … das Mädchen gehört Euch. Denkt daran, die Eröffnung des *Moulin Rouge* ist in wenigen Tagen … Monsieur … Monsieur!“

„Ich hätte ihn töten sollen, als ich dazu die Gelegenheit hatte“, stößt Paul schwer atmend hervor.

„Er ist es nicht wert, Paul.“

„*Bien sûr.* Das stimmt natürlich. Aber ich traue ihm nicht über den Weg. Gauguin hat mir erzählt, dass er Nachforschungen über mich angestellt hat in den Cafés … über meinen Vater, über meine Mutter, woher ich komme und wie lange ich schon hier bin. *Trou du cul.* Arschloch! Warum? Wieso stellt er diese Fragen?“

„Das ist doch unwichtig, Paul. Zumindest für uns“, beharre ich. Ich schließe die Augen und versuche, nicht an den Engländer zu denken. Eigentlich will ich nur, dass Paul mich küsst.

Süß, sündig und voller Verlangen … seine Lippen finden

mich … ein Augenblick für die Ewigkeit. Die Leidenschaft ist da … und noch etwas anderes: Zwei Seelen fliegen gemeinsam durch einen Sturm, werden herumgewirbelt und in eine neue Richtung geschleudert.

In eine neue Freiheit. Die Freiheit, zu lieben? Keine Ahnung. Wahrscheinlich ist es besser, mit meiner Geschichte noch ein wenig zu warten.

Paul löst sich als Erster aus unserer Umarmung. Er hält mich auf Armeslänge von sich und sucht in meinem Gesicht nach Antworten.

„Du musst unbedingt mit mir nach Tahiti kommen, Autumn. Ohne dich werde ich nicht gehen."

„WANN BRECHEN WIR AUF?“,
FRAGE ICH IHN LÄCHELND.

16. KAPITEL

Ich liege in den Armen eines Mannes. Nackt. Seine langen schwarzen Haare streifen meine Knospen. Voller Verlangen lasse ich meine Finger durch seine seidigen Haare gleiten. Wie stark sich seine Schultern anfühlen. Er züngelt über meine Brüste, beißt in meine Nippel, seine Hände gleiten über meine Hüften, verweilen verführerisch auf meiner Taille, drücken mich leicht. Sei angeschwollener Penis liegt zwischen uns und drückt gegen mich, bettelt um Einlass. Ich rieche sein Verlangen, seine Sehnsucht … an mir zu saugen … mich abzuknutschen.

Was könnte eine Frau sich sonst noch wünschen?

Noch mehr Vorspiel natürlich!

Meine Lippen sind leicht geöffnet, mein Kopf fällt zurück, und seine Zunge erkundet meinen Mund … ein warmer Schauer durchzieht meinen Körper. Er drückt meinen weichen Busen gegen seine kraftvolle Brust. Seine muskulösen Schenkel pressen gegen meinen festen Bauch.

Atemlos gebe ich mich seinem Drängen hin.

Ich will ihn! Ich will ihn in mir fühlen.

Ganz hart soll er sein. Lange Zeit! So lange, bis ich laut zu stöhnen beginne … immer heftiger … immer schneller … bis ich endlich …

Ich setze mich abrupt in dem Doppelbett auf, das ich mir mit Delphine in einem kleinen Zimmer des Hauses in der Rue des Moulins teilen muss.

Mein Herz hämmert wie wild. Meine Zähne klappern, und ich bin schweißgebadet. Mit meinem Nachthemd wische ich mir die Stirn trocken. Der Raum ist dunkel, und ich bin ganz allein.

Ich zünde die Kerze neben dem Bett an und versuche den Traum aus meinem Gedächtnis zu streichen. Wahrscheinlich bin ich eingeschlafen. Ich erinnere mich noch daran, wie Paul seine Pinsel und Farben eingepackt hat und mir versprach, am nächsten Tag frühmorgens wiederzukommen. Dann verschwand er durch die Hintertür, um Madame Chapet nicht über den Weg zu laufen.

Anschließend kam Madame mit einem falschen Lächeln auf den Lippen in mein Zimmer und brachte mir ein Glas mit süßem Wein von den kanarischen Inseln. „Auf Anordnung des Doktors", säuselte sie. Ich kann mich noch daran erinnern, wie ich davon getrunken habe …

Jetzt nehme ich das leere Glas, das neben mir auf dem Tisch steht und rieche daran. Kein Wunder, dass ich solche Kopfschmerzen habe!

Der Wein schien ganz harmlos zu sein und roch nach Zimt und Nelken. Mir wird klar, dass er Laudanum enthalten haben muss, ein beliebtes Beruhigungsmittel aus Morphium und Opium. Kein Wunder, dass ich mich nicht mehr daran erinnern kann, wie ich gestern Nacht noch nach oben geklettert bin, mich an Delphine anlehnend. Dann muss ich in einen unruhigen Schlaf gefallen sein, in eine Traumwelt voller geheimer Leidenschaften …

„Der Engländer wird Euch nicht in Ruhe lassen, Mademoiselle Autumn, bevor er nicht *votre gazon*, Euer Schamhaar, mit seinen Zähnen gezupft hat."

Überrascht sehe ich mich um. Delphine ist im Zimmer. Die

kleine Näherin sitzt in einem alten Schaukelstuhl und wippt hin und her. Sie trägt eine Flanellbluse, und ihre Hände liegen in ihrem Schoß gefaltet. An was sie wohl gerade denkt?

Ich durchsuche ihren Kleidervorrat, den sie sich von den Mädchen im Haus „geborgt" hat. Vielleicht finde ich etwas, das mir passt.

„Was hast du gerade über den Duke erzählt, Delphine?"

„Ich habe zufällig ein Gespräch von Lord Bingham und Madame Chapet mitbekommen. Monsieur Borquet soll getötet werden, weil er dem Lord zu gefährlich geworden ist."

„Paul? Eine Gefahr für ihn? Das ist doch verrückt."

„*Mais oui,* das hat Madame Chapet auch gesagt. Aber sie wird trotzdem alles tun, wenn es zu ihrem Vorteil ist. Die beiden hecken etwas aus, Mademoiselle."

„Das bezweifle ich nicht. Dieser Engländer macht mir Angst, Delphine."

„*Alors,* Mademoiselle, seine Augen sind böse. Sie strahlen einen Hass aus, den ich nicht einordnen kann."

„Deshalb muss ich sofort von hier verschwinden. Noch bevor Madame Chapet sich nach unten schleppt, um ihren morgendlichen kleinen Kaffee und ein Stück Kuchen zu sich zu nehmen."

„Ich habe Angst um Euch, Mademoiselle Autumn. Ich traue der Madame nicht."

Ich grinse gequält. „Ihr meint den Wein mit dem Betäubungsmittel, den sie mir gegeben hat?"

Delphine nickt. Auf den Augenbrauen des Mädchens liegen Schweißperlen. Dann wird sie ganz ruhig und sagt nichts mehr. Sie versucht mich zu warnen. Ein dunkler Schatten zieht für einen Moment über ihr Gesicht. Schließlich redet sie.

„Madame Chapet ist eine böse Frau, die Euch sofort töten würde, wenn dabei ein Profit für sie herausspränge."

„Ich bin so gut wie tot, wenn sie von meinen Plänen erfährt." Ich schlüpfe in meine Unterwäsche, einen Rock aus Leinen und knielange Pluderhosen. Dann noch zwei Petticoats ... einer aus Leinen und der andere aus blasser pinkfarbener Seide mit exquisiter Spitze am Saum. Dazu trage ich Strümpfe und meinen provisorischen Büstenhalter. Ich ziehe die Träger fest. Trotz Delphines geschocktem Gesichtsausdruck werde ich ihn nicht aufgeben. Sie hingegen wünscht sich, dass ich ein Korsett trage.

„Ihr *müsst* ein Korsett tragen, Mademoiselle Autumn. Das gehört sich so für eine Dame", beharrt Delphine und zeigt mir ein Fischbein-Korsett, das unter den Achseln beginnt und bis zur Hüfte geht. Mit zwei flachen Schnallen oben am Rücken und weiteren an der Taille.

„Ich werde nach Tahiti durchbrennen, Delphine, und keinen Sonntagsspaziergang im Park machen."

„Ihr solltet keine Aufmerksamkeit auf Euch ziehen, Mademoiselle. Alle eleganten Damen sind so gekleidet, sogar die halbseidenen Mädchen."

Ich lächle über ihre Bemerkung. Für diese junge Näherin ist es am Wichtigsten, gut gekleidet zu sein. Egal aus welcher Gesellschaftsschicht man kommt.

„Ich bin keine Dame, Delphine, ich bin ..." Ich beiße mir auf die Zunge.

Ich bin in einem Dilemma. Delphine ist viel zu taktvoll, um es auszusprechen. Aber ich tue es. Ich bin *une belle,* die Mätresse eines Künstlers. Ungeachtet aller gesellschaftlichen Konventionen, die ich gebrochen habe, verliebe ich mich gerade in Paul Borquet. Ich schiebe diese Gedanken beiseite, aber sie kommen immer wieder hoch. Ja, ich weiß, was als

Nächstes geschieht. Min wird sich auf meine Kosten köstlich amüsieren. Meine Taille wird dicker, ein kleiner Bauch zeigt sich, und sehe ich da nicht kleine Falten um meine Augen? Wie lange bleibt mir noch, bevor ich mich komplett in mein altes Ich zurückverwandelt habe?

Ich lächle Delphine zu, die über meinen Bruch der weiblichen Kleiderordnung immer noch entsetzt ist, und werfe das Korsett in die Ecke. Stattdessen ziehe ich eine dunkelblaue Jacke und eine hochgeschlossene weiße Surah-Bluse an. Darüber trage ich einen blauen Satin-Gürtel.

Um meiner Garderobe den letzten Schliff zu geben, setze ich einen Hut auf und rücke ihn auf meiner hochgetürmten Frisur zurecht. Eine Feder des Huts hängt nach unten und streift meine Wangen. Das sieht ziemlich mondän aus.

Delphine steckt mir eine zusätzliche Haarnadel aus ihrem Nähkissen zu: ein wunderschöner Schmetterling aus transparenter Emaille.

Im Spiegel überprüfe ich meine sanft gerundete Silhouette. Meine Kurven werden auch ohne Korsett ausreichend betont. Zufrieden mit dem, was ich sehe, lächle ich mein Spiegelbild an. Auch wenn ich mich langsam zurückverwandle, bin ich doch immer noch ziemlich heiß.

Obwohl mein Aufenthalt hier im Haus in der Rue des Moulins ziemlich schrecklich war, hoffe ich doch, dass jetzt das Schlimmste hinter mir liegt. Bald werde ich mit dem Mann zusammen sein, den ich liebe. Von jetzt an kann es nur aufwärtsgehen!

Es ist Dienstagmorgen. Noch sehr früh.

Paul starrte auf die rauchig graue Flasche. Lange und durchdringend. Doch nichts änderte sich. Sie war leer.

Er quetschte den Korken zwischen Daumen und Zeigefinger und hielt ihn sich dann an die Nase, um daran zu riechen. Es roch stark und bitter. Ein scharfer Geruch drang in seine Nasenlöcher, aber das reichte nicht. Er schleuderte den Korken auf den Boden und fluchte frustriert, als ob die grüne Fee ihn verlassen hätte.

Es muss so aussehen, als ob ich betrunken sei. Das wird die Männer, die mich verfolgen, in die Irre führen.

Seit er sein Atelier in Montmartre verlassen hatte, waren sie ihm durch die windigen Straßen und Gassen von Paris gefolgt. Schließlich machte er einen kurzen Abstecher in eine Brasserie in Montparnasse, am linken Ufer der Seine.

Der Engländer hatte seine Begleiter auf ihn angesetzt, aber noch etwas anderes bereitete ihm Sorgen.

Seine Hände waren schwieliger geworden, mehr Linien zeichneten sein Gesicht, und sein Kinn wirkte eckiger. Seine Jugend, die ihm die schwarze Magie der Comtesse beschert hatte, schien langsam dahinzuschwinden. Jeden Tag etwas mehr.

Wieso? Er kannte die Antwort. Er konnte seine Liebe zu Autumn nicht mehr aufhalten.

Mais oui, sie erregte ihn wie keine andere Frau zuvor.

Ihr hungriger Körper … ihre kaum zu befriedigende Gier … wie sie sich unter ihm aufbäumte … ihre Hüften bewegte und ihn tief in sich hineinschob … wie sein Schaft pulsierte, als sie ihn zum Höhepunkt brachte. Sie machte ihn wahnsinnig, und es schien ihm unmöglich, noch einmal eine andere Frau zu lieben.

Aber er wollte mehr von ihr als nur ihre körperlichen Reize. Sie hatte seine Neugierde geweckt, und er wollte ihr Wesen entdecken.

Sie hatte ein Geheimnis, und das wollte er herausfinden.

Er betete darum, dass er dazu noch Gelegenheit haben würde.

Am Tisch sitzend und auf seinen Freund Gauguin wartend, mit dem er hier verabredet war, begann Paul zu schwitzen. Seine Karriere war auf dem Höhepunkt, und seine Jugend war der Preis, den er dafür zahlen musste. Aber Autumn würde er niemals dafür opfern. Niemals. Er liebte sie aus ganzem Herzen.

Er stöhnte, fluchte und versuchte weiterhin die Rolle des Betrunkenen zu spielen. Lautstark verlangte er nach mehr Absinth.

„Als ob man sich häutet“, murmelte er. In seinem Hirn tobte eine laute Musik.

Wenigstens musste er dann nicht den Lärm der Billardspieler ertragen, die ihre Elfenbeinkugeln gegeneinanderschossen. Auch die wehmütigen Lieder der Dampforgel, die zu viele einsame Nächte erlebt hatte, bekam er nicht mehr mit.

Er wollte für sich bleiben, auch wenn er die meisten der anderen Gäste kannte und ihn die Künstler und Poeten an ihren Tischen willkommen hießen. Er ignorierte sie und fragte sich, wer von ihnen ihn beobachtete. Dann konzentrierte er sich auf die alkoholischen Getränke in den bunt glitzernden Dekantern auf den Tischen. Das Spiel der Farben faszinierte ihn.

„Nichts zählt. Nur dies eine!“, murmelte er vor sich hin. „Meine grüne Fee. Noch eine Flasche, Madame, *vite, vite.*“ Er fuchtelte mit den Armen in der Luft herum und klatschte der rundlichen Bedienung auf den Hintern. Sie drehte sich um, bereit, ihm ein kaltes Blesshuhn in den Schoß zu werfen, aber sie ließ es nur drohend am Fuß in der Luft baumeln, als sie erkannte, wer ihr Hinterteil so derb beleidigt hatte.

„Ah, Ihr seid es, mit Euren begabten Händen, Monsieur Borquet." Sie schüttelte ihren Busen und rollte die dünne Zunge über ihre Lippen. „Wenn es irgendjemand anderer gewesen wäre, der mich so unsittlich berührt, dann würde ich ihm den Kopf abreißen. Es gehört sich nicht, eine Dame so anzufassen, zumindest nicht bevor man ein ordentliches Trinkgeld gegeben hat." Sie legte das Hähnchen wieder auf die Platte und schob sie ihm zu. Dabei beugte sie sich so weit vor, dass Paul einen herrlichen Einblick in ihr Dekolleté bekam. Sie dirigierte seinen Mund in Richtung ihrer harten braunen Nippel, und Paul musste sich ziemlich zusammenreißen, um nicht in das saftige Fleisch zu beißen.

„Ihr könnt haben, was Ihr begehrt, Monsieur."

Aber Paul gönnte ihr dieses Vergnügen nicht. Er lehnte sich auf seinem Stuhl zurück und drehte seinen Kopf von dieser köstlichen Einladung weg. Er durfte seine Rolle auf keinen Fall aufgeben. Gauguin war noch nicht aufgetaucht. Ohne die gefälschten Papiere, die er ihm versprochen hatte, würden sie es ansonsten nur bis nach Cherbourg schaffen.

„Gebt mir noch eine Flasche, Madame. Noch eine Flasche …"

„Eh, Ihr habt genug getrunken, Monsieur."

Ihre Stimme klang jetzt angewidert, und sie war beleidigt, von ihm abgewiesen worden zu sein. Aber Paul spielte weiterhin die Rolle des Trunkenbolds und hatte jetzt keine Zeit, charmant zu sein. Der Mann mit der Melone war eben hier vorbeigerannt und offensichtlich gerade auf dem Weg, den Duke über seinen Aufenthaltsort zu informieren. Ein anderer Mann wartete derweil hier und beobachtete ihn.

„Noch eine Flasche, habe ich gesagt."

„Ich schließe gleich. Verschwindet jetzt, Monsieur."

„Nein. Ich will noch eine neue Flasche!"

„*Merde,* ihr Künstler seid doch alle gleich. Nichts als trinken, trinken, trinken. Es ist mir schleierhaft, wie Ihr noch Zeit findet zum Malen."

Paul legte seinen Kopf in die Hände und hielt sich die Ohren zu.

Wo blieb nur Gauguin?

Mit den Fingern fuhr er sich durch die langen dunklen Haare, genervt und frustriert. Hier saß er jetzt an einem dunklen Eichentisch unter Kupfertöpfen, Pfannen, Waffen und Zinngegenständen, die die Wände zierten, und trank mit anderen Künstlern und Händlern.

Seit der Nacht, in der er Autumn das erste Mal nackt in seinem Atelier sah, hatte sein Gehirn sich auf eine seltsame Reise begeben. Ihr Anblick hatte sowohl seine Seele als auch seine Lenden berührt. Ihr wundervoller Körper, auf dem Schweißperlen schimmerten, die ihre *minon* befeuchteten und von ihren prallen Brüsten perlten, wie klare Diamanten, die in der Hitze ihrer Erregung schmolzen.

Jung und schön war sie, umgeben von einer magischen Aura.

Wann konnte er sie endlich wieder in seinen Armen halten? Und würde sie ihn auch ohne die Ausstrahlung seiner Jugend so akzeptieren, wie er war?

„*Hélas,* hier ist Eure Flasche, Monsieur." Die Bedienung hielt ihm eine Flasche Absinth hin, und Mitgefühl wärmte ihre Stimme. Paul griff nach der staubigen Flasche, Speichel sammelte sich in seinem Mund, und sein Herz begann zu rasen.

„Zuerst müsst Ihr zahlen", sagte die Frau.

Erschreckt über diese Worte, hob Paul die Hände in die

Luft und hielt sie dort, als ob sie aus Stein wären. Zahlen?, schien er ausdrücken zu wollen. Er konnte nicht. Er brauchte das Geld für die Reise.

Er fuhr mit seiner Rolle fort und durchsuchte umständlich sein mit Farbe bekleckstes Jackett, Schweiß vermischte sich auf dem zerschlissenen Material mit den roten, blauen und gelben Klecksen zu einem blassen Regenbogen.

Seine Augen gaben ihr zu verstehen, dass leider keine Münze klingelte. Dann durchsuchte er sein Cape. Kein zusammengefalteter Francschein raschelte.

„Hier, nehmt das Geld, Madame, und lasst uns allein."

Paul war sofort alarmiert. Wer hatte eben gesprochen? Aus dem Befehl hatten Arroganz und Autorität geklungen. Langsam drehte er sich um und sah, wie ein Mann der Bedienung einige Francs zusteckte und ihr die Flasche abnahm.

„Ach, Ihr seid es, Gauguin", sagte er nur. Lächelnd umarmte er seinen alten Freund.

„Bonjour, Paul, alter Kumpel", lachte Gauguin und setzte sich zu ihm an den Tisch.

Gauguin schien hier bekannt zu sein. Der andere Kerl, den er mitgebracht hatte, war Paul fremd. Gedrungen und dicklich wie ein Granatapfel, unrasiert und pockennarbig, warf er Paul einen Blick zu, der besagte, dass er es gewohnt war, angestarrt zu werden, und es ihm nichts mehr ausmachte.

„*Merci.*" Paul stieß mit seinem Glas Absinth auf Gauguin an, ohne dabei seine Augen von dem Gentleman zu nehmen. Denn seiner Kleidung nach zu urteilen, musste er einer sein – auch wenn das Jackett um seine Mitte herum zu sehr spannte und das Hemd nicht gebügelt war.

„Paul, begrüßt Monsieur Morand", meinte Gauguin gutmütig. „Diesen Ramschhändler kenne ich schon seit Ewigkeiten. Aus meinen alten Tagen, als ich noch gesegelt bin. Er hat gerade im Quartier Marais ein Geschäft eröffnet."

„Antiquitäten, *s'il vous plaît,* Monsieur Gauguin", korrigierte ihn der Mann. Seine Stimme war zu hoch für einen Mann und schien auch nicht so recht zu ihm zu passen.

Gauguin nickte. „Monsieur Morand handelt mit Antiquitäten und mit Kunst, Paul. Ich habe ihm bereits von Euch erzählt."

Paul lehnte sich gespannt nach vorn, und auf einmal wurde ihm leicht schwindelig. Morand? Wo hatte er diesen Namen schon einmal gehört?

„Habt Ihr die Ausweispapiere, Monsieur?"

Der Händler kratzte sich an der Nase und zog ein braunes Päckchen aus der Innentasche seines Mantels hervor. Dann hakte er seine Finger in den kleinen Taschen seiner Weste ein, um sich wichtig zu machen.

„Alles, was Ihr benötigt, ist hier in diesem Umschlag, Monsieur Borquet."

Der Mann erklärte noch einige Minuten umständlich, wie schwierig es gewesen sei, diese Papiere zu beschaffen, und wie viel Geld ihn das gekostet habe. Paul nickte nur. Er hatte vorher bereits Gauguin das Geld für den Händler gegeben, und jetzt wollte er mehr.

Die beiden feilschten um den Preis und einigten sich schließlich in der Mitte. Paul gab ihm mehr Geld und erhielt schließlich das braune Paket. Unruhig rutschte er auf seinem Stuhl herum, bis sie sich schließlich voneinander verabschiedeten und Gauguin mit dem Mann das Lokal verließ.

Automatisch war Paul aufgestanden und setzte sich dann wieder hin. Die sanften Klänge der Dampforgel mitsummend, leerte er schließlich die Flasche Absinth. Er machte keinen

Hehl aus seiner Freude. Übermütig umarmte er die dickliche Bedienung und lachte, als sie ihm zwischen die Beine griff. Sie flüsterte ihm zu, dass sie nur zu gern seinen harten Ständer in sich spüren wolle. Verführerisch ließ sie sich auf seinem Schoß nieder und bewegte lasziv ihre Hüften. Lachend küsste er ihren drallen Busen, der aus dem Mieder quoll, während er in Gedanken bereits Pläne schmiedete. Er hatte noch mehr als genug Geld für die Reise nach Tahiti.

Torkelnd, mit der Flasche in der Hand, verließ er die Bar. Vorsichtig schaute er sich um. Der Morgennebel umfing ihn wie ein Geist auf der Suche nach der letzten Ruhestätte, und er konnte nicht gut erkennen, ob jemand ihm folgte. Er betete, dass sein betrunkener Zustand jeden Verfolger von seinen wahren Plänen ablenken möge.

Ich lehne mich auf meinem Stuhl am Fenster zurück. Wenn die Standuhr unten in der Halle aufhört zu schlagen, wird es vier Uhr morgens sein.

Gong.

Mit geschlossenen Augen warte ich darauf, ob die Uhr noch einmal schlägt.

Stille. In einer Stunde wird es fünf Uhr sein, und dann bricht bereits die Morgendämmerung an. Werde ich dann immer noch hier am offenen Fenster sitzen, im fünften Stock des Hauses in der Rue des Moulins, und auf Paul Borquet warten? Wo ist er? Ist das alles bloß ein Traum, der mein innerstes Selbst erschüttern soll? Doch die Dunkelheit scheint mir heute Morgen wohlgesinnt. Sie lüftet ihren schwarzen Schleier und hüllt alles in einen nebligen Schimmer, um das heimliche Treffen mit meinem Geliebten nicht zu verraten.

Wenn er denn überhaupt kommt. Irgendetwas läuft schief. Das spüre ich.

Ich atme tief ein. Die Luft ist kühl und einladend. Ein gleichmäßiges Rumpeln und Klirren und erneutes Rumpeln durchbricht die Stille der Nacht und reißt mich aus meinen Gedanken.

Eine streunende Katze? Ein Lumpensammler? Ich lehne meinen Kopf gegen den Stuhl und starre hinunter auf die Straße, überlege, wer der Störenfried sein könnte …

Dann springe ich plötzlich auf. Was, wenn es Paul ist? Darf ich darauf hoffen? Eine Gestalt bewegt sich flink durch die Müllberge entlang der Straße, darauf bedacht, nicht gesehen zu werden.

Es ist leider nur eine Lumpensammlerin. So wie die Frau, die ich vor Wochen getroffen habe, als mein Abenteuer gerade begann. Ich bin dabei, mich wieder hinzusetzen, als mir eine Bewegung auf der Straße auffällt. Ein großer Mann mit schwarzem Cape und einem ins Gesicht gezogenen Hut schreitet zielgerichtet auf unser Haus zu.

Paul.

Ich versuche meine Gefühle zu kontrollieren und beobachte ihn mit einer Mischung aus freudiger Erwartung und Angst vor der Zukunft. Ich bin nicht mehr das junge Mädchen mit dem perfekten Körper. Meine Haltung ist aufrechter, und ich ziehe den Bauch ein. Wird Paul mich trotzdem noch lieben?

Vorsichtig steige ich die Treppen nach unten, bedacht darauf, so wenig Lärm wie möglich zu machen, bis ich mich im großen Salon befinde. Ich atme tief ein und versuche leise auszuatmen. Delphine schläft im Wohnzimmer, mit ihrer Näharbeit auf dem Schoß. Auf keinen Fall will ich sie wecken.

Stufe für Stufe gleite ich weiter nach unten und versuche im Dunkeln zu bleiben. Auf alle Geräusche achtend, öffne ich leise die Tür nach draußen. Ich greife nach der Laterne, die auf dem gewohnten Platz steht, und schiebe sie ein wenig beiseite, um die Szenerie in so wenig Licht wie möglich zu tauchen. Bevor Paul irgendetwas sagen kann, umarme ich ihn bereits und stammle nur ein einziges Wort.

„Paul."

„Autumn, *ma chérie,* ich habe so gebetet, dass du hier auf mich wartest."

Dunkle Augen schauen mich warmherzig an. Ich halte dem Blick stand.

Irgendetwas ist anders an ihm. Er hat mehr Sex-Appeal als irgendein anderer Mann, der mir zuvor begegnet ist. Athletisch, kräftig und mit breiten Schultern. Er hat die Aura eines Mannes, der mit seiner Männlichkeit im Einklang steht und sich seiner Kraft bewusst ist. Als sich unsere Hüften leicht berühren, durchfährt mich ein sanftes Kribbeln, wie ein kleiner Orgasmus. Meine Muschi zieht sich um seinen imaginären Schwanz zusammen und findet ihren eigenen Rhythmus. Rein und raus … und noch einmal. Hm, was passiert hier gerade? Was auch immer es ist, mir gefällt's.

„*Allons,* wir müssen uns beeilen." Paul zieht mich am Arm. „Der Zug vom *Gare St. Lazare* nach Cherbourg fährt gleich ab."

St. Lazare? Ich hatte gehofft, dieses Wort niemals mehr zu hören. Aber jetzt bedeutet es meine Freiheit.

Ich betrete den stillen, nebligen Morgen und denke über die verworrenen Wege des Schicksals nach. Wie ich noch vor wenigen Wochen kurz davorstand, einen Mann zu heiraten, weil wir den gleichen Geschmack, den gleichen gesellschaftlichen Status, sogar die gleichen Freunde hatten. Und nun brenne ich mit einem Mann durch, ohne verheiratet zu sein, ohne Geld, ohne Zukunft und ohne überhaupt einen Schlafplatz für die Nacht zu haben. Trotzdem bereue ich gar nichts. Was auch immer passiert, ich möchte nichts daran ändern.

Und gleichzeitig weiß ich, dass ich auch nichts daran ändern *könnte.*

So wirkt schwarze Magie, oder?

Arm in Arm mit meinem schönen Maler wird mir bewusst, dass ich mich das erste Mal seit Beginn meiner Zeitreise sicher fühle.

Sieh dich vor, Kind. Der Tag ist noch nicht vorbei.

Wir eilen durch die Straßen um die Avenue de l'Opéra, am Louvre vorbei, weiter durch den Garten des *Jardin du Carrousel,* durch die Arkaden, die sich entlang der Rue de Rivoli bis hoch zur Rue Saint-Honoré erstrecken. Unsere Sinne sind aufs Äußerste gespannt, immer bereit, mögliche Verfolger abzuschütteln.

„Wir werden ihnen niemals entkommen, Paul", stoße ich nach Atem ringend hervor. Früher oder später werden wir in die falsche Straße einbiegen, eine Sackgasse vielleicht. Und dann werden wir uns den Verfolgern stellen müssen und um unser Leben kämpfen.

Direkt nachdem wir das Haus in der Rue des Moulins verlassen hatten, machte Paul mich darauf aufmerksam, dass wir uns in Gefahr befanden. Und anstatt direkt zum *Gare St. Lazare* zu gehen, müssen wir nun die Männer abschütteln, die uns verfolgen. Und zwar schnell, wenn wir nicht den Zug verpassen wollen.

Es ist Lord Bingham mit seinen Männern, sagt mir Paul.

Der Gedanke lässt mich erzittern. Wie hatte ich nur glauben können, ihm so einfach zu entkommen?

„Bleib ganz in meiner Nähe, Autumn. Ich kenne mich hier aus. Der Duke nicht."

Er greift meine Hand, und wir rennen über die Straße, lassen uns nicht von den hupenden Hörnern beirren, als wir gerade noch einer Pferdekutsche ausweichen. Wir versuchen uns zwischen die morgendlichen Pendler zu mischen, die mit ihren Schirmen unterwegs sind, als der Nebel sich zu einem sanften Schleier verdichtet und sich schützend um uns legt.

„Paul, bitte warte …"

„Wir können nicht stehen bleiben, Autumn. Ich kann es nicht zulassen, dass sie dich mir wegnehmen."

Ich drücke seinen Arm. „Niemand kann uns auseinanderbringen, Paul."

Aber als ich meinen Kopf drehe, sehe ich einen Mann hinter uns her laufen, und dann noch einen. Mich überkommt das schreckliche Gefühl, dass unsere Flucht unter keinem guten Stern steht. Was ist nur los mit diesem Engländer, der uns nicht in Ruhe lassen will?

Ich fühle Pauls Anspannung und weiß, was er denkt: Wir werden nicht aufgeben.

Paul zieht mich in die Passage der *Galerie Véro-Dodat.* Sie ist wie dafür gemacht, jemanden in der Dunkelheit zwischen ihren geschlossenen Läden zu verstecken.

Es war eine gute Idee von Paul, hier zu versuchen, sie abzuschütteln. Ihm sind die Passagen vertraut, die Schaufenster mit ihren eisernen Fensterrahmen und kleinen Säulen. Diese zahlreichen Einkaufspassagen gehen über mehrere Straßenblöcke, angefangen beim Louvre und endend am Grand Boulevard. Eine eigene kleine Stadt für sich.

Gaslaternen werfen ein gedämpftes Licht auf die schwarzweiß gekachelten Mosaikböden und zaubern eine fast überirdische Atmosphäre. Ich schaue mich in der langen Passage um. Von dem Duke und seinen Männern ist nichts zu sehen. Trotzdem habe ich das Gefühl, dass sie uns dicht auf den Fersen sind.

Wir eilen an der Druckerei vorbei, einem Ledergeschäft und einem Tabakwarenkiosk. Sind wir ihnen endlich entkommen? Wer weiß …

Langsam wird die Zeit knapp, und Paul schlägt vor, dass wir uns trennen. Er wird sich den Duke und die Männer einzeln vornehmen, gibt er vor mir an. Ich sage Nein. Ich will nicht riskieren, ihn wieder zu verlieren. Dazu sind wir jetzt zu weit gekommen. Zögernd gibt er nach.

Dann sehen wir den Duke und den Mann mit der Melone. Sie kommen aus einem Café am westlichen Ende des Ganges. Paul dreht sich um, entdeckt die Männer, und schnell verschwinden wir in einer anderen Passage. Aber der Duke, der Mann mit der Melone und ein weiterer Herr folgen uns einen langen Block hinunter durch einen ruhigen Seiteneingang ins *Palais Royal.*

„Lass meine Hand nicht los, Autumn."

„Ich werde dich nie wieder loslassen", stoße ich atemlos hervor, als wir durch die engen Gassen rennen und die Schatten der kleinen Nischen mir ein Gefühl von Sicherheit vermitteln. Paul spielt mit den Verfolgern, verschwindet in Geschäften und rennt wieder weiter. Er versucht sie zu ermüden. Mit meinem langen Kleid, dem hochgerafften Petticoat und meinen engen Schuhen versuche ich so gut wie möglich Schritt zu halten. Die Geschäftsleute und Passanten starren uns verdutzt nach, als wir an ihnen vorbeilaufen.

Vivre et laissez vivre. Leben und leben lassen.

„Was ist, wenn der Duke und seine Männer uns einholen?“

Paul sieht mich an und beantwortet die unausgesprochene Frage, die in meinen Augen zu lesen ist. „Eher bringe ich sie um“, sagt er, „als dass ich zulasse, dass dir etwas geschieht.“

An den Händen gefasst und völlig außer Atem verlassen wir wenig später die Einkaufspassage. Ein nebliger Schleier hat sich über die Zitronenbäume des Gartens in der Nähe des *Palais Royal* gelegt, als wir ihn durchqueren und den Eingang zur *Galerie Colbert* erreichen.

Ich reiße meinen Kopf herum und stoße beinahe mit einem jungen Kerl zusammen, der einen Reifen an uns vorbeirollt, als ich den Duke und seine Männer dicht hinter uns sehe. Paul zieht sein Cape über uns, und wir stürzen in eine weitere Passage. Während wir durch die überfüllte Passage stürmen, schaut er immer wieder über seine Schulter. Die Leute versammeln sich bereits hinter uns, und Paul entschuldigt sich auch nicht, wenn er sich mit dem Ellbogen Platz verschafft. Er kennt sich hier gut aus. Hier in diesen *Galeries de Bois,* den hölzernen Arkaden, hat er oft Prostituierte als Modelle aufgelesen.

Wir rennen in einen Hamam, ein türkisches Bad. Paul hält mich eng an sich gedrückt. Vorsichtig, ohne große Aufmerksamkeit zu erregen, spazieren wir wie beiläufig durch die Räume. Hier werden uns der Duke und seine Männer hoffentlich nicht finden. Sie werden in den Passagen Ausschau nach uns halten und nicht hier im Bad, wo jeder im heißen Dampf verborgen ist.

Wir verstecken uns hinter einem Vorhang, dann hinter einem anderen. Nackte Männer gaffen mich interessiert an, ihre steifen Glieder biegen sich nach oben wie elegante Spazierstöcke.

„Hier hinein, Autumn, schnell“, befiehlt Paul und schiebt mich in eine kleine Nische. Nur ein Vorhang trennt uns von den nackten Männern, die sich schwitzend über mich unterhalten. Wie sie mich am liebsten ausziehen würden, die dünne Seide meiner Bluse zerreißen ... nackte Brüste ... wie mein Rock nach unten fällt ... im Dampfbad wollen sie mich festhalten ... um mich nacheinander hart ranzunehmen. Ihr dreckiges Gerede widert mich an.

Paul zieht mich näher an sich, um mich wenigstens vor den gierigen Blicken zu schützen. Gegen die lüsternen Gedanken ist er machtlos.

Jemand bewegt sich. Aus der Dunkelheit der Baderäume höre ich sie kommen.

Könnten es drei Männer sein? Laute Schritte kommen immer näher. Sie zerstören die Stille dieser meditativen Bäder, als ob sie nur eine einzige Mission im Auge hätten.

Sie haben keine Angst. Das hört man!

„Paul, ich höre jemanden kommen.“

„Bleib hinter mir, Autumn“, befiehlt Paul und zieht das Messer aus seinem Stock. Er schwingt es vorwärts in den Nebel und zerteilt damit den heißen Dampf, als ob er ein spärlicher Vorhang wäre.

Bevor ich weiß, was geschieht, kommt jemand hinter der anderen Seite des Vorhangs hervor, packt Paul und schlingt ihm ein Seil um den Hals, um ihn zu erwürgen. Paul versucht zu schreien, lässt seinen Stock fallen, sinkt auf die Knie und kämpft verzweifelt gegen seinen Angreifer.

Ich greife nach dem Seil, lasse es aber wieder fallen, als jemand seinen Arm fest um meine Brüste legt. Aber wenigstens kann ich noch treten und meinen Angreifer aus der Balance bringen. Doch der Mann hat sich schnell wieder aufgerappelt und hält mich nun noch fester.

„Paul, pass auf!", schreie ich und versuche ihn davor zu warnen, dass der Mann, der mich festhält, gerade versucht, ihm ins Gesicht zu treten. Immer noch nach Luft schnappend, wehrt Paul den Tritt ab und kommt wieder auf die Füße. Er springt nach hinten, als der Mann mit der Melone an dem Seil zieht. Diesmal landet Paul einen guten Schlag in sein Gesicht, und der Mann geht zu Boden und zieht mich mit sich.

Ich treffe ziemlich hart auf dem Boden auf, und der Aufprall verschlägt mir den Atem. Ich drehe meinen Kopf und versuche nach Paul zu greifen. Er dreht sich zu mir um und überlegt, ob er nach mir fassen oder dem auf der Erde liegenden Mann einen Schlag in den Magen versetzen soll. Der Mann rollt sich zusammen, und gleichzeitig zieht er an dem Seil um Pauls Hals.

Mein Herz schlägt wie wild. „Paul, Paul!"

Nach Luft schnappend, kämpft Paul mit dem Mann, der das Seil hält. Sein Zorn gibt ihm Kraft und Hände aus Stahl. Aber das reicht nicht aus.

Er kann das Seil um seinen Hals nicht lösen.

Um Himmels willen! Hoffentlich bricht er sich nicht das Genick!

„Stop. Aufhören. Aufhören!", schreie ich nun immer wieder mit aller Kraft. Meine Angst, ihn zu verlieren, ist unermesslich.

Leider habe ich vor Aufregung den Duke übersehen, der

hinter dem Vorhang hervorkommt. Die dunklen, gedeckten Farben seiner Kleidung verbergen seine Absichten ebenso wie seine Identität.

„Töte ihn“, ordnet er an.

„Nein“, schreie ich.

Lord Bingham schaut mich mit solch gieriger Lust an, dass ihm die Erregung sogar in diesem unpassenden Moment in die Lenden schießt. Ich zweifle keinen Augenblick daran, dass ihn dieser Kampf erregt. Die Jagd nach seinem Opfer ist für ihn interessanter als der reale Sex.

Wahrscheinlich erliegt er der Illusion, dass Geld und ein Titel seinen Mangel an Männlichkeit ausgleichen. Ich zittere, als seine Augen langsam über mich kriechen und auf meinem Hintern liegen bleiben. Ich bin mir sicher, dass die einzige Form von Zärtlichkeit ein harter Schlag mit seiner Peitsche auf meinem Hinterteil sein wird.

„Aber wieso sollte ich ihn denn nicht töten, Mademoiselle? Er hat mein Eigentum gestohlen.“

„Er hat nichts von Euch gestohlen.“

„Ach nein? Ihr seid von mir gekauft und bereits bezahlt worden, Mademoiselle.“

„Ihr seid ja verrückt!“

„Ach ja? Ein Vertrag zwischen der Madame eines Bordells und eines Klienten ist so verbindlich wie der Kauf eines Grundstücks.“

„Keine Ahnung, was für ein veraltetes Besitzrecht Ihr da durchzusetzen versucht, Lord Bingham. Aber Ihr könnt doch keinen Mann umbringen, nur weil er mit mir durchbrennen will.“

Der Engländer lacht und durchsucht Pauls Taschen, bis er den braunen Umschlag findet. Er öffnet ihn und zieht einige offiziell aussehende Papiere mit Stempeln hervor.

„Was ist denn das? Gefälschte Ausweise? Schiffspassagen nach Tahiti? Ihr Amerikaner seid so romantisch und so närrisch.“ Wütend lehnt er sich über mich. „Es ist bequemer für mich, wenn der Maler nicht mehr existiert, auch wenn ich die Gründe für mich behalte.“

Er geht auf Paul zu, der wegen des Seils um seinen Hals kaum sprechen kann. Seine Hände werden ihm von dem anderen Mann hinter dem Rücken gefesselt.

„Ah, nun, Monsieur Borquet, ich glaube, wir haben hier einen Streit zwischen Männern auszufechten.“

Mit Entsetzen sehe ich, wie er eine Pistole aus seiner Tasche hervorzieht und damit direkt auf Pauls Herz zielt.

Auf keinen Fall darf ich es zulassen, dass dieser Irre Paul umbringt. Auf keinen Fall! Ich befreie mich von dem Mann, der mich festhält und werfe mich vor Paul, um ihn vor dem Schuss zu schützen.

„Ich werde es nicht zulassen, dass Ihr ihn umbringt, Monsieur.“

„Geht mir aus dem Weg, Mademoiselle.“

„Hört mir zu, bitte!“

„Wieso sollte ich?“

„Ich werde tun, was Ihr mir befehlt, Monsieur. Ich werde mit Euch ins *Moulin Rouge* gehen …“, ich mache eine Pause, „und ich werde vor Lust aufstöhnen, wenn Ihr meinen Petticoat nach oben schiebt und meine Scham entblößt, wenn Ihr Eure Hand zwischen meine Schenkel legt und …“

„Fahrt fort.“

Ich verschlucke mich fast und versuche mir neue Worte abzuringen. „… und ich werde stöhnen, wenn Ihr nach mir greift, wenn Eure Finger ihren Weg in mich finden und sich meine Lippen für Euer Prachtstück öffnen …"

Hinter mir höre ich, wie Paul nach Luft schnappt und zu sprechen versucht. Aber nichts kann mich jetzt von dem abhalten, was ich zu tun habe.

„So, die schöne Mademoiselle wird sich mir nun freiwillig hingeben, ohne Einschränkung?"

„Ja, Monsieur."

„Ihr werdet meine Sklavin sein und mich im Bett bedienen wie Euren Meister? Ihr werdet mich flehentlich darum bitten, die Peitsche des Teufels über Eure nackten Brüste zu ziehen, Euren Hintern, sodass Eure Haut rot glühen wird, bevor ich Euch nehme?"

„Ja."

„Ihr werdet mich liebkosen, mich lecken und dann Eure Schatztruhe für mich öffnen, wann immer es mich danach verlangt?"

„Ja!"

„Ihr werdet mir erlauben, Euch so zu nehmen, wie es mir passt? Werdet es zulassen, dass eines von Madame Chapets Mädchen Euch mit einem Dildo vögelt und eine andere Euch leckt, während ich dabei zusehe?"

Seine grausamen Augen starren mich an und weiden sich an meiner Erniedrigung und meinem Schmerz.

„Ja!"

Was verspreche ich da? Was denke ich mir dabei? Bin ich wahnsinnig geworden?

„Ihr habt somit Euer Schicksal besiegelt, Mademoiselle. Ich nehme Euer Angebot an."

Der Duke gibt dem Mann mit der Melone ein Signal.

„Löst das Seil um seinen Hals, aber haltet seine Hände weiterhin gefesselt. Begleitet ihn zum Bahnhof, und bleibt bei ihm, bis er auf dem Schiff nach Tahiti ist."

Er dreht sich zu Paul. „Ich möchte mich für die Einschränkungen entschuldigen, die Ihr auf dieser Reise nach Tahiti auf Euch nehmen müsst, Monsieur Borquet, aber leider sind sie notwendig." Dann zieht er mich zu sich heran, streicht mit seinen behandschuhten Fingern über meinen Körper, umfasst und streichelt meine Brüste, reibt seine ledernen Fingerspitzen über meinen Venushügel und zeigt damit zu deutlich, dass er mich als die Seine ansieht.

Ich zucke zusammen. Ich habe keinen Zweifel daran, dass er mir den Petticoat hochschieben und seine dreckigen Fingen in mich rammen würde, wenn er könnte.

„Ich wünsche Euch eine gute Reise, Monsieur, während ich mich daran erfreue, die Mademoiselle zu verführen und dann zu ficken. Sie ist so schön, so charmant und besitzt so viel Mut."

„Ihr Bastard! Damit werdet Ihr nicht durchkommen, Monsieur", keucht Paul mit trockener Kehle und gebrochener Stimme. „Ich werde Euch töten."

„Für den Fall, dass Ihr nach Paris zurückkehrt, Monsieur, haben meine Männer die Anordnung, die wunderschöne Mademoiselle auf einem Bett festzubinden und ihr die Kehle durchzuschneiden." Er tippt kurz an seinen Hut. „*Bon voyage*, Monsieur Borquet."

Paul dreht sich zu mir. „Ich werde es nicht zulassen, dass du dich für mich opferst, Autumn."

Meine Augen füllen sich mit Tränen. „Ich muss es tun. Sonst bringt er dich um, Paul."

Meine Schultern sacken nach unten.

Mein Herz versinkt in tiefer Verzweiflung.

Mein Körper ist taub, die Beine steif, die Arme ohne jegliches Gefühl. Sogar meine Muschi ist in Trance gefallen, ihre weichen pinkfarbenen Wände sind still und stumm, kein Pulsieren mehr.

Wahrscheinlich wird der Duke nicht zögern, all seine sündigen Fantasien mit mir auszuleben, und dieser Gedanke macht mich ganz krank.

Ich fühle nichts, als der Duke mich um die Taille fasst und mich aus dem türkischen Bad führt, hinaus in die Passage und in das Höllenfeuer, aus dem es kein Entrinnen gibt.

Nicole Kidman und ich sind uns darin einig, dass der Duke aus dem *Moulin Rouge* nicht nur ein Trottel, sondern ein ausgemachtes Weichei war. Glückliche Nicole. Sie musste sich nicht mit dem Duke aus meiner Geschichte herumschlagen. Sein sexueller Appetit ist unersättlich. Männer wie er denken, dass sie Madame Chapets Mädchen einen Gefallen tun, wenn sie mehr dafür zahlen, um sie in den Hintern zu vögeln.

Wie habe ich es nur geschafft, mich in dieses Chaos zu manövrieren? Ich habe Paul Borquet verloren und bin dabei, mit diesem irren Engländer durchzudrehen – sexuell gesehen.

Doch der ägyptische Gott Min hat eine Überraschung für mich auf Lager. Es ist nicht alles so, wie es scheint. Realität und Fantasie können Seite an Seite existieren, und die verschiedenen Handlungsstränge können parallel gezeigt werden, wie auf einem geteilten Fernsehbildschirm.

Also schnallen Sie sich an, und machen Sie sich auf erstklassige Unterhaltung gefasst!

Das Gute an meiner Situation ist, dass ich auf dem Weg

bin, die *Voulez-vous coucher*-Mädels aus dem *Moulin Rouge* kennenzulernen. Werde ich mich vor der großen Eröffnungsnacht wieder in meinen alten Körper zurückverwandeln? Wird der Duke mich nehmen? Oder wird er die Wahrheit über mich herausfinden? Bleiben Sie dran!

Aber ich bin nicht die Einzige mit einem Geheimnis und das führt zur

Déception (Täuschung)

Man wird leicht von demjenigen hinters Licht geführt,
den man liebt.

Jean-Baptiste Poquelin Molière
(1622 – 1673)

17. KAPITEL

Ich stelle mich aufrechter auf die kleine runde Plattform im Salon des teuren Modehauses und halte meinen Atem an, versuche mich nicht zu bewegen und habe das Gefühl, als ob ich von tausend kleinen Stechern … ich meine, von tausend kleinen Nadeln gestochen werde.

Heute bin ich mit Lord Bingham in einer Kutsche zu dem Couture-Haus auf der Rue de la Paix gefahren. Der Designer persönlich hat uns begrüßt. Wir wurden in den Salon geleitet und schauten uns die Models an, die uns die neuesten Designermoden vorführten.

Drehend, die Arme streckend, Köpfe neigend, posierend, sich setzend bewegten sich die Mannequins anmutig durch den Raum, während die Verkäuferinnen in ihren einfachen schwarzen Röcken und weißen Blusen wie kleine Punkte auf einem Blatt Papier wirkten.

Mit ihren Auftragsbüchern in der Hand, redeten sie nur, wenn sie angesprochen wurden, jederzeit bereit, eine neue exzentrische Farbe anzupreisen oder dem Kunden zu versichern, dass die gewählte Robe gerade *le dernier cri* war.

Der Duke verursachte einen Aufruhr und bestand darauf, dass zur Eröffnung des *Moulin* für mich nur das teuerste Abendkleid des Salons infrage kam.

Der Duke geht mir schrecklich auf die Nerven. Ständig tatscht oder begrapscht er mich und flüstert mir schmutzige Worte in schlechtem Französisch ins Ohr – meine Muschi als *un mallier,* eine Giftspritze, zu bezeichnen, ist wirklich zu viel – drückt meine Brüste, leckt meine Oberschenkel mit seiner Zunge, um dann an meinen Schamlippen zu knabbern, nachdem er sich in den Zähnen gepult hat. Er tut alles, außer mich zu vögeln, obwohl er prahlt, dass sein steifer Penis nur auf mich wartet.

Worauf genau er wartet, kann ich nur vermuten, denn ab und zu lässt er Anspielungen fallen über Nächte voller Vergnügen, in denen die Männer Masken tragen und die Frauen nichts außer einem hübschen Gesicht, und in denen die sexuellen Spielereien bis in den frühen Morgen dauern. Ich schüttle mich. Eine heimliche Zeremonie, bei der sie den Teufel anbeten und dann eine Frau auf dem rot und schwarz geschmückten Altar entjungfern, um sich von allen Sünden reinzuwaschen?

Der schale Nachgeschmack seines Kusses liegt mir noch auf der Zunge. Zu viel an diesem Engländer widert mich an, lässt mich zittern und meinen Magen sich angeekelt zusammenziehen.

Werde ich Paul jemals wiedersehen und die Stärke seiner Arme um mich fühlen? Spüren, wie sein Schwanz mich erregt mit der Sehnsucht nach ihm? Wird er mich jemals wieder ausfüllen? Werde ich noch einmal dieses ekstatische Gefühl erleben, wenn die Liebesenergie durch mich fließt und er in mir explodiert, als ob er vom Blitz getroffen sei?

Ich erinnere mich daran, dass es ein Blitz war, der mich hierher gebracht hat. Ich würde auf allen vieren zu Paul kriechen, wenn das möglich wäre. Aber leider ist er bereits auf dem Weg nach Tahiti. Ohne mich. Aber er ist in Sicherheit, und das ist alles, was für mich zählt.

Jetzt habe ich das Rätsel um Paul Borquets mysteriöses Verschwinden gelöst, und ich wünschte mir, es hätte anders geendet.

Ich konzentriere mich wieder auf das Kleid, das mir gerade angepasst wird. Das Dekolleté ist mit glitzernden Fäden in silbernen, rosa und blauen Tönen eingefasst und entblößt den oberen Teil meines Busens, die Arme und die Schultern. Das soll sehr aristokratisch aussehen, sagt man uns. Die Taille wird durch Spitzen zusätzlich betont, und obwohl ich dagegen protestiere, packt die Dame mir kleine Pakete mit gebleichtem Pferdehaar in meinen Büstenhalter, um meine Brüste noch mehr nach oben zu drücken.

„Was wäre die Liebe ohne Illusionen, Mademoiselle?“, sagt die oberste Näherin und versucht die Träger meines Büstenhalters gerade zu ziehen. Aber die seidenen Schleifen wollen nicht flach liegen. „Männer wollen betrogen werden.“

Betrug ist nicht das richtige Wort. Es ist die einzige Freude, die ich habe. Lord Bingham meint, dass er die Zuneigung einer jungen, schönen Dame mit einem perfekten Körper erhält, aber oh, was für eine Überraschung ich da noch in petto habe. Welche Spiele ich mit seinem Geist spielen werde, nun, da Paul sicher auf seinem Weg nach Tahiti ist.

Sicherlich wird er nicht mehr nach Paris zurückkehren, nach allem, was passiert ist. Oder doch?

Ich wage nicht, an Flucht zu denken. Der Duke ist zu einflussreich, hat zu viel Geld, zu viele Beziehungen, als dass das möglich wäre. Wohl oder übel muss ich seine lächerlichen Annäherungsversuche über mich ergehen lassen, wie zum Beispiel an diesem einen Abend im *Maxim's.* Er kniff mir in den Po, drängte mir ein Glas Champagner nach dem anderen auf und legte Goldstücke auf die Zunge des Kellners, die er dann wie ein Bischof segnete.

Er deutete an, dass ich auch Goldstücke erhalten würde. Nicht auf meiner Zunge, sondern zwischen meinen Lustpforten. Ich trank stattdessen lieber meinen Champagner aus. Ich betete darum, dass ich, wenn der Tag kommt, an dem er mehr will, als sich über mich zu beugen und sich mit einigen kleinen Zungenspielereien zu vergnügen, meinen Verstand und mein Herz schließen und nur an Paul denken kann.

Was soll ich sonst tun? Ich weiß genau, was der Duke von mir erwartet. Alles ganz körperlich und ohne Emotionen. Kalte, stoßende Bewegungen, Fleisch reibt an Fleisch, Lust für ihn und für mich totale Taubheit. Totale Unterwerfung, wie eine Sklavin, die ihrem Meister zu Gefallen ist. Er erwartet von mir, seine Befehle ohne zu zögern auszuführen, ihm zu erlauben, mich zu dominieren, und mir dabei das Vergnügen zu geben, das ich seiner Meinung nach ersehne und brauche.

Ich auf allen vieren, meinen nackten Hintern nach oben gereckt, um den scharfen Schlag seines dicken Lederpaddels entgegenzunehmen. Ich hätte nie gedacht, einmal so zu enden. In Paris. Jung und schön. Und allein. Ein erotischer Traum, der zum Albtraum geworden ist.

Mit einem Seufzer atme ich aus, dabei reißt eine vorläufige Naht an meinem Mieder, was die oberste Näherin an den Rand eines Nervenzusammenbruchs bringt. Vor sich hin murmelnd steckt sie die Rückseite meines Kleids erneut mit Nadeln fest und versucht dabei meine Taille besonders zu betonen. Eine junge Frau solle eine ihrem Alter entsprechende Taille haben, erklärt sie mir. Mein Lachen reißt die Nähte erneut auf.

„*Alors*, Mademoiselle, ich muss leider darauf bestehen, dass Ihr das Ding entfernt … das Kleidungsstück über Eurem Busen“, befiehlt mit die Näherin.

„Wieso das denn, Madame?“, frage ich. Zu meinem Unwillen habe ich entdeckt, dass die Frauen dieser Zeit sich in eine Rüstung von ca. vierzig Pfund schmeißen, bestehend aus allerlei Korsagen, Unterröcken und diversen Gürteln aus

Satin und Samt. Und diese Frau möchte, dass ich meinen seidenen Büstenhalter entferne?

Die Frau seufzt. „Er ist im Weg, wenn ich versuche, Euer Kleid festzustecken."

Jetzt winkt sie einer jungen Frau, die uns die ganze Zeit schon neugierig beobachtet hat. „Madame Sardon, Ihr seid die Spezialistin mit Korsagen, könnt Ihr uns bitte helfen! Ich kann dieses Kleid nicht abstecken ohne die passende Wäsche untendrunter."

Die junge Frau trägt schlichte Kleidung, aber trotzdem wirkt sie irgendwie anders als die anderen Verkäuferinnen. Als sie aus dem Salon auf uns zukommt, lächelt sie mich freundlich an. Und ich grinse zurück.

„Mademoiselle Maguire, *s'il vous plaît*", sagt die Näherin. „Monsieur le duc wird bald hier sein, und wenn er herausfindet, dass Euer Kleid nicht fertig ist … oh, ich will mir nicht vorstellen, was dann los ist."

Ich auch nicht. Auf keinen Fall will ich dem Duke eine Entschuldigung dafür geben, seine schmutzigen Hände auf mich zu legen und meine Brüste zu berühren.

„Na gut, Madame."

Ich streife den Büstenhalter über die Schultern, sodass meine Brüste über das Korsett quellen, und überreiche den BH der *Corsetière*, die ihre Finger darübergleiten lässt und ihn genauestens studiert.

„Interessant … und praktisch", sagt die *Corsetière*. „Ist das ein Design aus unserem Haus?"

„*Non*, Mademoiselle Sardon. Ich nenne es ein *brassière.*" Lächelnd überlasse ich es den Damen, herauszufinden, was das bedeutet.

„*S'il vous plaît*, Madame, darf ich dieses Teil mitnehmen

in mein Geschäft auf der Rue Cambon, um es mir dort genauer anzusehen?“

Meinen Büstenhalter? Ich frage mich …

„Wie Ihr wollt, Mademoiselle Sardon, aber zunächst müssen wir diese Robe zu Ende bringen.“

Wieselflink machen sich die beiden Damen über das Kleid her, ziehen alle Nadeln heraus, und es fällt auf den Boden. Nur mit einem pinkfarbenen Korsett bekleidet, stehe ich auf der Plattform, dazu trage ich dunkelrosafarbene Schnürstiefelchen und passende Strümpfe.

Ein anderes Mädchen hüllt mich in einen pinkfarbenen Umhang, aber ich kann nicht an mich halten und muss ständig kichern. War mein Büstenhalter die Inspiration für den ersten BH? Belustigt schüttle ich meinen Kopf und lache so laut, dass mir die Tränen kommen.

Was für eine seltsame Wendung meines Abenteuers, denke ich, erfreut darüber, etwas gefunden zu haben, was mich erheitert. Erschöpft lasse ich mich auf den Damastsessel fallen und nasche an pinkfarbenen Vanille-Sorbet-Keksen, die mir gereicht werden.

Wie lange habe ich hier schon gestanden? Es kommt mir wie Stunden vor, und ich bin erleichtert, dass mich der Duke wenigstens hier allein lässt.

Ich weigere mich, darüber nachzudenken, wie seine Finger meine Möse erkunden, um den festen Rand meiner Klit streichen, seine Lippen über meine Haut gleiten, als ob ich seine persönliche Sklavin sei. Jede Zelle meines Geists und Körpers wehrt sich dagegen, mich ihm total zu unterwerfen.

Stattdessen denke ich lieber an meine wunderschöne Liebe zu Paul. Wie er versucht hat mich zu beschützen, seine Stärke, seine Furchtlosigkeit.

Als der Duke eine Pistole auf ihn richtete, hatte ich keine andere Wahl. Ich *musste* mit dem Engländer gehen, um Paul zu retten.

Die Ironie des Schicksals will es so, dass ich meinen zauberhaften Körper dem Duke hingebe, und auf eine seltsame, humorvolle Weise erlaube ich mir eine kleine Schwäche und denke, dass es ihm recht geschehen würde, wenn ich genau in dem Moment verschwände, in dem er in mich stoßen will.

Aber trotzdem werde ich Paul nicht mehr wiedersehen. Ich denke daran, wenn ich nachts im Dunkeln wach liege, in dem exklusiven Appartement des Duke in der Rue Chalgrin. Nur eine dünne Wand trennt mich von ihm. Das ist das Einzige, was ihn daran hindert, mir das Korsett mit der Pfauenfeder vom Leib zu reißen, auf dem geschrieben steht: *La Fiancée* – die Verlobte. Lächerlich!

Na gut, wenn ich mit dieser Scharade schon weitermachen muss, dann will ich meinen Part wenigstens gut spielen. Ich gehe im Salon herum und lege eine arrogante Art an den Tag. Meine Hüften schwingen dabei genau richtig.

„Ah, da seid Ihr ja, *ma chère cousine*“, trällert Madame Chapet charmant. Ich drehe mich nach ihr um und kann es nicht fassen. Wie kann sie mich denn als ihre Cousine bezeichnen?

„Madame Chapet, was sucht Ihr hier in diesem Modehaus?“, frage ich sie.

Madame Chapet klimpert mit den Wimpern und klimpert ein zweites Mal, wobei sie mich hinter ihren Brillengläsern, die an einer Amethystkette hängen, prüfend ansieht.

„Ich bin eine alte Kundin.“

Die Betonung liegt hier auf *alt,* denke ich mir und sage laut: „Wie laufen die Geschäfte? Geht es besser? Oder geht es eher bergab mit den Mädchen?"

„Haltet Euer freches Mundwerk im Zaum, Mademoiselle, oder ich werde meinen Einfluss hier geltend machen und Euch hinauswerfen lassen", stößt Madame böse hervor.

„Wohl kaum, Madame Chapet. Ihr seid eine Lügnerin und Betrügerin, und Ihr habt mich jetzt zum letzten Mal erniedrigt. Und jetzt entschuldigt mich bitte, ich muss meine Anprobe zu Ende bringen."

Ich drehe mich um und genieße es, *La Madame* die kalte Schulter zu zeigen.

„Habe ich Euch nicht aus St. Lazare freigekauft?", zischt Madame Chapet mir zu, als eine ältere Frau sich vor dem Spiegel bewundert, ganz in pinkfarbene Seide und Federn gehüllt. „Wer hat Euch die Möglichkeit gegeben, in den besten Ateliers von Paris Modell zu stehen? Hat Euch in Kleider gesteckt und Euren Magen mit Nahrung versorgt? So leicht werdet Ihr mich nicht los, Mademoiselle."

Irritiert sehe ich sie an. Meine Augen verengen sich. „Was wollt Ihr damit sagen?"

„Falls Ihr es bereits vergessen haben solltet, *ma jolie,* der Duke of Malmont hat mich beauftragt, Euch morgen bei der Eröffnung des *Moulin Rouge* zu begleiten. Er hat mit versichert, dass er mir als Anerkennung für meine Bemühungen eine neue Robe bezahlen wird."

Bevor ich etwas erwidern kann, schnippt Madame Chapet mit den Fingern, und einige Mädchen scheinen aus dem Nichts aufzutauchen und umrunden die Madame mit Schleifen von Maßbändern, Nadelkissen in allen Farben und stellen eine Tasse schwarzen Kaffee mit viel Zucker auf ihre geöffnete Handfläche. Sie besteht darauf, dass sie niemals eine Bestellung ohne süßen Kaffee macht.

Es ist erstaunlich, wie sehr die Mädchen bemüht sind, der Madame zu gefallen. Sie überschlagen sich fast vor Freundlichkeit, zeigen ihr elegante Roben aus schwarz-weißer Seide, pfirsichfarbenem Satin, elfengrünem Taft und dunkelrosafarbenem Samt.

„Ihr werdet sicher sehr elegant darin aussehen, Madame", schmeichelt die Verkäuferin und klatscht dabei in die Hände. Madame Chapets Brust hebt sich, und ein bezauberndes Lächeln lässt sie für einen Augenblick um glatt fünfzehn Jahre jünger aussehen. Aber letztendlich ist sie dann doch nur eine fette Taube in einem Nest von eleganten Schwalben.

„Meint Ihr wirklich?", fragt Madame Chapet und hofft auf weitere Komplimente.

Ich versuche, schrecklich gelangweilt zu wirken und schaue auf die schwarze Standuhr, die mit Goldornamenten verziert ist und die Stunden zählt. Zwei Stunden und vierzig Minuten. So lange stehe ich jetzt schon hier im Salon. Der Vorführraum ist ohne Fenster und nur mit Gaslaternen beleuchtet, sodass die Damen das gleiche Licht haben wie auf den Bällen, auf denen sie die Kleider tragen werden.

Mir ist das Licht ziemlich egal, und jetzt muss ich erst mal auf die Toilette.

„Pardon, Mademoiselle, wo ist die Toilette?", frage ich die hübsche Verkäuferin.

„Dort oben, Mademoiselle." Sie deutet dabei auf eine gewundene Treppe.

Ich schaue nach Madame Chapet, die gerade von einer Platte mit Marzipan kostet und einer Verkäuferin zuhört. Jene schwärmt Madame in den höchsten Tönen vor, wie hervorragend die Farbe des orientalischen Kreppstoffes den goldenen Glanz in ihren Haaren betont.

Ich steige die Treppe nach oben und hoffe, dass Madame verschwunden ist, bis ich wiederkomme. Den Flur hoch und runter laufend, halte ich nach etwas Ausschau, was einem Badezimmer ähneln könnte. Standesgemäß für dieses edle Modehaus wäre zum Beispiel ein Zimmer mit einem Nachttopf aus Porzellan, der bereits von der Kaiserin Eugénie benutzt wurde.

Während ich so umherspaziere, höre ich aus einem privaten Ankleideraum Frauenstimmen, und eine davon kommt mir besonders bekannt vor. Ohne dass ich es bemerkt habe, muss Madame Chapet hierher entschwunden sein und mit ihrer gekünstelten, hohen Stimme erzählt sie: „... es ist ein sündiges Ritual, bei dem Männer und Frauen sich in einem exklusiven Privathaus treffen, und der rote Wein entfaltet seine magischen Kräfte bei jedem, der aus dem silbernen Kelch trinkt."

„Wie kann das sein, Madame?"

„Der Wein ist mit betäubenden und bewusstseinserweiternden Drogen versetzt und soll sexuelle Magie begünstigen", höre ich sie verschwörerisch flüstern. „Man sagt, dass kein Mädchen in dieser Nacht sich davor drücken kann, den Schwanz des Teufels zu lecken."

„Erzählt uns mehr, Madame Chapet."

„*Bien,* also gut. Die Gäste vergnügen sich an einem verschwiegenen Ort mit *le vice anglais,* der sexuellen Flagellation. Oh, mir wird schwindelig, wenn ich nur daran denke."

„Werdet Ihr zu dieser schwarzen Messe gehen, Madame Chapet?"

„*Bien sûr,* aber natürlich. Der Duke of Malmont hat mich persönlich dazu eingeladen."

„Oooohhh, Madame ..."

„Es gehört sich für eine Frau in meiner Position, diese Rituale zu besuchen, und da der Duke ein Mitglied des Ordens der Goldenen Dämmerung ist, na ja, wie könnte ich dieses Angebot ausschlagen?“

Ich lehne mich an die Tür, und mein Körper zittert leicht. Schwarze Messe? Wieso beunruhigen mich diese Neuigkeiten über ein sündiges Ritual und bereiten mir Kopfschmerzen? Soll das diese Nacht der ausschweifenden Vergnügungen sein, von der mir der Duke berichtet hat?

Den ganzen Körper an diese schwere Eichentür pressend, versuche ich der Unterhaltung zu lauschen. Aber leider höre ich nichts mehr. Alles ist ganz still. Und dann … höre ich eine Frau seufzen? Das Rascheln von Seide?

Was geht da drinnen vor sich?

Kichern.

„Aber natürlich, Madame Chapet, Ihr habt wunderschöne Schenkel.“

Noch mehr Kichern.

„Madame, bitte! Schließt Eure Beine noch nicht.“

„Seid still, Mademoiselle. Eure Zunge solltet Ihr besser für andere Dinge einsetzen als zum Reden.“

Flüstern.

Ich lehne mich noch ein wenig näher an die Tür, und mein Kopf zerplatzt fast. Ich muss mehr über diese schwarze Messe erfahren. Ich lehne mich nach vorn – etwas zu weit, wie ich leider zu spät bemerke, während ich das Gleichgewicht verliere. Ich greife Halt suchend nach dem Türgriff, als die Tür sich plötzlich öffnet … und ich mitten in den Raum hineinstolpere und auf dem Boden lande.

„Ich … ich habe, äh, nach dem stillen Örtchen gesucht“, stottere ich und versuche zu lächeln.

„Wollt Ihr uns nicht Gesellschaft leisten, Mademoiselle?“, fragt Madame Chapet und lässt ihre Finger durch die Haare der Verkäuferin gleiten, die ihren Kopf unter *La Madames* Petticoat gesteckt hat. Ihre Zunge sucht unzweifelhaft in dem dichten Haargewirr nach dem Eingang der heißen, feuchten, hungrigen Fotze. Die Puffmutter lacht so hart, dass kleine Federn ihres Kostüms wie Staubflocken durch die Luft segeln. Sie landen auf den Möbeln, dem Teppich, der Verkäuferin.

Und auf mir. Ich habe das dumpfe Gefühl, dass der wollüstigste Teil meines Abenteuers eben gerade erst beginnt.

Paul stand vor der Tür des Hauses in der Rue des Moulins und lauschte den lustvollen Schreien eines Mädchens. Hoffentlich nicht Autumn, dachte er. Er lehnte sich noch einmal gegen die Glocke und schellte laut, verfluchte die Götter. Sein schwarzer Hut fiel ihm ins Gesicht und sein langes Cape wehte im kalten Wind.

Wieso öffnete niemand?

Merde alors, seine Füße waren ganz nass. Das kam allerdings nicht von den Pfützen, die die Boulevards überzogen. Ein schlimmer Sturm hatte den Schaufelraddampfer überflutet, mit dem Paul von Dover aus den Englischen Kanal überquerte, um möglichst schnell wieder nach Paris zurückzukommen.

Niemand mit einigermaßen klarem Verstand hätte sich diesem Unwetter auf See freiwillig ausgesetzt. In den Zeitungen stand sogar, dass das der schlimmste Sturm des Jahrhunderts gewesen sei. Stürme, Orkane und Gott weiß was für wilde Gesellen aus Neptuns Gefolgschaft hatten die Meere aufgewühlt.

War das alles bloß ein Traum? Nein, es war ziemlich real,

angefangen bei den schrecklichen Bodyguards des Duke. Der eine hatte Paul während der Bahnfahrt von Paris bis Cherbourg eine Pistole an die Rippen gehalten, und an den anderen war er gefesselt gewesen. Sie bewachten ihn, bis das Schiff in See stach, und dann erst verschwanden sie.

Nachdem er von Cherbourg auf der *Empress of Japan* gesegelt war, musste er wegen der rauen See in Dover eine Pause einlegen. Einige Tage verbrachte er in dieser Hafenstadt an der englischen Küste und wanderte die engen Gassen auf und ab. Die heruntergekommenen Gebäude boten wenig Unterhaltung bis auf die musikalischen Darbietungen einiger Nachzügler britischer Soldaten.

Schließlich gelang es ihm doch, eine Passage zurück nach Frankreich auf einem Schaufelraddampfer zu buchen.

Der Geruch des Salzwassers belebte Paul. Er hatte in den letzten Wochen Gefühle erlebt, von denen er nicht wusste, dass sie überhaupt existierten. Zum ersten Mal in seinem Leben war er überwältigt von einem Verlangen, dass er weder durch Kunst noch durch Sex stillen konnte. Es handelte sich eher um ein spirituelles Sehnen nach Autumns Nähe.

Er wollte sie lieben und von ihr geliebt werden.

Sie war nicht nur schön, sondern auch intelligent und umsichtig. Die Sehnsucht nach ihr hatte ihn die ganze Zeit auf dem Schiff verfolgt, und eine Dringlichkeit zwang ihn dazu, sein Leben in diesem Sturm auf See zu riskieren.

Vor knapp einer Stunde war er nach Paris zurückgekehrt und hatte sich sofort zu dem Haus in der Rue des Moulins aufgemacht. Er würde Autumn mit sich nehmen und sie niemals mehr hergeben. Ganz egal, was er dafür tun musste.

Dass er die ganze Zeit an sie dachte und die romantischen Gefühle für sie ihn schier um den Verstand brachten, machte seine derzeitige Situation nicht gerade einfacher. Verzweifelt versuchte er seine Furcht zu unterdrücken und wehrte sich gegen die körperlichen Veränderungen, die sich an ihm vollzogen.

Zweifellos war er gealtert.

Graue Schläfen, Lachfältchen um seine Augen und den Mund. Schwielige Hände. Trotzdem war er nach Paris zurückgekehrt, bereit, den Duke zu töten, falls es sein musste. In seiner Tasche hatte er eine Pistole, die er einem betrunkenen britischen Grenadier abgenommen hatte, die er ohne zu zögern einsetzen würde.

Die hasserfüllten Augen des Duke verfolgten ihn. Wieso kamen ihm diese Augen so bekannt vor? Er hatte das Gefühl, als ob die Dunkelheit, die ihn seit achtunddreißig Jahren umgab, langsam ihren Schleier lüftete und ihm bald ein großes Geheimnis enthüllen würde.

Noch nicht! Nicht bevor ich Autumn in meinen Armen halte und ihr erklärt habe, was mit mir passiert ist.

Er schellte erneut. Wo konnte sie sein? Waren all diese Mädchen mit Kunden beschäftigt? Falls das der Fall war, dann konnte doch Madame Chapet die Tür öffnen. Dieselbe Dringlichkeit, die ihn bereits auf dem Schiff befallen hatte, stellte sich auch jetzt wieder ein. Doch dieses Mal hatte er Angst, dass es nicht nur die Sehnsucht nach Autumn war, sondern noch ein anderes Gefühl. Irgendetwas stimmte hier nicht.

Als sich die Tür schließlich öffnete, war Paul überrascht. Die kleine Näherin, Delphine, stand im Eingang und versuchte Haltung zu bewahren. Ihre weiße Kappe war auf dem Kopf verrutscht, die gestärkte weiße Schürze zerknittert, und von ihrem Mieder fehlten einige Knöpfe und gestatteten ihm einen Blick auf ihre makellosen Brüste. Und war das ihr Petticoat, den sie hinter dem Rücken versteckte?

Er beugte sich vor und warf einen Blick in den Empfangssalon des Bordells. Niemand war da. Er schaute hinüber zu der Treppe aus echtem Onyx und hätte schwören können, dort eben einen jungen Mann ohne Hemd gesehen zu haben, der schnurstracks in einem Zimmer verschwunden war. Er war eher amüsiert als geschockt, als ihm bewusst wurde, dass er die beiden mit seinem Läuten beim Liebesspiel unterbrochen hatte.

„Oh, Monsieur Borquet, Ihr seid es!“ Delphine bekreuzigte sich, ihre Augen füllten sich mit Tränen. „Mademoiselle Autumn wird so glücklich sein über Eure Heimkehr“, sagte sie mit Erstaunen in der Stimme und öffnete die Tür weiter, damit er eintreten konnte.

„Wo ist Autumn?“

„Sie ist nicht hier, Monsieur. Niemand ist da ... außer mir.“ Sie schlug die Augen nieder, obwohl es offensichtlich war, dass sie log.

„Wohin ist sie gegangen? Ihr müsst es mir unbedingt sagen!“

„Sie ... sie ist mit Lord Bingham ins *Moulin Rouge* gegangen.“

„Sie ist was?“, stieß Paul mit lauter Stimme hervor.

„Ja, sie hat mit Monsieur le duc und Madame Chapet vorhin das Haus verlassen.“

Eindringlich sah Paul das Mädchen an. Sie schien verwirrt, aber auch erleichtert, dass er es war, der ihre Indiskretion entdeckt hatte. Verständlich. Wenn Madame Chapet herausfand, dass sie ihre Unschuld in einem Akt der Liebe an einen jungen Mann gegeben hatte, würde sie sofort auf der

Straße landen. Für Madame galt der Grundsatz, dass Sex und nicht Liebe dafür sorgte, dass die Rechnungen bezahlt werden konnten.

Paul schaute auf das tränennasse Gesicht der kleinen Näherin. Offensichtlich war sie etwas erschüttert, bat ihn mit ihrem Blick, sie nicht an Madame Chapet zu verraten. Trotzdem blitzte in ihren Augen auch die Freude durch, ihn hier zu sehen.

„Ihr müsst ihnen folgen, Monsieur. Ich mag diesen Engländer nicht. Er ist böse."

„Er ist mehr als böse, Mademoiselle. Er ist ein Monster, und man muss ihm Einhalt gebieten."

Ohne ein weiteres Wort zu verlieren, drehte Paul sich um und eilte die Rue des Moulins hinunter, überquerte die Avenue de l'Opéra und hielt sich in Richtung Montmartre.

Laufen, laufen, laufen.

Ein flaues Gefühl machte sich in seinem Magen breit. Autumn war mit dem Duke zusammen, und er konnte sich nur vorstellen, was er mit ihr angestellt hatte. Wie er sie zum Schreien brachte, wenn seine Peitsche auf sie niederging, wenn er mit seinen grausamen Händen ihren nackten Körper peinigte und sich an ihrem Entsetzen erfreute. Sein harter Schwanz, dessen hässlicher Kopf sich jeder ihrer Körperöffnungen bemächtigen würde, zitternd vor Vorfreude über die sadistischen Spielereien, die er sich für sie ausgedacht hatte.

Er verstand nicht, wieso die Götter der schwarzen Magie ihn mit solchen Gedanken folterten. Aber er hatte die vage Vorahnung, dass diese Gefühle nur ein Vorspiel zu einer Enthüllung waren, die ihm Autumn für immer fortnehmen würde.

Sie durfte ihn nicht verlasen. Auf keinen Fall.

Es sei denn …

Oh nein, da war es schon wieder, dieses seltsame Gefühl, dass sie nur eine Illusion war. Er versuchte diese Gedanken abzuschütteln. Seine Einbildung ging mit ihm durch. Außerdem konnte sie doch gar nicht so einfach aus dieser Welt verschwinden und dorthin zurückkehren, woher sie gekommen war. So wie menschlicher Staub sich zu einer Erinnerung verflüchtigte. Oder doch?

Er wollte sich unbedingt einreden, dass sie unverletzt war und ihre Seele rein. Selbst wenn ein anderer Mann sie berührt haben sollte, so war das gegen ihren Wunsch geschehen.

Alles, was für ihn zählte, war sie, diese Frau.

Ja. Ja. Ja. Sie war eine Frau, auch wenn sie den Körper eines jungen Mädchens hatte, mit hohen, festen Brüsten, so nussbraunen perfekten Nippeln, dass es ihn danach verlangte, sie zwischen seinen Fingern zu drehen, einem cremeweißen Hinterteil, das ihn dazu verführte, sie hemmungslos zu reiten, einer engen, feuchten Möse, die unter seiner Berührung prickelte.

Er war sich sicher, dass eine magische Kraft sie ihm zugeführt hatte. Die Frage war, ob die schwarze Magie, die diese Tür geöffnet hatte, von seiner Welt war oder aus einem Himmel außerhalb der Welt, die er kannte. Und würde er diese Welt zu Gesicht bekommen? Mit ihr?

Er eilte weiter und betete, dass das der Fall sein würde.

18. KAPITEL

„Höher, Mademoiselle. Hebt das Bein höher!“

„Zeigt uns Eure Pluderhosen, na kommt schon, Schätzchen.“

Mit der Hand schirme ich meine Augen von dem grellen Licht ab, die heiße, rauchige Luft bringt mich zum Husten. Ich nehme die ausgelassene Atmosphäre in mich auf, den geschmückten Saal, Gemälde bedecken jeden Platz an der Wand, sogar die Spiegel, und fasziniert beobachte ich die Tänzerinnen.

La Goulue mit dem Federschmuck auf dem Kopf und ihrem arroganten Gehabe. Grille-d'Egout tanzt präzise und würdevoll. Und Cri-Cri. Schreiend. Räder schlagend. Sie werfen die Beine in die Luft. Schlagen ihre Petticoats hoch und zeigen ihre Hintern. Versuchen sich gegenseitig mit immer akrobatischeren Kunststücken zu übertreffen. Laute, obszöne Schreie. Ohrenbetäubendes Pfeifen.

Vor wenigen Minuten sind wir erst angekommen, eilten über den gefliesten Gang von einem Stockwerk des Kabaretts zum nächsten. Ich bekam kaum noch Luft, und mein Herz schlug immer schneller.

Und nun das: der Can-Can. *Le chahut.* Das Wort bedeutet so viel wie *lärmend, wild.* Die Quadrille ist die Welt der weiblichen Verführung. Eine grelle Zurschaustellung des Fleisches und ein ungezogenes Benehmen, das die ganze Welt auf erregende Weise schockiert.

Frauen schreien, und Männer lehnen sich vor, wenn La Goulue ihre Röcke lüftet und das Publikum mit ihrem Hintern begrüßt. Dabei zeigt sie ein Spitzenhöschen mit einem aufgestickten Herz. Staunend beobachte ich, wie auch die anderen Tänzerinnen beim Werfen ihrer Beine nackte Haut zwischen den Strapsen und Petticoats entblößen.

Welch ausgefallene Kostüme! Windmühlen, Katzen und Ratten dekorieren ihre Kleider. Die einzig unschuldigen Kleidungsstücke an ihnen sind die weißen Petticoats und die langen Pluderhosen mit cremefarbenem Spitzenbund um die Knie. Eine angenehme Wärme breitet sich in mir aus und lässt mich an ihre Kitzler denken, die gegen den seidigen Stoff der Hosen gedrückt werden. Haben sie jedes Mal einen kleinen Orgasmus, wenn sie die Beine in die Luft werfen? Mit den Füßen klopfe ich den Takt zur Musik und stelle mir vor, eine von ihnen zu sein und ihr kleines Geheimnis mit ihnen zu teilen.

In der Zwischenzeit drängt sich die Menge vor mir immer mehr zusammen, die Mädchen werden angefeuert, und es entsteht ein ziemlicher Wirbel um sie. Ich wiege mich im Rhythmus der Musik, klopfe mit den Füßen dazu den Takt und klatsche in die Hände. Köstlicher Schweiß bedeckt mein Gesicht und meine bebenden Brüste. Unter dem flackernden Licht der Gaslampe glänzen sie wie Bernstein.

Wilde Leidenschaft hat nun von mir Besitz ergriffen. Ich liebe es!

Es ist verrückt.

Berauschend.

Vulgär.

Erhaben und erbärmlich.

Es ist das *Moulin Rouge.*

Eine Tanzhalle, ein Bordell, das alle Möglichkeiten der Unterhaltung bietet. Sex, Drogen und Alkohol im Überfluss. Eine wilde Welt aus rotem Samt umgibt mich, üppig und doch ordinär. Heidnisch. Primitiv.

Auf der großen Tanzfläche stehend, die von kleinen Galerien umgeben ist, in denen die Kunden essen und trinken können, kann ich das Treiben um mich herum ausgezeichnet beobachten. Oh, diese wilde Erregung, die durch meine Adern fließt. Eine glutrote Hitze lässt meine Brustwarzen hart werden und schießt dann in meine Möse, um mich in Flammen zu setzen.

Anfangs konnte ich diese Hitze kontrollieren, doch jetzt nicht mehr. Sie steigt aus meinen Lenden auf, versengt meine Haut, färbt meine Wangen mit einem kirschroten Rouge. Mein Make-up schmilzt auf meinen Lippen, als es auf die Feuchtigkeitscreme trifft, die ich auf Geheiß von *La Madame* aufgetragen habe, damit ich mir nicht auf die Unterlippe beiße.

Aber wen kümmert das?

Ich rufe. Ich schreie.

Ich klopfe mit den Füßen den Takt und wiege meine Schultern zu den Klängen der Musik.

„Oh, die Freude und Aufregung dieser Nacht werde ich nie mehr vergessen", ruft Madame Chapet. „Ich liebe diese Erregung, aber sie drückt auf meine Blase." Sie macht eine Pause und nimmt einen Zug von ihrer Zigarette. „Vielleicht wollt Ihr mich auf die Toilette begleiten, *ma jolie*, und wir können einige lustvolle Augenblicke miteinander teilen? Meine Zunge würde Euch mit einem tiefen Kuss erfreuen, und Ihr könntet Euch dafür erkenntlich zeigen, indem Ihr mir mit Euren pinkfarbenen Lippen *un cachet de l'amour* auf meine Muschi gebt …"

„Eure lesbischen Sehnsüchte zu befriedigen war nicht Teil unserer Vereinbarung, Madame", erwidere ich. Im Geiste sehe ich sie vor mir, wie sie mit gerafften Röcken im Salon sitzt, den Kopf der Verkäuferin zwischen den Beinen, die so hingebungsvoll an ihr saugt wie ihre beiden widerlichen kleinen Hunde.

„Wie schade. Aber mit Eurem Erfolg heute Nacht bin ich trotzdem sehr zufrieden."

„Meinem Erfolg?"

„Schaut Euch doch an, Mademoiselle. Jeder beobachtet Euch."

Ich sehe mich um, und sie hat recht. Halbseidene Damen werfen neugierige Blicke in meine Richtung, und die ganz normalen Pariserinnen machen keinen Hehl aus ihrer Bewunderung für mein Abendkleid, meine Frisur, meine gesamte Erscheinung. Kleine Löckchen fallen über meine Stirn und türmen sich hoch auf meinem Kopf. Ein Fächer, lange Handschuhe und schlichte Perlenohrringe vervollständigen meine Garderobe.

Kein Wunder, dass ich gut aussehe. Meine Robe hat den Duke mehr gekostet als ein Schäferstündchen mit zehn von Madames Nymphen.

Während ich mir kühle Luft zufächle, sehe ich elegant gekleidete Damen der High Society, die ihre Liebhaber zu mir schicken, um herauszufinden, wer ich bin. Die Madame ist begeistert über dieses Interesse und betrachtet es als ihren alleinigen Verdienst.

„*Bien sûr,* natürlich habt Ihr Euren Erfolg mir zu verdanken."

„Euch, Madame? Wenn Ihr Euch nicht eingemischt und dem Duke erzählt hättet, wo ich zu finden bin, wäre ich jetzt mit Paul in der heißen Sonne, barbusig und mit nichts bekleidet als Ananasblättern um meine Hüften."

„Ihr Mädchen seid so undankbar", beschwert sich Madame. „Wie auch immer, ich werde darüber hinwegsehen,

Mademoiselle, da ich vorhabe, den Duke um ein zusätzliches Honorar für Eure Dienste heute Nacht zu bitten."

Ich stöhne. „Habt Ihr mir noch nicht genug Schmerz bereitet?"

„Schmerz? Es wird Euch Vergnügen bringen, Mademoiselle, wenn der Duke Euch endlich fickt, *n'est-ce pas?*"

Hinter meinem Fächer strecke ich ihr die Zunge raus, dann ignoriere ich den Rest ihrer Bemerkungen. Stattdessen kreische ich hysterisch wie der Rest des Publikums, von den adligen Damen bis zu den brotlosen Künstlern und Studenten. Die illustren Gäste des *Moulin Rouge* setzen sich aus Aristokraten, Unternehmern und Künstlern zusammen. Die Boheme von Paris. Mein Traum. Hier wird das Leben intensiv und voller Leidenschaft gelebt.

Aber wen interessiert's? Ohne Paul bedeutet es mir nichts. Ich bin wie eine schöne Rose in der vollen Blüte ihrer roten Leidenschaft, sanft, seidig, strecke mich in einem üppigen und pulsierenden Garten der Sonne entgegen, strecke und strecke mich, aber sterbe an den Wurzeln langsam ab.

Eine Hand drückt sich auf meinen unteren Rücken. Es ist Lord Bingham, der einen eleganten Smoking trägt, mit passender Satin-Weste und einer weiß bestickten Krawatte. Wie die anderen Männer hier trägt er auch einen glänzenden Zylinder, und um ihn vor Dieben zu schützen, behält er ihn immer auf. Ich hoffe, er behält auch seinen Prügel in der Hose.

„Gefällt es Euch, Mademoiselle?", flüstert er mir ins Ohr und bläst mir heiße Luft in den Nacken.

„Das war in der Tat der Fall", sage ich kalt. „Bevor Ihr aufgetaucht seid."

Er lacht. „Bald werdet Ihr noch mehr Vergnügen haben, Mademoiselle, sehr bald. Der Abend wird nicht eher enden, bevor nicht der gefiederte Hahn sich mit der samtenen Amsel der Nacht verpaart hat."

Ich rücke von ihm ab. Was erzählt er da für einen Unsinn? Hat das etwas mit der schwarzen Messe zu tun, die Madame Chapet erwähnt hat? Oh mein Gott, ich hoffe nicht.

Ich tue so, als ob ich ihn nicht verstanden habe. „*Pardon*, Monsieur?"

„Ihr werdet es bald herausfinden, *ma belle.*" Er greift nach einem Strauß Maréchal-Niel-Rosen von einem vorbeigehenden Kellner und überreicht ihn mir. Angewidert sehe ich ihn an und werfe die Rosen auf einen kleinen Tisch. Er lacht erneut auf.

Was geht in diesen dunklen Augen vor? Schwarzes Öl scheint das Weiß in ihnen grau zu färben und gibt seinem Gesicht einen grausamen, sadistischen Ausdruck. Es hypnotisiert mich und macht mir gleichzeitig Angst.

Ich schaue in die andere Richtung und fächle mir kühle Luft zu, indem ich die Röcke meiner langen silber-roséblauen Lamérobe lüfte, sodass mein pinkfarbener Petticoat darunter zum Vorschein kommt. Die Hitze ist erdrückend, doch liegt auch eine verführerische Erotik in der Luft und betäubt die Zuschauer mit ihrem magischen, schweren Parfum. Ein wollüstiger Duft, der das Tier im Menschen herauslockt. Auch der Engländer scheint sich dem nicht entziehen zu können.

Ich fühle, wie eine Hand meine Hüften kneift. Der Duke. Er lässt seine Finger über meine Brüste wandern und liebkost die Schwellung meines Busens.

Ich kann nichts dagegen machen. Die Menschenmenge drückt uns gegeneinander. Damit nicht genug, presst auch noch Madame Chapet ihren üppigen Körper an mich und bewegt ihre Hüften zum Rhythmus der Musik, sodass ich zwischen ihr und Lord Bingham eingeklemmt bin.

Lord Bingham massiert meine Schultern mit seinen Händen, dann werden seine Berührungen intimer. Er greift zwischen meine Schenkel und massiert meine Pflaume, drückt seine Finger an meine saftigen Lippen, als könnten seine Finger es kaum erwarten, in mich einzudringen. Überrascht von der Berührung zucke ich zurück. Seine Augen verengen sich mit einem verärgerten Blick. Ich kann ihn nicht von seinem Tun abhalten, ohne eine Szene heraufzubeschwören.

Um mich ihm zu entziehen, schiebe ich mich am Rande der Tanzfläche entlang. Die elektrischen Lichter werfen ein Schattenmuster auf mein Gesicht. Zum Teufel mit dem Duke, mit der Madame und mit allem hier.

Wie soll ich es länger ertragen, dass er mich anfasst, mich mit seinen Fingern überall berührt, meine Lustpforten öffnet und seine Zunge in meinen feuchten Falten versenkt? Leckend, riechend, während mein Herz in unregelmäßigem Rhythmus schlägt, mein Körper angespannt und heiß ist, meine Gefühle bereit sind, zu explodieren.

Nein! Wo bist du Paul?

An Bord eines Schiffes, das Meer betrachtend, auf den Wellen reitend, wird er immer weiter und weiter von mir fortgetragen. Ist sein Herz so einsam wie meines?

Ich sehne mich so nach seiner Berührung, dem intensiven Glücksgefühl, das seine Zunge meiner nackten Haut bereitet. Sein Schwanz, pumpend, zärtlich, mir erregende Schauer über den Rücken jagend, dann das Nachglühen mit geflüsterten Liebkosungen und Worten der Begierde. Noch nie habe ich mich von einem Mann so geliebt gefühlt, so bewundert, und noch nie war ich so lebendig. Und jetzt ist er weg.

Verdammt!

Bis zu diesem Moment habe ich der Melancholie nicht erlaubt, mich zu überwältigen, aber jetzt kann ich es nicht mehr verhindern, dass sie immer schwerer auf mich niederdrückt. Früher wusste ich immer genau, wo es langgeht im Leben, wusste, wer ich bin und was ich wollte. Doch Paul hat das alles verändert.

Er hat mich gelehrt, wie eine Göttin zu lieben, und für eine kleine Weile habe ich mich in dieser Rolle so glücklich gefühlt. Dann ist meine Welt zusammengebrochen, und meine erotische Fantasie hat sich in einen schrecklichen Albtraum verwandelt.

Ich greife meinen Fächer, öffne ihn, schließe ihn und zerbreche ihn dann.

Ich bin zur Hure geworden, um den Mann zu retten, den ich liebe. Die Drohung des Duke klingt noch in meinen Ohren. „Ich werde Euch so nehmen, wie es mir beliebt. Ich werde Euch ficken. Euch von hinten nehmen."

Seine Worte haben sich tief in meine Seele eingegraben. Oh mein Gott, hilf mir!

Die wilde Musik des Can-Can erfüllt meinen ganzen Körper, von meinen erregten Nippeln über meine kreisenden Hüften bis zu meinen Pluderhosen, die schon ganz feucht sind von meinen Säften.

Ich beiße die Zähne zusammen, beginne zu schwitzen, und mit dem Schweiß kommt eine Leidenschaft, die von dem Drang, meine Seele zu reinigen, noch erhöht wird, während mein sexuelles Verlangen weiter steigt. Ich stelle mir vor, nackt zu sein, auf allen vieren, meine Hüften über Pauls eifriger Zunge kreisend. Mein Körper angespannt vor Freude auf das, was kommen wird, als er mich näher und näher an den

Abgrund bringt, an dem ich explodieren werde.

Ich versuche mich zusammenzureißen, aber meine Fantasie hat mich voll im Griff. Ich kann nicht kommen, nicht hier, doch der Druck meines Verlangens will nicht verschwinden. In einem Versuch, das in mir lodernde Feuer zu löschen, schwinge ich meine Hüften, rolle die Schultern, klopfe mit dem Fuß auf, eine neue Idee nimmt in meinem Kopf Gestalt an, drängt mich vorwärts. Ich lächle. *Kann ich etwas Verrücktes, Wildes tun?*

Ohne über die möglichen Konsequenzen nachzudenken, springe ich zu den Tänzerinnen auf die Bühne und gebe mich meiner Erregung hin. Mein Körper scheint sich aufzulösen und hinterlässt nur noch die Essenz von purer Erotik. Ich bin verschmolzen mit dieser ekstatischen Nacht.

Eine animalische Triebhaftigkeit ergreift Besitz von mir und entlädt sich in wollüstigem Stöhnen. Ich habe mich nicht mehr unter Kontrolle, verliere mich in der Lust des Augenblicks, in der Musik, der Erregung und dem Tanz. Der Holzfußboden unter mir bewegt sich, und meine Füße stampfen einen einfachen Takt. Ich drehe mich und klappere mit meinen Absätzen. Die lauten Klänge des Orchesters scheinen sich nur auf mich zu konzentrieren, und jeder Ton scheint meine Schritte perfekt zu begleiten. Mein Herz schlägt schneller. Ich traue mich, in diese Welt zu springen.

Inmitten der weißen Petticoats und noch weißeren Pluderhosen werfe ich meine Beine in die Luft. Mein pinkfarbener Unterrock schwingt durch die Luft wie eine Peitsche und zieht alle Aufmerksamkeit auf sich.

Das Publikum drängt sich näher an die Bühne und schert sich nicht um die Barriere. Gierig weidet es sich an den entblößten Körperteilen der Tänzerinnen. Wird es einen roten, blonden oder brünetten Busch unter den Höschen hervorblitzen sehen? Nicht eines der Mädchen enttäuscht es.

Auch ich nicht.

Nicht eine Sekunde lang.

Niemand wird mich daran hindern, zu einem Teil der Geschichte des *Moulin Rouge* zu werden. Ich setze mich über die Geschichtsbücher hinweg und zerreiße sie in kleine Fetzen.

In den Büchern wird keine rothaarige Tänzerin mit einem pinkfarbenen Petticoat erwähnt, die im *Moulin Rouge* einen Can-Can tanzt. Na und?

Die Mehrzahl der Gäste ist sowieso völlig betrunken, und morgen werden sie mich vergessen haben.

Auf den Zehenspitzen des einen Fußes stehend, greife ich nach meinem anderen Fuß und hebe ihn so hoch es geht, drehe mich um die eigene Achse, hüpfe einen Schritt nach vorn, dann zurück, verliere beinahe das Gleichgewicht. Meine Stimme ertönt im Gleichklang mit denen der anderen Mädchen. Ich kann den erdigen, schweißigen Geruch der Zuschauer, den Wein in ihrem Atem riechen. Sie kommen so nah an mich heran, dass ich höre, wie sie mir ungezogene Wörter ins Ohr flüstern. Vor allem der Duke.

„Heute Nacht, Mademoiselle, werde ich den Samt Eurer Fotze mit meinen Lippen berühren“, flüstert er. „Dann werde ich Eure Hinterbacken spreizen und die dunkle Höhle Eures Anus mit duftendem Öl einreiben, bevor ich meinen Schwanz in Euch hineinstoße, langsam und immer tiefer, bis Ihr mich ganz aufgenommen habt.“

Nein, nein, nein. Das kann ich nicht tun, werde ich nicht tun. Ich will hinausrennen, die Straße entlanglaufen und mich in die Pariser Unterwelt zu Prostituierten, Luden und weißen Sklaventreibern stürzen. Alles ist besser als der Duke.

Aber wie lange könnte ich in dieser Welt überleben? *Interessiert es mich überhaupt noch?*

Das Tempo der Musik beschleunigt sich, und ich tanze immer schneller, werfe meine Beine immer höher in die Luft, der Schweiß rinnt in Strömen über meine Brüste. Aber das ist mir gleichgültig, und ich genieße jeden Augenblick dieses verrückten Tanzes. Ich drehe Pirouetten in der Luft und überschreite eine Grenze meines bisherigen Seins. Ich kann alles machen, was ich mir vorstelle. Es ist, als ob eine wilde Kraft in mir freigesetzt worden ist und mich von ganz allein bewegt, in einem immer schneller werdenden Crescendo.

Die Tänzerinnen springen nacheinander in die Luft und landen im Spagat auf dem Boden. Jetzt bin ich dran, ich laufe nach vorn und umarme das Chaos des Abends mit ausgebreiteten Armen. Den Petticoat in der Hand, mit wogenden Brüsten, leuchten meine Augen kurz auf, bevor mir das Kleid über den Kopf weht und auf diese Weise eine magische Verbindung zwischen mir und dem Publikum herstellt. Mit einem letzten Sprung lande ich mit gespreizten Beinen neben den anderen Tänzerinnen auf dem Boden.

Meine Beine werden taub, und der Holzfußboden fühlt sich an meiner weichen Haut kalt und hart an. Mein Herz schlägt so schnell, dass ich fürchte, es würde mein Mieder sprengen. Mein Gesicht brennt. Ich schnappe nach Luft. Traue mich nicht, mich zu bewegen.

Meine Pumphosen sind weit aufgerissen.

Aus meiner nassen Muschi tropfen meine Säfte auf den Holzfußboden. Meine Muskeln ziehen sich in einem, dann in einem zweiten Orgasmus zusammen, und die Ekstase überrollt mich. Ich schließe meine Augen.

Ja, ja, ja!

Eine kühle Brise wehte von der Eingangshalle bis in die hintersten Ecken des Gebäudes. Die langen Federn auf den Hüten der Ladys und lose Haarsträhnen flatterten in der nächtlichen Brise, als ein Mann eintrat.

Groß, beeindruckend, wehte ihm sein schwarzer Umhang um die Beine. Seine Augen glitten über die geröteten Gesichter der Damen in ihren taillierten Roben. Rote, schwarze, pinkfarbene und grüne Seide. Auch Samtkleider waren zu sehen. Ein Regenbogen weiblicher Süßigkeiten. Doch er suchte nach einem bestimmten Bonbon, seine Seele sehnte sich danach, von ihrer Quelle der Leidenschaft zu trinken.

Paul lächelte. Überwältigt von den letzten Tagen und Nächten, in denen er auf seinem Feldbett gelegen hatte, vom Fieber unerfüllter Leidenschaft geschüttelt, mit einem hart aufgerichteten Schwanz, der das Laken wie eine Zeltstange anhob. Er konnte sie in Gedanken vor sich sehen, ihr liebliches Gesicht, ihren sinnlichen Körper. Er sah sich hinter ihr stehen und mit einem Arm ihre Brüste umfassen, mit der anderen Hand war er zwischen ihren Schenkeln und öffnete ihre rosigen Lippen. Ihr Moschusduft stieg ihm in die Nase.

Noch nie hatte ihn eine so quälende Sehnsucht überfallen, solche Verzweiflung, die ihn bis in sein Innerstes erschütterte. Er vermisste Autumn so sehr. Und jetzt war er wieder hier in Paris, in ihrer Nähe. Sie musste irgendwo hier sein, inmitten dieser wogenden Menschenmasse.

Da war sie! Endlich hatte er sie entdeckt, eingezwängt neben einer Frau in einer pfauenblauen Robe, in der er Madame Chapet erkannte. Und neben ihr dieser verfluchte Engländer.

Ein silberfarbenes Cape verdeckte nun ihre Brüste, aber er konnte sich auch so noch sehr gut daran erinnern. Mit den

Armen wedelte sie in der Luft herum und schien über irgendetwas sehr aufgeregt zu sein. Sie lächelte, lachte sogar, und ihr Gesicht war gerötet. Ihr rotes Haar fiel ihr wellig über die Schultern und schimmerte feurig im Licht der Gaslampen.

Gott, war sie schön!

Das Trio war gerade im Begriff, die Veranstaltung zu verlassen, und bewegte sich in Richtung des Ausgangs. Paul bahnte sich einen Weg durch die Menge von unrasierten Männern mit speckigen Kragen und schwarzen Nägeln, die von schrill gekleideten und manikürten Damen begleitet wurden. Er drängte sich vorbei an Gentlemen, die eine aristokratische Blasiertheit verströmten und so taten, als ob sie nur ihren Frauen zuliebe dieses Spektakel über sich ergehen ließen. Er ignorierte das aufgeregte Geschnatter der Damen und hörte nur ihre Stimme.

„Wieso müssen wir denn so schnell aufbrechen, Lord Bingham?“, fragte Autumn schmollend. Er grinste. Diesen Schmollmund kannte er nur zu gut. Aber musste sie immer so unverschämt verführerisch aussehen, wenn sie mit diesem Engländer zusammen war?

„Lord Bingham war sehr geduldig mit Euch, Mademoiselle“, sagte Madame Chapet und zitterte vor Erregung. „Der Moment, ihm *votre bonbonnière*, Eurer Döschen mit Naschwerk, zu überreichen, ist jetzt gekommen.“

„Ich werde nicht mit Euch gehen.“ Sie drehte sich auf dem Absatz um, aber der Engländer hielt sie am Ellbogen fest.

Lord Bingham schüttelte energisch seinen Kopf. „Ihr kommt jetzt mit mir. Ich habe lange genug auf diese Nacht gewartet.“

„Aber meine Pluderhosen sind zerrissen …“, versuchte Autumn eine Ausrede zu erfinden.

„Umso besser! Das wird mir die Arbeit ersparen, sie Euch von Eurem entzückenden Leib reißen zu müssen, Mademoiselle. Lasst uns gehen.“

Dieser Bastard! *Er wird tot sein, bevor es dazu kommt.*

Paul konnte sehen, wie Autumn zusammenzuckte.

„Ich werde nicht einen Schritt mehr tun, bevor Ihr mir nicht genau sagt, wo wir hingehen.“

Der Duke lächelte. „An einen Ort, an dem die Nacht niemals zu Ende geht und der Prinz der Dunkelheit regiert.“

Paul sah den ängstlichen Ausdruck in ihrem Gesicht, und dann waren sie auch schon fort. Verschwunden in der Menge wie gespenstische Erscheinungen, die die Erde verlassen wollten. Er versuchte ihnen zu folgen, aber er hatte sie aus den Augen verloren. Verdammt, der Ausdruck auf dem Gesicht des Duke hatte ihm gar nicht gefallen. Böse. Kalkulierend.

Der Prinz der Dunkelheit?

Von allen Vergnügungen, die ihre Faszination auf die Aristokraten ausübten, war die zügelloseste und verstörendste die schwarze Messe, das wusste Paul. Menschenopfer. Sexuelle Perversionen. Der Prinz der Dunkelheit hielt in einer Arena Hof, die solche perversen Geschmacklosigkeiten ermöglichte.

Aber wo?

Der Ort wurde immer streng geheim gehalten, und obwohl er die meisten *hôtels privés* im Quartier Marais kannte, in denen solche Zeremonien abgehalten wurden, wusste er dennoch nicht, welches heute dran war.

Welches könnte es sein?

Er fragte zwei befreundete Künstler, die in einem Arm eine verschwitzte Tänzerin und in der anderen Hand eine Flasche eisgekühlten Champagner balancierten.

„Habt Ihr nicht mitbekommen, dass heute eine schwarze Messe im *hôtel privé* des Marquis de la Pergne stattfinden soll?“

Paul gefror das Blut in den Adern. Der Marquis war die Wiedergeburt des Teufels. Bekannt für seine ausgefallenen Orgien, war er unter den sexuell perversen Gentlemen der Stadt wohlbekannt, den Adligen, die sich den gotteslästerlichsten Bedürfnissen hingaben, Fesseln und Drogen in alten, dämonischen Ritualen einsetzten, die die völlige Selbstaufgabe der geopferten Jungfrauen forderten. Dadurch sollte die sexuelle Potenz des Gastgebers dieses Festes besonders gestärkt werden.

Der Duke.

Er musste sie retten.

Meine Augenbinde ist zu eng. Ich hebe meine Hand, um mir das schwarze Satinband, das meine Augen bedeckt, ein wenig zur Seite zu schieben. Aber behandschuhte Finger greifen nach meinem Handgelenk, und warmer Atem flüstert in mein Ohr: „*Attend*, Mademoiselle. Wartet. Ihr werdet noch früh genug sehen, wohin wir gehen.“

Es ist die Stimme von Lord Bingham. Eiskalte Furcht läuft mir über den Nacken hinunter bis zu den unziemlichen Tränen in meiner Möse. Offen. Feucht. Einladend. Meine Pflaume tropft von Nässe, erwartet seine Berührung, sein Streicheln an meiner Perle. Dass er sie betastet, mit Fingern und Daumen entdeckt, alles tut, um mich an den Rand des Orgasmus zu bringen, wohl wissend, dass ich ihn nicht aufhalten kann.

Worauf habe ich mich da nur eingelassen? Spiele? Maskeraden? Ich kann nur raten. Madame Chapets Gerede zufolge, das die ganze Fahrt über in unserer Kutsche nicht aufgehört hat, fahren wir auf eine Party. Aber was für eine Party ist das, bei der die Gäste nicht wissen dürfen, wo sie hinfahren? *La Madame* findet die Idee mit den verbundenen Augen aufregend. Ich nicht. Die Dunkelheit verbirgt zu viele Geheimnisse.

Instinktiv presse ich meine Schenkel zusammen, aber die Finger des Duke scheinen die Spur meiner Angst nachzuzeichnen. Eine Hand lässt er unter mein Cape und über meinen Körper gleiten, als ob ich eine lebende Puppe sei und seine wandernden Finger die Schnüre, an denen ich für ihn tanze.

Spreizt Eure Beine, Mademoiselle, höre ich ihn im Geiste sagen. *Fasst Euch an. Genau dort. Jetzt tiefer. Öffnet Eure Schamlippen etwas mehr. Oh, welch zartes, feuchtes Fleisch. Ah, das ist er, Euer, wie sagt Ihr? Petit bouton? Euer Kitzler? Jetzt muss ich meine Finger in Euch einführen, damit ich den Duft Eurer Sinnlichkeit einatmen kann.*

Angewidert stoße ich seine Hand weg. Niemals habe ich mich nackter und wehrloser gefühlt. Und das ist erst der Anfang! Wir fahren auf eine schwarze Messe. Daran besteht kein Zweifel. Das endlose Gerede der Madame war kein dummer Tratsch, sondern eine Falle. Und ich bin drauf reingefallen, mit weit geöffneten Augen … und einem riesigen Schlitz in meinen Pluderhosen.

Ich lehne mich so weit es geht in meinem gepolsterten Sitz zurück. Ich bin nicht in Stimmung für eine Party. Ich will wieder zurück in das Appartement in der Rue Chalgrin, mir ein lauwarmes Bad einlassen – ohne fließendes Wasser ist von einem heißen Bad nicht einmal zu träumen – und meinen vom Tanzen erschöpften Knochen Entspannung gönnen.

Aber daraus wird wohl nichts.

„*Zut alors,* mein Herz rast, Lord Bingham“, sagt Madame Chapet. Sie kann zwar nichts sehen, aber das hindert sie nicht daran, dummes Zeug zu quatschen. „Ich kann es gar nicht glauben, dass ich heute Nacht vor dem Altar von Luxor beten werde, den Wein der Priester trinke, an der Opferung teilnehme …“

„Hütet Eure Zunge, Madame“, unterbricht der Duke sie ungehalten. „Oder Ihr werdet sie schmerzlich vermissen, bevor die Veranstaltung noch angefangen hat.“

Ich beiße mir auf die Lippen, um nicht zu lächeln. Aber ein bitterer Geschmack lässt das Lächeln zu einer Grimasse werden. Ich habe die Lippenpflege vergessen, die ich auftragen musste, aber das war es wert, mir den verdutzten Gesichtsausdruck der Madame vorzustellen. Ich höre, wie die ältere Dame sich räuspert, dann Stille.

Die Fahrt in der Kutsche ist angenehm. Kein Schütteln und Rütteln und auch keine Schlaglöcher in der Straße. Also bewegen wir uns nicht in Richtung des armen Viertels der Stadt mit seinem Kopfsteinpflaster. Ein angenehmer Geruch von Zimt, Nelken und Sandelholz liegt in der Luft. Er scheint aus der Ecke zu kommen, in der Lord Bingham sitzt. Ich halte die Luft an. Hat er etwa ein Fläschchen mit einem geheimnisvollen Duft geöffnet? Will er uns betäuben?

Schließlich hält die Kutsche an.

„Wir sind da“, kündigt Lord Bingham an.

Ich fürchte mich, aber setze mich nicht zur Wehr, als der Lord mir die Hand reicht und mir aus der Kutsche hilft. Ich habe keine andere Wahl.

Der Nachtwind begrüßt mich mit einem Kuss auf jede Wange, bevor ich in das Haus eintrete und nach oben in den ersten Stock steige. Dann geht es weitere Stufen nach oben.

Ein süßer, würziger Geruch kitzelt meine Nase. Räucherstäbchen. Ich höre das Klappern von Madame Chapets hohen Satinpumps vor mir, auch wenn sonst kein Laut aus dem Korsett dringt.

Lord Bingham hält inne.

Madame Chapet geht nicht weiter.

Und ich bleibe auch stehen.

Mit verbundenen Augen lausche ich der unnatürlichen Stille. Es ist fast so, als ob sich ganz Paris in Dunkelheit aufgelöst hat und ich zwischen dieser und meiner Zeit festhänge.

Wie seltsam, dass mir dieser Gedanke gerade jetzt kommt. Ich hatte dieses Gefühl schon einmal, als ich die dunkle Allee entlanggelaufen war, um eine Ecke bog und mich in Les Halles wiederfand. Dazumal war ich im Quartier Marais. Bin ich auch jetzt wieder in diesem zauberhaften, faszinierenden Viertel mit seinen schönen Häusern, in dem jede Straße eine eigene Persönlichkeit, ein eigenes Leben zu besitzen scheint?

Versucht dieses Gefühl, das sich am Rande meines Bewusstseins bemerkbar macht, mir zu sagen, dass ich einen Weg zurück in meine eigene Zeit finden kann?

Noch vor wenigen Stunden, als ich mich in der ekstatischen Menge des *Moulin Rouge* befand und mitten auf der Bühne Can-Can tanzte, hätte ich nicht gewagt zu träumen, dass es einen Ausweg aus diesem schrecklichen Albtraum geben würde. Auch wenn mich der Gedanke mehr als schmerzt, dass ich diese Zeit ohne Paul verlassen soll.

Aber inzwischen ist der Gedanke an Flucht überwältigend. Ich zittere von Kopf bis Fuß, und kleine Schweißperlen rinnen unter meiner Augenbinde heraus und über meine Wangen.

„Jetzt dürft Ihr Eure Binde abnehmen, *ma belle.*"

Instinktiv will ich die Augenbinde abreißen, damit ich sehen und einfach nur rennen kann, doch ich unterdrücke den Drang und bleibe bewegungslos stehen. Stimmen flüstern in mein Ohr. Erotisches Lachen dringt durch die Finsternis, als ob jemand plötzlich die Lautstärke aufgedreht hätte. Ein leiser Singsang. Monotone männliche Stimmen. Dann ein sanftes Zischen. Ich stehe immer noch bewegungslos. Ich zögere, die Augenbinde abzunehmen. Irgendetwas stimmt hier nicht. Nur in der schwarzen Dunkelheit hinter dem Seidenschal kann ich meine Furcht unter Kontrolle halten und dem widerstehen, was sich in diesem Raum befindet. Kann nur hier Pläne für meine Flucht schmieden.

Ich trete einen Schritt zurück, und starke Arme umfangen mich in einer festen Umarmung, berühren meine Brüste, wie um ihre Festigkeit zu prüfen, dann zwirbeln Finger meine Brustwarzen, sanft, nicht zu fest. Anscheinend soll die süße Frucht keinen Schaden nehmen. Ich winde mich in seinem Griff, halte den Atem an, um ihn dann mit einem Mal auszustoßen, um mich zu befreien, aber es hat keinen Zweck.

„Habt keine Angst, Mademoiselle", sagt eine sanfte Stimme, die ich nicht kenne. „Der Prinz der Dunkelheit erwartet Euch auf dem Altar von Luxor."

Der Prinz der Dunkelheit! War das nicht der Name, den der Duke erwähnt hatte?

Wer ist gemein genug, sich diese Rolle zuzutrauen? Und was will er von mir?

Die monotonen Gesänge werden lauter, kommen nun aus jeder Richtung. Bevor ich reagieren kann, werde ich losgelassen, und jemand reißt mir die Augenbinde herunter. Meine

Augen gewöhnen sich nur langsam an das sanfte pinkfarbene Dämmerlicht, das mich umschmeichelt. Mein Atem wird entspannter, mein Puls schlägt langsamer. Ich habe mich nicht mehr unter Kontrolle und ergebe mich der Kraft der Bilder, die mich umgeben.

Männer in roten Roben mit Tierköpfen – Fuchs, Ziege, Hund – umkreisen mich, stampfen mit ihren braunen Sandalen den Rhythmus zu ihren Gesängen, und die geöffneten Roben flattern um ihre Beine.

Sie tragen Rauchfässer, deren betäubender Duft zwar nicht sichtbar ist, aber mich schwindelig werden lässt. Es dreht sich alles in meinem Kopf. Ich schnappe nach Luft, als ich sehe, dass die Männer unter ihren Roben nackt sind. Diese Schlingel. Und ihre Schwänze! Einige sind lang. Andere kurz. Einige dick, einige dünn. Bei manchen legt der Besitzer Hand an, damit sie sich steil nach oben recken. Andere sind auch so schon hart und schwingen herum wie Elefantenrüssel in einem Zirkus. Aber alle von ihnen sind auf der Suche nach einem Kelch, der sie im Moment der ultimativen Ekstase aufnimmt. Eine willige Möse. Pink, feucht und eng.

Die Männer in den roten Roben treten zur Seite, damit ein anderer Mann vortreten kann. Er trägt einen schwarzen Umhang mit einer Kapuze, die sein Gesicht verdeckt. Auf dem Kopf trägt er zwei Hörner aus schwarzem Samt, und eine lebende grüne Schlange windet sich um seinen Arm.

Ein Zischen, warm und verführerisch, kriecht meine Wirbelsäule entlang. Es ist ein Anblick, den ich nie erwartet hätte, jemals zu sehen: Vor mir steht der Teufel höchstpersönlich!

„Legt Ihren Oberkörper bloß.“

Es ist der Duke.

Bevor ich mich umdrehen, denken, davonrennen, *irgendetwas* tun kann, tritt ein Mann in einer roten Robe mit einer Ziegenmaske auf mich zu und reißt mein Mieder auf. Meine Brüste fallen heraus, und jeder kann meine aufgestellten Brustwarzen sehen.

Ich versuche mich mit meinen Händen zu bedecken, aber er stößt sie weg und fährt mit seinen Fingern die weichen Kurven meines Busens nach, zieht an meinen Nippeln, bewundert ihre dunkle Farbe und aufgerichteten Spitzen. Ich weigere mich, ihm die Befriedigung zu gönnen, mich schreien zu hören.

Der Mann in dem schwarzen Kapuzenumhang – ich bin mir sicher, dass es der Duke ist – starrt auf meine nackten Brüste, die sich rhythmisch zu meinem Atem auf und ab bewegen. Meine Muskeln spannen sich an, und mein Kopf fällt nach hinten, als der andere Mann mich grob an sich zieht und meine Brüste mit Champagner benetzt, der aus einem silbernen Kelch fließt. Dann saugt er an meinen Nippeln. Erst den einen, dann den anderen, dann wieder von vorn. Er überrascht mich, beißt leicht in meine harten Knospen und schickt mir Funken über Funken durch den Körper, die ich nur als Schmerz beschreiben kann.

„So beginnt das Ritual der schwarzen Messe, Mademoiselle“, sagt er mit tiefer rauer Stimme. „Mit der Segnung.“

Ich spucke vor ihm aus. „Ihr und Eure schwarze Messe widern mich an.“

Er schlägt mir hart ins Gesicht. Ich fühle den Abdruck seiner Hand, aber ich gebe nicht auf.

„Im Laufe der Nacht, Mademoiselle, werdet Ihr eure Meinung ändern. Ihr werdet nach meinem Goldfinger betteln.

Allein der Gedanke daran, ihn in Euch zu spüren, wird Euch so geil machen, dass Ihr *alles* tun werdet, was ich von Euch verlange. Und wenn nicht, werdet Ihr das Schicksal der Gans teilen."

„Der Gans?", frage ich. „Welcher Gans?"

Bevor ich protestieren kann, zieht der Kapuzenmann mich zu einem Tisch, der mit einem goldenen Samttuch bedeckt ist.

Eine schnatternde Gans watschelt darauf vor und zurück und steckt zischend ihren Schnabel in mein Gesicht. Der Mann greift meine Hand und zeigt mit meinem Finger auf sie. Die Gans streckt ihren langen Hals aus und hätte mich fast gebissen. Instinktiv ziehe ich meinen Finger zurück.

Der Duke wirft seinen Kopf in den Nacken und lacht laut los.

„Ihr seht, was ich meine, Mademoiselle. Überall lauert Gefahr."

„Ich bin kein ängstlicher Mensch, Monsieur", sage ich.

„Seid Ihr Euch da sicher, Mademoiselle? Ich bin noch nicht am Ende."

„Monsieur?"

„In der Nacht der schwarzen Messe wird vor dem Morgengrauen der schwarze Vogel des Todes rufen und die Tötung des Opfers ankündigen."

Bevor ich mit den Wimpern zucken kann, hat der Kapuzenmann bereits der Gans die Kehle durchtrennt. Er legt den Kopf auf die eine Seite des Tisches und den Rest des Körpers auf die andere Seite.

Ich bedecke meine Brüste mit den Händen und will meinen Kopf zur Seite drehen. Aber dann würde ich ihm meine Schwäche zeigen, und das will ich nicht. Mit zusammengekniffenen Augen schaue ich auf den Tisch. Wenn er der Gans den Kopf abgeschnitten hat, wo ist dann das Blut? Das Licht ist gedämpft, pinkfarben, aber ich sehe keine roten Flecken auf dem goldenen Samt.

Verwirrt drehe ich mich mit gerunzelter Stirn weg und suche nach einem Ausweg. Irgendwie muss ich hier rauskommen. Der hohen Decke nach zu urteilen, befinde ich mich in der obersten Etage eines großen Hauses. Aber wo sind die Treppen?

„Ein kleiner Trick von mir, Mademoiselle“, flüstert der Duke rau, packt mich und dreht meinen Kopf wieder zurück, damit ich beobachte, wie er mit einer Hand über der Gans wedelt, die sich daraufhin auf die Füße stellt und ihren Kopf wieder hervorstreckt. Der dressierte Vogel hat mich ausgetrickst, indem er den Kopf unter seinen Flügeln versteckt hat. Ein aus Holz geschnitzter Kopf samt Hals liegt auf der anderen Tischseite.

„Voilà, die Gans hat ihren Kopf wieder.“

Unbeeindruckt sage ich: „Ich habe weder vor, meinen Kopf zu verlieren, noch meine Würde.“

„Es ist nicht Eure Würde, die ich heute Nacht zu ficken gedenke, Mademoiselle.“ Mit zurückgeworfenem Kopf lacht der Duke über seinen eignen Witz.

Das kalte Grauen überkommt mich. Auf keinen Fall werde ich zulassen, dass mich dieser Mann berührt. Er ist ein Aristokrat, zügellos, ja, und sicherlich nicht komplett bei Sinnen, aber nach allem, was ich heute Nacht gesehen habe, hat er unglücklicherweise weder seine Leidenschaft noch sein Verlangen nach mir verloren. Ich fürchte, dass der gesunde Menschenverstand ungehört bleibt, wenn der Prügel und die Fantasie eines Mannes – von der der Duke mehr als genug hat – erregt sind.

Es ist eine Sache, wenn er zwischen meine Beine stiert, als ob er die Kurve meiner Lippen unter dem seidigen Stoff erahnen möchte. Aber es ist eine ganz andere Sache, wenn er mich mit seinem willigen Spreizer rückwärtig besuchen will. Und ich zweifle nicht daran, dass das sein Plan ist. Er hat so eine Angewohnheit, mit seiner Hand an meinem Rücken entlangzufahren, bis sie auf meiner Hüfte zur Ruhe kommt und er seinen kleinen Finger an die Falte meines Hinterns drücken kann. Ich habe keinesfalls vor, ihm seine analen Träume wahr zu machen.

Wenn ich hier so stehe und mir die dunklen Schatten in seinem Gesicht ansehe, den dämonischen Ausdruck seines Körpers, dann bin ich wie versteinert. Ich werde diesem Irren entkommen, diesem Meister der schwarzen Messe, und wenn ich dafür Satan persönlich töten muss.

Paul starrte auf die Fuchsmaske und die weite rote Robe in seinen Händen, ließ den dicken Samt mit den in Satin eingefassten Rändern durch seine Finger gleiten. Jeder Nerv in seinem Körper war aufs Äußerste gespannt.

Nackte Frauen. Bebende Brüste, wogende Hinterteile. Goldringe durch ihre Nippel. Dünne Seidentücher um die Taillen geschlungen. Ihre Fotzen, feucht und ergeben auf seine Berührung wartend.

Wo würde er Autumn finden, hier in dieser Orgie, wo die Frauen davon besessen waren, die Gelüste eines jeden Mannes zu befriedigen?

In dem elegant eingerichteten Schlafzimmer im zweiten Stock des *hôtel privé* stand Paul zwischen anderen Männern, die ihre Abendgarderobe gegen die rote Robe und die Maske eintauschten. Er zog sein weißes Kosakenhemd aus und entblößte dabei seine muskulöse Brust, aber die Anspannung in seiner Kehle blieb.

Den Willkommenstrunk aus dem silbernen Kelch lehnte er ab. Auch wenn er nicht mehr die unglaubliche Ausdauer seines jugendlichen Körpers besaß, so musste er sich dennoch nicht mit dem Saft der Belladonna einreiben, einem starken Beruhigungsmittel, um seinen Schwanz zu stimulieren. Jeder Muskel seines Körpers zog sich vor Ekel zusammen – trotzdem musste er an diesem ausschweifenden Ritual teilnehmen. Es war die einzige Möglichkeit, um Autumn vor diesen gottlosen Hexern des Teufels zu retten. Sklaven des Fleisches und der Schwarzen Künste. Warum hatte er vorher nicht die Widerwärtigkeit dieser nackten Zurschaustellung infrage gestellt? *Warum?*

Bin ich denn nicht auch so ein Sklave der schwarzen Magie, die mir meine Jugend zurückgegeben hat? Bin ich nicht genauso zügellos, gottlos wie die Männer, die mit ihren Augen das weiche, feuchte Fleisch der nackten Frauen verschlingen?

Auf einmal wurde Paul bewusst, dass er sich verändert hatte, dass er sich nicht mehr hinter der Maske der Jugend verstecken musste, sondern nichts weiter brauchte als die Liebe seines Rotschopfs, dieser wundervollen Frau, um sich seiner Männlichkeit zu versichern. Er hatte wieder Vertrauen gefunden in sich selbst, in seine Kunst und in seine Fähigkeit zu lieben und geliebt zu werden. Er hatte weniger Angst um sein eigenes Leben als darum, dass Autumn etwas zustoßen könne.

Er stellte sich vor, wie sie von nackten Männern umrundet wurde … den Gesang der Teufelsanbeter … viele Hände, die sie niederdrückten. Wie sie sich wand und schlängelte, um den forschenden Fingern an ihrer Möse und ihrer Rosette zu entkommen, schwindelig von den Körpergerüchen und stark duftenden Kräutern … ein Mann zwingt ihre Beine auseinander … rammt seinen Schwanz in sie hinein …

Dieser fürchterliche Gedanke schockierte ihn so sehr, dass er es nicht wagte, ihn fortzuführen. Er würde nicht erlauben, dass das passierte. Koste es, was es wolle.

Auch wenn er bereits an schwarzen Messen teilgenommen hatte, so war er noch nie dabei gewesen, wenn sie von den Mitgliedern des berüchtigten *Golden Dawn*-Ordens durchgeführt wurden. Aber er hatte schreckliche Geschichten über die geheimen Höhlen gehört, die Vergewaltigungen, die grausamen Opferungen junger Frauen. Angeblich wurde bei diesen Zeremonien das Blut einer Jungfrau getrunken.

Konnte es sein, dass sie bereits tot war?

Denk nicht daran. Halte deine Augen offen, bereit, sie zu schnappen und mit ihr abzuhauen.

Er brannte vor heißem Verlangen, sein Zorn machte ihn so hart wie niemals zuvor, die Wut trieb ihn an, sie zu suchen. Nur dann würde er endlich seinen Frieden finden.

„Messieurs, Gentlemen, beeilt Euch!“, rief eine laute Stimme. „Abbé Bescanon und sein Ehrengast, der Prinz der Dunkelheit, erwarten Euch.“

Paul zog seine Robe an und setzte die Fuchsmaske auf. Das Kleidungsstück hatte eine geräumige Innentasche, in der die Herren ihren Schnupftabak aufbewahren konnten. Er grinste. Die Tasche war groß genug, um seine Pistole darin zu verstecken.

Er verstaute die Pistole in der Innenseite der Robe und

reihte sich hinter den anderen Herren ein, die die Treppe nach oben stiegen. Wie von Geisterhand öffnete sich auf einmal eine gepolsterte Tür. Paul trat durch die Tür, bemerkte den in die Wand eingelassenen Medusakopf, und kam in eine kleine Kapelle, die von pinkfarbenem und rotem Licht durchflutet war, das sich in den Kristalllüstern an der Decke brach.

Die vor seinen Augen sich ausbreitende Szene war gleichzeitig makaber und faszinierend. Männer in roten Roben und Tiermasken benetzten sich mit Champagner, dann tranken sie aus goldenen Kelchen, während sie nackte Frauen liebkosten, ihre Brüste leckten und an ihren Pflaumen knabberten. In der Mitte der Kapelle stand ein Altar, der mit einem schwarzen Samttuch bedeckt war. Sechs schwarze Kerzen verbreiteten ein schummriges Licht. Räucherwerk brannte. Es roch nach Weihrauch, Sandelholz und Stechapfel, einer berauschenden Droge.

„*Regarde,* Monsieur, schaut doch“, sagte der Mann neben ihm. „Das weibliche Opfer der heutigen Zeremonie hat besonders schöne Brüste.“

„Opfer?“ Paul versteifte sich.

Er ließ seine Augen über die nackte Schönheit auf dem Altar wandern. Ihre langen roten Haare fielen über die Schultern. Sie drehte sich zu ihm um, ihre Brüste weiß und perfekt. Die Knospen hart. Als sie aufschaute, sah er in ihren Augen einen flehenden Ausdruck, mit dem sie um Erlösung bat.

Er hielt ihren Blick mit seinem – auch wenn sie durch seine Fuchsmaske nicht wissen konnte, dass er es war – und fühlte, wie sein Glied anschwoll und vor Verlangen pochte. Seine Leidenschaft für sie bat ihn, einen einsamen, bequemen

Raum, einen Alkoven, irgendeinen Platz zu finden, wo er die drängende Lust erlösen könnte, die sie in ihm entfacht hatte. Sein Verstand sagte ihm etwas anderes, doch das hatte keinen Einfluss auf seine Erektion. Er war härter als jemals zuvor. Er zweifelte nicht länger daran, dass er lieber in der Hölle schmoren wollte, als sie noch einmal zu verlieren.

19. KAPITEL

Die mir bekannte Welt scheint sich unter meinen Fingerspitzen aufzulösen. Als ob alles, was ich berühre, nicht real ist.

Männer in roten Roben verschwinden hinter einem Schleier von Rauch, nur um hinter mir wieder aufzutauchen. Trompeten spielen ganz von allein. Geisterhafte Wesen tauchen durch die Nebelschwaden. Eine Tür schwingt auf, doch auf mysteriöse Weise ist niemand da. Junge Frauen, nur mit einigen Silberschnüren bekleidet, kichern und bezirzen Männer, die ihre Identität hinter Tiermasken verborgen halten.

Statuen scheinen mit mir zu sprechen, flüstern lüsterne Kommentare darüber, wie sie meine dunkelsten Sehnsüchte mit dem Hieb einer lederbezogenen Peitsche zwischen meine rosigen Kelchblätter anstacheln werden. Ein Stromstoß schießt durch meinen Unterleib, aber ich ignoriere ihn.

Ich bin versucht, einfach aufzustehen und davonzurennen. Aber selbst wenn mir die Flucht gelingen sollte, würde ich nicht weit kommen. Irgendetwas viel Düstereres als simple Zaubertricks geht hier vor sich.

Wer würde mir schon helfen?

Madame Chapet hat mich, ohne mit der Wimper zu zucken, für zwei süße Nymphen verlassen, die nichts tragen außer Perlenketten und pinkfarbenen Blüten im Haar. Sie vergnügt sich damit, in ihre Brustwarzen zu kneifen und mit ihrem Fächer auf ihre nackten Hinterteile zu schlagen, bis rote Striemen zu sehen sind.

Und der Duke?

Der ist so schnell verschwunden, wie er gekommen ist, aber ich habe keinen Zweifel daran, dass er mich seine dämonische Präsenz spüren lässt, sobald er bereit ist, mich zu foltern. Ich habe seine sadistischen, perversen Drohungen nicht vergessen, die mich ihn zu gleichen Teilen fürchten und verachten lassen.

Ich schließe meine Augen und versuche diese schreckliche Umgebung auszublenden, aber die exotischen Gerüche, angenehm und verwirrend, umwabern mich weiter, lassen mich leicht schwindelig werden. Mit aller Macht kämpfe ich gegen die Kraft der Drogen, bin nicht bereit, die Nachtschwärmer in ihrem traumhaften, spielerischen Treiben zu begleiten und mich in einen Zustand der Unterwerfung zu begeben. Ich weigere mich, mich dem Willen eines anderen zu beugen, mich dem zu ergeben, was der Duke mit mir vorhat.

Überall im Raum sehe ich Paare, die mit sexuellen Spielen beschäftigt sind. Dreier und Vierer, lesbische Frauen mit anschnallbaren Penissen aus Gummi oder sogar einem doppelten Dildo.

Ich kann meine Augen kaum abwenden, als ich eine große Blondine sehe, die ihre Beine spreizt und sich dann vornüber beugt. Sie zieht ihre Hinterbacken auseinander und enthüllt ihre weit geöffnete Auster und die enge Fältelung ihres Anus. Sie stöhnt laut auf, als ein Mönch einen Finger in ihre Rosette steckt und mit der anderen Hand ein Räucherstäbchen über ihren nackten Körper schwenkt und lateinische Verse singt. Ich halte meinen Kopf gehoben, die Schultern gerade. Ich will ihnen nicht zeigen, dass ich Angst habe.

Ich öffne meine Augen wieder und wehre mich gegen einen halb nackten Priester, der mich packt und versucht, meine Hände zu fesseln. Ich drehe und winde mich, falle auf die Knie, beiße in seine Hand, trete nach ihm, auch wenn mein Petticoat und der lange Rock dabei hinderlich sind.

Schreiend rufe ich um Hilfe, aber ich höre nur Gelächter,

obszöne Bemerkungen und Applaus für mein „theatralisches Benehmen“.

Schließlich kneife ich die Augen zu, um mir den erniedrigenden Anblick zu ersparen, wie meine Hände von dem Priester mit einer roten Seidenkordel zusammengebunden werden. Sie haben gewonnen.

„*Bon,* Ihr habt Euer Schicksal akzeptiert. Kommt mit mir, Mademoiselle“, sagt der Priester, der einen Talar mit einem aufgestickten schwarzen Ziegenbock mit silbernen Hörnern trägt. Der Anblick des am äußeren Rand seines linken Auges eintätowierten Pentagramms lässt mich zusammenzucken. Das Zeichen des Bösen. Ich beiße die Zähne zusammen und versuche Widerstand zu leisten, als er an meinen seidenen Fesseln zieht. Er reißt mich vorwärts, und ich erhalte einen guten Einblick zwischen seine Beine. Dort baumelt ein kleiner Penis. Am liebsten würde ich ihn abreißen.

Als er vor mir herschreitet, sehe ich schwarze Kreuze auf seine Fußsohlen gemalt. Als ob er dieses Symbol mit jedem Schritt verhöhnt. Ich lehne mich wieder zurück. Was für ein heimlicher Orden abtrünniger Priester hier in diesem aristokratischen Haus sein Unwesen treibt. Die wildesten sexuellen Fantasien finden hier ganz im Verborgenen statt.

„Wohin bringt Ihr mich?“, wage ich zu fragen.

„Auf den Altar der Anbetung, Mademoiselle, dort wo …“

„Ich werde sie dorthin bringen, Monsieur.“

Ich drehe mich zu einem Mann um, der eine rote Robe und eine Fuchsmaske trägt.

Woher kommt er?

„Auf wessen Geheiß hin?“, fragt der Priester.

„Abbé Bescanon.“

„Wie Ihr wünscht, Monsieur.“

Der Priester nickt, und mit einem leichten Bedauern händigt er dem Fremden die seidene Kordel aus. Der Mann mit der Fuchsmaske greift nach mir, bevor ihn jemand daran hindern kann. Ich weiche zurück und sehe ihn mir genau an.

Er ist groß, hat breite Schultern, und seine Augen scheinen mich zu durchbohren. Obwohl er meine Brüste eingehend betrachtet, fühle ich mich von ihm nicht bedroht. Als er an meiner Fesselung zieht, öffnet sich seine Robe ein wenig und zeigt seinen nackten Torso.

Meine Verwirrung macht einem ungeheuerlichen Gedanken Platz. Ich sehe ihn mir noch einmal genau an. Diese dunklen blauen Augen hinter der Fuchsmaske. Diese Schultern. Dieser Schwanz. Lang und hart. Ein wundervolles Gefühl der Erleichterung breitet sich in mir aus und schenkt mir neue Hoffnung.

Auf keinen Fall darf ich jetzt meinen Emotionen zu starken Ausdruck verleihen, obwohl ich natürlich fast umkomme vor Verlangen, ihn endlich berühren zu dürfen.

Er ist hier. Wie ist das möglich?

„Paul“, flüstere ich leise. „Du bist es, *n'est-ce pas?*“ Ein warmes Gefühl durchflutet mich, und gleichzeitig habe ich schreckliche Angst.

„*Mais oui, ma chérie,* niemand kann mich von dir fernhalten.“

Bevor ich irgendetwas sagen, denken oder tun kann, zieht er an meinen Fesseln und führt mich in den großen Salon, an stöhnenden und kichernden Paaren vorbei, die sich in den verschiedensten Stadien der Kopulation befinden. Ich sehe nackte Brüste, gespreizte Beine, pinkfarbene feuchte Muschis, harte Schwänze und aneinandergepresste Körper.

Ich lecke mir über die Lippen, als ich einen Mann in roter

Robe und mit Hundemaske sehe, der einen, zwei, drei … ja sogar vier Finger in die Möse eines Mädchens schiebt. Die andere Hand legt er auf ihren Bauch und drückt sie leicht nach unten, im Rhythmus ihrer kreisenden Hüften. Sie windet sich und spreizt ihre Beine, so weit sie kann. Ihre Augen weiten sich, und der Mund ist geöffnet. Fast stöhne ich mit ihr zusammen, als sie endlich den Höhepunkt ihres Orgasmus erreicht.

Aus Angst, dass mein Stöhnen Aufmerksamkeit erregen könnte, zieht mich Paul in die Ecke unter einem Baldachin, der von zwei Adlern getragen wird, um uns vor neugierigen Blicken zu schützen. Die Gesänge der Priester übertönen unsere Stimmen. Niemand kann uns hier zuhören.

Ich bin in Sicherheit.

Mit Paul. Für den Moment.

Mein Kopf ist so voller ängstlicher Vermutungen über die Ereignisse dieser Nacht, dass ich in seine Arme falle. Er löst meine Fesseln, hebt meine Haare an und presst seinen Mund auf meinen Nacken. Ein heißer Strom fließt durch meinen Körper. Er knabbert an meinem Ohr, und es läuft mir kalt den Rücken runter. Ich zittere.

Er greift nach unten und gleitet mit seiner Hand über meine nackte Brust, findet meinen harten Nippel. Ihn zwischen Daumen und Zeigefinger rollend, spielt er damit, umfasst meine Brust, während seine andere Hand über meinen Brustkorb streift und sich langsam meiner Möse nähert.

Oh mein Gott!

„Ich weiß nicht, wie du mich gefunden hast, Paul, aber es geht nicht, nicht hier“, stoße ich atemlos hervor, doch ich wirke nicht sehr überzeugend. Es ist verrückt, mich hier so wild zu machen. Ich muss zugeben, dass er nicht aufhören soll. Ich stoße ihn zurück, obwohl ich nichts lieber fühlen würde als die Anspannung in meinem Bauch und meinen Beinen, das Gefühl, von ihm von hinten genommen zu werden, wie er mich anhebt, immer schneller und schneller in mich eindringt, hart, härter, meine Lustflügel mit seinen Fingern teilt und meinen Pflaumenkern reibt. Tiefe raue Seufzer entfahren meiner Kehle …

Dann höre ich ein Geräusch.

Ein Stöhnen. Er scheint sich zusammenzureißen, versucht zu sprechen, aber die Worte bereiten ihm Schmerzen.

„Ich muss dich berühren, *mon amour,* muss mich davon überzeugen, dass du echt bist", flüstert er. „Ich habe das seltsame Gefühl, dass du dich langsam aus meiner Welt auflöst."

„Paul, ich, ich …" Es fällt mir schwer, zu sprechen. Wie kann ich ihm erklären, dass auch ich die Mystik des schwarzmagischen Bannes hier in diesem Haus fühle, stärker als je zuvor. Sie scheint an meinem klaren Verstand zu zerren, als ob sie mich warnen wollte, dass ich mein Schicksal nicht kontrollieren kann. Mein Instinkt reagiert auf ein tieferes Bedürfnis nach ihm. Eines, das ich beiseitegeschoben hatte, als ich diesen unheiligen Ort betrat. Seine Berührung ist so heiß, sie erreicht nicht nur meinen Körper, sondern auch meine Seele.

„Versuche nichts zu erklären", sagt er. Ich höre die Frustration in seiner Stimme. „Was auch immer es ist, ich werde sie bekämpfen, diese … diese dunkle Macht, die versucht, uns auseinanderzubringen. Ich werde dich niemals gehen lassen."

„Halte mich fest, Paul. Bitte!"

Er zieht mich näher an sich heran und hält mich gegen seine starke Brust gedrückt. Mein Gesicht ruht in seiner Halsbeuge. Keiner von uns sagt ein Wort, nur unsere Körper sprechen miteinander.

Eine weißglühende Hitze entzündet ein schmerzliches Verlangen in mir und passt sich seinem anschwellenden Gemächt an. Seine Hände ziehen meine Hüften näher an sich heran. Ein Stöhnen bezwingend, drücke ich meinen Rücken durch, gespannt wie ein Bogen, der darauf wartet, den Pfeil abzuschießen. Zuerst hebt er meinen Rock an, dann den Petticoat, seine Finger drücken meine Schenkel, aber er dringt nicht in mich ein. Ich weiß, was er möchte und was auch ich mir wünsche.

Wer wird es merken, wenn du mir deinen Schwanz reinschiebst?, frage ich ihn mit meinem Blick. Ich reize ihn, indem ich ihm den Schlitz in meinen Pluderhosen sehen lasse. Gelockte rote Haare scheinen durch den Ritz und versuchen ihn zu verführen.

Er schüttelt den Kopf. Ich bin doch kein Dummkopf, scheint er mir zu sagen. Mich mit seinem Schwert zu füllen – auch wenn ich mich so sehr danach sehne – würde uns beide verwundbar machen. Stattdessen sucht er die Kurven meines Hinterteils und massiert meine Backen, bevor er zwischen meine Beine greift und seine Fingerspitzen durch den zerrissenen Stoff und in meine Muschi schiebt. Ich reite auf seiner Hand, fühle, wie sich mein Körper seiner Berührung öffnet. Mit dem Daumen reibt er meine Perle, drückt auf ihre empfindliche Kappe und fordert mich auf, meinen Rhythmus zu finden. Ich lächle. Warum nicht? Wenn er mit meiner Fotze spielt, kann ich mich entspannen, während er ein Auge darauf hält, dass niemand uns entdeckt.

Die Schnelligkeit seiner Bewegung ist eine willkommene Ablenkung von der wilden Angst, die ich noch vor wenigen

Augenblicken in diesem Haus des Teufels mit seinen blauen Satinwänden und mit Satyrn bemalten Decken empfunden habe.

Es ist verrückt, und eigentlich sollte ich vor ihm davonrennen. Aber ich tu es nicht. Genau dieser Irrsinn bindet mich an ihn, und ich möchte ihm immer nah sein.

Ich bewege meine Hüften vor und zurück, lasse meine Hand über meinen Bauch gleiten, immer näher zu meiner Muschi. Ich unterdrücke einen Schrei, als er auf meine Klit drückt, damit ich komme. Hier? Jetzt? Ja! Nass und heiß vor Erregung versöhne ich mich mit dem schlechten Windhauch, der mich an diesen Ort getrieben hat. Mit geschlossenen Augen genieße ich einfach nur. Oh, es fühlt sich so gut an, er soll bloß nicht aufhören.

Ich kämpfe mit meinem Körper und versuche ihn dazu zu bringen, loszulassen. Mein Verlangen ist so groß, dass ich es kaum mehr aushalte und es mir den Atem raubt. Ich atme schneller, beginne zu stöhnen, überwältigt von den Gefühlen, die mich durchfluten. Halb ängstlich, dass wir entdeckt werden, und halb verzweifelt, dass er womöglich aufhören könnte.

Kurz bevor ich glaube, verrückt zu werden, wenn mein Körper keine Erlösung findet, überrollt mich eine Woge intensiver Lust. Ich schreie vor Erleichterung und Freude auf, meine Hüften zucken, mein Atem geht schwer, und mein Puls rast. Aber ich kann nicht aufhören.

Als Paul meinen Höhepunkt fühlt, reitet er auf meiner Welle mit. Seine Finger pressen sich hart, aber nicht zu hart gegen meine geschwollene Knospe. Dann wird er langsamer, behält meinen Rhythmus bei, bis ich mich erschöpft gegen ihn fallen lasse.

Meine Haare zwischen seinen Fingern drehend, flüstert er mir liebevolle Worte ins Ohr, beruhigt mich, obwohl ich spüre, wie die sexuelle Anspannung in seinem Körper wächst. Ich möchte ihn befriedigen, aber ich fürchte mich vor dem, was geschieht, wenn wir in einer leidenschaftlichen Schwanz-Muschi-Umarmung gefunden werden.

Ich öffne die Augen, entschlossen, nicht zu weinen, und werde endlich gezwungen, dem Grund dafür, warum das warme Zittern in meinem Bauch immer noch nicht befriedigt ist, ins Auge zu blicken. Ich bin gekommen, ja, aber ich will mehr. Die Härte des Mannes, der sich gegen mich drückt, bringt mich um den Verstand. Sein muskulöser Körper drückt gegen meine Brüste, meine Hüften. Zitternd versuche ich meinen Atem anzuhalten, um nicht von den toxischen Düften völlig berauscht zu werden und an einen Ort zu fliegen, an dem ich keine Lust habe zu landen.

Ich kann es nicht verhindern, dass seine Hitze mich berührt, mich verführt. Ich will ihn endlich in mir spüren. Ich brauche ihn. Aber ich muss mich zusammenreißen. Meinen Verstand bewahren.

Ich lege meine Hände auf sein Gesicht, und er hält mich nicht zurück, als ich seine Maske zur Seite schiebe und ihn ansehe.

Erstaunt weiche ich ein wenig zurück, auch wenn ich angenehm berührt bin von dem, was ich da sehe. Er hat sein jugendliches Aussehen verloren, und eine würdevolle Männlichkeit ist an seine Stelle getreten. Selbst sein Haar ist ein wenig grau geworden an den Schläfen, und seine Gesichtszüge wirken deutlich reifer. Dadurch sieht er noch attraktiver aus.

Das berührt mich enorm.

Hier ist ein Mann mit einer rohen, sexuellen Ausstrahlung, der meine Sinne berauscht. Eine Frage liegt mir allerdings auf der Zunge. Aber ich werde sie nicht stellen. Noch nicht.

Ich zittere und bin verwirrt. Wer ist dieser Mann, der meine Möse heiß laufen lässt? Aus den Vergnügungen, die ich in seinen Armen erleben durfte, schließe ich, dass es sich um eine neue Generation von Parisern handelt, die es verstehen, die Kunst der Liebe zu zelebrieren, den Traum der Verführung und das Versprechen zu erfülltem Sex. Ich kann es kaum erwarten, dieses Boheme-Leben mit meinem Liebsten zu teilen.

Er steht in der Blüte seiner Männlichkeit und seiner Kunst. Sein langes schwarzes Haar fällt über seine Maske, seine Augen haben die Farbe einer mondlosen Nacht, und sein Mund überzeugt mich, zu bleiben.

Wissend, dass er meine dringendsten Bedürfnisse vorerst gestillt hat, reagiert er auf den Duft meines Honigs, der zwischen meinen Beinen hinunterfließt und meine weiße Hose benetzt. Tief atmet er den Geruch ein. Seine Hände gleiten über meinen Körper, erforschen mich, berühren mich zu meinem größten Vergnügen überall. Ich erwidere den Gefallen, den er mir damit tut, indem ich unter seiner Robe nach seinem erigierten Penis greife und mit meinen Fingern sanft seinen seidigen Schaft streichle. Mein Blick bleibt auf sein Gesicht geheftet. Ich kann nicht aufhören, ihn anzuschauen, als ob ich ihn das erste Mal sehen würde. Ich fühle mich wie ein Künstler, der versucht, den Lauf der Wolken einzufangen. Da ist eine Einzigartigkeit in ihm, die sich meinem Verständnis entzieht.

„Paul, du bist so schön wie ein Gott …“

„Wir müssen fliehen“, sagt er und überhört meine Bemerkung. „Der Duke plant ein makabres Ritual, um seine sexuelle Potenz zu stärken, und deshalb wird er am Altar der Dämonen ein Opfer bringen. Dazu muss er eine Nacht voller berauschender Gerüche, Klänge und Farben kreieren. Eine Alchemie der Sinne, um seinen Schwanz zu stimulieren, also die Opferung einer Jungfrau.“

Ich nicke. „Und ich bin die Jungfrau.“

„Ja. Er wird seine Männlichkeit als Prinz der Dunkelheit zelebrieren, indem er eine sexuelle Vereinigung mit einer ...“

Ich schneide ihm das Wort ab. „Aber wieso dann diese schwarze Messe?“

„Diese Zeremonie ist eine Parodie auf das katholische Ritual, mit rückwärts gesprochenen Gebeten und dem umgedreht aufgehängten Kreuz. Aber so, wie sie von den Mitgliedern des Ordens des *Golden Dawn* gefeiert wird, ist sie weniger eine Möglichkeit zur Anbetung, sondern eher dafür da, ihrem Appetit auf Orgien nachzugehen. Dominanz. Gewalt. Grausamkeiten.“

„Wer ist dieser Abbé, den du erwähnt hast?“

„Abbé Bescanon ist ein abtrünniger Priester, der glaubt, dass Gott nackt angebetet werden soll, so wie es Adam damals tat, und dass der Teufel die Gläubigen mit Lust und Macht belohnt.“

Ich hole tief Luft. „Was hat er mit mir vor, Paul?“

„Nachdem der Duke dich gefickt hat, wird er ein Tuch mit seinem Samen auf dem Altar opfern.“

„Horch!“ Ich greife nach seinem Arm. „Da kommt jemand.“

Paul stellt sich vor mich. Das laute Singen der Mönche übertönt nicht die Geräusche eines vorbeilaufenden Menschen, der dann anhält.

„Bleib hinter mir", ordnet Paul an.

Wir hören ein Kichern. „Ihr könnt Eure süße Pflaume nicht vor mir verstecken, Mademoiselle", murmelt eine weibliche Stimme. „Ich habe Euch gefunden."

Madame Chapet steht zwischen zwei großen Statuen, quietscht vor Vergnügen, streckt ihre halb entblößten Brüste raus, leckt sich über die Lippen und wackelt erwartungsvoll mit den Hüften, bis sie uns sieht, in inniger Umarmung.

„*Merde alors,* das ist doch Monsieur Borquet!", schreit sie. Bevor sie noch etwas anderes sagen kann, hat Paul einen Arm um ihre korpulente Taille geschlungen und hebt sie auf. Mit der anderen Hand verschließt er ihren Mund.

„Lauf, Autumn … schnell … durch den Salon. Die Tür mit der Medusamaske führt zu einem Geheimgang. Jetzt beeil dich!"

Ich höre, wie Madame Chapet nach Luft schnappt und sich wehrt. Ihre hängenden Brüste fallen Paul ins Gesicht, und angewidert schiebt er sie zur Seite. Mit einer roten Seidenkordel bindet er ihre Hände zusammen.

Meine Absätze klappern auf dem Parkett, als ich durch den Grand Salon laufe und nach der Tür suche.

Sieh dich nicht um.

Sieh dich nicht um.

Ich renne um mein Leben, und es läuft mir kalt den Rücken runter. Die Kapelle ist in ein goldenpinkfarbenes Spiel von Licht und Schatten getaucht, wie in einem alten Stummfilm.

Wo ist die Tür mit der Medusamaske?

Ich renne weiter, bis ich den monotonen Gesang höre. Aus einer dunklen Ecke beobachte ich eine Reihe von Männern in roten Roben und Tiermasken, die sich vor dem Altar versammelt haben. Einige masturbieren, und andere schwenken ihre Erektion wie Weihrauchfässer.

Nackte Frauen benetzen ihre Knospen und ihr Schamhaar mit rotem Wein und knien vor einem umgedrehten Kreuz. Sechs große schwarze Kerzen stehen auf einem Altar, und Weihrauchschwaden liegen in der Luft.

Eine Welle der Übelkeit schwappt durch meinen Magen, meine Zunge schwillt an, ich beiße die Zähne aufeinander. *Was für eine Bestie wurde in diesem Haus losgelassen?* Tränen steigen mir in die Augen. Ich bin in eine Schlangengrube von Teufelsanbetern geraten.

„Schnappt sie euch!“, schreit jemand.

Ich wirbele herum und spüre hitzige Blicke, die auf mich gerichtet sind. Sie haben mich entdeckt. Ich versuche zu rennen, aber zwei Männer in roten Gewändern greifen meine Arme und reißen sie fast aus den Gelenken.

„Lasst mich los!“, kreische ich. „Ihr seid ja alle verrückt.“

Ein Mann in einer roten Robe sagt: „Wir haben sie, Lord Bingham.“

Eine Kreatur in Schwarz taucht aus den Rauschwaden vor mir auf.

Ich schreie, als er meinen Kopf an den Haaren zurückbiegt. Es tut weh. Eine zischende Schlange windet sich an seinem Arm und kommt meinem Gesicht so nah, dass ich sie züngeln hören kann.

Der Duke hält seinen Arm so geschickt, dass die Schlange fast meine Brustwarzen berührt, und ich habe Angst, dass sie zubeißt, wenn ich mich bewege. Deshalb halte ich ganz still. Ich wage es kaum zu atmen, und der Engländer lacht sich tot. Dann beugt er sich zu mir und schaut mir tief in die Augen.

Ich weigere mich, Angst zu zeigen, aber als er zu reden beginnt, läuft es mir kalt den Rücken runter.

„Lasst das Opfer beginnen!"

Paul war schrecklich wütend. Speichel rann aus seinem Mundwinkel, als er die schwere Frau über seiner Schulter trug. Er hasste sie. Madame Chapet schlug auf seinen Rücken ein, aber er packte ihre Zehen und drückte sie hart.

„Seid still, Madame!", befahl er nun harsch. Zum Glück schenkte ihnen niemand Beachtung.

„*Salaud,* Bastard!" Madame Chapet spuckte und trat nach ihm. Paul öffnete die Tür zu einer winzigen Kammer und stieß sie hinein. Es war ein Kleiderschrank voller Petticoats, Korsetts und Kleider, die auf einer Stange hingen. Daneben standen auf einem Tablett verschiedene Töpfe mit Rouge, schwarzem Kajal und Lippenbalsam.

Der Schein einer Kerze reflektierte das rote Glas einer gläsernen Skulptur, die von der Decke hing, und ein erotisches Wandgemälde zeigte nackte Frauen, die sich auf schwarzen Sesseln lasziv rekelten und ihre intimen Körperteile zeigten. Es roch nach Zimt und Kerzenwachs.

Paul ließ Madame Chapet auf den Boden fallen und stieß dabei das Tablett mit den Schminktöpfchen um. Die Frau entledigte sich ihrer Fesseln, und trotz ihrer misslichen Lage konnte sie nicht umhin, ihn neugierig auszufragen.

„Wieso seid Ihr nach Paris zurückgekehrt, Monsieur?"

„Das geht Euch nichts an, Madame." Er schaute sich nach einem Knebel um.

„Was für ein Spiel treibt Ihr mit mir, Monsieur?" Sie ließ ihren Ärger fallen und versuchte stattdessen ihre hängenden Brüste wieder anzuheben. Madame leckte ihre Lippen und schaute ihn lüstern an. „Es sei denn, Ihr habt ein ganz bestimmtes Spiel im Sinn ..."

Paul schüttelte seinen Kopf. „Ihr werdet so lange hier bleiben, bis Autumn und ich von hier verschwunden sind. Habt Ihr verstanden?"

Sie spitzte ihre Lippen und leckte mit der Zunge drüber. „Für meinen Ärger will ich zwanzig Goldstücke haben."

Paul lächelte. „Leider habe ich kein Geld."

„Dann werde ich nicht hier bleiben, Monsieur", sagte sie in bestimmendem Ton und versuchte auf die Beine zu kommen. Sie holte tief Luft. „Wie ich unter Eurer halb geöffneten Robe erkennen kann, seid Ihr ziemlich gut bestückt und jede Frau würde nur zu gern ihre Beine für Euch breit machen. Zu schade, dass wir uns nicht auf einer intimeren Ebene begegnet sind."

Geschickt versuchte sie durch die Tür zu schlüpfen, aber sie war nicht schnell genug. Paul griff sie am Hals und zog sie an ihrer Perlenkette zurück. „Ich sollte Euch damit erwürgen, Madame ..."

„Monsieur ... das könnt Ihr nicht machen! Ich bin nur eine arme Seele, die Hilfe braucht!" Madame Chapet schnappte nach Luft. „Bitte!"

Paul änderte seine Meinung und ließ die Kette in die Innentasche seiner Robe verschwinden, unter seine Pistole. „Ihr seid eine Lügnerin und eine Betrügerin, Madame. Aber Ihr werdet uns nicht daran hindern, dass wir entkommen."

Er hielt sie immer noch am Hals fest und griff nach einem Korsett, mit dessen Bändern er ihre Hände fesselte. Bevor sie wieder nach ihm treten konnte, fiel ihr Blick auf seinen aufgerichteten Penis, der sich nach der Aufmerksamkeit von Autumns zarten Lippen sehnte. Ihren Blick ignorierend, warf er sie auf den Boden und fesselte auch ihre Füße. Dazu benutzte er einige Stofffetzen, die er aus einem Petticoat herausgerissen hatte.

„Mich hier festzuhalten wird Euch nichts nutzen. Der Duke wird mich finden“, zischte sie ihm zu. „Und dann wird er Euch töten. Und was das Mädchen betrifft, wird er …“

„Jetzt reicht es mit Eurem gemeinen Gerede, Madame“, sagte Paul und stopfte einen schwarzen Strumpf in ihren Mund. Mit einem zweiten Strumpf verband er ihre Augen. „Euren gierigen Forderungen wird jetzt ein Ende bereitet.“

Ihre gedämpften Schreie überhörend, aber wohl wissend, dass bald jemand auf ihre Tritte gegen die Wand aufmerksam werden würde, schloss er die Tür und sperrte sie somit ein.

Er machte sich auf zum Grand Salon und war dabei sehr auf der Hut. Irgendjemand hatte das lange Fenster offen gelassen, und eine kühle Brise, vermischt mit den scharfen Gerüchen der Stadt, wehte ihm entgegen.

Hatte er eben Donner gehört? Wahrscheinlich war ein Gewitter im Anmarsch. Den Schweiß von seiner Stirn wischend, schaute er aus dem Fenster nach unten, um seinen Fluchtweg zu planen. Die Nacht näherte sich bereits dem Ende, und ein schwarzer Hahn begann laut zu krähen.

Autumn war in Gefahr.

So schnell er konnte, rannte er in den Grand Salon zurück, um sie zu finden. Schon wieder überkam ihn das Gefühl, dass er sie verloren hatte.

Ich lag auf einer harten Matratze auf dem Altar, auf dem ein schwarzes Samttuch ausgebreitet war. Ein Kissen unter meinem Kopf erhöht das Gesicht, und ich habe das Gefühl, zu schweben.

Meine zerrissene Pluderhose und mein Petticoat sind so um meine Hüfte drapiert, dass mein Geschlecht zu sehen ist. Meine Beine hängen nach unten über den Altar, und meine Arme sind zur Seite ausgebreitet. In meinen Händen halte ich zwei schwarze Kerzen. Ich bin zwar nicht gefesselt, aber ich fühle mich ganz seltsam, und meine Beine fühlen sich so schwer an, als ob sie auf den Altar genagelt seien.

Langsam drehe ich meinen Kopf und will das alles nicht wahrhaben. Als ob ich einem bösen Fluch unterliege. Wo steckt Paul? War er nur eine Illusion? Ausgelöst durch all die Gedanken, die mir durch den Kopf gehen? Ich habe auch das Gefühl, als ob mich etwas zieht und ... soll ich es aussprechen? ... als ob ich in meine eigene Zeit zurückgezogen werde.

Eine erdrückende Einsamkeit hat sich auf mich gelegt und erstickt mich. Ich sehne mich so nach der Geborgenheit, die ich in seinen Armen finde. Stattdessen steigt Übelkeit in mir auf, und ich fühle mich wie in einer Schlangengrube.

Ich stöhne leise und öffne meine Augen. Verschwommen nehme ich meine Umgebung wahr. Der Duke kniet in seinem schwarzen Kapuzenmantel vor dem Altar und ruft Satan an. Die Gebete rezitiert er aus einem Buch mit roten, schwarzen und weißen Seiten, das in Wolfshaut gebunden ist.

Um mich herum werden Hymnen gesungen. Nackte Körper liegen über Gebetsstühlen, und ich sehe, wie ein Mann über einen Stuhl greift und die nackte Brust einer Frau befühlt, während ein anderer sich über ihre Schenkel beugt und sie leckt. Eine schlanke dunkelhaarige Priesterin lehnt sich über ihn und lässt ihre Zunge über seinen langen Penis gleiten und verschafft ihm eine göttliche Ekstase.

„Sanguis eius super nos et filios nostros“, singen sie mit

hungrigen Augen, auf der Suche nach Lust. „Sein Blut beflecke uns und unsere Kinder.“

Als ich meinen Kopf hebe, sehe ich, wie die Gläubigen einen Halbkreis um den Altar bilden. Sie winden sich, heulen wie Tiere, grunzen und werfen sich auf den Boden. Ihre Lust stillen sie mit allem, was gerade greifbar ist. Feuchten Schenkeln, einem runden Hintern oder einem üppigen Busen.

Entsetzt sehe ich, wie der Duke runde Oblaten aus einem Kelch hervorholt und eine davon auf meinen Kopf legt. Heilige Eucharistie? Sie sind nicht aus Mehl und Wasser, sondern es sind mit Blut gefärbte Rübenscheiben. Angewidert schaue ich zu, wie er daran saugt und sie dann mit einem Schluck aus seinem silbernen Kelch hinunterspült.

Als Nächstes stellt er den Kelch auf meine Brüste und taucht einen Finger hinein. Er bespritzt meinen Körper mit dem drogenhaltigen Wein und achtet besonders darauf, dass er über meine Brüste und vor allem meine Knospen rinnt. Dann leckt er den Finger ab. Danach werden mein Bauch und meine Schamhaare bespritzt.

Protestierend spanne ich meine Muskeln an, als seine Zunge meine Lippen öffnet und er in mein zartes Fleisch beißt. Ich versuche den Schmerz zu ignorieren, aber es gelingt mir nicht. Der Geruch der Drogen steigt mir in die Nase, und es hilft auch nichts, dass ich die Luft anhalte. Die anderen Männer beobachten uns, als er schließlich von mir ablässt und eine aromatische Paste auf einem Kupferblech anzündet. Ich rieche Weihrauch, Kampfer und Nelke.

Ich wehre mich mit Händen und Füßen, aber ich komme nicht frei. Ich bin erschöpft und schwitze.

Meine Hüften und Schenkel sind entblößt, und mein halb nackter Körper glänzt pinkfarben durch die Spiegelung in dem Mosaikfenster. Entsetzt beobachte ich, wie der Duke ein Schwert hervorzieht und es mit einem Messer und einem Zauberstab neben mich auf den Altar legt.

In diesem Augenblick beginnt das alte Haus zu beben. Oder war das bloß der Donner?

Jetzt werde ich aber doch böse. „Lasst mich los!“, spucke ich ihnen entgegen. „Mit Eurer gottlosen Magie will ich nichts zu tun haben.“

„Wie könnt Ihr es wagen, so zu sprechen, Hure?“ Laut schlägt er mir ins Gesicht. „Ihr habt keinen Willen und müsst Eurem Meister gehorchen.“

Der Schlag tut weh, aber er hindert mich nicht am Denken. Schnell drehe ich meinen Kopf hin und her, damit der Duke mir nicht den starken, drogenhaltigen Wein einflößen kann.

Leider schafft er es doch, mir dieses abscheulich schmeckende Getränk in meine Kehle zu schütten und mich dabei fast zu ersticken. Der Geschmack brennt auf meiner Zunge, und ich beginne schon beim Trinken zu schwitzen. Anschließend wird mir ganz kalt.

Todesangst überkommt mich, und noch nie war ich so hilflos wie jetzt.

Als Nächstes schwingt der Duke einen Zauberstab aus Kristall über meinen Körper, gleitet damit an meinen Schultern entlang, reibt über meine steifen Brustwarzen und schickt erregende Schauer durch meinen Körper. Die konstante Berührung reizt meine empfindlichen Knospen, aber er ist noch nicht fertig mit mir. Er folgt seinem unheiligen Pfad über meinen Bauch bis zu meinem Venushügel, dann stößt er den harten Stab in meine Möse, lässt ihn hinein- und herausgleiten, bis er tropfnass von meinen Säften ist. Ich werfe meinen Körper hin und her in dem Versuch, dem Objekt auszuweichen, aber er stößt es noch tiefer in mich hinein, bis ich schreie. Ich kann nicht aufhören, zu schreien.

Ob meine Schreie ihn nerven, oder ob ihn das Ritual langweilt, weiß ich nicht, aber auf jeden Fall zieht er den Kristallstab aus mir heraus und schüttelt einen menschlichen Schädel vor meinen Augen. Ich brülle erneut, aber dieses Mal bricht meine Stimme unter der Angst in meinem Innern. Übelkeit kriecht in mir auf. Ich bemühe mich, mich nicht zu übergeben, und schlucke heftig. Widerwillig zwinge ich mich dazu, den Duke anzustarren, ihn zu nötigen, mich anzusehen. Aber auf den kalten Blick in seinen Augen bin ich nicht vorbereitet. Durchdringend. Hart. Seine Finger scheinen mit übernatürlicher Energie zu zucken, als er drohend ein Messer über meinen Körper hält.

Seine Stimme erklingt. Kalt, unmenschlich, die Worte erst rückwärts, dann vorwärts singend. „Ihr werdet sterben, Hure des Herrn, dann werdet Ihr wiederauferstehen mit dem Samen des Prinzen der Dunkelheit in Euch."

Ich halte den Atem an, mein Herz rast, als die lange Klinge des Messers auf meine Brüste zukommt wie eine silberblau brennende Flamme. Die heulende Ekstase der Gläubigen um uns herum treibt den Duke an, mich zu nehmen, seine Pflicht zu erfüllen. Ich höre einen lauten Schrei, voller Schock, Horror und Schmerz.

Es ist meine eigene Stimme.

Jemand wirft einen schwarzen Schleier über mein Gesicht, und tiefe Dunkelheit hüllt mich ein.

20. KAPITEL

Paul drückte den Lauf der Pistole an den Hinterkopf des Duke. Er spannte den Hahn, langsam und leicht, sein Finger nur einen Atemzug davon entfernt, abzudrücken. Dann, aus irgendeinem Grund – vielleicht ein tiefes Gefühl der Menschlichkeit, oder vielleicht war es auch das Innerste seines Selbst, das ihm befahl, den Mann nicht zu töten – hielt er inne. Unfähig, abzudrücken und den Duke kaltblütig umzubringen.

Wieso kann ich nicht abdrücken? Wieso kann ich ihn nicht erschießen? Was ist es an diesem Engländer, das mich ihn auf der einen Seite fürchten lässt, mich auf der anderen Seite aber auch anzieht?

Der Duke hatte keine Ahnung, welch gegensätzlichen Gedanken sich im Kopf des Malers abspielten. Lord Bingham spürte nur das kalte Metall an seinem Kopf, und angespannt versuchte er, die Gefahr einzuschätzen, die von dem Mann in der Fuchsmaske ausging. Er verfluchte diese unerwartete Wendung des Schicksals, aber das Messer hielt er dennoch fest in seiner Hand.

„Lasst das Messer fallen, Monsieur", ordnete Paul an. „Sofort!"

„Was für ein närrisches Spiel treibt Ihr mit mir, Monsieur?", fragte der Duke. „Dieses Mädchen ist bereit für meinen Samen, ihre Fotze ist feucht und nass." Zum Beweis schwenkte er den feuchten Zauberstab in Pauls Richtung. Ihr süßer Geruch stieg ihm in die Nase und erregte ihn. Gleichzeitig stieg unbändige Wut in ihm auf.

„Ihr und die anderen werdet noch drankommen, sich mit diesem Mädchen zu vergnügen, wenn ich mit ihr fertig bin."

„Niemals werdet Ihr sie anrühren, Monsieur“, rief Paul. „Niemals!“

Sein Zorn wurde von den Worten des Duke aufs Neue entfacht, und er ärgerte sich darüber, dass er ihn nicht längst getötet hatte. Paul stieß den Duke mit solcher Wucht zur Seite, dass dieser über mehrere nackte Frauen zu Boden fiel und dabei sein Messer und seinen Zauberstab verlor. Der Duke kroch allerdings bald wieder unter den nackten Leibern hervor und versuchte auf die Füße zu kommen.

„Was wollt Ihr Monsieur?“, schrie der Duke und ärgerte sich darüber, dass seine sexuellen Spiele von diesem Fremden unterbrochen wurden. „Wer seid Ihr?“

Paul riss sich die Fuchsmaske von Gesicht und grinste. „Paul Borquet, stets zu Euren Diensten, Monsieur.“

„Borquet! Wo zum Teufel kommt Ihr her?“ Der Duke benahm sich merkwürdig, und das brachte Paul aus der Fassung. Er sah ihn lange an und sagte schließlich: „Ihr seht anders aus, älter … viel älter. Und Ihr könntet alt genug sein, um …“

„Ich warne Euch, Monsieur, keine Tricks.“

„… Ihr könntet mein Bruder sein.“

Sein Bruder?

Paul drehte seinen Kopf herum und war zutiefst schockiert über diese Worte. Diese völlig verrückte Feststellung, dass der Engländer sein Bruder war. Er war sich sicher gewesen, dass er wusste, was zu tun sei. Er hatte den Engländer unschädlich machen wollen, und zur Not war er auch bereit gewesen, ihn zu töten.

Zum ersten Mal, seit er ihm begegnet war, schaute er den Aristokraten genauer an. Er betrachtete seine blauen Augen, das markante Kinn, die dunklen Haare und das gemeißelte Gesicht.

Die Ähnlichkeit war kaum zu leugnen. Er hatte es nur vorher nicht wahrhaben wollen. Aber geahnt hatte er es immer. Seine Mutter war Französin, aber sein Vater war Engländer. Sie hatten schnell geheiratet, das Baby war unterwegs, und dann hatte man seine Mutter wieder zurückgeschickt, weil sie nicht standesgemäß genug war.

Das war viele Jahre her.

So weit weg.

Wieso?

Der Duke sagte: „Wie ich in Euren Augen erkennen kann, glaubt Ihr mir, Monsieur Borquet."

Paul nickte. „Das stimmt."

„Ich versichere Euch, dass es die Wahrheit ist", sagte der Duke. „Ihr seid mein älterer Halbbruder. Zwar wurde Euer Name von der offiziellen Familienchronik entfernt, aber nach dem Tod meines Vaters vor einigen Monaten habe ich die Heiratsurkunde mit Eurer Mutter gefunden. Und Eure Geburtsurkunde."

Er machte eine Pause. „Anhand Eurer Kunst, die ihren Weg bis nach London gefunden hat, habe ich Euren Weg bis nach Paris verfolgen können. Als ich zum ersten Mal entdeckte, wer Ihr seid, wollte ich es nicht glauben. Ihr saht so viel jünger aus, als auf Eurer Geburtsurkunde angegeben. Aber jetzt ..."

„Wenn ich Euer älterer Halbbruder bin, Monsieur", unterbrach ihn Paul, ohne dabei näher auf sein jugendliches Aussehen und die schwarze Magie einzugehen, die dafür verantwortlich war, „... dann habe ich auch ein Anrecht auf den Titel, der Euch so am Herzen liegt."

„So ist es, mein lieber Bruder", sagte der Duke und starrte ihn mit undurchdringlicher Miene an. „Deshalb tut es mir sehr leid, dass Ihr nicht auf meine Warnung gehört habt. Jetzt bleibt mir nämlich keine andere Wahl, als Euch zu töten.“

Paul sah den unaussprechlichen Hass in seinem Gesicht. Der Engländer bewegte sich keinen Zentimeter, und sogar seine Atmung schien stillzustehen.

„Das wird Euch nicht gelingen, Lord Bingham.“

„Ihr glaubt mir nicht? Meine Männer stehen an allen Ausgängen. Ich habe nichts zu befürchten.“

„Soweit ich weiß, bin ich derjenige mit der Pistole.“

„Ihr werdet damit noch nicht einmal bis zur Treppe kommen“, drohte der Duke und deutete auf eine Gruppe von Männern in roten Roben und Masken, die ihn umgaben. „Ihr werdet verflucht sein, Monsieur Borquet, und Euer rebellischer Geist gebrochen.“

„Ich glaube eher, dass der Teufel persönlich Euch holen wird.“

„Diese Frau hat Euch mit Ihrer sexuellen Magie verzaubert, Monsieur. Das wird Euch teuer zu stehen kommen.“

Paul schüttelte den Kopf. „Ich glaube nicht, dass mich irgendjemand aufhalten wird. Ich habe sechs Patronen. Genug für Euch alle.“ Die Männer wichen etwas zurück. Sie waren Gentlemen mit perversen sexuellen Gelüsten, aber im Innern waren sie Feiglinge. Die Bodyguards des Duke hingegen könnten gefährlich werden.

Er schaute zu Autumn, die völlig hilflos auf dem Altar lag. Der Schweiß glänzte auf ihren nackten Brüsten, und sie atmete schwer. Er zog den schwarzen Schleier von ihrem Gesicht. Ihre Augen waren geschlossen, und um ihre Augen schimmerten violette Schatten. Paul wollte sie schon an sich ziehen, als …

„Ich hätte Euch töten sollen, als ich die Gelegenheit dazu

hatte, Monsieur." Der Duke griff nach dem Messer auf dem Boden. Paul sah die Bewegung aus dem Augenwinkel und feuerte zwei Schüsse auf den Duke ab, die sein Gewand zerrissen und ihn in der Schulter oder auch im Herzen trafen, da war Paul nicht sicher, bevor er rückwärts gegen das hohe Fenster stürzte. Sein Kopf traf auf das Glas, und einige der Scheiben splitterten. Dann fiel er zu Boden und lag dort still wie die Dämmerung, die sich gerade am Horizont erhob. Er lag still, bewegungslos, das Gesicht von der Kapuze bedeckt.

„Er ist tot, Monsieur!", schrie eine Frau laut auf.

Ich traue ihm nicht und es könnte ein Trick sein, dachte Paul.

Mit der offenen Beichte des Duke noch im Ohr war Paul hin und her gerissen zwischen dem, was sein Gewissen ihm riet – zu schauen, wie es dem Mann ging, der behauptete, sein Bruder zu sein – und der Angst, die am Rande seines Gehirns lauerte, dass er Autumn für immer verlieren würde, wenn er nicht schnellstmöglich mit ihr von hier wegkam. Er hatte nicht gezielt, um ihn zu töten – hätte er es getan, wenn er nicht sein Halbbruder gewesen wäre? – aber er traute sich auch nicht, näher an den leblosen Körper zu treten. Denn wenn er noch am Leben war, würde der Duke nicht eine Sekunde zögern, ihn zu töten.

Die Rauchschwaden, die sein Hirn umnebelten, beiseiteschiebend, hielt Paul die Pistole weiterhin auf den Duke gerichtet und hob Autumn mit einem Arm vom Altar.

„Autumn, Autumn, wach auf!", schrie er laut. Ihren kalten, bewusstlosen Körper an sich gepresst, wurde er von der plötzlichen Angst erfasst, dass sie schon tot sei, aber dann fühlte er den schwachen Schlag ihres Herzens.

Langsam schüttelte sie ihren Kopf und öffnete dann die Augen. „Ooohhh … mein Kopf. Was ist passiert?“

„Sie haben dich betäubt. Schnell, wir müssen von diesem sündigen Ort verschwinden.“

Autum schaute auf und hielt sich voller Erleichterung an seiner Robe fest. „Paul! Wie hast du das geschafft?“

„Das erkläre ich dir später.“ Musste sie ihn so ansehen, mit diesen feuchten Augen, voller Verlangen? Jetzt war ganz bestimmt nicht der Zeitpunkt für romantische Gefühle. „Kannst du laufen?“

„Ja, ich denke schon.“ Sie legte eine Hand auf den Mund. „Paul, was ist passiert …“ Erschrocken zeigte sie auf den Duke, der sich immer noch nicht rührte. „Ist er tot?“

„Keine Ahnung. Auf alle Fälle haben wir jetzt keine Zeit, das herauszufinden. *Allons.* Lass uns gehen.“

„Paul, hast du …?“

„Ja, ich habe auf ihn geschossen. Mir blieb keine andere Wahl. Ich weiß auch nicht, wieso, aber es tut mir sogar leid. Der Bastard war mein Bruder.“

„Was?“, fragte sie ungläubig.

„Keine Zeit für Erklärungen. *Allons.* Wir müssen schnell weg.“

„Selbst wenn es dein Bruder war, Paul, er hätte dich getötet“, sagte sie sanft und legte ihre Hand auf seinen Arm. Für einen kurzen Augenblick beruhigte ihn diese Geste. Beinahe verrückt vor Sorge und verwirrt von den Emotionen der letzten Minuten, zog er Autumn in seine Arme. *Ich kann fühlen, wie schnell ihr Herz schlägt. Ich werde nicht zulassen, dass ihr etwas passiert.*

„Schnell, Autumn!“, drängte er.

„Hilf mir runter, Paul.“

Sie raffte ihre Röcke und Petticoats, und Paul half ihr, langsam vom Altar zu steigen. Er verfluchte den langen Rock, der sich an der Ecke des Altars verfing, und als sie versuchte, ihn zu befreien, stieß sie eine brennende schwarze Kerze um.

„Autumn, pass auf!“, schrie Paul, aber es war bereits zu spät. Sofort fing das Altartuch Feuer, und goldorangefarbene Flammen leckten an den anderen Kerzen, bis sie zu schwarzen Wachsklumpen schmolzen.

„Hilfe, ich brenne!“, schrie Autumn auf und versuchte die Flammen mit ihren Händen zu ersticken.

„Beweg dich nicht ... beweg dich nicht!“, schrie Paul. Er schaute in die züngelnden Flammen um sie herum und versuchte das Feuer mit seinen Sandalen auszutreten. Das Knistern des Feuers hallte in seinen Ohren. Paul versuchte, nicht auf die panischen Schreie der nackten Frauen und halb nackten Männer zu achten, die ihm zu Hilfe eilten und versuchten, das Feuer einzudämmen. Der Geruch versengter Haare und brennenden Fleisches stieg ihm in die Nase, und ihm wurde fast schlecht davon.

Das Feuer schien außer Kontrolle geraten zu sein. Es verschlang den Altar, die Vorhänge, die Tapeten an den Wänden und sprang dann auf die Stühle und Sessel über. Der Anblick der nackten und schreienden Frauen und der fluchenden Männer stieß ihn ab. Er wollte sich aus dieser Welt für immer verabschieden.

Um seine eigene Haut hatte er keine Angst. Nichts war mehr für ihn von Bedeutung außer Autumn. Er riss ihr die spärliche Bekleidung vom Leib und zerknüllte sie in seinen Händen. Er fühlte keinen Schmerz, obwohl ihm der Geruch seines eigenen verbrannten Fleisches in die Nase stieg. Und der Rauch. Vermischt mit den Räucherstäbchen und den Gewürzen ergab er eine tödliche Mischung, die ihn zum Würgen brachte; die drohte, Autumn zu ersticken. Sie hustete, spuckte und der Schweiß glänzte auf ihren Brüsten. Er riss eine samtene Gardine von der Stange und warf sie Autumn um die Schultern. Sie dankte ihm mit den Augen und zog den Stoff fest um ihren Körper. Der Saum ihres Petticoats war angesengt, aber sie war nicht verletzt.

Paul machte sich schwere Vorwürfe. Wenn er bei dem Duke nicht so unentschieden gewesen wäre, dann hätte Autumn sich nicht diesem Horror aussetzen müssen. Dann wären sie jetzt nicht in dieser Todesfalle und würden auch nicht atemlos nach Luft schnappen und fast ersticken. Er hatte nur den Wunsch, möglichst schnell aus diesem Gebäude zu kommen.

„Versuche die Geheimtür zu erreichen", rief er Autumn zu. „Halte dich in meiner Nähe und bleib nicht stehen."

In den darauffolgenden Minuten war die Atmosphäre chaotisch, und die Stimmung der Gäste schwankte zwischen Panik und Verärgerung darüber, dass der Spaß jetzt zu Ende war. Paul hatte nur seine Mission im Kopf. Er hielt Autumns Hand und zog sie durch den Grand Salon. Mit einem Arm um ihre Taille und in der anderen Hand die Pistole, hatte er die Augen starr nach vorn gerichtet und strebte dem Ausgang zu.

In der Mitte des Raums war der Rauch besonders heftig, Dachsparren flogen herum, Möbel verbrannten zu Asche, und das Feuer verschlang alles, was sich ihm in den Weg stellte. Er sah zwei Mädchen in Vorhänge gehüllt, die Madame Chapet mit sich zogen und nach einem Fluchtweg suchten.

Wo war die Geheimtür? Die Tür mit der Medusamaske?

Wo war sie?

Die Flammen kamen immer näher. Fenster explodierten überall um sie herum. Paul duckte sich in eine Ecke und zog Autumn mit sich. Ein Blitzstrahl schoss durch das zerbrochene Fenster, und darauf folgte ein lauter Donnerschlag. Aber es fiel kein Regen.

Schnell zog Paul sich seine Hosen über, die er unter der Robe versteckt hatte und die ihn jetzt vor dem Feuer schützen sollte. Hustend und keuchend versuchte er durch den Rauch zu schauen. Endlich entdeckte er eine kleine Tür, die sich in einem Wandgemälde befand – eine kleine Gartentür. Sie war so klein, dass man nur gebückt hindurchgehen konnte. Oder war es einfach nur ein *trompe-l'œil,* eine künstlerische Sinnestäuschung? So wie in vielen Wandgemälden?

Er musste es trotzdem versuchen. Er würde alles tun, um hier herauszukommen und Autumn zu retten. Er trat gegen die kleine Tür, und Dunkelheit begrüßte ihn, kühl und angenehm ohne das grelle Licht. Es war eine ganz andere Treppe als die, durch die er heute Abend gekommen war.

„Ist das ein Weg nach draußen?“, fragte Autumn.

„Ich weiß es nicht. Bleib hinter mir. Ich werde es herausfinden“, sagte Paul und trat zur Seite. Die Flammen hinter ihm waren jetzt auf makabre Weise seine Rettung, denn sie warfen genügend Licht auf die Treppe, damit er erkennen konnte, dass sie mindestens zwei Stockwerke nach unten führte. Weiter konnte er nicht sehen.

„Nimm meine Hand, schnell, bevor das Treppenhaus sich mit Rauch füllt.“

Er holte tief Luft, und ohne zurückzuschauen zog er Autumn mit sich nach unten, als er ein lautes Rufen hörte …

„Borquet! Helft mir, bitte!“

Paul wirbelte herum, seine Pistole nach vorn gerichtet und seinen Finger am Abzug. Sein Herz raste, und seine Gedanken überschlugen sich. Der Duke torkelte auf sie zu und hielt sich die Brust … oder war es die Schulter? Die andere Hand war ausgestreckt, und Blut rann über seine Finger. In seinen Augen spiegelte sich schreckliche Furcht. Der Engländer wusste, dass er verbrennen würde. Er fiel auf den Boden.

Der Mann war sein Bruder.

Paul wusste, was zu tun war.

Als Erstes musste er Autumn nach draußen bringen. Er musste sie dazu bewegen, weiterzugehen, nicht stehen zu bleiben.

„Renn, Autumn, die Treppe runter, jetzt! Ich werde dir gleich folgen."

Sie drehte sich um, und ein herzzerreißender Schrei kam aus ihrer Kehle. „Nein, Paul. Ich kann nicht. Ich will nicht … ich habe eine schreckliche Vorahnung, dass ich dich dann niemals wiedersehen werde."

„Ich kann es nicht zulassen, dass mein Bruder verbrennt, Autumn. Lauf!"

Sie zögerte nur einen Moment und sagte dann: „Ich verstehe."

Paul sah die Furcht in ihren Augen, aber sie stellte keine weiteren Fragen. Sie beugte sich nach vorn, raffte ihre Petticoats, verschwand durch die kleine Tür und rannte nach unten. Paul hörte noch ihre Schritte, zartes Klappern, das sich wie ein Echo anhörte, dann war Stille. Als ob sie sich in Luft aufgelöst hätte. Aber er hatte keine Zeit, sich darüber Gedanken zu machen, das Feuer saß ihm im Nacken, heiß, knisternd, tanzende gelbe Flammen mit silbernen Rändern.

Wo blieb der Regen?

Er rannte zum Duke und entledigte sich der Waffe, die er jetzt nicht mehr benötigen würde. Dann hob er den schlaffen Körper seines Bruders hoch und legte ihn sich über die Schultern. Er war noch nicht tot, das hörte er an seinem Atmen und wie er nach Luft schnappte. Mit der einen Hand versuchte Paul sein Gesicht zu schützen, und mit der anderen hielt er den Mann auf seinem Rücken fest. Paul schaute sich nach der kleinen Treppe um.

Merde, dieser ganze Alkoven war jetzt in ein Flammenmeer getaucht. Die Tür war nicht mehr zu sehen, und die ganze Wand mit den *trompe l'œil*-Gärten brannte schnell herunter. Nur Papierfetzen blieben übrig. Wohin hatte er Autumn geschickt? In ihren Tod?

Nein, das glaube ich nicht.

Die nächsten Minuten wanderte er im Kreis, wich fallenden Balken und züngelnden Flammen aus, sein Gesicht nass vor Schweiß, den Bruder über der Schulter hängend.

„Hier herüber, Monsieur!", hörte er eine Stimme aus der anderen Richtung rufen.

Wo? Wo?

Er folgte dem Klang der Stimme, und der Rauch schien sich etwas zu verflüchtigen. Er musste in einem Teil des Hauses sein, das vom Feuer noch verschont geblieben war. Er lehnte sich nach vorn, blinzelte, und mit dem schlaffen Körper des Duke über der Schulter sah er zwei Männer in roten Roben, die vor der Tür mit der Medusamaske standen.

Da war sie! Er stöhnte und nahm seine ganze Kraft zusammen. Schnell bewegte er sich vorwärts und stürmte mit dem bewusstlosen Duke über die Treppe nach unten. Er nahm mehrere Stufen gleichzeitig, und einige Male wäre er beinahe gestolpert. Der Mann auf seiner Schulter wog schwer.

Die ganze Zeit überschlugen sich seine Gedanken. Wohin hatte er Autumn geschickt? War sie in Sicherheit? Hatte sie es geschafft?

Endlich näherte er sich dem Ende der Treppe. Er hatte Angst, dass die Tür vielleicht geschlossen war, dass er vielleicht seinen Bruder gerettet, aber dabei Autumn verloren hatte. Ohne zu zögern trat er gegen die Tür und schrie fast vor Erleichterung, als er die feuchte Morgenluft spürte und ein leichter Nieselregen ihn begrüßte. Er füllte seine Lungen mit frischer Luft und legte den Duke ins Gras.

Atemlos und mit rasendem Puls legte er sein Ohr auf die Brust des Duke. Er atmete noch und er schien nicht schwer verletzt zu sein. Seine Bewacher scharten sich sofort um ihn und warfen dem Künstler misstrauische Blicke zu. Dann wandten sie sich wieder dem bewusstlosen Mann in dem schwarzen Kapuzenumhang zu.

„Kümmert Euch um meinen Bruder, Messieurs“, war alles, was Paul sagte.

Dann lief er durch die Menge, die sich vor dem *hôtel privé* versammelt hatte. Eine Reihe von Frauen weinte, einige Männer fluchten, und die meisten versuchten ihre Nacktheit unter angesengten Kleidungsstücken zu verbergen. Blanke Brüste, rot versengt von den Flammen, nackte Hintern mit schwarzen Rußstreifen, kohlschwarz gefärbtes Schamhaar. Eine Melange zitternder Leiber, die noch vor wenigen Augenblicken als mondäne Mitglieder der Gesellschaft nichts anderes im Kopf hatten, als ihre Gelüste zu erfüllen. Nun schrien und kreischten sie wie ängstliche Tiere.

Paul ließ seinen Blick nach rechts und nach links schweifen, doch nirgendwo konnte er Autumn entdecken.

Sie ist nicht hier. Sie ist nicht hier.

Das bedeutet, dass sie …

Nein!

Paul stöhnte laut. Vor seinen Augen und innerhalb weniger Minuten brannte das gesamte *hôtel privé.* Die Flammen loderten aus dem dritten Stock, brodelnd, brüllend. Der leichte Nieselregen reichte nicht aus, um das Feuer zu löschen.

Stumm schaute er zu. Sprachlos. Der Himmel war mit safrangelben Streifen durchzogen, die durch gebieterische weiße Wolken und schwarzen Rauch tanzten. Die elegant geschnitzte Holztür, römische Skulpturen, Möbel, sogar der Innenhof wurden vom sich schnell ausbreitenden Flammenmeer verschluckt.

Aber wo war Autumn? Wo konnte sie sein?

Er wanderte auf und ab, fragte herum, ob jemand eine Rothaarige gesehen habe. Mehrere zitternde, weinende und fluchende Gäste schüttelten den Kopf. Eine Frau unterdrückte einen Schrei, als der hölzerne Bogengang des ersten Stocks in strudelnden roten Flammen aufging. Helle Asche flog durch die Luft und zeichnete sich in einem seltsamen Muster gegen den schwarzen Rauch ab.

Paul ließ seinen Blick über das heiße und brüllende Feuer schweifen, aber durch seinen Körper rollte kalte Angst. Mit der Hand versuchte er sein Gesicht vor der Hitze der Flammen zu schützen. Raue Gefühle kochten in seiner Stimme über, und er schrie auf, stöhnte vor Schmerzen. Hässliche, rohe Laute erfüllten die Luft. War das *seine* Stimme? Dann klang ein unbekanntes Geräusch wieder und wieder in seinem Ohr. Das Schlagen seines Herzens?

Er musste etwas tun. Irgendetwas. Autumn war immer noch irgendwo in dem *hôtel privé,* eingeschlossen vom Rauch und – Gott stehe ihr bei – womöglich bei lebendigem Leib verbrennend.

Ohne nachzudenken rannte Paul zum *hôtel privé* zurück, um Autumn zu suchen. Er würde sie finden. Er durfte nicht versagen. Musste sie retten …

Er hielt inne. Ein ohrenbetäubendes Brüllen ertönte, Flammenbälle sprangen vom Balkon im ersten Stock, blockierten seinen Weg. Ihre wabernden menschlichen Formen leckten sein Gesicht mit ihrem heißen, dampfenden Atem und warnten ihn davor, näher zu kommen. Die Luft wurde immer schwerer und dunkler, erstickte ihn beinahe. Blitze schossen über den Himmel. Donner dröhnte. Beißender schwarzer Rauch umfing ihn und nahm ihm jegliche Hoffnung, Autumn noch einmal zu Gesicht zu bekommen. Die erstickende Dunkelheit hatte ihn fest im Griff und erinnerte ihn an das letzte Bild, das er von Autumn hatte, den Blick in ihren Augen, die Worte, die sie sagte … *ich habe diese schreckliche Vorahnung, dass wir uns dann nie wiedersehen werden.*

Ihre Worte stürzten ihn in ein kaltes Loch der Angst. Er konnte nicht aufhören, zu zittern. Seine Zähne klapperten. Die Lippen bebten.

Er rannte zum Haus zurück.

„Ihr könnt dort nicht mehr hineingehen, Monsieur!“, schrie ihm jemand nach. „Das ganze Haus brennt.“

„Ich muss“, schrie Paul zurück und hörte nicht auf die Warnung. „Ich muss die Frau retten, die ich liebe.“

Einen Moment, bevor ich Paul verlasse und die Treppe hinunterlaufe, höre ich ein lautes Grollen. Donner. Dann überkommt mich große Kälte, und ich beginne zu zittern, als ob mir jemand ein Messer gegen die Haut drückt, die silberne Klinge fährt über meinen nackten Rücken, ritzt meine Haut, bis ich Gänsehaut bekomme.

Was passiert gerade?

Ich zittere, als ob ich heruntergezogen werde, immer tiefer, in … in was? Ich weiß es nicht, habe auch keine Zeit, darüber nachzudenken, kann nur rennen.

Meine hochgeknöpften Stiefel klappern hart auf den Stufen des engen Treppenhauses, und meine lauten Schritte übertönen die Zweifel in meinem Hirn. Ich laufe, zwei oder drei Stufen auf einmal nehmend, nach unten. Die Gedanken rasen, und mein Herz schlägt wie wild. Schweiß rinnt mir über das Gesicht.

Die Hoffnungslosigkeit überkommt mich in dem Moment, als ich es am wenigsten erwarte. Kälte sticht mir ins Gesicht. Ein elektrischer Schlag durchzuckt meinen Körper und verbrennt meine Haut. Meine Schuhe fühlen sich feucht an, und der Samtvorhang, in den ich mich gehüllt habe, klebt an meinen Schultern. Übelkeit überkommt mich, und ich verliere fast das Gleichgewicht. Ich habe Angst.

Angst davor, niemals zurückzukommen.

Davor, Paul niemals wiederzusehen.

Ich stolpere über meine eigenen Füße, und meine Knie geben unter mir nach. Bevor ich das Gleichgewicht wiedererlange, kommt mir ein gewagter Gedanke. *Die gleiche Kälte, die mir das Blut in den Adern gefrieren lässt, habe ich schon einmal gespürt, bevor ich …*

Mir bleibt fast das Herz stehen. Plötzlich kommen alle Erinnerungen wieder zurück. Das Studio im Quartier Marais, das Gefühl der Dunkelheit, das Knistern und Summen von elektrischer Spannung. *Trete ich jetzt die Rückreise in meine eigene Zeit an? Oh mein Gott.*

Irgendwie scheint der Kreis sich jetzt zu schließen. Verloren in einer so schwarzen Dunkelheit, wie sie nur in diesem unbeschreiblichen Loch zwischen Gegenwart und Zukunft existieren kann. Ich bin in einem brennenden Haus gefangen, aber ich gehe zurück in ein Haus, das in meiner eigenen Zeit brennt.

Völlig verzweifelt und ohne jede Hoffnung renne ich die Stufen weiter nach unten. Ich kann nicht mehr denken. Mein Herz scheint zu explodieren. Ich werde im Feuer sterben.

Ich schreie.

Gerade als Paul durch den Vordereingang des *hôtel privé* stürmte, zitternd, schwitzend, hörte er eine Frau schreien. Autumn lebte noch. Musste noch leben. Wo war sie? Eine Feuerwand schoss vor ihm empor, als wolle sie ihn herausfordern, Autumn zu finden.

Nein, nein, nein! Er würde sich durch nichts aufhalten lassen. Mit geballten Fäusten wappnete er sich gegen das Feuer, hob einen Stuhl auf und hielt ihn wie ein Schutzschild vor sich. Dann sprang er vorwärts und stürmte die Haupttreppe hinauf. Sein Puls raste wie wild, sein Atem ging schwer. Er kam nicht sehr weit, denn das Feuer blockierte seinen Weg, und er musste umkehren.

Fluchend warf er den Stuhl in die Flammen und rief ihren Namen: „Autumn, Autumn!“ Er rannte im Erdgeschoss vor und zurück, schützte sein Gesicht gegen die Flammen und betete, dass er sie noch einmal schreien hören würde. Aber er hörte nichts mehr. Schweiß rann ihm über die Stirn und über seine Robe.

Irgendetwas musste er tun. Egal was!

Gebückt zwängte sich Paul an brennenden Balken und Brettern vorbei und suchte nach einer anderen Treppe. Dann sah er ein ähnliches Wandgemälde mit einem Garten wie im oberen Stockwerk. War etwa auch hier eine geheime Tür verborgen, die in den gleichen Gang führte?

Das Feuer bewegte sich in seine Richtung, und er tastete sich an der Wand entlang, auf der Suche nach einer Öffnung, irgendetwas ... all diese alten Häuser im Quartier Marais hatten seit der Revolution geheime Treppen ... aber er fand nichts.

Die Flammen versengten bereits seine Haare, aber er konnte nicht aufhören, nach der Tür zu suchen. Sie musste hier irgendwo sein. Paul bedeckte seinen Mund mit der Robe und schlug mit der Faust gegen die Wand – und plötzlich hatte er die Tür gefunden.

Er blinzelte, um den Schweiß aus den Augen zu bekommen, hustete und erstickte fast am Rauch, als ... die Tür plötzlich aufging und ihm kalte Luft entgegenwehte. Vorfreude, Erregung und Erleichterung durchfuhren ihn, als ob eine unsichtbare Macht die Hand nach ihm ausstreckte und ihn hineinzog. Er raffte die Robe, bückte sich, und in gekrümmter Haltung kroch er durch die Tür und zu der schmalen Treppe. Einen Augenblick hielt er inne und schaute die Stufen entlang nach oben, in Erwartung, die Flammen auch hier brennen zu sehen. Aber so weit sein Blick reichte, war da nur Dunkelheit.

Ein lautes Geräusch hinter ihm schreckte ihn auf. Donner. Ein starker Wind blies ihm ins Gesicht, stach mit kalten Nadeln in seine Wangen und ließ die Tür hinter ihm ins Schloss fallen. Paul fluchte, doch er würde nicht ohne Autumn zurückkehren.

Er hielt sich die Hände vors Gesicht – zumindest dahin, wo er sein Gesicht vermutete – aber er konnte nichts sehen. Er musste hier auf der dunklen Geheimtreppe sein, und egal was um ihn herum geschah, er würde auf keinen Fall aufhören, nach Autumn zu suchen.

Paul stellte den Kragen seiner roten Robe auf, aber die klamme Kälte kroch trotzdem in seine Knochen. Er fröstelte. *Merde,* war das kalt hier. Und schwarz. Rabenschwarz! Es kam ihm vor, als ob sich hier die Enden der Welt träfen und sich in einem schweren Nebel des Nichts auflösten, so dicht, dass Zukunft und Gegenwart gleichzeitig existierten.

Er stieg weiter die Treppe hoch, ein Gefühl, als würde er schweben. Ein überirdisches Zittern ging durch seinen Körper, als ob eine unbekannte Kraft ihn vorantrieb. Ganz sicher würde er Autumn jetzt finden. Er musste einfach daran glauben, sonst würde er verrückt werden.

Um seine Stimmung zu heben, stellte er sich ihre grünen Augen vor, bei denen er dahinschmolz. Er dachte an ihre Berührungen, wie sie sich an ihn schmiegte und sich vor Leidenschaft verzehrte. Wie ihre Lippen anschwollen, ihre Klitoris sich in eine pinkfarbene Perle verwandelte und ihr Honig über seine Finger lief …

Er hielt inne. Halt! Irgendetwas war anders hier, er konnte es nicht so richtig in Worte fassen. So wie sich die Stufen unter seinen Füßen anfühlten, das Geländer unter seinen Fingern … er ahnte, dass das die geheime Treppe war, auf der er Autumn finden würde.

Ich zittere, als kalte Finger sich besitzergreifend um meine Schultern legen und mich nach vorn drängen. Blinde Hände, tastend, fühlend. Sanftes Flüstern, aber dennoch fordernd.

Die Stimmen geben mir zu verstehen, dass meine Zeit in diesem Jahrhundert beendet ist. Dass ich keinen Widerstand leisten soll. Keinen Widerstand?

Auf keinen Fall will ich wieder in meine reale Zeit zurückkehren! Ohne Paul. Aus welchem Grund? Um ohne ihn zu leben? Den einzigen Mann, den ich jemals geliebt habe? Das kann ich nicht! Das will ich nicht!

Als ob die Schicksalsgötter meine Gedanken erraten hätten, zieht diese unsichtbare Kraft nun härter an mir, reißt meinen Kopf zurück, und ich falle fast auf die Knie. Eine klamme Kälte schlingt sich langsam um meinen Körper, wie die schimmelige Hülle einer alten Mumie, die gerade aus dem Grab entstiegen ist.

Es ist der ägyptische Gott Min. Seine schwarze Magie zieht mich zurück. Ihm habe ich meine Seele verkauft, als ich jung und schön sein wollte. Ich habe den Zauber gebrochen, als ich mich in Paul Borquet verliebte, und jetzt muss ich dafür zahlen.

Dann stimmt es also. Paul ist tatsächlich in einem Feuer umgekommen, als er die Frau retten wollte, die er liebte. Genau wie es mir der alte Künstler erzählt hat. Eine tiefe Traurigkeit zieht mich nach unten. Bin ich auch gestorben? Oder gibt es da noch ein anderes Ende?

Ich werde niemals aufgeben.

Ich ziehe den weichen Stoff noch fester um meine Schultern. Etwas drückt sich an mich, mit kaltem, frostigem Atem, der mir in den Nacken bläst. Ich beginne zu zittern und kann gar nicht mehr aufhören. Obwohl es vor Feuchtigkeit nass ist, bietet das samtige Material mir doch ein wenig Schutz vor … vor was? Ich kann nichts sehen. Nicht der kleinste Schimmer durchdringt die Dunkelheit. Etwas ist merkwürdig hier. Nichts, was ich anfassen, riechen oder schmecken kann, aber mein Bewusstsein scheint sich zu verändern. Als ob ich tief in mich hineintauche, in den Abgrund meiner Seele.

Oh, das ist doch verrückt. Die Arme über meiner Brust verschränkt, versuche ich mich warm zu halten. Es ist einfach ein kaltes, feuchtes Treppenhaus, das ist alles. Keine übernatürliche Brücke zwischen Leben und … was? Tod?

„Autumn. Autumn!“

Lauschend halte ich inne. Das muss Paul sein. Seine Stimme klingt sehr entstellt, so als ob sie mechanisch verzerrt wird. Dann ebbt seine Stimme ab, wird immer langsamer und langsamer. Wie eine alte Schallplatte, die an Geschwindigkeit verliert.

Bevor ich einen weiteren Schritt tun kann, rutschen meine Füße unter mir weg, als ob ich fiele, wie in einem rollenden Fass in einem Vergnügungspark. Meine Haare wehen um meinen Kopf, als ob ich in einem Windkanal stünde. Die Kraft des Windes ist so stark, dass der Samtumhang von meinen Schultern weht und über die Treppe fliegt. Instinktiv bedecke ich meine nackten Brüste mit beiden Händen, und die Petticoats blähen sich um mich auf. Selbst meine Zähne tun mir weh, und ich kann kaum atmen.

Nur mit Mühe kann ich die Balance halten, als ich versuche, mich umzudrehen. Aber eine starke Kraft schließt sich um meine Kehle, und ein heftiger Windstoß fegt mich die Treppe runter, immer weiter nach unten …

Ich falle, überschlage mich mehrmals, schwarze Punkte tanzen vor meinen Augen, rauben mir jegliche Hoffnung, als ich ungelenk, unaufhaltsam die Treppe hinunter und in ein zeitloses Vakuum geschleudert werde.

Paul konnte nichts sehen. Panik überfiel ihn, aber er wollte nicht aufgeben. Ganz egal wie sehr ihn sein Körper schmerzte, wie ausgelaugt er war, er musste weitermachen. Sie finden.

Er stolperte über den Boden, der sich unter ihm zu bewegen schien, und konnte sich kaum auf den Beinen halten. Mühsam setzte er einen Fuß vor den anderen. Die Treppe veränderte sich, wurde flach, erschwerte ihm den Aufstieg. Etwas Weiches flog ihm ins Gesicht, es fühlte sich wie Samt an. Paul wollte danach greifen, aber er konnte es nicht festhalten.

Gegen den teuflischen Wind, der ihm ins Gesicht blies, rannte er die Treppenstufen nach oben, schwankend, immer wieder um sein Gleichgewicht kämpfend. Er war entschlossen, sich durch den angreifenden Wind zu kämpfen, der von allen Seiten an ihm zog wie eine lebende Kreatur. Er dachte nicht an sich. Nur an Autumn. Noch nie war ihm ein anderer Mensch so wichtig gewesen wie sie.

Als er weiterlief, hörte er ein lautes Geräusch, das auf ihn zurollte und drohte, ihn mitzureißen, wenn er sich nicht am Geländer festhielte. Das dünne Geländer brach unter seinem festen Griff beinahe auseinander, schüttelte ihn hin und her, seinen Körper, sein Gehirn. Wurde er langsam verrückt, oder waren das tatsächlich die Schreie einer Frau, die direkt auf ihn zuschoss?

Ich falle die Treppe hinunter, überschlage mich in der Luft, und die Petticoats wickeln sich um meine Beine. Ich habe keine Kontrolle mehr, versuche mich an etwas festzuhalten, als mein Körper abrupt durch irgendetwas oder irgendjemanden aufgehalten wird.

Jemand? fragt mein kritischer Verstand. *Wer sollte das sein?*

Selbst das laute Heulen kann die dunkle Stimme nicht übertönen, die meinen Namen ruft, oder das Gefühl seiner Hände von mir reißen, mit denen er sich an mich drückt. Starke Arme umfassen meine Hüfte, mit seinen verbrannten Händen bedeckt er meine nackten Brüste, streichelt mich, tröstet mich. Ich lege meine Hände auf seine, versuche ihm den Schmerz zu nehmen. Ich kann nicht sprechen, aber ein lautes Stöhnen dringt aus der Tiefe meines Innern. Sogar in der tödlichen Dunkelheit dieses Ortes fühle ich mich wieder lebendig, meine Seele wie neugeboren.

Wie auch immer er es geschafft hat, aber Paul hat mich erneut gefunden.

„Autumn“, höre ich ihn rufen, während er gegen den Wind ankämpft, der uns nach unten drängt.

„Lass mich nicht los … lass mich nicht los!“, rufe ich und halte mich an ihm fest. Ich kann ihn zwar nicht sehen, aber ich spüre sein angstverzerrtes Gesicht.

„Was passiert hier?“, ruft er mir ins Ohr.

„Irgendjemand … irgendetwas zieht uns in meine Zeit zurück“, brülle ich zurück.

„*Deine* Zeit?“

„Ja, über hundert Jahre in der Zukunft.“

Paul sagt nichts. Ich kann mir vorstellen, was er gerade denkt oder fühlt. Einige Minuten kämpft er sich langsam die Stufen nach unten und hält mich dabei um die Taille fest. Meine sensiblen Brustwarzen drücken sich gegen seinen Rücken, die ständige Reibung lässt mich überrascht aufstöhnen. Selbst in diesem Chaos und mit der Angst, die durch meinen Körper sprudelt, genieße ich seine Nähe.

Den Strudel bekämpfend, der uns mit sich ziehen will, zwängen wir uns durch die Innereien des Monsters, das versucht, uns gefangen zu halten. Unsere Gesichter sind verbrannt vom Wind, unsere Glieder schmerzen vor Anstrengung, aber wir gehen weiter, stolpern immer wieder, wenn uns eine scharfe Windbö trifft. Die kosmischen Kräfte werden uns nicht schlagen. Das weiß ich so sicher, wie ich weiß, dass ich Paul mehr als alles in der Welt liebe, in der Vergangenheit wie in der Gegenwart.

„Der Wind hat nachgelassen", höre ich ihn sagen.

„Wahrscheinlich nähern wir uns gerade dem Ende der Treppe." Ich bemerke, dass meine Stimme wieder scharf und klar klingt.

Wir bewegen uns langsam. Vorsichtig. Tasten uns mit den Händen vor auf der Suche nach einer Wand, irgendetwas, das uns anzeigt, dass eine Tür in Reichweite ist. Ich kann es kaum glauben, als meine Fingerspitzen tatsächlich einen harten Untergrund berühren.

„Ich habe sie gefunden, Paul", rufe ich aus und streiche über die kleine Tür. Ich kann ihn zwar nicht sehen, aber ich fühle, wie Paul sich an mich drückt. Seine Berührung schießt wie ein elektrischer Stoß durch meinen Körper. Er lehnt sich mit seiner Schulter gegen die Tür. Überrascht bemerke ich, dass sich der Boden unter uns nicht mehr bewegt und der Wind nicht mehr ist als ein kleiner Quälgeist, der sich um unsere Füße windet. Der plötzliche Wandel im Treppenhaus ist genauso seltsam wie vorher der starke Wind. Kann ich hoffen, dass wir die dunklen Kräfte besiegt haben?

„Die Tür geht nicht auf", sagt Paul. „Bleib hinter mir."

Ich höre sein lautes Keuchen, als er sich mit der Schulter gegen die Tür wirft, aber sie gibt nicht nach. Wieder spüre ich modrige Kälte in mir aufsteigen. Entsetzt schreie ich auf, als der Boden unter mir erneut nachgibt, mich nach unten zieht, fort von Paul. Mein Gott, die dunkle Kraft will mich für sich. Panik schießt durch meinen Körper.

„Paul!“, schreie ich.

„Ich hab dich.“ Er greift nach meinem Arm und zieht mich nach oben. Fest hält er mich an seine Brust gedrückt, und ich fühle die gleiche sinnliche Verbundenheit wie am ersten Tag, als wir uns in seinem Studio getroffen haben. Noch bevor ich tief Luft holen kann, hat Paul die Tür mit einem Tritt geöffnet. Sprachlos atmen wir beide tief ein, als ein herrliches weißes Licht unsere Augen blendet. Ich rieche brennendes Holz, verkohlte Reste. Grauer Rauch steigt in langsamen Kringeln hoch, aber das Feuer ist aus. Ein leichter Nieselregen mischt sich mit den Tränen auf meinen Wangen. Und fühle ich da Feuchtigkeit zwischen meinen Beinen? Ein langsames Feuer bildet sich in meiner pulsierenden Mitte, und auch wenn ich versuche, meine Gefühle zu verbergen, habe ich keinen Zweifel daran, dass in meinen Augen die unterdrückte Leidenschaft funkelt, die ich bei dem Gedanken an die unausgesprochenen sexuellen Versprechungen zwischen uns empfinde. Aber auf deren Einlösung werden wir noch eine Weile warten müssen.

Wir schauen uns an, unsere Blicke halten einander fest, ein stilles Gebet des Dankes schwingt zwischen uns. Dann fassen wir uns bei der Hand und treten durch die Tür.

Gemeinsam.

Über Nicole Kidman in ihrer Rolle als *Satine* in dem Film *Moulin Rouge* mache ich mir keine Gedanken. Kinoheldinnen sterben nicht, sie spielen immer und immer wieder auf der DVD, schwingen endlos durch die gleichen heißen Musicalnummern. Sie ist glücklich, sieht göttlich aus, und singt sich ihren Weg durch einen Orgasmus nach dem anderen auf einem Plasmabildschirm irgendwo im Universum.

Und ich? Ich habe in der Helden-Lotterie gewonnen. Und zwar den Jackpot! Ich habe Paul. Ein Traumprinz in jeder Epoche.

Oh, wahrscheinlich sind Sie neugierig, ob ich mich wieder in meinen alten Körper zurückverwandelt habe? Und ob Paul eine Frau aus dem einundzwanzigsten Jahrhundert mit Falten und einigen Extrapfunden lieben kann?

Hey, allein durch meine Zeitreise habe ich fünf Pfund verloren – und das soll auch so bleiben. Oder wird er vielleicht unsere Beziehung nur als eine Affäre sehen, die wir einzig den Launen des ägyptischen Gottes Min zu verdanken haben?

Ich vertraue meiner Liebe zu Paul. Wissen Sie, ich habe meine eigene schwarze Magie. Und damit meine ich nicht die kleine Bonbondose zwischen meinen Beinen.

Die Fantasie ist zwar vorbei, aber trotzdem ist da noch

La Joie de L'Amour (Die Freude der Liebe)

Sie füllt mein Leben wie Luft, durchdrungen von
dem Duft des Geißblatts. Und meine unersättliche Seele
füllt sie mit der Sehnsucht nach Ewigkeit.

Charles Baudelaire
(1821 – 1867)

21. KAPITEL

Paris heute

Die schwere blaue Tür seines Studios knarrte, als Paul sie öffnete. Was werde ich hier finden?, fragte er sich. Irgendetwas, das beweist, dass Paul Borquet hier vor über hundert Jahren gelebt hat?

Der intensive Geruch von Terpentin und Ölfarben, der an den Wänden hing, sagte ihm, dass diese Räume über die Jahre immer wieder an Künstler vermietet worden waren. Dazu kam ein leichter Geruch nach Schimmel und Verfall. Autumn folgte ihm in das Studio im zweiten Stock hinein, dessen Holzfußboden unter den Füßen knackte und in dessen Luft der Geruch von vielen leidenschaftlichen Nächten noch so stark in der Luft hing wie in der ersten Nacht, als er sie, mit seidenen Kordeln an den Diwan gefesselt, geliebt hatte.

Selbst jetzt konnte er wieder dieses lustvolle Ziehen in seinen Lenden spüren. Er erinnerte sich daran, wie seine Lippen über ihren Körper glitten, er sie an jeder Stelle küsste, wie sein Daumen und Zeigefinger ihre Lippen öffneten, jede ihrer pinkfarbenen Hautfalten liebkoste, ihre hilflose Knospe mit der Zunge umspielte. Dann hatte er sie auf seinen harten Schwanz gehoben, ihren schlanken, eleganten Körper auf ihm, ihre Seufzer der Wonne und Erfüllung, ihre Leidenschaft, die zu seiner passte, als sie ihre enge Möse langsam auf sein Schwert senkte. Ihre Kontraktionen brachten ihn zum Höhepunkt, sein Samen floss an ihren Schenkeln hinunter.

Ihre völlige Hingabe an den Akt der Liebe, ihre unveränderte Akzeptanz seiner Männlichkeit, auch als er sich verändert hatte, die Schönheit ihres Gesichts und ihres Körpers waren lebendige Perfektion. Paul hielt den Atem an und stöhnte dann, als er versuchte, die Erinnerung an ihre erste gemeinsame Nacht lebendig zu halten. Es war so lange her, und jetzt stand er wieder in diesem Raum. Er hatte keine Ahnung, was er erwartete, und war nur diesem unwiderstehlichen Drang gefolgt, sich mit seiner Vergangenheit auseinanderzusetzen.

Sie redeten nicht, als sie sich umschauten, einige abgewetzte Stühle zur Seite schoben, Kisten mit Plunder, Kleidungsstücke, abgebrochene Spachtel und eine geöffnete Kiste mit Ölfarben betrachteten. Paul bückte sich und griff nach einer Tube mit getrockneter Farbe. Er lächelte. Die Tube war genau so hart wie er. Sobald er konnte, würde er Autumn in jeder erdenklichen Position vögeln. Sie auf ihm, dann würde er sie umdrehen und von hinten nehmen, dann auf der Bettkante, seinen Schwanz in immer schnelleren Stößen in ihr bewegen, bis ihre Klit am Rande des Orgasmus schwebte, ihr Körper nachgab und sie explodierte, sich ihm genussvoll ganz öffnete, ihren Rücken durchbog, um ihn noch tiefer in sich aufzunehmen. Er erfreute sich an der Vorstellung, auch in diesem neuen Jahrhundert ihre Säfte mit seinen Ölfarben zu mischen und eine ganz neue Art der Kunst zu kreieren. Er hatte seinen Künstlerfreunden immer gesagt, dass die Zukunft der Kunst im Angesicht der Frau läge. Er hatte nur nicht gewusst, dass er die Gelegenheit haben würde, diese Zukunft zu erleben. Und er gedachte nicht, diese Chance zu vergeuden.

Paul sah sich um. Das einzige Möbelstück von damals war der halb zerbrochene Diwan. Mit herausquellender Füllung war er nah an die Wand geschoben worden, als ob sein letzter Besitzer viel Zeit damit verbracht hätte, aus dem Fenster zu schauen. Schweigend setzte Paul sich auf den Diwan, und Autumn setzte sich neben ihn.

Seit dem schrecklichen Feuer waren einige Wochen vergangen, und sie war seither nicht von seiner Seite gewichen.

Wie dankbar er für ihre Gegenwart war, ihr Verständnis, für einfach alles an ihr in dieser neuen Welt, die ihn faszinierte, manchmal frustrierte, und immer wieder erstaunte. Sie war seine größte Freude. *Sa joie de l'amour.* Warum auch nicht? Er war angenehm überrascht, als sie gemeinsam ihre Welt betraten und er dieses zauberhafte Wesen in seinen Armen fand. Sie war kein Mädchen mehr, sondern eine Frau, kurvig und sinnlich ... ein Paradies der Freude, in dem ein Mann seine Ängste begraben und, mit ihrer Hilfe, den wahren Sinn des Lebens erfahren konnte. Was sollte man noch mehr verlangen?

Als sie aus dem *hôtel privé* im Quartier Marais gerannt waren, erfüllten die Feuerwehrleute gerade ihre Pflicht, aber auf das Pärchen, das beinahe nackt von dem schwelenden Haus davonrannte, waren sie nicht vorbereitet. Sie hätten den Feuerwehrmännern niemals erklären können, wer sie waren, wo sie herkamen, was sie in diesem vornehmen Haus zu tun hatten. Obwohl noch leicht unter Schock und verwirrt, konnte Paul sich doch vorstellen, dass Autumn ihn irgendwie mit sich gezogen hatte, als die schwarze Magie sie zurück in ihre Zeit katapultierte.

Danach war alles so plötzlich gegangen: Er war in ein modernes Krankenhaus gebracht und an seltsame Maschinen angeschlossen worden. Autumn überzeugte ihn, die Medikamente zu nehmen, die die Schmerzen verringern sollten. Ärzte hatten ihn untersucht. Dann kam ein Aufenthalt in einer speziellen Klinik, wo er Wochen verbrachte, um sich von den Verbrennungen an seinen Händen zu erholen.

Jeden Tag begann er wieder ein wenig mehr zu zeichnen, in der Hoffnung, dass ihm diese künstlerische Fähigkeit nicht abhandengekommen war. Er wusste, dass er wieder in sein Atelier in Montmartre zurückkehren musste, um sich mit der Vergangenheit auszusöhnen und damit das Fundament für die Zukunft zu legen.

Lange Zeit saß Paul so da, mit Autumn an seiner Seite. Er hielt ihre Hand und versuchte sich von der kreativen Energie dieses Ortes inspirieren zu lassen. Sie sprach ihn nur ein einziges Mal kurz an und fragte, ob er *okay* sei. Das Wort hörte sich für ihn komisch an, so wie viele andere, die er in den letzten Wochen seit seiner Zeitreise vernommen hatte.

Er schloss die Augen und atmete den vertrauten Geruch vergangener Zeiten tief ein. Ein starker und intensiver Duft. Die Gerüche überwältigten ihn nicht, denn das Studio war der Puls seines Lebens, dessen aufwühlende Erinnerungen in seinen Ohren klangen. Es war auch der Ort, an dem er sich von den Nachwirkungen der schwarzen Magie befreien, seinen Geist reinigen und seine Seele klären konnte. Nur dann wäre er bereit, voranzuschreiten und seinem Schicksal entgegenzutreten.

Mehr als hundert Jahre lang hatte die Akzeptanz seiner Kunst in einem tiefen Schlaf gelegen, wie unter einem Fluch. Während dieser Zeit war die Kunst, wie er sie kannte, auseinandergebrochen, verrückt geworden mit ihren abstrakten Formen, dem manischen Chaos. Eine neue natürliche Ordnung hatte sich langsam entwickelt, beinahe so langsam wie ein an der Leinwand hinunterrinnender Farbtropfen. Aber er vermutete, dass nun endlich *sein* Moment gekommen wäre.

Eine nackte Glühbirne hing von der niedrigen Decke, an der früher riesige Spiegel ihr leidenschaftliches Liebesspiel reflektiert und sie in ein Stadium völliger Hingabe versetzt hatten.

Die Spiegel gab es nicht mehr, nur noch vereinzelte Glassplitter an der Decke, aber die Erinnerung war geblieben. Ihre feuchte enge Möse, die ihn in sich hineinzog, das klatschende Geräusch seiner Lenden auf ihrem Hintern, wenn er immer schneller wurde, bevor er in ihr explodierte. Seine Finger, die ihr Feuer anheizten, bis es wieder hell loderte und sie aufschrie, seinen Namen rief und sich in Ekstase wand. Nur sie hatte die Kraft, ihn die langen Zeiten der Einsamkeit und Dunkelheit vergessen zu machen.

In seiner Zeit hatte er Frauen in die verbotenen Gärten der Lust entführt und ihnen die sinnlichen Freuden schamloser Liebe gezeigt. Rote nasse Lippen, wogende Brüste und pulsierende Mösen brachten ihn in Versuchung. Lebendige Jugend, ungehemmte Leidenschaft und wilde Gefühle. Daraus hatte für eine Weile sein Leben bestanden, und auch wenn er nichts bereute, empfand er dieses neue Gefühl der Innigkeit mit Autumn als viel aufregender. Was auch immer ihn noch in der Vergangenheit festhielt, jetzt konnte er es loslassen.

Mit seinen verbundenen Fingern schaltete er die nackte Glühbirne an, wollte sich selbst davon überzeugen, dass es kein Traum war, dass *sie* kein Traum war. Eine Hand streckte er im hellen Licht aus und berührte ihr Gesicht.

„*Alors,* Autumn, du bist so wunderschön. Und ich darf

mich glücklich schätzen, dass ich dich habe."

„Und du bereust auch nichts?", fragte sie.

„Niemals. Was auch immer passiert – du bist die Frau, die ich liebe." Seine Lippen glitten sanft über ihren Nacken und schmeckten die Süße ihrer Haut. Wie sehr er das Spiel der Sonnenstrahlen in ihren roten Haaren liebte!

Oh, sie war sein Ein und Alles, und trotzdem zögerte er, bevor er sie fragte. „Und du?"

Sie schüttelte den Kopf. „Ich liebe dich mehr als alles auf der Welt, Paul." Wohlig stöhnte sie auf, als er ihren Nacken und das Gesicht küsste.

Dann fügte sie ein wenig scherzhaft hinzu: „Das Einzige, was ich vermisse, ist mein toller Körper."

„Was willst du denn damit sagen? Ich verehre deinen Körper. Deine vollen Brüste …" Er nahm sie in die Hand und kniff in ihre Brustwarzen. „… deine Taille, deine Hüften, *ta chatte.*"

„Sei still, *mon amour*", zog sie ihn auf und legte ihre Finger auf seinen Lippen. „Wer weiß, welche Geister uns gerade zuhören."

Spielerisch führte er ihre Fingerspitzen an seinen Mund und küsste sie. Sie lachte.

„Wenn du nicht aufhörst, mich so anzumachen", sagte er, „werde ich mich bald nicht mehr unter Kontrolle haben und dich hier noch leidenschaftlicher lieben als vor über hundert Jahren."

Bei diesen Worten glitt sein Mund an ihrem Hals entlang, leckend, beißend und diese zarte Stelle liebkosend, von der er wusste, dass es sie in Verzückung brachte.

„Ich könnte dich mit meinem Schwanz ein wenig heißmachen, ihn zwischen deine Schenkel stecken oder nur ein kleines bisschen in dich eindringen, bevor ich mich wieder abwende."

„So würdest du mich doch nicht foltern …"

Er lächelte. „Oder ich bringe dich mit meinen Fingern zum Höhepunkt, während die Spitze meines Penis gegen deine Klit reibt, und dann kämst du ein weiteres Mal, wenn ich tief in dich eingetaucht bin."

„Mmm … diese Variante gefällt mir besser."

„*Bien,* also gut, es wird mir … oder sollte ich sagen, es wird dir ein Vergnügen sein, Mademoiselle."

„Oh Paul, ich wünschte, wir könnten für immer hierbleiben." Autumn lehnte ihren Kopf an seine Schulter.

Der Duft ihrer üppigen roten Haare erinnerte ihn an Mimosen, und er legte einen Arm um ihre Schultern. Sie fühlte sich so gut an.

„Lass uns dieses Haus kaufen und renovieren", sagte er. „Vom Dach haben wir den besten Blick über die Stadt … glänzende Bordsteine und blau gekachelte Dächer am frühen Morgen, ein Kastanienbaum, durch den abends eine leichte Brise weht, und in der Ferne kann man im Mondlicht die Seine sehen."

„Und du könntest Tag und Nacht malen, ohne Pause."

„Außer um Liebe mit dir zu machen", flüsterte er und vergrub dabei sein Gesicht in ihren Haaren. „Ich würde dir ins Ohr flüstern, wie sehr ich dich ficken will, dann fülle ich dich aus, dein Körper bewegt sich im Einklang mit meinem, wenn die Wellen der Leidenschaft durch uns hindurchrollen und wir dabei wissen, dass mein Hunger nach dir niemals gestillt wird."

„Das ließe sich einrichten", zog sie ihn auf. Dann wurde sie einen Augenblick still, bevor sie ihm eine Frage stellte, die ihr anscheinend schon lange auf dem Herzen gelegen hatte. „Wirst du dein altes Leben vermissen, Paul?“

Er holte tief Luft. „Nichts heilt so sehr wie die Liebe. Wenn ich in deine Augen sehe, dann vergesse ich meine Vergangenheit.“ Seine Stimme verlor sich, und Traurigkeit umschattete sein Gesicht, als er in ihre Augen blickte. Eigentlich wollte er noch mehr sagen, aber er verfiel in eine schwere Stille, atmete den muffigen Geruch ein und verband die Vergangenheit mit der Zukunft. Unerwartete Erinnerungen tauchten plötzlich auf. Seine alten Freunde, Gauguin, Monet, Degas … alle waren sie inzwischen tot. Sogar sein Bruder, der Duke.

Seltsam, dass er gerade an ihn dachte. Autumn hatte etwas getan, was sie eine Internetsuche nannte, und herausgefunden, dass der Duke von Malmont sich von seinen Wunden erholt hatte und nach England zurückgekehrt war. Er lebte dort bis ins hohe Alter und kehrte niemals nach Paris zurück.

Noch einmal holte Paul tief Luft. Er durfte sich nicht in diesem Sog der Erinnerungen verlieren. Die Zukunft würde ihnen gehören, wenn sie sich nur trauten, zuzugreifen. Und mit Autumn an seiner Seite würde seine Kunst ihre gemeinsame Zukunft werden.

Es hatte zwar einige Zeit gedauert, aber inzwischen waren seine Wunden verheilt, und er arbeitete jeden Tag sehr hart an sich. Kreative Funken schienen aus seinen Fingerspitzen zu schießen und den poetischen Dimensionen dessen, was er in dieser neuen Welt sah, Leben einzuhauchen. Er war bereit, die Kunstwelt herauszufordern.

„Bist du bereit, zu gehen, Paul?“

„Ja, das bin ich.“

Er packte sein Malzeug zusammen, Skizzen, die er in der

Zeit der Rekonvaleszenz angefertigt hatte, und andere Bilder. Mit Autumn an seiner Seite verließ er das Atelier und seine Vergangenheit. Der Morgennebel hatte sich während ihres kurzen Aufenthalts in dem Studio aufgelöst, die Sonne war hervorgekommen und leuchtete am Himmel so hell wie seine Zukunft. Die Schatten der Vergangenheit lagen hinter ihnen.

„Ihr Ahnherr, Paul Borquet, war ein ziemlich attraktiver Teufel, Monsieur“, kicherte der alte Maler und zog an seiner Gauloise. Mit einem Nicken deutete er auf das lebensgroße Porträt hinter ihm an der Wand während er Pauls Bilder auf seiner Staffelei aufstellte und eingehend betrachtete.

Ich habe irgendwie das Gefühl, dass er Paul kennt. Oder bilde ich mir das nur ein?

„Und ein Casanova war er noch dazu, Monsieur. Zumindest erzählt man sich das“, ergänzte Paul und zwinkerte mir zu.

Ich rolle die Augen und öffne meinen Mund, um zu sprechen. Aber dann behalte ich meinen Kommentar doch lieber für mich. *Er ist attraktiv und ein Genie, und nur ich werde jemals wissen, was für ein mutiger Mann er ist. Ich verdanke ihm mein Leben.*

Ich verlagere mein Gewicht auf den anderen Fuß und versuche, in meiner neuen Rolle als Kuratorin für Pauls Arbeiten geschäftlich zu wirken. Ich muss mich ganz schön zusammenreißen, um dem alten Künstler nicht von meinen Abenteuern in der Vergangenheit zu erzählen. In den letzten Wochen habe ich die Geschichte unzählige Male wiederholt. Dass ich von einem elektrischen Schlag getroffen wurde und die Straßen entlang in Richtung des *hôtel privé* irrte, wie Paul mich dort vor dem durch einen Blitzschlag in Brand gesetzten Haus rettete.

Meine Mutter glaubt mir allerdings kein Wort davon.

Auch wenn ich nur einen Nachmittag verschwunden war, so vermutet meine Mutter doch, dass ich eine Affäre mit dem attraktiven Maler habe und ihr nichts davon erzählen wollte. Ich werde nicht versuchen, sie vom Gegenteil zu überzeugen. Allerdings musste ich ihr versprechen, sie nächstes Mal, wenn ich Hilfe brauche, auf ihrem Handy anzurufen. Dann machte sie sich schon wieder auf den Weg in die *Cadolle Lingerie Boutique*, um sich einen neuen BH maßschneidern zu lassen.

„Wusstest du, dass der BH vor über hundert Jahren hier in Paris erfunden wurde?“, fragte sie mich und musterte dabei Paul. Er schien ihr zu gefallen.

Oh Mutter, und wie ich das weiß …

Mein Herz schlägt wie wild, mein Verstand beginnt sich an den Rändern aufzulösen. Büstenhalter, Bordelle und mein schlimmer Maler.

Ist das alles wirklich passiert?

Nun bin ich wieder im gleichen Atelier und stehe vor dem lebensgroßen Porträt von Paul Borquet. Ich vergleiche den Mann in dem Bild mit dem Mann, der neben mir steht. Die gleichen dunklen Haare, die auf den weißen Kragen fallen, die dunkelblauen Augen, muskulöse Schultern, schlanke Hüften. Und, oh ja … dieser Hintern ist zum Anbeißen!

Aber dieses Mal bin ich keine sitzen gelassene, sondern eine zukünftige Braut. Sobald die Papiere fertig sind und Paul das Geld aus dem Verkauf von Madame Chapets Perlenkette erhalten hat, die noch in seiner Robe steckte, werden wir heiraten.

Endlich, nach endlosen Minuten des Schweigens, beginnt

der alte Maler zu sprechen.

„Sie sind ein sehr talentierter Maler, Monsieur Borquet, aber mit einem sehr modernen Ansatz zur Kunst“, sagt der alte Künstler und zündet sich eine weitere Gauloise an. Seine dritte in der letzten halben Stunde. Er scheint nervös und gleichzeitig freudig erregt zu sein.

„*Merci,* Monsieur. Mein Vorfahr war auch ein Mann, der gern ein künstlerisches Experiment wagte, und wenn er länger gelebt hätte ... sicherlich hätte er sich auch den Modernisten angeschlossen.“

Der alte Künstler stimmt ihm zu. „Ihr freier und lebhafter Umgang mit den Farben ist dem seinen so ähnlich, so einfach, so rein.“ Er betrachtet Paul, dann das Selbstporträt. Ich halte den Atem an. Wird er ihn herausfordern?

„Sie haben sein Talent geerbt, Monsieur, auch wenn Ihr Farbauftrag lockerer, freier ist, Ihre Farben intensiver. Ich habe noch nie jemanden mit einer durchdringenderen, kraftvolleren bildlichen Vorstellungskraft gesehen.“

„Dann werden Sie also Pauls Arbeiten ausstellen?“, frage ich.

„*Zut alors,* aber natürlich, Mademoiselle.“ Er dreht sich zu Paul um. „Ich versichere Ihnen, Monsieur, die Kunstszene wird Ihnen bald zu Füßen liegen.“ Er sammelt die Bilder und die Skizzen ein und nimmt seine Jacke. „Und nun muss ich noch einige Vorbereitungen für die Ausstellung Ihrer Werke treffen, Monsieur Borquet. Bitte warten Sie kurz hier.“

Er schließt den Laden ab und eilt davon, das Paket mit den Bildern und Zeichnungen eng an die Brust gedrückt, eine Zigarette rauchend und etwas darüber vor sich hin murmelnd, dass er ein verschollenes Genie entdeckt habe.

Paul versucht seine Begeisterung nicht so stark zu zeigen,

aber es gelingt ihm nicht. Er packt mich um die Taille und wirbelt mich herum.

„Eine Ausstellung! Autumn, weißt du, was das bedeutet?", fragt er begeistert.

„Die Kunstszene wird von dir nicht genug bekommen können", sage ich lächelnd. „Und mir wird es ebenso gehen."

„Führe mich nicht in Versuchung, Autumn. Du weißt, dass ich zu dir nicht Nein sagen kann."

„Dann sag doch einfach Ja."

Er hält mich ganz fest und atmet meinen Duft ein. „Du Verführerin. Du hast dich nicht verändert. So hast du die erste Nacht ausgesehen: wogender Busen, funkelnde grüne Augen und im Dunkeln leuchtendes Haar. Mein Rotschopf." Paul zeigt auf das Selbstporträt. „Natürlich kann ich es dir nicht verübeln. *Alors,* was war ich doch für ein attraktiver Mann, nicht wahr?"

„Ich mag dich jetzt sogar noch lieber."

„Oh?"

„Ja, du bist sogar noch begehrenswerter." Wie um meine Aussage zu bekräftigen, gleite ich mit meinen Fingern über seine Schenkel, seine Hüften, seinen Hintern und verweile ein wenig zwischen seinen Beinen. Wohlige Hitze breitet sich in mir aus. Ich stöhne und greife in seine Hose, umfasse ihn mit meiner Hand und drücke sanft zu. Ich lasse meine Finger an seinem Schaft entlanggleiten, reibe ihn zärtlich mit meinen Fingernägeln, bevor ich ihn wieder loslasse.

Er ist kaum in der Lage zu atmen und sagt mit rauer Stimme: „Du Hexe. Du bist schöner als je zuvor."

Ich mag es, wenn du das sagst, mein Schatz, dass du mich so magst, wie ich jetzt bin.

Summend lasse ich meine Hüften kreisen. „Ich frage mich,

wie es wohl wäre, wenn ich vor dem *lebendigen* Mann aus dem Porträt meine Hüllen fallen lasse?" Schon fühle ich eine Reihe von Miniorgasmen in mir aufsteigen. Oh, wie gut sich das anfühlt! Als wenn ich gleich die Kontrolle verliere, mich einem Moment der reinen Sinnlichkeit hingebe. Ein schmerzliches Sehnen erfüllt mich, ich will spüren, wie meine Hüften sich an seinen reiben, will auf ihm reiten, ihn mit meinem Körper tiefer in mich ziehen, meine feuchte Spalte enger um ihn ziehen, wenn mein Verlangen anschwillt. Ich reibe meinen Venushügel, drücke ihn in Richtung meines magischen Knopfes. Es überrascht mich nicht, als ich spüre, wie die Feuchtigkeit langsam mein Kleid benetzt.

Tränen und ein Gefühl der Schwäche brennen in meinen Augen, als ein plötzliches Feuer zwischen meinen Beinen entbrennt. Die Haut meiner Brüste und meines Bauches kribbeln vor Verlangen. Ich halte es nicht mehr aus, ihn nicht in mir zu spüren.

„Hier? Jetzt?" Paul holt tief Luft, seine Erregung ist beinahe greifbar. Ich beobachte sein Gesicht und sehe, wie sich der Ausdruck ändert, die Augen sich halb schließen. Die Ausbeulung in seiner Hose ist noch größer geworden.

„Wieso nicht? Wir sind ganz allein." Ich greife mit meinen Armen nach hinten und finde den Reißverschluss meines Kleides.

Ratsch. Ich ziehe ihn auf und lasse die Vorderseite des seidenen Stoffes von meinen nackten Brüsten gleiten. Feine Schweißperlen bringen sie zum Glitzern, laden ihn ein, an meinen Nippeln zu knabbern, hart und gerötet vor Geilheit. Ich habe zwar möglicherweise den ersten BH erfunden, aber jetzt trage ich keinen.

Pauls Augen weiten sich, als er auf meine Brüste schaut.

Ich nehme seine Hand und führe sie, sodass er meine nackte Haut berührt.

„Und was dann, *ma chérie?*“ Er atmet schnell und schwer. Mit Daumen und Zeigefinger rollt er meine Knospen. Sein Verlangen nach mir ist gewaltig. Sein Blick sagt mir, dass ich mit dem Feuer spiele.

„Ich werde es dir zeigen, Paul.“

Ich schnappe ihn mir und zerre ihn hinter den schwarz lackierten Paravent. Erstaunt schreie ich auf, als ich eine kleine ägyptische Statue mit einem erigierten Penis sehe, die in einer Ecke steht. Wie ist *der* denn hierhergekommen? Oder vielleicht war er niemals weg. Immerhin ist es ja schwarze Magie.

„Schau, Paul, es ist die Statue des Gottes Min.“ Ich halte sie zwischen meine nackten Brüste. „Was sollen wir mit ihm machen?“

„Stell ihn in die Ecke zurück“, sagt Paul und vergräbt sein Gesicht in meinem Haar. Dann küsst er meinen Nacken und schickt seine eigene Form von elektrischer Spannung über meinen Rücken und bis hinunter zwischen meine Beine. „Ich brauche keine schwarze Magie. Ich habe ja dich.“

Lächelnd lege ich die Arme um meinen attraktiven Künstler, fühle mich geborgen und geliebt. Aber noch etwas geht mir im Kopf herum. „Paul, er ist der Gott der Fruchtbarkeit. Wir können ihn doch nicht enttäuschen.“

„*Zut alors,* schlägst du vor, dass wir es hier miteinander treiben?“

Ich nicke. „Mmhh … wenn es Euch beliebt, Monsieur.“

Paul hält mich fest und lässt seine Hände über meinen Körper wandern, bis ich vor Vergnügen schnurre. Dann schiebt er mein Höschen über meine Hüften. „Es wird mir ein Vergnügen sein, Mademoiselle.“

Im Stehen, mit meinem Hintern gegen die Wand gedrückt, füllt der süße, sinnliche Duft meiner Möse die Luft, als seine Finger meine geschwollene Frucht teilen. Sein Daumen reibt meinen empfindlichsten Punkt, bis ich vor Vergnügen aufschreie. Bevor ich Atem holen kann, stößt er seinen Schwanz in mich hinein. Ich hebe ihm meine Hüften bei jedem Stoß entgegen, unsere Körper vereinen sich mit dem intensiven Gefühl wahrer Befriedigung.

Seufzend genieße ich das Gefühl, und mein Atem beschleunigt sich, als er tiefer in mich eindringt, sein pochendes Glied meinen G-Punkt mit rhythmischen Stößen massiert. Ich zittere, schreie auf, als der Orgasmus beginnt und mich auf langen Wellen mit sich reißt. Jedem Pulsschlag der Ekstase folgt ein neuer und ein weiterer. Unsere Körper glänzen vor Schweiß, und das Parfum der Vergangenheit mischt sich mit dem der Gegenwart.

Ich fühle die gleiche Wildheit in der Luft liegen wie in der Nacht, als ich im *Moulin Rouge* den Can-Can getanzt habe. Als Zauberei und Realität in einem einzigartigen Erlebnis zueinanderkamen.

Mein jetziger Orgasmus ist so real wie Paul, so wirklich wie unsere gemeinsame Zukunft.

Und Min? Wer braucht schon einen ägyptischen Gott mit einem Dauerständer, um sich jung zu fühlen. Ich nicht. Nicht wenn ich Paul habe.

Seine Erektion hört niemals auf. Und sie ist soooooooo groß.

Und so gut!

– ENDE –

nur 6,00 €

Julie Gordon
Die Lilie von Florenz

Italien im 18. Jahrhundert:
Die blutjunge Allegra ist dem Conte del Pirandelli versprochen. Einem Mann, dem selbst die eigene Verlobungsfeier nicht tabu ist für seine sexuellen Ausschweifungen. Heimlich wird Allegra Zeugin eines frivolen Liebesspiels zwischen dem Conte und seiner Mätresse Cristina. Sie ist schockiert – und gleichzeitig berauscht …

Band-Nr. 35052

6,00 € (D)

ISBN: 978-3-86278-804-0

352 Seiten

Kayla Perrin
Enthemmt!

Woher kommt auf einmal Adams unstillbarer Hunger auf laszive Spiele im Swingerclub? Das fragt sich Claudia. Warum will Charles trotz ihrer Verführungsversuche keinen Sex mehr? Alisha ist ratlos. Und wieso ist bei ihren Dates nie der Mann dabei, der sie wirklich glücklich macht?, wundert sich Lishelle. Drei Freundinnen, bereit für erfüllende Lust, wahre Liebe und ein glückliches Leben fast alles zu geben …

Band-Nr. 35056

6,00 € (D)

ISBN: 978-3-86278-809-5

416 Seiten

nur 6,00 €

nur 6,00 €

Sharon Page

Blutrot – Die Farbe der Lust

Träume voller Wolllust erfüllen die Nächte der Vampirjägerin Althea Yates. Träume, in denen sie von zwei Männern gleichzeitig geliebt wird. Träume, die plötzlich wahr zu werden scheinen, als Althea den faszinierenden Zwillingen Bastien und Yannick de Wynter begegnet. Doch ihre Liebhaber sind keine Menschen, sie sind Vampire …

Band-Nr. 35054

6,00 € (D)

ISBN: 978-3-86278-806-4

416 Seiten

Alison Kent

Gewagte Spiele

Erin fasst einen Entschluss: Ihr geheimnisvoller Nachbar Sebastian Gallo war lange genug Hauptakteur ihrer nächtlichen Fantasien. Jetzt ist die Zeit reif für ein reales erotisches Abenteuer – ganz ohne lästige Verpflichtungen und genau deswegen so herrlich hemmungslos. Sie nimmt all ihren Mut zusammen, spricht Sebastian an …

Band-Nr. 35055

6,00 € (D)

ISBN: 978-3-86278-808-8

304 Seiten

nur 6,00 €

Cherry Adair
Nimm mich!

Band-Nr. 35053
6,00 € (D)
ISBN: 978-3-86278-805-7
304 Seiten

Joshua Falcon ist gewohnt, seinen Willen zu bekommen. Im Job – und im Bett. Und als er die hinreißend unschuldige Innenarchitektin Jessie Adams auf einer Party trifft, will er sie. JETZT. NACKT in seinem Bett. Für eine heiße Sexaffäre ohne Verpflichtungen. Kaltblütig macht er Jessie ein Angebot, von dem er weiß, dass sie es nicht ablehnen kann. Und genießt fortan den Sex mit ihr, wann und wo es ihm am besten passt – spontan und ohne lästige Bindung. Alles läuft wie geplant für den erfolgreichen Geschäftsmann. Bis er erkennen muss, dass er Jessie schon einmal begegnet ist. In einer verhängnisvollen Nacht vor sieben Jahren. Damals war sie noch eine kleine Kellnerin. Und er ein einsamer Millionär …